**Tillie Cole** est originaire du nord de l'Angleterre, où elle a grandi dans une ferme, entourée des animaux recueillis par sa famille. Titulaire d'un diplôme en sciences des religions, elle a parcouru le monde en compagnie de son mari rugbyman et enseigné les sciences sociales avant de s'installer à Austin au Texas. Elle a écrit de nombreux romans dans des genres très différents, pour les adultes et les jeunes adultes, rencontrant chaque fois un succès retentissant.

Du même auteur, chez Milady :

Hades Hangmen :
1. *Hors-la-loi*
2. *Sans foi ni loi*
3. *La Loi d'attraction*
4. *Au-dessus des lois*
5. *La Loi du silence*

Sweet Home :
1. *Sweet Home*
2. *Sweet Rome*
3. *Sweet Fall*

Les Écorchés :
1. *Ruine*
2. *Tourmente*
3. *Ravage*
4. *Révolte*

CE LIVRE EST ÉGALEMENT DISPONIBLE
AU FORMAT NUMÉRIQUE

www.milady.fr

Tillie Cole

# *Sweet Rome*

Sweet Home – 2

Traduit de l'anglais (États-Unis) par Evangéline Caravaggio

Milady

Milady est un label des éditions Bragelonne

Titre original : *Sweet Rome*


ISBN : 978-2-8112-3326-6

Bragelonne – Milady
60-62, rue d'Hauteville – 75010 Paris

E-mail : info@milady.fr
Site Internet : www.milady.fr

*Je dédie ce livre à tous mes lecteurs et lectrices qui m'ont*
*réclamé la suite des aventures de Rome et Molly !*
*Sans vos innombrables messages de soutien,*
*ce roman n'aurait jamais pu voir le jour.*
*Soyez toutes et tous assurés de ma reconnaissance éternelle.*

# Prologue

*Alabama, Tuscaloosa*
*Aujourd'hui…*

Je traverse les couloirs de l'hôpital à toute allure, le souffle court, le cœur martelant mes côtes.

Cinq appels en absence. Cinq putains d'appels en absence ! Il est arrivé un truc à Molly, et je m'en veux à crever de l'avoir laissée comme ça après notre engueulade. Faut jamais se quitter sur une mauvaise note, au cas où l'un des deux décide de tourner définitivement la page. Bordel, tout le monde le rabâche, et j'en ai fait qu'à ma tête ! Maintenant, la seule pensée de ne plus jamais revoir ma Jolly me retourne l'estomac. Je regrette… Bordel, ce que je regrette…

Je manque plusieurs fois de tomber, tandis que je cavale de couloir en couloir, les poumons comprimés par l'angoisse. Et s'il lui était arrivé quelque chose de grave ? L'opération ne s'est peut-être pas si bien déroulée que ça, après tout… Il y a peut-être eu une galère postopératoire après notre prise de tête ? Et moi qui l'ai laissée toute seule ! Tout ça parce que sa putain de dépression me foutait en rogne… Je l'ai abandonnée à ses idées noires, merde. Bordel, Rome !

Je zappe l'ascenseur bondé, grimpe les marches quatre à quatre jusqu'au troisième et enfonce, épaule la première, la porte battante qui mène à l'aile où se trouve la chambre de Molly. Je passe devant la salle des infirmières sans ralentir. J'entends qu'elles m'interpellent, mais je les snobe, obsédé à l'idée de retrouver ma chérie, ma Jolly, de m'assurer de mes propres yeux qu'elle va bien.

La porte de sa chambre est fermée, je martèle la poignée pour l'ouvrir. Le battant de bois vole et s'écrase contre le mur. Mon sang se fige : la pièce est vide. Draps propres, sol empestant la javel… Et ses bagages ont disparu.

Je sens mes mains se mettre à trembler, mon cœur s'arrêter de battre.

*Non ! Non… Non, non, non, non… Elle n'est pas… Non !*

Je recule d'un pas tressaillant, et mon dos percute l'encadrement de la porte. Mes jambes cèdent et je tombe au sol dans un bruit de chute étouffé.

— Roméo ? me hèle une voix près de moi, mais je suis incapable de me concentrer pour l'identifier.

Tout semble embrumé autour de moi, déformé.

On m'attrape par le bras et me secoue pour me ramener dans le monde réel.

— Roméo ?

Je ne peux plus faire le moindre geste ni prononcer le moindre mot.

— Monsieur Prince !

Je lève les yeux et reconnais Marnie, l'infirmière de Molly. Elle pose sur moi un regard inquiet.

— Où… (Je m'éclaircis la gorge, nouée à m'en faire mal.) Où est-elle ? Qu'est-ce qui s'est passé ?

Marnie blêmit.

— Oh, non, mon grand, tu as cru que… Non ! Non, Molly va bien. Elle va bien…

Ses mots raniment sur-le-champ mon cœur à l'agonie.

— Pardon ? murmuré-je.

Je veux l'entendre me le répéter.

— Molly va bien. Par contre…

Son regard s'adoucit, puis se voile de tristesse.

— Par contre, quoi ? lâché-je en me relevant. (Sa mâchoire tremble.) Marnie, merde, qu'est-ce qu'il y a ?

— Il y a quelques heures, votre mère est venue rendre visite à Mlle Shakespeare.

Mon cœur se brise et un accès de fureur irrépressible me ravage tout entier.

— Quoi ? rugis-je.

Terrifiée, Marnie fait un pas en arrière.

*Merde…*

Je recule, les poings serrés.

— Qu'est-ce qu'elle lui a fait, cette pute ?

— Elle… elle l'a agressée, frappée… La police l'a arrêtée, Roméo.

— Putain de merde !

Je me retourne et, pantelant, incapable de contenir ma rage, envoie un violent coup de poing dans le mur dont le plâtre s'effrite sous mes phalanges.

— Et où est Jolly, là ? Avec les flics ?

Marnie baisse les yeux brièvement, puis relève la tête vers moi pour soutenir mon regard éperdu.

— Mon grand…

— Quoi ? lancé-je, cinglant.

Je n'aime pas le ton qu'elle adopte : c'est comme si elle voulait me rassurer, me ménager avant de m'annoncer une mauvaise nouvelle.

Elle s'approche, les mains ouvertes en un geste qui se veut apaisant.

—Mon grand, elle…

Ma patience mise à mal, je grogne et balaie la chambre vide du regard. Au moment où mes yeux se posent sur le lit étroit, je me souviens du visage brisé de Molly, lorsque je suis parti tout à l'heure. Elle donnait l'impression d'en avoir fini avec… avec moi, avec notre relation déglinguée… Avec la vie.

*Oh…*

Mon regard se perd à travers la fenêtre, tandis que tout devient clair dans mon esprit… Je me retourne vers Marnie, qui se fige, défaite : sa réaction suffit à confirmer mes craintes.

Elle m'a quitté. Elle a fui. Une fois de plus, elle s'est enfuie… Bordel !

—Je suis vraiment navrée, Roméo… Elle a filé en douce. Un peu plus tôt, elle m'a dit que tout ça, c'était trop dur pour elle. Je pense qu'elle a craqué… Sur les enregistrements des caméras de surveillance, on la voit sortir de l'établissement sans se retourner, puis grimper dans une voiture. (Elle m'offre un regard compatissant.) Elle a emporté toutes ses affaires.

Mon cœur vole en éclats… Incapable de prononcer le moindre mot, je bats en retraite dans le couloir où je sors mon téléphone sous les regards de commisération des autres infirmières en service. Comme je tombe aussitôt sur le répondeur de Molly, je laisse un message.

« Molly ? T'es où, ma chérie ? Je suis vraiment désolé pour ce que je t'ai dit tout à l'heure. D'être parti comme ça, aussi : une infirmière vient de me prévenir de ce qui s'est passé avec ma mère. Putain, Jolly, j'arrive pas à croire qu'elle t'a encore agressée ! Dis-moi où tu es, je t'en prie… T'as quitté l'hosto sans rien dire à personne, et je te trouve nulle part. »

Je cours jusqu'à mon Dodge, l'esprit embrouillé par les noms de tous les gens que je pourrais appeler et les lieux où aller la chercher.

Il faut que je retrouve ma puce…

— Jolly ! Jolly ! hurlé-je en gravissant quatre à quatre les marches de la maison sans prêter attention aux cris des filles à chaque étage.

Elle est forcément ici : où aurait-elle pu aller sinon ?

Je déboule dans sa chambre et, aussitôt, une vague de désespoir m'envahit : elle n'est pas là. Rien n'a changé ici : le lit est encore défait de nos derniers ébats, juste avant le dîner fatidique, ses notes de boulot éparpillées sur le plateau de son immense bureau… Et puis – bordel de merde… –, au milieu du bazar de feuilles, ce bouquin qu'elle dévorait comme si c'était la Bible, coins de pages pliés, Post-it colorés barbouillés de ses remarques, paragraphes après paragraphes surlignés au marqueur… et ce Polaroid dont elle se servait comme marque-page.

Une douleur soudaine me désarçonne : jamais, je crois, je n'ai ressenti une telle souffrance. Jolly… Je ne l'ai pas protégée comme je le lui avais promis. Je l'ai trahie…

J'invoque ce qu'il me reste de détermination pour ne pas flancher, mais m'affale sur son lit et dévisage la lune argentée à travers les rideaux blancs.

— Merde, ma chérie… Où t'es passée ? lancé-je à voix haute dans l'immense chambre vide.

Posées sur sa table de chevet, deux photos attirent mon regard : ce sont les deux seuls clichés présents près de son lit… dans toute sa chambre, même. Sur l'un d'entre eux, nous nous embrassons avant l'un de mes matchs : vêtue de mon maillot de la Tide, elle a passé les jambes autour de ma taille et les bras à mon cou, rayonnante de bonheur tandis qu'elle sourit contre mes lèvres. Le second, c'est la petite Molly, toute gamine, avec sa grand-mère, là-bas en Angleterre. Je ne peux réprimer l'esquisse d'un sourire en m'emparant de la photo de cette toute petite fille aux cheveux foisonnants, avec ses taches de rousseur et des lunettes grosses à en faire pâlir un télescope. Mais mon sourire se change bientôt en un océan de souffrance : elle est partie. Elle a trahi sa putain de promesse et m'a quitté… Jamais une fille ne m'a quitté, jamais… Elle a vécu l'enfer et, quand c'est devenu trop dur à supporter, elle a flippé et s'est barrée.

Je caresse d'un pouce le visage souriant de l'adorable gamine de cinq ans, et une larme roule sur ma joue pour aller se briser sur le verre du cadre. Je n'ai pas la moindre idée de ce que je vais faire sans elle… Elle est devenue ma vie entière. Elle est tout pour moi. J'ose à peine repenser aux jours où elle ne faisait pas partie de mon quotidien, où elle ne m'offrait pas encore son amour, ne comblait pas encore mes désirs, mes besoins. Bordel de merde… Je chérissais tant le quotidien depuis qu'elle avait déboulé dans ma vie et en avait déblayé toute la merde pour se faire une place si précieuse dans mon cœur.

La porte de la chambre s'entrouvre, et Ally – ma cousine, l'une des meilleures amies de Molly – entre doucement dans la chambre plongée dans l'obscurité.

— Hé, Rome…, dit-elle d'une voix douce et méfiante.

Je suis incapable de me retourner pour lui faire face, et elle vient s'asseoir à côté de moi en silence. J'ai encore le regard rivé sur la photo, quand Ally me la prend doucement des mains.

— On n'en fait pas deux comme elle, hein ? estime-t-elle, le sourire triste.

Je pousse un soupir tremblant et acquiesce, puis récupère le cadre, la gorge nouée.

Ally soupire à son tour et prend ma main dans les siennes en un geste affectueux.

— Elle est partie ?

Mon silence suffit à lui répondre. Je baisse la tête, effondré.

— Putain, Al', qu'est-ce que je vais faire sans elle ?

— Elle va revenir. J'en suis convaincue. Ça faisait trop pour elle tout ça, c'est tout. Merde, Rome, je pense qu'elle n'avait même pas idée que ça pouvait exister, des gens aussi odieux que tes parents ! Et il a fallu qu'ils lui pourrissent la vie. Pour la plupart des gens, une telle cruauté, c'est impensable, Rome. Elle est tombée de haut. Toi et moi, on y est habitués, c'est tout…

Je me tourne enfin vers Ally, qui pose sur moi ses yeux marron. Son regard trahit son impuissance.

— Je suis foutu sans elle. Je ne m'imagine pas vivre sans elle à mes côtés. J'aime l'homme que je suis quand elle est là, l'homme qu'elle a fait naître en moi. Avant elle… je me détestais, Ally.

— Elle va revenir, me répète-t-elle, plus catégorique cette fois.

Je peine à y croire.

— Je n'arrête pas de repenser au jour où on s'est rencontrés… Je revois la scène en boucle dans ma tête.

Ally part d'un petit rire, puis pose la tête sur mon épaule.

— Moi aussi, je m'en souviens.

— Y a toujours eu un… truc mystique avec elle, tu vois ce que je veux dire ? Un truc qui m'attirait, dont j'avais besoin presque. Dès notre première rencontre. J'ai tout de suite su que, si je lui en laissais l'occasion, elle me comprendrait. J'ai décelé quelque chose de spécial en elle dès le premier regard, et ça a été pareil pour elle.

— Alors accroche-toi à ça, parce que je suis sûre que Molly l'a ressenti aussi. Qu'elle le ressent encore, d'ailleurs. Elle est aveuglée par le deuil, c'est tout. Repense à tout ce que vous avez vécu et traversé ensemble : impossible qu'elle te lâche après tout ça. Vous êtes voués à vous retrouver.

— Putain de merde ! grogné-je à pleins poumons, laissant soudain exploser la colère réprimée depuis mon retour à l'hôpital.

J'enserre le cadre photo à en fissurer la vitre, mais ne réagis pas à la lacération douloureuse de mes paumes lorsque j'entreprends d'essuyer le visage magnifique de la petite Molly, maculé de mon sang.

— Bordel, Shakespeare ! m'écrié-je d'une voix éraillée, hypnotisé par ses yeux d'ambre. T'es passée où, merde !

— Rome ? m'interpelle Ally d'une voix douce.

— Quoi ?

— Tu recommences à t'emporter, me dit-elle, avant de rester silencieuse quelques secondes. Je n'ai aucune envie de te voir replonger… Tu allais tellement mieux depuis quelque temps.

Je prends une inspiration hachée et douloureuse.

— Grâce à elle ! J'allais mieux grâce à elle !

— Explique-moi, alors. Raconte-moi votre histoire, comment vous êtes tombés amoureux. Je sais quelques trucs, mais pas toute l'histoire. Ouvre-toi à moi, un peu.

Je me rassois doucement, puis regarde ma cousine inquiète dans les yeux.

— Je ne sais pas si j'en serai capable, Al. C'est trop tôt…

Ally me caresse le dos avec gentillesse.

— Ça te fera du bien. C'est important que tu comprennes pourquoi tu as changé, et pourquoi vous vous êtes rapprochés. Ça fait du bien de parler. Je refuse de te laisser redevenir le Rome d'avant Molly. C'est comme si ta rencontre avec elle avait éveillé en toi un Rome capable de s'ouvrir et de s'investir émotionnellement.

Mon cœur se serre. Je me tourne vers la terrasse – notre terrasse – et ma vue se trouble, tandis que tourbillonnent devant moi d'innombrables images du passé.

— Pour moi, tout a commencé il y a quelques mois… Je m'en souviens comme si c'était hier. C'était un jour assez banal, pourtant…

# Chapitre premier

*Tuscaloosa, Université d'Alabama*
*Plusieurs années plus tôt…*

*Je le sens à l'instant même où le ballon quitte ma main. Le lancer est parfait : la rotation, la vitesse, l'angle impeccable. J'observe la passe en retenant mon souffle. Le ballon s'élève, fuse sans effort à travers le terrain, puis retombe droit dans les mains tendues de Gavin Sale, le receveur éloigné. C'est ma sixième passe réussie avec brio en moins d'une heure : cette fois, l'équipe entière se fige et se retourne vers moi, médusée.*

*Le coach Dean rapplique au pas de course, me regarde un peu comme une bête de foire, puis me donne une tape amicale sur l'épaule. Je sursaute et me soustrais à sa main. Il n'a pas remarqué ma réaction : il ignore que j'ai craint qu'il me frappe. J'ai eu chaud… Mon père n'aimerait pas que la rumeur coure qu'il me bat…*

*— Rome ! La vache, gamin ! Vingt ans de coaching, et j'ai jamais vu un bras pareil : précis, puissant… et une vitesse ! Tu as bien mérité ton surnom, Flash !*

*Un accès de fierté me gonfle la poitrine, et je me redresse un peu plus en voyant mes coéquipiers acquiescer.*

*Je suis bon au foot*[1]. *Contre toute attente, je suis bon à… quelque chose.*

*Je ne suis peut-être pas le fils idéal, le gamin au comportement le plus facile, mais contrairement à ce que me répète ma mère, je ne suis pas un incapable. J'ai trouvé un domaine dans lequel je me débrouille, et même, à en croire la réaction de l'entraîneur, bien mieux que la moyenne.*

*Les muscles de mon visage s'animent et, sensation inhabituelle, j'esquisse un sourire : il est timide, mais c'est un sourire tout de même. Jamais je ne manifeste ma joie, jamais, mais quand Austin Carillo – mon meilleur ami et coéquipier – cavale vers moi pour me taper dans la main, je m'autorise à profiter de l'instant. Pour une fois dans ma vie, je prends plaisir à être qui je suis : le meilleur quarterback que notre coach ait vu en vingt ans de carrière.*

*Je n'aurais pas dû baisser ma garde, cela dit, puisque sans surprise, à l'instant même où j'ai ouvert les bras au bonheur, il rapplique pour tout gâcher : mon père, grand, sinistre et menaçant, émerge de l'immense Bentley argentée qui s'arrête en bord de terrain. Tous les autres parents cessent aussitôt de papoter et se tournent vers Joseph Prince qui, le regard noir, rive les yeux sur moi à travers le terrain, son costume gris chrome habituel imposant à l'assistance sa toute-puissance. Les autres parents se tiennent à bonne distance : à Tuscaloosa, personne n'ignore qu'on ne se présente à lui que si l'on y a été invité.*

---

1. Dans le roman, « foot » et « football », sauf mention contraire, sont à prendre au sens de « football américain », sport de gagne-terrain dans lequel, comme au rugby, l'objectif pour une équipe est de porter le ballon dans la zone d'en-but adverse pour marquer des points. (*NdT*)

*Personne sauf le coach Dean, manifestement, puisqu'en voyant mon père arriver, il cavale à sa rencontre en me tirant derrière lui. Bien entendu, mon entraîneur ignore tout de ce que pense mon père de mon amour pour le foot. Personne n'est au courant, pour tout dire. Le coach ne sait rien du châtiment corporel qui m'attend, maintenant que j'ai été surpris ici, sur le terrain, après avoir fui ma chambre en douce pour participer à l'entraînement, transgressant directement les ordres de mon père.*

*Je baisse la tête tandis qu'il approche : je n'ai pas le courage d'affronter la rage qui embrase son regard.*

*— Monsieur Prince, je suis tellement content que vous soyez ici ! Je vous le dis tout de go, monsieur, mais de toute ma carrière de coach, jamais je n'ai vu de joueur aussi talentueux que votre fils ! Et il n'a que dix ans ! Je crois sincèrement qu'il peut faire carrière, celui-là… (Le coach passe un bras à mes épaules et me serre contre lui avec fierté.) Votre petit va jouer pour la Tide, c'est moi qui vous le dis ! Dans huit ans, il mènera l'Alabama au titre de champion !*

*Je garde la tête basse, terrifié à l'idée de croiser le regard de mon père.*

*— Dans la voiture, Rome, m'ordonne-t-il froidement.*

*Paniqué, je me détache du coach et cours me jeter sur la banquette arrière. Le cuir noir gelé couvre mes jambes de frissons. J'attache ma ceinture et regarde mon père, de dos, se pencher vers mon entraîneur, menaçant. Le coach Dean déglutit : j'ignore ce que mon père lui a dit exactement, mais il semble sous le choc. Il a dû le prévenir qu'il était hors de question que je me présente de nouveau à un entraînement, que je ne pouvais plus perdre mon temps sur un terrain de football et que j'avais des devoirs en tant qu'héritier des Prince. Des devoirs au nombre desquels le football ne comptait pas.*

*Mon père tourne ensuite les talons et laisse le coach planté là, médusé, avant d'entrer, furieux, dans la voiture dont il claque la portière conducteur derrière lui. Il démarre, et je m'efforce de garder la tête basse. Je sais qu'il doit chercher mon regard dans le rétroviseur, ses yeux bruns courroucés, alors je plaque le menton contre mon torse, fuyant sa colère.*

*— Tu as copieusement merdé aujourd'hui, Roméo, énonce-t-il, sa rage contenue.*

*Je tressaille.*

*« Roméo ». Je déteste ce prénom. Chaque fois que je l'entends, je suis pris d'un haut-le-cœur et peine à contrôler ma respiration. Je serre les poings si fort que mes ongles m'entaillent les paumes. Depuis quelque temps, je me sens si furieux que j'ai du mal à contenir ma colère. J'aimerais que ça s'arrête, mais je ne sais pas comment me calmer.*

*— Sortir en douce alors que je te l'avais expressément interdit… Tu te crois malin ?*

*Je ne réponds pas, trop effrayé, trop… furieux, surtout, pour rétorquer quoi que ce soit.*

*— Réponds ! hurle-t-il en frappant avec violence le volant de sa main immense.*

*— N… non, monsieur, c'était idiot…, murmuré-je, redoublant d'efforts pour que ma voix ne se brise pas.*

*Si je craque et me mets à pleurer, il se moquera de moi : mes larmes ne font toujours qu'empirer les choses. D'après lui, chaque sanglot me rend un peu plus faible.*

*Mon père abhorre la faiblesse.*

*— Tu veux vraiment que la rumeur coure que tu es bon au football ?*

*Oui, mais ce n'est pas ce qu'il veut m'entendre répondre.*

*— Non, monsieur.*

*— Dans ce cas, à partir d'aujourd'hui, tu obéis ! Combien de fois vais-je devoir te le répéter ? J'ai des objectifs bien précis avec Prince Oil, et ce sera à toi de les atteindre ! Le football n'a rien à faire dans ta vie. Ton comportement est inacceptable, gamin !*

*Nous passons le reste du trajet plongés dans un silence de mort. Lorsque la Bentley s'arrête enfin dans l'allée de la propriété, je me rue dans la maison et cours me réfugier dans ma chambre, où je me jette sur mon lit : prostré là en position fœtale, j'attends l'inéluctable.*

*Sans surprise, il se produit… C'est l'une des constantes de ma vie : les vieilles marches de l'escalier grincent et, bientôt, la porte de ma chambre s'ouvre. Mon père entre. Il a retiré sa cravate, sa veste, et a relevé jusqu'aux coudes les manches de sa chemise blanche. Il est toujours d'un calme olympien dans ces moments-là : jamais je ne l'ai vu perdre sa contenance et, plus il est calme, plus je suis terrifié.*

*Aujourd'hui, la mort elle-même n'aurait pas été plus calme que mon père.*

*Je réprime un sanglot lorsque, le regard noir, il fait claquer dans sa paume une fine ceinture de cuir noir.*

*— Debout, Roméo. Moins tu résistes, plus vite nous en aurons terminé. Tu m'as désobéi, tu mérites d'être puni.*

*Je prends une inspiration profonde, me lève et viens me placer au centre de la pièce où, poignets en avant et les yeux clos, j'attends les coups de fouet qui ne tarderont pas à arriver. Mais je les recevrai sans broncher : le football, c'est la seule chose à laquelle je tienne, et je n'abandonnerai ce rêve pour rien au monde…*

Je rouvre subitement les yeux, le cœur battant et le souffle erratique, le corps entier crispé à ce souvenir qui hante encore mes nuits.

*C'était un rêve, OK? Juste un rêve… Juste un rêve…*, me répété-je en dégageant de mon visage mes cheveux mouillés par l'angoisse.

Je respire lentement par le nez, essayant tant bien que mal de recouvrer mon calme…

Mon réveil interrompt ma crise de panique, crachant son signal à un volume d'une intensité absurde.

— Flash… Arrête-le…, gémit une fille à mes côtés.

Je baisse les yeux, craintif à l'idée de découvrir qui se trouve dans mon lit ce matin. Allongée contre mon torse, je discerne alors le visage de… de…

Je ne sais même pas… Une meuf comme une autre.

Comme chaque fois, je suis pris de nausées que je réprime en fermant les yeux aussi fort que possible.

Putain, va falloir que je me calme niveau alcool et baise… C'est mon année, là, va falloir que je sois sérieux. Plus de distractions, et interdit d'être déchiré au réveil.

Je relève la tête doucement pour tester l'intensité de ma gueule de bois, et plisse aussitôt les yeux, aveuglé par la clarté du soleil matinal qui inonde la pièce.

*Putain, j'ai enchaîné combien de verres hier, merde…*

La fille remue, troublée par mes mouvements, encore complètement saoule, et je la repousse : elle glisse mollement jusque sur le matelas, et je soupire de dégoût en découvrant le bout de latex encore calé sur ma queue.

*Grande classe, Rome…*

Je tourne la tête vers elle pour tenter de partir à la pêche aux souvenirs, de me rappeler la moindre info qui me permette de savoir qui elle est. En vain. Je ne revois que des flashs : une fête, on me guide jusqu'à ma piaule, puis une séance de baise sauvage…

Rien de nouveau sous le soleil à part la date du jour…

Je me lève, m'étire et, apercevant sur le plancher une robe rouge en bordel, la ramasse et la jette sur les miches nues de l'inconnue.

— Je file sous la douche. Si le cœur t'en dit, n'hésite pas à te barrer…

Elle marmonne une réponse inintelligible et s'éveille peu à peu. Obéissante, elle renfile sa robe froissée, ses chaussures et quitte la pièce, un sourire satisfait sur les lèvres.

— À plus tard, Flash. Ça valait le coup d'attendre : les rumeurs disaient vrai à ton sujet.

Putain… Plus je les traite comme des merdes, plus elles sont contentes… De toute façon, en tant que quarterback de la Tide, je peux bien faire ce que je veux, elles n'en finiront jamais d'en redemander… Se taper le grand Flash Prince, pour elles, c'est de la croisière de luxe.

Après ma douche, j'enfile mon short et mon maillot d'entraînement, chope mes crampons et descends au rez-de-chaussée du foyer de la fraternité. Austin et Reece attendaient dans la cuisine que je daigne bouger mon cul de feignasse. Je récupère mes lunettes de soleil sur l'îlot central et nous nous dirigeons vers la porte. Austin me tend un shaker de protéines, hilare en découvrant mon état lamentable, et je lui adresse un joli doigt d'honneur.

— C'est ta nana qui vient de sortir, là, Rome ? me demande Reece, trottant presque derrière Austin et moi, tandis que nous prenons le chemin de la salle de sport.

Je hausse les épaules.

— Ma nana, certainement pas, mais tout porte à croire que je l'ai baisée, en tout cas.

— Va falloir que tu te calmes un peu, vieux…, me sermonne Austin, les sourcils froncés.

*C'est ça…*

Manquerait plus qu'une arriviste qui espère se caser avec un footballeur pro me fasse chanter, mon gosse dans le bide.

— Je gère, t'inquiète ! Je sors toujours couvert. J'en avais encore la preuve sur le gland au réveil. On a la classe ou on l'a pas.

Austin me donne une tape dans le dos en se marrant, et Reece un coup de coude dans les côtes.

— Elle était bonne, mec. Elle assurait au pieu ? Tu t'en souviens ? T'as des détails, genre ?

Reece. Je l'adore, ce gosse, vraiment, mais va falloir qu'il prenne confiance et qu'il arrête de se contenter des meufs que je vire de mon pieu : on dirait qu'il a douze piges avec ses cheveux blonds et ses yeux bleus, et quand il parle de sauter des gonzesses, ça sonne aussi faux qu'un cor de chasse dans la gueule d'un yack. Un polo, et le petit bourge est bon pour une pub Ralph Lauren.

— Pas la queue d'une idée. (Je me retourne vers Austin qui me regarde, le sourire aux lèvres.) On a bu quoi, hier, merde ?

— Je me demande surtout ce qu'on n'a pas bu…

Ouais, je préfère sa formulation. Je me rappelle soudain la raison pour laquelle je me suis mis une misère : mes parents venaient de m'appeler pour me parler une énième fois de cette histoire de fiançailles à la con. La tequila me semblait la réaction la plus adaptée à la situation. En meilleur pote loyal, Austin m'a épaulé dans mon entreprise de murge.

— Le coach va pas nous rater, putain… Je pue l'alcool…, grogné-je.

Je vide d'un trait le shaker de protéines. Reece sourit malicieusement, et je l'écoute à peine lorsqu'il se tourne vers moi.

— Honnêtement, Flash ? Je rêve tous les jours d'être à ta place : toujours une meuf au pieu, tout le campus les yeux rivés sur toi, mais là, je dois dire que quand le coach va te choper, je serai content d'être quelqu'un d'autre.

Monsieur Ralph Lauren a raison : le coach me fait payer cher mon état. Très cher. On ne se bourre pas la gueule en pleine saison sans en subir de terribles conséquences. Aujourd'hui, sa sentence est faite de suicides[1], d'épaulés partiels et de trop nombreux tours de terrain… En ce moment, la Tide s'entraîne deux fois par jour. Traduction : on bosse comme des chiens, et on gerbe à la fin de chaque exercice. J'en chie de douleur, je sue à grosses gouttes… mais je kiffe chaque putain de minute que j'y passe : ça me permet d'évacuer ma colère et de survivre à une journée de plus de cet enfer qu'est mon existence. Dans dix mois, je pourrai faire un doigt à tous ces connards et vivre ma vie.

Et je compte… chaque… putain… de minute.

1. Exercice sportif : série d'allers et retours à contrainte.

# Chapitre 2

— Maman, ânonné-je d'une voix désincarnée après avoir vu son nom clignoter sur l'écran de mon iPhone.

Je viens de quitter l'entraînement.

— Tu viens dîner ce soir, m'ordonne-t-elle.

— Pas dispo, désolé, lâché-je, les dents serrées tant je ne supporte plus son ton glacial.

— Quoi que tu aies à faire, tu annules ! Les Blair viennent dîner pour parler des fiançailles et finaliser les préparatifs une bonne fois pour toutes : on a besoin de toi. Shelly organise l'initiation des nouvelles recrues de sa sororité ce soir, mais qu'importe son absence, toi, tu dois être là.

— J'ai un autre entraînement, ce soir. Le coach nous en impose deux par jour en ce moment, je te l'ai déjà dit.

Silence.

— Tu seras là ce soir, Roméo, finit-elle par me répondre, la voix cinglante.

Je m'arrête subitement et reste planté là, juste devant la fac de sciences humaines et sociales. Je suis déjà à la bourre à ce putain de cours de présentation à cause de notre entraînement interminable, et il faut que ma mère me déchire le tympan avec ce prénom de merde. Une fois de plus. J'ai beau avoir vingt-deux ans, chaque fois que je l'entends, j'ai l'impression d'en avoir huit : un frisson me parcourt l'échine, et ma patience à son égard est sur le point de se fissurer.

Je me pince l'arête du nez, tout en me focalisant sur la caresse brûlante et relaxante du soleil sur ma nuque. Il faut que je me calme.

Je n'y arrive pas. Rien ne parvient jamais à me calmer.

— J'ai pas dû être assez clair : ce soir, je m'entraîne. Ce sera sans moi, annoncé-je, catégorique, avant de raccrocher d'un doigt furieux et de fourrer le téléphone dans la poche de mon jean.

J'entre dans le bâtiment et prie pour que la bouffée d'air frais crachée par la clim ait raison de la colère qui me crame de l'intérieur. C'est comme si de l'acide coulait dans mes veines. Mais au final, je préfère l'accueillir à bras ouverts, cette rage : ce n'est qu'un rappel que je dois m'éloigner de ces gens et de leurs interventions permanentes dans ma vie, aussi vite que possible. Des années qu'ils me rabaissent, qu'ils me traitent comme une merde… Je n'en peux plus.

Parfois, je me demande pourquoi je suis encore là. J'ai de la thune, une bourse jusqu'à la fin de mes études… La vérité, c'est que j'ai le sentiment d'être pris au piège. Mes parents me contrôlent, c'est la stricte réalité des choses, et ça me file la gerbe chaque fois que j'y pense. Je n'ai pas d'autre famille que mes parents et, même si je sais que c'est pathétique, je ne supporte pas l'idée de me retrouver seul, si je me casse. Et puis, faut dire que j'ai quand même quelques bons souvenirs de mon père avant que le blé le métamorphose. Je me souviens encore du jour où il m'a emmené à son bureau et m'a présenté fièrement à ses collègues, clamant, plein d'orgueil, que je serai un jour le P.-D.G. de Prince Oil, moi, son petit protégé… Je m'étais senti si important, ce jour-là… Aimé, même. Et puis, les années ont passé : le foot est devenu une passion pour moi, et la fierté que mon père éprouvait à mon égard s'est peu à peu éteinte, avant de se changer jour après jour en un mépris teinté de dégoût.

Mes parents sont aussi puissants qu'impitoyables et, sans mentir, je suis terrifié à l'idée de ce qu'ils pourraient faire si je les déshonorais en mettant les voiles. Rien ne compte plus que la réputation aux yeux de leurs consorts, et ils ne toléreront jamais de moi que je les humilie d'une quelconque manière. Plus que dix mois à tenir : dix mois, et je pourrai quitter l'État, et les quitter eux. Dix mois de faux-semblants, et je serai libre.

Je lutte pour m'arracher à mes errances, ouvre sans ménagement la seconde double porte de l'établissement, envoyant les battants de bois percuter les murs, puis file dans les couloirs, chaque pas plus rageur et anxieux à l'idée de me retrouver bientôt coincé avec la reine des pétasses, Shelly Blair…

Putain, je l'ai baisée deux fois au lycée et – con que je suis – une fois en première année de fac, et elle la joue comme si j'étais son âme sœur, et qu'on était fous amoureux l'un de l'autre. Aimer ? Je ne suis même pas certain d'en être encore capable. Les coups au quotidien m'en ont coupé l'envie il y a des années. C'est dingue ce qu'un passage à tabac journalier peut vous priver de toute capacité de ressentir quoi que ce soit : on vous frappe, on vous répète sans cesse qu'on vous hait et, un jour, votre cœur devient froid, insensible… à tout sauf à la colère. Il n'y a pas de meilleur terreau pour cette merde que la violence physique et verbale subie au jour le jour.

Mon téléphone vibre une fois de plus, mais je n'y prête pas attention : je sais que c'est mon père. Il m'appelle pour m'ordonner de me présenter chez eux ce soir. Maman a sorti l'artillerie lourde.

Si je réponds, j'entends déjà sa réprimande : « Ce refus est inacceptable, gamin ! » Après quoi il me menacera, me fera chanter, me rappellera combien lui et ma mère me haïssent, regrettent que je sois né, et que si je vais trop loin, il fera de ma vie un enfer.

La même merde, encore et encore…

Le couloir tourne et, les poings serrés, je peste intérieurement à l'idée de me retrouver bientôt assis à côté de cette harpie possessive de Shelly pendant une demi-heure dans un putain d'amphi. Et pour écouter quoi ? Un vieux magnétophone à l'accent *british* qui va nous vomir son vieux cours de philosophie religieuse… *What the fuck ?* Je vais pas pouvoir supporter que Shelly me caresse le bras et se frotte contre mes cuisses en espérant me foutre assez la gaule pour que je cède et la saute après le cours.

Dans ses rêves ! Plus… jamais… ça. Dès que je pose les yeux sur elle, ma libido retombe immédiatement. Elle joue la bombe avec ses cheveux brushés, ses seins en plastoc hors de prix et les boudins de Botox rouge qui lui servent de lèvres. Tout ce que je vois quand je la regarde, c'est une putain de mante religieuse prête à m'éventrer.

Je poursuis ma route jusqu'à l'amphi, la tête basse, et je l'entends soudain… Le rire de Shelly. C'est comme si on étranglait un millier de chatons un à un, lentement, cruellement, à quelques mètres de moi.

J'avoue ne pas être fier de ce que je m'apprête à faire : moi, Flash Prince, quarterback vedette de la Crimson Tide, je me planque d'un bond derrière un escalier.

Le dos plaqué au mur blanc et froid, je prie pour que personne ne me voie me cacher comme un lâche, quand quelque chose m'attire l'œil : une meuf déboule depuis le coude du couloir, un tas de feuilles à la main et les yeux rivés sur sa montre. Sa tête est garnie de bouclettes brunes. En plus de ses lunettes envahissantes, elle porte la paire de chaussures la plus flashy que j'aie vue de ma vie : elles sont orange fluo, bordel… Orange fluo…

Son look fait naître sur mon visage un rictus, et je touche mes lèvres du bout des doigts, incrédule : c'était quand, la dernière fois que j'ai souri ? Je reformule : c'était quand, la putain de dernière fois que j'ai souri pour autre chose que le spectacle d'un connard à qui je viens de planter mon poing dans la gueule ?

Je secoue la tête, sceptique, puis risque un regard dans le couloir : Shelly vient de remarquer la nouvelle arrivante. Elle rive les yeux sur elle, puis se retourne pour balancer quelques mots à ses copines, un sourire malveillant sur le visage. Je me raidis, et il me prend l'envie soudaine de protéger la brunette nerveuse qui, la pauvre, n'a pas la moindre idée de ce qui l'attend.

Je n'arrive pas à la quitter du regard : elle a tout d'un personnage tragique arraché à la scène. Elle souffle sur les mèches folles tombées sur ses lunettes et file, nerveuse, dans le couloir où couinent à chaque pas ses pompes en plastique.

Mais je suis trop médusé par son entrée en scène pour me rendre compte à temps du sale coup que lui prépare Shelly : quelques secondes plus tard, cette conne la percute d'un coup d'épaule, et toutes les feuilles de la brune s'éparpillent sur le sol.

Un accès de rage m'envahit. Shelly a toujours été une pétasse de premier ordre, mais la voir s'en prendre ainsi à cette pauvre nana qui ne lui a rien fait m'énerve au plus haut point. De toute façon, vu mon humeur actuelle, il m'en fallait peu pour que je craque.

Je n'entends pas la saloperie que Shelly balance à la brune à genoux sur le sol ; en tout cas, cette dernière garde les yeux rivés par terre, refusant visiblement de céder à la provocation.

Honnêtement, je ne comprends pas comment j'ai pu coucher avec elle… Ça me dépasse. À l'époque, j'ai mis ça sur le compte des trop nombreux coups sur la tête que j'ai pris lors des matchs. Sur le compte de mon obsession pour le cul, aussi ; je réfléchis avec ma queue, c'est dingue… Je n'arrive pas à comprendre pourquoi Shelly traite les gens comme ça. Elle possède tout ce que le monde peut offrir à une meuf de son âge, et il lui est même arrivé, en de très rares occasions, de prouver qu'elle n'était pas si mauvaise, au fond. Mais ces moments n'ont jamais été assez nombreux ou intenses pour cimenter une éventuelle amitié entre nous. Non, je la comprendrai jamais, cette meuf.

Je sors de ma cachette et me dirige vers Shelly pour l'envoyer chier, mais j'arrive trop tard : elle a déjà fui dans l'amphi avec sa bande, aussi guillerette qu'une hyène qui vient de voler une cuisse de zèbre.

Lorsque je m'approche de la brune, elle se penche pour atteindre des feuilles qui ont glissé loin d'elle… Je grogne malgré moi, et ma queue s'éveille dans mon jean.

Bordel de merde…

Ce cul…

Un putain de cul à se damner…

Je cale discrètement ma gaule dans ma ceinture et tente de débander en pensant à un truc un peu repoussant.

*Jimmy-Don en maillot deux-pièces… Jimmy-Don en string…*

J'esquisse un petit sourire amusé.

*Shelly en train de me sucer…*

Bingo ! Je débande comme une baudruche percée.

Je me passe une main nerveuse dans les cheveux, m'arrête derrière la nouvelle venue et fais mon possible pour ne pas mater son petit cul moulé dans son short-salopette, et ses longues jambes ambrées que je ne pense qu'à agripper et à passer à ma taille…

*Merde, c'est reparti.*

Je m'apprête à lui demander si elle a besoin d'aide, quand elle se met à pester.

— Merde ! Bande de cons…, lâche-t-elle en se relevant.

Manque de bol, ses lunettes ridicules glissent de son nez et tombent à mes pieds.

Le temps se fige.

*Bordel, c'était quoi cet accent ? Anglais, peut-être ?*

Je l'ignore, mais j'ai jamais rien entendu d'aussi bandant de toute ma vie.

Avant de pouvoir m'en empêcher, je pars d'un grand rire, amusé par les jurons proférés par la voix si discrète de la petite brune : sitôt qu'elle m'entend, elle se raidit.

Ses épaules s'affaissent soudain, et elle laisse échapper un long soupir qui trahit son abattement extrême. Comme je la comprends…

Je me baisse pour ramasser ses lunettes, puis l'oblige à me faire face.

Putain… de… bordel… de… merde…

De grands yeux marron, des lèvres roses et pleines, une peau de pêche impeccable et des pommettes légèrement rosies… Elle est si près de moi que je sens l'odeur de sa peau, un doux parfum de vanille.

OK, va falloir que je dise un truc, n'importe quoi, au lieu de rester planter là comme un con. Elle va me prendre pour un dingue, sinon…

— Ça va mieux, comme ça ? lui demandé-je d'une voix plus rauque que jamais.

Elle plisse les yeux et relève la tête, écarte les lèvres et, derrière ses lunettes aux montures énormes, semble étudier chaque millimètre carré de mon visage : mes yeux chocolat, mes longs cheveux châtain clair, ma peau hâlée… J'ai l'enveloppe corporelle d'un ange… mais, le cœur d'un putain de damné.

Je me raidis et attends le moment fatidique où elle va se rendre compte à qui elle a affaire : Rome « Flash » Prince. Sa réaction va me gonfler, je le sais, et je vais la jeter comme le gros connard que je suis.

Elle me dévore de son regard brun ambré – comme toutes les autres –, et puis…

Rien.

Elle récupère d'un coup sec les feuilles que je lui tends, puis tente de partir. Elle semble ne pas m'avoir reconnu, pas plus qu'elle tente de jouer les allumeuses… Elle essaie juste de mettre les voiles, de se barrer loin de moi.

*C'est quoi, ce bordel…*

L'espace d'une seconde, je me dis qu'elle ne sait peut-être pas qui je suis, mais… Non, pas possible : on est en Alabama, et elle est à la fac. Jusqu'au dernier des trous du cul de l'État connaît ma putain de gueule, que ça me plaise ou non.

Sans même m'en rendre compte, je l'attrape par le poignet.

— Hé, ça va ?

Elle garde la tête basse.

— Ça va…, maugrée-t-elle.

C'est faux.

Elle ne lève toujours pas les yeux vers moi.

Elle semble vraiment ne pas me reconnaître.

— Sûre ? répété-je.

Honnêtement, je ne sais même pas pourquoi je lui repose la question.

Je vois à ses épaules tombantes qu'elle n'en peut déjà plus de sa journée. Ses longs cils noirs papillonnent sur ses pommettes, puis elle lève enfin vers moi ses yeux ambrés : le choc est immédiat, comme un impact qui me vide d'un coup les poumons et me paralyse des pieds à la tête.

— Ça t'est déjà arrivé de vivre une journée où le moindre truc vire au foutu cauchemar ? me demande-t-elle, l'air démoralisé.

Anglais. Son accent. Pas celui de la reine, par contre : elle a une intonation qui vient de je ne sais où… mais, putain ce que c'est bandant.

— Ouaip. Aujourd'hui, pour tout dire.

Elle décrispe un peu les yeux et soupire.

— Bienvenue au club !

Ses lèvres charnues esquissent un sourire forcé.

Mon cœur me la joue rebelle et fait un truc dont je ne le savais pas capable.

Il s'anime.

Je viens de ressentir un truc… indescriptible. J'ai l'impression que mon pouls s'accélère, tape plus fort à chaque battement. Je me mets à paniquer.

— Merci d'avoir pris le temps de me donner un coup de main. C'est très gentil, me remercie-t-elle poliment.

Ces mots reconnaissants me renvoient aussitôt à la triste réalité : « gentil » ? Moi ? Désolé, miss, vous vous êtes trompée de numéro…

Elle me toise du regard, attendant patiemment que je réponde quelque chose.

— Gentil ? C'est pas souvent qu'on me définit comme ça…, fais-je remarquer, reprenant enfin le contrôle.

Qu'est-ce qui vient de m'arriver, là, bordel ?

Ses lèvres s'entrouvrent à peine, et elle a un vif soupir surpris. Il faut que je me barre d'ici, loin d'elle, et que j'arrête de jouer la mauviette. Putain, je la joue à la Reece, là…

Je me barre sans me retourner. C'est la plus longue conversation que j'aie eue avec quelqu'un depuis une éternité, et elle n'avait rien à voir avec le fait que je devais devenir le putain de prince héritier du pétrole d'Alabama, ni avec celui que le foot US pro m'attendait comme le messie. Cette meuf n'est pas comme les autres, elle… m'intrigue. C'est comme si elle se moquait totalement de ce que les gens pensent, et que la démence du foot en Alabama n'avait aucune emprise sur elle : sa tenue comme sa réaction à notre rencontre en sont des preuves flagrantes. C'est… rafraîchissant. Un peu bizarre, aussi…

Soudain, j'ai l'impression de me détacher de mon propre corps, de m'observer depuis le plafond, et mes bottes s'arrêtent d'avancer : mon autre moi jette un regard par-dessus mon épaule et remarque la petite *British* plantée dans le couloir à me regarder m'éloigner.

— Moi, c'est Rome, lancé-je involontairement, les mots débordant de mes lèvres sitôt que nos regards se croisent.

Ses longs cils papillonnent, effleurent les verres de ses lunettes, et lorsqu'elle relève les yeux vers moi, son visage est paré d'un sourire timide.

— Molly.

J'acquiesce, passe la langue sur mes lèvres en la dévorant du regard, puis me détourne d'elle pour entrer dans l'amphi. Je salue l'assistance d'un hochement de tête et me dirige vers ma place au dernier rang.

— Rome Prince, je suppose ? me lance la nouvelle professeure de philosophie, guindée, en haussant un sourcil grisonnant.

Nul doute qu'on l'a mise au jus : les profs savent comment se passent les choses en pleine saison de foot. Le truc, c'est que les enseignants étrangers ont toujours un peu de mal à se faire au fait que nous autres, les joueurs de la Tide, jouissons d'un régime de faveur ici : nous pouvons, sans peur des représailles, manquer des cours pour participer à nos rencontres à l'extérieur, ou arriver en retard si notre entraînement s'est éternisé.

Je grimpe les marches lentement et esquive aussi longtemps que possible le regard obsessionnel de Shelly. Je m'installe à ma place habituelle : elle s'est assise à côté de moi aujourd'hui, et son bras serpente jusque sur ma cuisse sitôt que mes miches touchent le banc de bois. D'ordinaire, c'est Ally, ma cousine, qui s'assoit à côté de moi en cours, mais elle n'a pas pu venir aujourd'hui. Résultat : je suis coincé là avec Shelly.

*Ô joie…*

— Hé, Rome…, susurre-t-elle, prenant sa voix la plus séductrice.

Pour la majeure partie des types de l'université, Shelly est une vraie bombe, mais moi, je connais la fille qui se planque sous le maquillage : la fouille-merde de compétition.

— Shel', dis-je d'un ton distant sans réagir à ses caresses.

Déjà à bout, je serre les dents à m'en faire mal à la mâchoire.

Un claquement soudain tonne dans la pièce entière : la porte de l'amphi vient de s'ouvrir brusquement, et Molly fait son entrée, les feuilles en bordel dans ses bras menaçant à chacun de ses pas de se jeter par-dessus bord. La classe entière l'observe, médusée par cette vision d'un autre monde.

Elle se redresse, souffle sur les cheveux rebelles qui lui couvrent les yeux, remonte sur son nez ses énormes lunettes en rougissant d'embarras, puis se dirige en crabe vers le professeur. La vache, ce qu'elle est craquante, contrariée comme ça, à longer maladroitement le mur de la salle en traînant les pieds…

Je lâche un petit rire malgré moi, tandis que mon pouls s'accélère une fois de plus. Je la regarde poser ses feuilles sur un bureau, puis se poster près de la prof. Elle ne tient pas en place.

— C'est quoi, son problème, à cette meuf ? lance hargneusement Shelly à sa meilleure amie, Tanya, après l'avoir interpellée d'un petit coup de coude. (Elle se tourne soudain vers moi.) Et toi, t'as ri où j'ai rêvé ?

Elle me dévisage, bouche bée, et je me contente de hausser les épaules sans rien répondre.

— C'est autorisé de se saper comme ça passé la maternelle ? se moque Tanya en pétasse diplômée.

Shelly se penche vers moi, et son parfum puissant manque de me faire gerber sur place. Elle m'a pris au piège, et je serais con de l'envoyer chier : elle a mes parents dans la poche, et si je veux pouvoir finir l'année sans qu'ils me cassent trop les couilles, va falloir que je la joue discrète, sans balancer trop de coups de pied dans la fourmilière… Et dès que la draft me filera mon ticket pour la NFL, j'enverrai bouler ces deux raclures de chiottes et leurs manigances d'arrivistes accros au fric.

La prof demande à Molly de se présenter, et j'observe, fasciné, la *nerd* maladroite à l'accent *british* se métamorphoser sitôt qu'elle prend la parole : elle s'est redressée et, le menton haut et les yeux brillants, elle rayonne de confiance en elle.

Je me redresse sur mon siège et bois littéralement ses paroles.

La meuf – qui se trouve être l'assistante de la prof – est futée, super futée même. Jeune, anglaise, elle est déjà en master et a pour objectif de devenir maître de conf' en philo. Pour couronner le tout, elle est en Alabama pour aider la prof à rédiger un article pour une revue académique… Bordel, sa présentation vient d'enterrer en quelques phrases la foule d'indécis qui grouillent dans ce putain de campus.

— Alors, Rome ? Tu viens ce…, tente de parler Shelly, qui se fout royalement de la présentation de la jeune Anglaise.

Je la fais taire. J'ai besoin d'entendre Molly parler : j'ignore pourquoi, mais j'ai envie d'en apprendre plus sur elle. De lui reparler.

Shelly n'abandonne pas pour autant : elle caresse d'une main mes abdos, et approche ses lèvres de mon oreille.

— Je t'ai demandé… si tu venais, ce soir, Ro…

Je me retourne soudain vers elle, l'air glacial.

— Et moi, répliqué-je d'une voix à la colère à peine contenue, je t'ai dit de la boucler ! Je te le répéterai pas.

Elle plisse ses yeux saphir, pose sur Molly un regard noir, puis se retourne vers moi. Elle reproduit ce petit manège une poignée de fois, et je lis dans ses yeux qu'elle a compris que la jeune Anglaise avait attiré mon attention.

Comme Molly parle encore, je me concentre de nouveau sur elle sans regarder Shelly qui bouillonne de rage à côté de moi.

— Je me suis toujours passionnée pour la philosophie religieuse, et ne pourrais être plus heureuse d'aider le professeur Ross durant ses cours magistraux. Sans compter que je suis ravie d'avoir une chance de pouvoir rendre le petit monde merveilleux de la philosophie un peu plus attrayant !

Shelly enfonce ses ongles rageurs dans le bois de son accoudoir devant l'éloquence de Molly. Lorsque je remarque sa lèvre supérieure retroussée, je sais qu'elle va passer en mode full-pétasse.

— Je serais heureuse de répondre à la moindre de vos questions concernant…

— Moi, j'ai une question, intervient Shelly, interrompant Molly.

Toute la classe se tourne vers elle : elle arbore un sourire mauvais qui tient plus de la grimace qu'autre chose. Molly fouille l'assistance du regard, et ses yeux trahissent sa surprise lorsqu'elle remarque Shelly… et ses mains placées à quelques centimètres de mon entrejambe.

*Putain de merde…*

— Me cherche pas…, la menacé-je dans un murmure en retirant sa main de ma cuisse, mais elle se contente de me snober.

— Faut être un peu barré pour vouloir devenir prof de philo, non ? Pourquoi tu veux faire un truc aussi assommant ?

— Pourquoi pas ? se contente de lui répondre Molly, imperturbable. Tout, dans notre vie, sur notre planète, mérite qu'on y réfléchisse : pourquoi est-ce que cela existe ? Quel est l'intérêt de ceci ? J'ai toujours été inspirée et intriguée par les mystères de la vie et de l'univers. L'immensité de notre ignorance me fascine, et j'adore m'immerger dans les périples académiques des scientifiques historiques et actuels.

Tanya renâcle, et Shelly lâche un rire moqueur.

— T'as quel âge, chérie ?

— Eh bien… Vingt ans, répond Molly en rougissant soudain.

— Vingt ans ! Et t'es déjà en fin de master ?

— Oui, j'ai… Je suis rentrée à l'université avec un an d'avance. Je m'en sortais bien au lycée.

— La vache, ma fille, va falloir arrêter d'être sérieuse et commencer à vivre un peu… Y a pas que les études dans la vie : faut s'éclater ! Lâche-toi, merde !

Mon sang bout dans mes veines. Je suis à deux doigts de lâcher à Shelly de la boucler quand elle ajoute :

— Je crois que je comprendrai jamais les filles comme toi…

Je me retourne vers Molly : elle vient de quitter son pupitre et de caler ses mains sur ses hanches.

Un nouveau sourire habille mes lèvres. Elle se tient là, fièrement, prête à en découdre avec la reine des garces d'Alabama.

— Les filles comme moi ? répète-t-elle, la voix teintée d'un léger agacement.

OK… Mary Poppins a vu rouge. Je ne l'en aime que davantage : elle a le courage de se battre pour ce en quoi elle croit.

— Les rats de bibliothèque, les *nerds*... Les nanas qui veulent devenir maîtres de conf', quoi ! se moque Shelly d'une voix traînante.

Cette conne se croit encore au lycée : elle pense que son seul moyen d'être heureuse est de chercher des poux aux petites nouvelles. Pathétique...

— Je pense que l'étude et le savoir donnent accès à davantage d'influence et de pouvoir que l'argent, le statut social ou la marque de nos vêtements, repart Molly sur un ton glacial.

Malgré son calme apparent, je vois la colère embraser ses yeux d'ambre, derrière ses lunettes hors normes.

— Sans déconner ? C'est vraiment ce que tu penses ? s'étonne Shelly, sa perte d'assurance manifeste.

— Bien sûr. Rester ouvert à d'autres possibles, apprendre le fonctionnement d'autres croyances et de cultures qui nous sont étrangères, offre une compréhension de l'âme humaine bien plus riche et holistique. La philosophie permet une réflexion sur nombre de questions d'importance : pourquoi certaines personnes vivent-elles sans heurts toute leur vie, sans jamais faire montre de la moindre compassion, alors que d'autres – généreuses, bienveillantes et honnêtes – subissent revers après revers ? Pourquoi ces dernières trouvent-elles en elles la force de continuer ? Ne penses-tu pas que s'il existait davantage de personnes conscientes des maux de l'humanité, nous vivrions dans un monde meilleur ?

Jamais je n'ai entendu un discours pareil... J'ai l'impression qu'elle vient de tirer mon portrait. Tout le monde pense que lorsqu'on vient de la famille la plus riche d'Alabama et qu'on est capable de lancer un ballon de foot aussi bien que Peyton Manning, rien ne pourra jamais nous arriver dans la vie. Le truc, c'est que personne ne les connaît, eux. Mes parents. Personne ne sait rien de l'enfance qu'ils m'ont fait endurer, de ce que je vis encore aujourd'hui au quotidien. Pourquoi je ne le leur dis pas, hein ? Parce qu'ils ne comprendraient pas. Personne ne comprendrait... Pourtant, l'espace d'une seconde, je me plais à croire qu'elle, peut-être, y parviendrait. C'est comme si elle parlait d'expérience, qu'elle aussi avait souffert. S'il est une chose que j'ai apprise, c'est que seules les personnes qui ont vécu la même chose que vous peuvent deviner votre douleur, les souffrances se rencontrent avant ceux qui les portent en eux.

— Voilà pourquoi je préfère étudier plutôt que me saouler tous les soirs. Le monde mérite de compter davantage de gens qui pensent plus aux autres qu'à eux-mêmes, et qui s'efforcent de se montrer chaque jour moins égoïstes et attachés au superficiel.

Je l'examine des pieds à la tête – sa silhouette aux courbes fermes, sa peau de pêche légèrement hâlée, son visage aux couleurs ravivées par la confrontation – et estime qu'elle est sexy à en crever, sous ce style, disons... discutable.

— J'espère que cela t'aura aidée à comprendre un peu ce pour quoi j'aimerais devenir enseignante. C'est ma vision des choses, ma conviction, et j'en suis extrêmement fière.

Je me retourne aussitôt vers Shelly : elle est vissée à son siège. Certes, elle a la thune et le look pour elle, mais niveau Q.I., c'est clairement pas ça : pour tout dire, je pense qu'un oursin aurait plus de chance qu'elle de décrocher un diplôme. Je sais que ce que je vais dire fait de moi un connard, mais la voir là à se tortiller de honte – la déesse tutélaire d'Alabama défaite par une petite brunette aux goûts vestimentaires douteux – ensoleille ma journée entière.

— Hou, putain, Shelly, elle t'a mis la misère, là…, commenté-je à voix haute, moqueur, sans pouvoir m'en empêcher.

Shelly lâche un hoquet agacé à côté de moi, mais je suis trop subjugué par la petite Anglaise pour lui accorder la moindre attention. Molly me rend mon regard et esquisse un sourire satisfait et triomphant. Je sens ma queue se durcir. Je viens de lui faire plaisir.

Bordel, qu'est-ce qui m'arrive ?

— Et puis merde, fais comme tu veux : mais c'est pas comme ça que tu vas faire ton trou ici, chérie ! l'avertit Shelly, vexée.

Je sais que j'ai mis de l'huile sur le feu, mais sincèrement, je n'en ai strictement rien à foutre : elle passe ses journées à rabaisser les autres, un retour de bâton, ça lui fait les pieds…

La prof murmure un truc à l'oreille de Molly, et je bloque : impossible de détacher mon regard d'elle alors qu'elle quitte son pupitre. Elle m'a tapé dans l'œil au point que j'ai l'impression d'être un vieux pervers à la mater comme ça, tandis qu'elle longe chaque rangée d'étudiants pour distribuer ces mêmes feuilles qui, il y a encore quelques minutes, étaient éparpillées sur le sol du couloir.

Lorsqu'elle approche de nos places, Shelly défend son territoire en posant ses jambes sur mes cuisses. Si elle lui a parlé la première, je n'ai rien entendu : j'étais trop occupé à essayer de percer du regard les mystères de cette inconnue, obsédé par tout ce qu'elle venait de dire.

— Jolies chaussures, Molly, se moque soudain Shelly, cinglante. Les aspirants profs de philo ont tous des goûts vestimentaires aussi inspirés ?

Cette fois, j'ai tout entendu, et j'en ai clairement marre. Je dégage les jambes de Shelly de mes cuisses. Elle peut s'estimer heureuse que je ne l'aie pas purement et simplement balancée à l'autre bout de la pièce.

— Hé, lâche-la un peu, Shel', pesté-je entre mes dents. T'es vraiment obligée de jouer la garce à plein temps, bordel ?

Les autres étudiants n'osent pas tourner les yeux vers moi, et je dois dire que c'est bien la première fois que je me réjouis d'être le *bad boy* impulsif et menaçant à qui personne ne veut chercher des noises.

Molly trépigne devant nous, et son regard se perd un peu partout dans la salle, m'esquivant soigneusement. Mortifiée, elle aimerait probablement s'enfoncer sous terre.

Mais, avant qu'elle disparaisse, j'ai besoin de lui demander un truc : il faut que je sache si elle croit vraiment tout ce qu'elle vient de nous balancer, ou si elle vient de régurgiter une tirade académique juste pour impressionner ses nouveaux étudiants.

Lorsque, les paupières papillonnantes, elle se retourne enfin vers moi, je me lance.

— Tu penses vraiment ce que tu viens de dire ?

Elle fronce les sourcils, comme si ma question était d'une stupidité confondante.

— Quel passage en particulier ?

Je sens que Shelly et son gang sont au taquet, mais il faut que je sache… Au fond de moi, tout au fond, j'ai besoin d'en avoir le cœur net.

— Quand t'as parlé de l'injustice de la vie. Du fait qu'la philo pouvait expliquer pourquoi des gens bouffaient de la merde toute leur vie et pas d'autres.

Elle rive dans le mien un regard déterminé.

— Oui, je le pense, déclare-t-elle, catégorique. Je l'affirme même haut et fort.

Soudain, tout est scellé. Une vague d'apaisement inédit m'emplit la poitrine et, bien que discrète, j'ai cette sensation folle de pouvoir enfin respirer, et ce pour la première fois depuis des années. Cette fille sait ce que c'est que de souffrir. Elle aussi a affronté sa propre tempête personnelle… Elle peut me comprendre.

Molly s'en retourne à son bureau, et la prof annonce la fin du cours. Je ramasse mon sac sur le sol quand Shelly m'attrape par le bras.

— Oublie pas l'initiation, ce soir, Rome. Tes confrères seront de la partie, alors tu viens, OK ?

— Certainement pas, rétorqué-je.

Je sens le regard furieux de Shelly se poser sur moi, alors que je me rassois à ma place, perdu dans mes pensées : je n'arrive pas à partir, trop occupé à réfléchir à tout ce que vient de dire Molly.

« Pourquoi certaines personnes vivent-elles sans heurts toute leur vie, alors que d'autres subissent revers après revers ? »

La salle commence à se vider, alors je m'arrache à mes pensées et quitte l'amphi à la hâte.

Sitôt que je me retrouve dans le couloir, deux bras serpentent à mon cou.

— Putain, barre-toi, Shel', merde ! grogné-je.

Je me retourne pour découvrir une nana aux lèvres rouges et charnues me dévisager de ses grands yeux noisette.

— C'est pas Shel', Flash !

Elle me plaque vivement contre le mur, et je lâche un soupir blasé.

— Caroline…, la salué-je, tandis qu'elle se frotte énergiquement contre mon entrejambe.

Je fais fi des étudiants qui nous regardent en passant leur chemin, parmi lesquels se trouve sûrement Shelly… Ce serait une bonne chose d'ailleurs : je viens de la foutre en rogne, mais si je pouvais carrément lui passer l'envie de m'approcher pendant quelques jours, j'aurais tout gagné.

— Viens avec moi dans ma chambre, m'invite Caroline d'une voix lascive en passant ses ongles longs sous mon tee-shirt pour les ficher dans mes obliques.

Une vraie salope, celle-là… Je serre les dents sous ses coups de griffes, et le désir embrase son regard. Elle se penche à mon oreille.

— J'ai rêvé toute la semaine de prendre ta queue dans ma bouche.

*Bordel…*

Je ferme les yeux un instant, me demandant si je vais réussir à adopter le nouveau mode de vie que j'ai décidé de m'imposer… et finis par la repousser. Pour la toute première fois, Caroline et sa bouche aux merveilles échouent à me séduire. Mon plan est en marche : plus rien ne doit me distraire de mon objectif. Et puis, elle commençait à devenir collante, de toute façon.

Je rive les yeux dans le regard lubrique de Caroline.

— Merci, mais non merci. D'ailleurs, je te dis bye-bye, Caroline. Va astiquer l'artillerie d'un autre soldat : je suis plus client.

— Mais… mais… pourquoi ? C'est la première fois que tu me dis non !

C'est vrai, c'est la première fois que je lui résiste, mais là, basta ! Et pour de bon.

— Les temps changent.

À ces mots, elle plante un peu plus les ongles dans mes abdos en rougissant de rage. Le regard inflexible, je l'attrape par les poignets et la repousse.

— Les temps, ouais… mais toi ? Depuis quand tu changes ? s'emporte-t-elle d'une voix stridente.

— Depuis maintenant, fais pas chier, merde ! Je me passerai très bien de tes services : tu peux disposer, tonné-je.

Elle blêmit, se retourne et quitte le couloir d'un pas rageur. Navré, mais ouais, faut que je change : j'ai bouffé de la groupie accro à la réputation jusqu'à écœurement.

*Dix mois*, me répété-je. *Plus que dix putains de mois…*

Je me retourne vers le mur crème et plaque le front contre la peinture froide.

*Dix putains de mois, et tout ça sera fini…*

# Chapitre 3

— Nope, sans moi, insisté-je pour la quinzième fois auprès d'Austin, Reece et Jimmy-Don, tandis que nous rouillons dans le salon de notre fraternité.

Allongé sur le canapé, je lance à répétition un ballon en l'air, pendant qu'ils regardent je ne sais quelle émission de télé-réalité à la con.

— Qu'est-ce tu vas foutre, alors ? me lance Austin depuis le relax. Glander ici tout seul ?

Austin vient des gangs : italien, tatoué et percé de la tête aux pieds, plugs d'oreille et compagnie. Une terreur sur pattes, mais ça reste le type le plus chouette que je connaisse, et probablement l'un des seuls que j'arrive à supporter.

— Un truc du genre, ouais.

Une chiée de types entrent dans le salon – des joueurs de la Tide pour la plupart –, hystériques, des fûts à la main. Je m'assois et adresse à Porter un petit signe du menton : c'est un trou de balle, mais ça reste un de mes coéquipiers, alors je supporte – tout juste – le nombre impressionnant de conneries qu'il débite à la minute.

— Qu'est-ce qui vous rend contents comme ça, bordel ?

Porter fait un pas en avant en se frottant les mains.

— C'est soirée d'initiation, les filles ! Tu connais le programme : buffet de chattes bourrées !

— C'est sûr que faut être bourrée pour vouloir se taper ta queue moisie, le tacle Austin.

Son ton de tueur à gages me fait sourire : nos deux receveurs éloignés ne peuvent pas se blairer depuis si longtemps que personne ne sait plus pourquoi.

— Allez, les gars, on y va : si c'est nase, on s'arrache, propose Reece, légèrement inquiet de manquer la fête.

Quand il est arrivé à la fac l'année dernière, le coach m'a demandé qu'en bon leader de la Tide, je lui montre un peu comment ça fonctionnait ici… Depuis, impossible de m'en débarrasser.

Je lance la tête en arrière, lâche un grognement de dépit, puis balance le ballon en pleine tête du quarterback remplaçant.

— Putain, Reece, va falloir que t'apprennes à tirer ton coup sans papa : j'en ai marre de t'enfiler des meufs sur la bite… T'es un footeux, bordel : profite de la situation ! Ça sert à quoi de jouer pour la Tide si tu t'en sers pas pour lever des meufs ?

Il esquive le ballon, ne relève pas ma pique et sourit.

— T'es OK pour qu'on y aille, alors, c'est ça ? Yeah ! Je vais me changer !

Je me passe les mains sur le visage, désespéré, et Reece claque avec enthousiasme la porte derrière lui. Quand je relève la tête, je découvre Austin le regard rivé au plancher, et Jimmy-Don – mon seul autre vrai pote – me fait un signe de tête pour que je lui parle.

Putain, je m'étais même pas rendu compte qu'Austin était en galère.

— Un souci, frérot ?

Austin relève aussitôt la tête. On est inséparables, tous les trois : je connais Austin depuis que je suis gosse – les deux gamins brisés, perdus chacun à une extrémité de l'échelle sociale, réunis par une même passion pour le foot –, et Jimmy-Don nous a rejoints en première année de fac. Ce colosse texan est probablement le type le plus honnête et entier que j'aie jamais croisé de toute ma vie. Un vrai putain de clown, aussi. Reece ne nous connaît pas encore très bien, et Austin ne lui fait pas entièrement confiance. Il ne fait pas confiance à grand monde, cela dit. De toute évidence, quelque chose le préoccupe, et il a attendu que Reece se barre pour tomber l'armure.

— Une galère avec mes frangins, me dit-il, les dents serrées. Levi a été approché par le clan, et ce putain d'Axel a laissé faire en prétextant que c'était nécessaire pour payer les dépenses médicales de notre daronne. Levi a quatorze ans, merde : il est trop jeune pour se retrouver embarqué dans ces conneries ! Je bosse pas, alors j'ai pas de blé à leur filer… Axel me dit de m'accrocher au foot, que ça finira par payer, et qu'ils gèrent en attendant. Si je suis pas drafté cette année, putain, j'suis vraiment dans la merde… (Il lève les yeux au plafond ; quand son regard croise de nouveau le mien, j'y lis toute sa misère et son doute.) On va à l'initiation, ce soir, Rome : je vais péter un plomb si je reste ici à cogiter. Faut que je sorte, que j'oublie un peu cette merde.

Je vois bien qu'il souffre. Son petit frère Levi est un bon gamin ; Axel, le grand, c'est une autre histoire… Austin a bataillé pour tenir Levi loin du gang qui a vampirisé Axel depuis trop longtemps déjà, et je sais bien qu'il en chie de voir que son cadet est en train de prendre le même chemin.

— Tu sais que je te file de la thune quand tu veux. Suffit de demander, dis-je d'une voix bienveillante.

L'embarras assombrit le regard d'Austin.

— Hé, j'sais que tu veux me tirer d'affaire, Rome, mais hors de question que je te pompe du blé. Je vais gérer. Je trouve toujours un moyen de gérer…

C'est vrai… Le souci, c'est la légalité de ses combines.

— Tu veux qu'on aille rendre visite à ton frangin ? propose Jimmy-Don. Qu'on tape la causette pour trouver ensemble un moyen de le sortir de la merde ?

Austin fait « non » de la tête.

— Quand t'as le pied dans l'engrenage, t'es mort, mec. T'as bien vu ce qu'ils attendent encore de moi aujourd'hui… (Il pose une main sur l'épaule de Jimmy-Don.) Ça me touche, mais c'est une histoire de famille. Hors de question que je vous implique là-dedans, tous les deux.

Il se lève avec nervosité.

— On y va ?

— OK, on y va, acquiescé-je.

Jimmy-Don se lève et me tend la main pour m'aider à me relever, un grand sourire aux lèvres. Sitôt que Reece a ramené son cul au rez-de-chaussée, nous quittons la baraque de la fraternité.

— Salut, les gars ! Tout le monde vous attend au fond avec impatience ! nous lance Ally lorsque nous passons la porte du foyer de la sororité.

Elle a l'air de se faire chier comme un rat mort, assise à l'entrée à surjouer son rôle d'hôtesse d'accueil. Elle s'avance vers moi, lève les yeux au ciel et dépose une bise sur ma joue.

— Je pensais pas te voir ici, dis donc. C'est pas ton truc, d'habitude.

— Ouais, j'ai pas trop eu le choix. (Je regarde les gars entrer peu à peu dans la salle, puis désigne la porte du menton.) Shelly les oblige à faire quoi, cette année ?

Ally secoue la tête, l'air écœuré.

— Elles doivent rouler une pelle à un confrère et deviner ce qu'il a mangé.

Je me passe une main dans les cheveux.

— Putain, mais elle a quel âge, sans déconner ?

— Voilà, c'est ça… Bref : y a un peu de tous les âges parmi les recrues, cette année. On avait besoin d'étudiantes de troisième et quatrième année. Et d'étrangères aussi. On a même récupéré une petite *British* genre intello plus-plus. Les filles ont l'air ravies de l'accueillir : c'est comme si toutes les sororités se l'étaient arrachée pour remplir leur quota. Je n'ai pas encore rencontré les nouvelles, cela dit. J'espère juste qu'on ne va pas se retrouver avec une tripotée de mini-Shelly, et qu'on aura au moins une recrue dotée d'un cerveau, qui fera un doigt aux gamineries de la reine mère.

Je me passe de nouveau une main dans les cheveux, ma curiosité piquée.

— Une petite *British* intello ? répété-je, l'air de rien.

Honnêtement, je l'ai bien senti : j'ai joué la surprise avec autant de brio qu'un balai à chiottes.

Ally fronce les sourcils, incline légèrement la tête et m'adresse un regard entendu : elle n'est pas dupe.

— Ouais, elle est en master, je crois. Apparemment, elle assiste une prof de philo, aussi. Enfin, je suis pas sûre d'avoir tout compris… Pourquoi t'es tout bizarre, d'un coup ?

Je lâche un hoquet maladroit.

— Rien, laisse tomber, dis-je, avant de montrer d'un doigt la salle devant moi. Les recrues sont là-dedans ?

Ally recule d'un pas et croise les bras, singeant ma posture.

— Tu comptes entrer, vraiment ?

— Ouais.

Je dépasse ma cousine – agaçante de perspicacité –, mais elle me retient en m'attrapant par le bras.

— Tu déconnes pas, là ? Tu comptes vraiment entrer ?

— Oui ! T'es bouchée ? C'est quoi le délire ? craché-je en me libérant de son emprise.

— Monsieur « Ça me fait gerber ces putains d'orgies grecques à la con » veut soudain participer au rituel d'initiation pervers de Shelly ?

— Ça m'intrigue, c'est tout, lui dis-je du ton le plus neutre possible.

Elle continue de me dévisager, ses yeux marron animés d'une étincelle suspicieuse. J'abandonne ma chieuse de cousine à son tabouret avant qu'elle me rende dingue et, les épaules crispées par son interrogatoire, passe les portes de la salle où se tient l'initiation. Aussitôt, je scrute la foule massée là et distingue, tout au fond, une longue ligne de recrues vêtues de toges moulantes. Devant chacune d'elles se dresse un joueur de foot qui attend son tour pour galocher une nana aux yeux bandés. Leur excitation est visible.

Shelly a six ans, c'est pas vrai… Je n'arrive pas à croire qu'elle puisse forcer ces filles à s'avilir comme ça.

— C'est une blague, mec ? T'es carrément venu assister au spectacle ? T'as de la fièvre ? me lâche Austin, l'épaule collée au mur, sincèrement abasourdi de me voir ici.

Je le snobe lui aussi et fouille la ligne de filles du regard…

*Bingo…*

Molly se tient en fin de rangée : mal à l'aise, elle trépigne de nervosité, mais ça ne l'empêche pas d'être sexy à en crever, avec son épais bandeau noir sur les yeux : pour preuve, mon esprit divague aussitôt à l'idée de tout ce que je pourrais lui faire avec ce bandeau, des mille façons dont je pourrais lui faire hurler mon nom…

Shelly passe devant chaque recrue, un sourire malveillant sur le visage, et je la vois faire signe à Brody Macmillan, le type le plus laid de notre équipe ; l'enfoiré ne prend de douche qu'une fois toutes les deux semaines. Sa face d'ivrogne s'illumine tandis qu'il vient se poster devant Molly. D'un geste instinctif, elle se couvre la bouche d'une main, assaillie par son odeur corporelle infecte. Mac doit être allergique à l'hygiène, et le pire, c'est que ça n'a pas l'air de le déranger plus que ça.

Il se penche, mais mes jambes me portent déjà jusqu'à lui et, à la seconde où ses lèvres vont effleurer celles de Molly, je pose une main sur son torse et le repousse avec violence : il part à la renverse en fouettant l'air de ses bras, fait tomber dans sa chute la table sur laquelle se trouvent les bandeaux inutilisés, et son gros cul s'écrase bientôt sur le sol.

— Bouge, Macmillan : c'est chez moi, ici, rugis-je sur un ton sans réplique.

Je n'arrive pas à détacher mon regard de Molly… Elle porte un pouce à sa bouche, et ce simple geste me fout une gaule de tous les diables. Je ne tiendrai pas une minute de plus : il faut que je goûte sa bouche.

— Hé, n… non ! Fl… Flash ! Shelly a dit qu… qu…

Je lui jette un regard noir. Le bide débordant de son futal trop serré, il scrute la salle en tous sens d'un air éteint.

— Je m'en bats les reins de ce qu'elle a dit. Déblaie-toi la tête, mange-toi un bon coma éthylique, ce que tu veux, mais casse-toi.

Il se relève en titubant, et je fais signe à une poignée de rookies[1] de l'évacuer et de le foutre au pieu.

---

1. Rookie : dans le sport américain, joueur de première année.

— Tu m'le p-paieras, mec… Tu vas v-voir…, bredouille-t-il, tandis que les jeunes gars le tirent par les bras.

— Stop ! C'est Mac qui doit…

Je lève une main et fusille Shelly du regard alors qu'elle s'approche de moi.

— Ta gueule, Shel', fais pas chier ! craché-je, sauvage, si bien qu'elle s'en retourne craintivement vers ses amies, rouge de rage.

Autant dire que sa colère, je n'en ai rien à cirer.

Je me retourne vers Molly : je sens une fois de plus son odeur subtile de vanille. Je ne crois pas avoir jamais eu autant envie d'embrasser quelqu'un…

Je lui ôte la main de devant la bouche et la place sur ma hanche. Je dois réprimer un grognement de plaisir lorsqu'elle fait doucement remonter ses doigts le long de ma taille et que, dans un soupir discret, elle entrouvre légèrement les lèvres. Sa réaction, presque imperceptible, suffit à me convaincre qu'elle aussi ressent l'énergie intense et mystique qui circule entre nous.

Je pose les mains sur ses joues pour qu'elle ne puisse pas m'échapper et que je garde le contrôle sur le moindre de nos gestes, puis me penche et caresse ses lèvres d'un baiser aérien. J'essaie d'être doux, prévenant – et Dieu sait que ce n'est pas dans mes habitudes ! –, mais lorsque je sens sa main descendre sur mon ventre et caresser malgré elle ma queue en érection, je pète les plombs et perds le peu de maîtrise que j'avais tant bien que mal réussi à conserver.

Soudain, je prends sa bouche d'assaut, et dévore tout ce qu'elle m'offre à savourer. J'immisce ma langue entre ses lèvres et attire son corps contre le mien : à son contact, ma langue s'embrase dans sa bouche et danse intensément contre la sienne. J'en avais envie à en crever… Non, j'ai envie d'elle à en crever. Alors je me sers et, bordel, elle me le rend au centuple, réagissant à chacun de mes gestes mieux que j'aurais pu le fantasmer. Au bout de longues secondes, elle se détache de moi, non sans lécher mes lèvres du bout de la langue : cette dernière passe d'armes, si discrète soit-elle, manque de me rendre complètement dingue.

— De la menthe… Le goût dans… dans sa bouche, c'est…

Elle se met à jouer le jeu du rituel d'initiation, mais mon envie d'elle n'est pas encore assouvie et, pour l'heure, rien ne m'importe plus en ce monde.

Sans lui laisser le temps de finir sa phrase, je lâche un grognement rauque et me penche de nouveau vers elle pour terminer ce que j'ai commencé. Comme elle avait anticipé ce nouvel assaut, elle m'agrippe les cheveux et m'attire tout contre elle, autant qu'elle le peut, épousant chacun de mes gestes. Je commence à explorer sa silhouette de mes mains : je crève de la toucher, d'aventurer mes paumes jusqu'à la dernière de ses courbes hallucinantes… mais c'est le moment que choisit Shelly pour ouvrir sa putain de gueule de vipère.

— Hé, ça suffit ! Qu'est-ce tu fous, Rome ? Lâche-la tout de suite !

Tanya vient se placer derrière Molly et défait son bandeau en m'adressant un regard noir. Rien à foutre : je rive aussitôt mes prunelles dans celles de Molly, qui tressaille en me reconnaissant.

— Hé, Molly…, dis-je, pas encore prêt à la relâcher.

— Hé… toi…, murmure-t-elle en retour et, putain, je jure que ces simples mots suffisent à me donner envie de l'embrasser encore.

Je recommence à me pencher vers elle quand le fléau de mon existence m'attrape par le bras et me tire en arrière, avant de me gifler sans ménagement : le geste me ramène à la réalité de façon radicale, et j'attrape Shelly par les poignets.

— Ne lève... plus jamais... la main sur moi...

Je ne supporte pas qu'on me frappe. OK, c'est sans doute crétin de dire un truc pareil, personne n'aime se faire frapper – sauf exception, dans l'intimité d'une piaule. C'est juste que ça me rappelle ce que j'ai dû subir toute ma vie ou presque : des passages à tabac gratuits.

— La menthe. La bouche de Rome a le goût de menthe. C'est ce que tu voulais savoir, non ? Pour ton rite initiatique à la con ? lance Molly sur un ton cinglant, pas intimidée le moins du monde par les conneries de Shelly.

Sans son intervention, je crois que j'aurais totalement pété les plombs. Je me tourne vers elle et rive les yeux dans son regard déterminé : il faut que je me casse d'ici. Je suis trop tendu : si je ne m'arrache pas, je vais clouer Molly au sol.

— Elle a raison. Je viens de mâcher un chewing-gum.

Sur ces mots, je me fraie à coups de coude un chemin à travers la foule, n'accordant une courte pause qu'à Ally et son air compatissant. Je lui adresse mon regard le plus noir pour la dissuader de me faire chier, puis me taille jusqu'à mon Dodge.

— Rome ! Attends, mec ! me hurle Austin derrière moi.

Je fais volte-face et lève une main.

— Ça va, ça va... Putain, j'ai juste besoin d'être un peu seul.

— C'était quoi, le plan, là ? C'est qui, la meuf ? Et surtout, pourquoi tu l'as embrassée comme ça ?

Je fusille mon meilleur pote du regard, les mâchoires serrées.

— Carillo, on oublie ça, OK ? Faut que je file loin de Shelly, là, alors je me casse.

— T'es sûr ?

Je lis dans ses yeux toutes les questions qu'il se pose, mais je me contente d'acquiescer, me retourne et choisis plutôt de monter l'escalier jusqu'au dernier étage : la terrasse d'Ally me fait de l'œil comme jamais.

# Chapitre 4

Bilan : trois canettes de bière, deux longues heures à observer la foule en contrebas et cinq textos de mon père… Enfin… six textos maintenant.

*Tu n'y échapperas pas, gamin. J'ai parlé à Martin Blair ce soir : mariage l'été prochain, après la remise des diplômes. Je te déconseille de merder, et à partir de maintenant, quand j'organise un dîner, tu es là. C'est un ordre.*

J'efface le message et relève la tête, fouillant dans les constellations quelque échappatoire.

En vain.

Cet été… Un mariage cet été.

*Manquait plus que ça…*

J'essaie d'imaginer ce que serait la vie si j'étais marié… Si j'aimais quelqu'un, déjà. Impossible : je ne sais même pas à quoi ressemble ma femme idéale, ni de quoi on pourrait parler… Pour peu que j'en trouve une capable de supporter mes sautes d'humeur et de comprendre mon passé.

Je secoue la tête et essaie d'étouffer ma déprime en écoutant les rires et la musique qui s'élèvent du jardin en dessous : j'entends les bouchons des fûts qui sautent, les étudiants qui s'envoient des *shots*… Rien qui m'attire.

D'autant que l'odeur de vanille de Molly imprègne encore ma chemise…

*Putain.*

Ça m'a plu, ce qu'elle m'a offert… Sa façon de m'embrasser, de s'agripper à mes cheveux, de m'attirer tout contre elle et, surtout, le fait qu'elle semble totalement hermétique à la frénésie suscitée par le foot ; qu'elle ne m'ait pas regardé en se disant : « Oh, le quarterback de la Tide ! Faut que j'essaie de lui foutre la chatte et la bague au doigt ! ».

Je m'apprête à me maudire de trop penser à Molly, quand j'entends la porte de la piaule d'Ally s'ouvrir dans un cliquetis discret. Je tends le cou pour voir qui vient d'entrer.

— C'est toi, Al' ?

Pas de réponse. Je me lève, prêt à dégommer la tête des étudiants en rut entrés ici sans autorisation. Je veux qu'on me foute la paix, bordel…

Sitôt parvenu dans la chambre, je me fige.

*Quand on parle du putain de loup…*

Molly. Molly, la petite Anglaise, si surprise qu'elle en a agrippé la colonne de lit. Molly et sa toge moulante, qui me regarde de ses yeux immenses au regard hypnotique. Rien que de voir ses mains rivées au lit, mon esprit s'emballe et j'imagine tout un tas de trucs moyennement catholiques…

— C'est accès interdit, ici, Jolly, lâché-je d'une voix rauque, envoûté par ses lèvres charnues et le regard séduit qu'elle pose sur mes bras nus.

Je ne la laisse pas indifférente.

Tant mieux : on est sur la même longueur d'onde, alors.

J'avale une gorgée de bière pour me calmer : c'est la première fois de ma vie que je me sens anxieux. Ça m'arrive jamais au foot, même mes parents ne m'impressionnent pas, et il faut que ce soit un rat de bibliothèque avec une toge de merde qui me désarçonne…

Elle brandit une clé devant elle.

—Oui, je sais… Ally m'a laissé sa clé pour que je puisse aller aux toilettes.

Je la regarde quelques secondes de plus, puis m'en retourne à la terrasse. Il faut que je m'éloigne d'elle… et du putain de lit d'Ally : il me donne trop d'idées.

Une fois de nouveau dehors, je tire ma chaise, cale mes pieds sur la table et essaie de gérer le doute qui m'assaille. Je n'ai qu'une envie : l'inviter sur la terrasse avec moi. Mais je sais que succomber à cette pulsion serait une connerie.

*Plus que dix mois…*

Voilà ce que je me répète sans cesse. Rien ne doit venir foutre la merde dans mes plans, y compris une petite Anglaise dont le superpouvoir est de me foutre la gaule dès que je pose les yeux sur elle.

Bien décidé à bâillonner mon intérêt pour elle, je m'installe et me remets à observer les fêtards en contrebas. Je pouffe en voyant Jimmy-Don se faire allumer par son double au féminin : mastoc, braillarde et campagnarde jusqu'à l'os. La meuf l'a approché, a passé un bras à son cou et a claqué un gros smack bien baveux sur ses lèvres. Il a l'air sous le choc. Ce cher Jimmy-Don, le type le plus adorable au monde : attentionné, drôle et d'une loyauté infaillible. Je suis content qu'il ait enfin trouvé de quoi s'amuser, même si, de mon perchoir, j'avoue que sa meuf foutrait les chocottes à un putain d'ogre.

Le cliquetis de la porte de la salle de bains qui se referme me fait l'effet d'une flèche en plein tympan. Il faut que je fasse un choix : soit je laisse Molly filer et on passe à autre chose, soit je profite de l'occasion pour la ramener ici et tenter de lever le mystère qui l'entoure.

Je n'ai même pas le temps de me raisonner que je me jette à l'eau.

— Jolly ? crié-je presque.

Silence total dans la chambre. Je tourne aussitôt la tête vers la double porte.

Est-ce qu'elle est déjà partie ?

— Oui ? me répond enfin une voix timide depuis la chambre.

Je lâche un soupir de soulagement.

— Ça te dit de… me tenir un peu compagnie ? lui demandé-je, mettant de côté mes craintes. Jolly ?

— OK… C'est d'accord.

On est là, sur la terrasse, on papote. Je n'ai pas souvenir d'avoir déjà discuté aussi longtemps avec une meuf avant qu'on se foute à poil. Les filles ne m'accostent que pour une chose : je suis un putain de bon coup au pieu. Mais, cette fois, tout est différent : j'ai envie de connaître cette fille au-delà de ce qu'elle peut donner au plumard.

— Alors ? Pourquoi tu es venu te planquer ici ? me demande-t-elle, après avoir bu sa Bud d'une traite ou presque.

— Je n'étais pas d'humeur à faire la fête, ce soir.

Elle pose une main sur sa poitrine et fait une moue aussi étonnée que théâtrale.

— Monsieur le quarterback vedette craindrait-il de se mêler à ses fans en délire ?

Je me fige des pieds à la tête : elle a découvert que je jouais au foot.

*Bordel…*

Je me mets à arracher l'étiquette de ma bière. C'est soit ça, soit je balance la canette contre le mur…

— Les nouvelles vont vite à ce que je vois. Qui t'a parlé de moi ?

— Lexi et Cass.

— Qui ? demandé-je, d'un ton peu sympathique.

Elle baisse les yeux et se remet à se triturer les doigts avec nervosité.

— Mes colocs. Elles m'ont expliqué qui tu étais après qu'on… qu'on s'est… enfin…

— Embrassés ?

— Hmm… voilà.

— Et ? Qu'est-ce qu'elles t'ont dit sur moi ? insisté-je.

— Que tu étais l'illustre Roméo Prince, le seul et unique, le *squaterback* de la Crimson Tide, prince William du foot universitaire, tout ça, tout ça… (Je la dévisage, incrédule.) Qu'est-ce qu'il y a ?

— *Quarterback*, la corrigé-je, ma colère balayée par une hilarité sincère.

— Pardon ? lance-t-elle, totalement perdue, son visage trahissant son incompréhension.

C'est peut-être la première fois de sa vie que quelque chose échappe au petit génie…

— *Quarterback*. Pas *squaterback*.

Et là, je ne peux pas m'en empêcher : j'éclate de rire, les abdos tendus au possible. Elle croit quoi ? Que je squatte le fond de terrain tout le match à me gratter les couilles ? La vache, elle va se faire lyncher par ici, si elle se montre pas un peu plus respectueuse des champions chéris de l'Alabama.

— Ouais, bon, c'est kif-kif…, dit-elle en balayant la remarque d'un revers de main.

— Kif-kif ? Je te déconseille d'annoncer un truc pareil en public par ici : le foot et la Tide, c'est… tout pour les gens du coin. La vie, la mort, c'est secondaire à côté…

Le pire, c'est que c'est la stricte vérité. La pression est énorme ici, quand on joue pour la Tide… C'est à vous rendre dingue.

Je sens qu'elle m'observe. Elle semble réfléchir.

— Ton vrai prénom, c'est Roméo, alors ? me demande-t-elle après de longues secondes de silence.

Je me fige.

— C'est Rome, la corrigé-je aussitôt.

À l'exception de mes connards de parents, tout le monde m'appelle Rome, et je hais qu'on me rappelle que je porte le nom d'un trou du cul pleurnichard qui a mis fin à ses jours en s'enfilant une fiole de poison.

Son visage s'éclaire et elle danse presque sur son siège, amusée.

— Non, c'est Roméo ! Je tiens l'info d'indics assez fiables.

— Personne ne m'appelle comme ça, ici, Jolly.

J'essaie de rester aussi poli que possible, car je sais qu'elle ignore à quel point le fait d'entendre ce prénom me donne des envies de meurtre.

— Et personne ne m'appelle Jolly, rétorque-t-elle sans se soucier une seconde de mon air renfrogné.

Son soudain accès de zèle me donne une folle envie de me pencher et de l'embrasser, jusqu'à chasser cet air supérieur de son visage.

— Un point pour toi. Molly… comment ?

J'attends qu'elle me donne son nom de famille, soulagé d'avoir réussi à changer de sujet. C'est dingue, quand même… Je crois… que je suis en train de passer du bon temps. Vraiment. Prévenez la presse, les gars ! Rome Prince a chié un embryon de sourire !

— Molly Shakespeare.

OK, annulez le coup de fil à la presse : je suis de nouveau en rogne.

— Pardon ? lancé-je en me rapprochant d'elle.

— Shakespeare. Molly Shakespeare, me répond-elle, la voix et les mains tremblantes.

C'est un coup monté, c'est ça ? Michaels, peut-être ? Ce connard ferait n'importe quoi pour me pourrir la vie.

— T'essaies de te foutre de moi ?

— Pas du tout : toi, Roméo, moi, Shakespeare. Ce n'est pas une blague…

Putain, elle dit la vérité. Shakespeare. Elle s'appelle Shakespeare, merde. Je rêve ou quoi ?

J'éclate de rire malgré moi.

— Ce n'est pas la coïncidence la plus troublante…

— Ah non ? En tout cas, troublant, le mot est bien choisi pour définir la journée… et notre rencontre. Je ne suis pas encore sûr d'avoir bien compris ce qui se passe, d'ailleurs…

Il n'y a rien de plus vrai, et je dois dire que ça laisse à réfléchir : on dit souvent que notre vie peut changer du tout au tout en quelques minutes, mais, jusqu'à présent, je n'avais jamais vraiment pris le temps d'y penser.

— Prêt pour un aller simple à Chelouville ? C'est parti : mon deuxième prénom, Roméo, c'est Juliette.

OK, elle veut m'embrouiller. C'est forcément un sale coup… Ce serait trop dingue et… pathétique, sans ça… Roméo Prince et Molly Juliette Shakespeare ? Est-ce le cul de mes oies ? Ou alors, c'est un signe… Un avertissement au néon rouge qui nous suggère de fuir si on ne veut pas filer droit à la putain de catastrophe ! Bordel…

— Tu déconnes ? lui demandé-je enfin.

— Non. Mon père trouvait que ce serait un juste hommage à notre nom de famille.

— Très juste, ouais.

Pour être honnête, tout ce qui me vient en tête, là, ce sont des images de mort, de parents cruels, et le type de *Gang of New York* en train de mater la meuf de *Homeland* à travers un aquarium.

— Embarrassant, aussi, cela dit…

Je secoue la tête, puis relève les yeux vers Molly… Molly Juliette… La blague…

— Et toi ? Maintenant que tu sais que je m'appelle Roméo « Flash » Prince, tu vas me voir d'un autre œil ? lui demandé-je pour vérifier si son attitude vis-à-vis de moi a changé depuis tout à l'heure.

— « Flash » ?

Elle n'a pas la moindre idée de ce dont je parle…

— C'est mon surnom. Au foot… Rapport à ma vitesse de lancer. (Rien sur son visage magnifique, si ce n'est un air ahuri.) De lancer. Avec mon bras.

Toujours rien. Je tente une nouvelle approche : je me montre du doigt et parle plus doucement. Peut-être qu'elle ne me comprend pas bien… J'ai un accent à couper au couteau.

— Je suis quarterback… Le quarterback, ça… lance la balle. Au foot. On la lance aux autres joueurs. On… mène le jeu sur le terrain.

— Je te crois sur parole, déclare-t-elle sans se démonter.

OK, elle ne plaisante pas, donc… Je pourrais lui jeter un ballon de foot sur les genoux qu'elle n'aurait pas la moindre idée de ce que c'est…

— 'tain, le foot et toi, ça fait vraiment deux, pas vrai ?

— Je n'y connais rien de rien et, sans offense, ça me va parfaitement comme ça. Ça ne m'intéresse pas. Le sport et moi, c'est pas ça.

La vache… Moi qui croyais que connaître la Tide était un prérequis pour avoir droit de séjour en Alabama, je me plantais copieusement… Ils font quoi pour se divertir, les *British* ?

— Ça me plaît que tu n'y connaisses rien au foot. Ça me changera de parler d'autre chose que du dernier blitz défensif ou de formation ACE ouverte.

— De quoi ?

— Sans déconner, j'adore le fait que tu ne captes pas deux mots de ce que je te raconte…

Je me penche un peu vers elle et perçois la chaleur qu'irradie sa peau de pêche.

— Tout le plaisir est pour moi, me répond-elle, un sourire décontenancé sur le visage.

Parler à quelqu'un d'étranger à mon quotidien a quelque chose de libérateur : elle ignore qui je suis, mon niveau de jeu, qui sont mes parents… et ça me fait un bien fou. Je me laisse aller presque malgré moi, détendu et apaisé pour la première fois depuis des mois, et récupère dans la glacière deux canettes : je les décapsule contre la table et, impatient d'en apprendre plus sur elle, poursuis mon interrogatoire.

— Alors, Shakespeare ? C'est quoi, ton secret ? Tu dois être une putain d'intello, déjà, pour être en master à ton âge en plus d'être l'assistante de Ross depuis quelques années. Tu dois vraiment avoir quelque chose de spécial, pour qu'elle t'ait trimballée d'Angleterre jusqu'en Alabama…

— Eh bien… Quelque chose dans ce goût-là, sûrement, oui…

— T'aimes pas parler de ta réussite universitaire ?

Modeste, en plus. Je viens de tirer le gros lot, je crois…

— Pas trop… C'est toujours un peu gênant de s'envoyer des fleurs. Les gens qui aiment les compliments… Je ne sais pas, j'ai toujours trouvé ça étrange.

— Ça nous fait un point commun, alors.

J'entends une voix imaginaire me traiter de baltringue au rabais, mais quoi ? Je n'arrive pas à croire qu'elle marque des points dans tous les domaines. Je désespère de tomber sur le défaut de l'armure, le truc qui m'aidera à tourner les talons…

— Un autre, tu veux dire, murmure-t-elle avec facétie. Avec nos noms inspirés d'un modeste dramaturge élisabéthain.

Elle baisse les yeux vers nos bras qui se touchent, et une vague rosée submerge subitement son visage et le haut de sa poitrine… J'essaie de ne pas trop me focaliser sur cette zone, d'ailleurs.

— Un autre, oui, dis-je sans parvenir à réprimer un sourire.

C'est ce moment que choisit Shelly pour beugler depuis le jardin.

— Rome ? Rome ! Quelqu'un a vu Rome ? Il est où, merde ?

Ce boulet va finir par me couler… Elle me gifle, et l'instant d'après, elle me cherche partout pour que je la saute. Une putain d'allumée, bordel. Sa voix me rappelle aussitôt la raison pour laquelle j'évite ce genre de soirées…

Molly se lève subitement de sa chaise, le souffle court et le blanc des yeux illuminé par le crépuscule.

— Tu t'en vas ? lui lancé-je aussitôt.

Je la regarde s'approcher de la balustrade, puis se pencher pour jeter un coup d'œil en contrebas. Elle va trouver une excuse pour s'arracher… Hors de question. Je veux qu'elle reste ici. J'ai besoin de sentir encore ce lien étrange entre nous, même si ce n'est que l'histoire d'un soir.

— Tu ne vas pas la rejoindre ? Elle a vraiment l'air complètement saoule, là…

— Mon cul, oui… Elle me cherche si elle veut, mais je laisse un autre étalon lui faire oublier ses malheurs, dis-je sans plus d'élégance, avant de lui renvoyer sa chaise d'un coup de pied et de lui ordonner d'un doigt de se rasseoir. Pose ton cul, Shakespeare. T'as encore une bière à boire avec l'un de tes persos maudits fétiches. Tu restes avec moi.

L'espace d'une seconde, j'ai le sentiment d'être allé trop loin : je me montre trop insistant. C'est trop précipité… Pourtant, elle me surprend une fois de plus en levant ses yeux d'ambre au ciel, avant de se rasseoir.

— Si je continue à picoler, c'est moi qui finirai par jouer les culbutos dans le jardin. Tu veux m'entendre crier ton nom, c'est ça ?

Si elle savait combien j'en ai envie, elle se barrerait en courant. Qu'elle me laisse prendre le contrôle de son corps de bombe, et je la ferai jouir de mille façons…

Je passe la langue sur mes lèvres… Elle m'a vu. Je la regarde en retour et, comme tout à l'heure, je ressens cette attirance, cette attraction, cette… alchimie entre nous.

— C'est une invitation ? murmuré-je presque, mon érection douloureuse suppliciant mon jean.

Elle se détourne de moi pour observer de nouveau le jardin. Je suis allé trop loin, il est temps de changer de conversation.

— Alors comme ça, tu as rejoint une sororité ?

Ses épaules retombent, moins tendues.

— Oui et, comme si ça ne suffisait pas, Ally veut que j'emménage dans le foyer avec Lexi et Cass. Ça ne m'enchante pas plus que ça, mais j'ai décidé de faire mon possible pour m'intégrer sur le campus, alors…

Ally ? Qu'est-ce qu'elle a encore en tête, celle-là ?

— T'as parlé un peu avec Ally ?

— Oui. Après ton… départ… Après qu'on s'est… tu vois…

— Embrassés.

Je ne pense plus qu'à ça : je veux sa bouche, je veux la goûter une fois de plus… Goûter son corps entier, d'ailleurs.

— Hmm, oui… voilà… Mais, bref : quand Shelly m'a hurlé dessus, Ally a pris ma défense et lui a dit, en substance, d'aller se faire foutre.

OK, là, je suis reconnaissant envers ma cousine d'être entrée en scène. Je l'imagine sans mal en train de bâcher Shelly…

— Al' ne porte pas vraiment Shelly dans son cœur. Elle est cool, ce sera chouette pour toi de l'avoir comme amie dans cette jungle. C'est ma cousine et ma meilleure amie. Elle m'a filé un double des clés de sa chambre pour que je puisse souffler un peu quand tout ça me porte un peu trop sur le système.

— Elle a l'air sympa.

— C'est la meilleure. (Elle sourit et hoche la tête.) Alors, Shakespeare ? Tu viens d'où en Angleterre ? Si tu réponds Stratford-upon-Avon[1], je pointe à l'asile demain matin…

— Rassure-toi, je suis de Durham, donc rien à voir.

Je suis trop nul en géo pour situer Durham en Angleterre.

1. Ville natale de William Shakespeare. (*NdT*)

— Nan, ça me dit rien…

Elle marque une courte pause pensive, puis son visage s'illumine soudain.

— Tu as vu *Billy Elliot* ?

Comment dire ? Oui… Durant l'une des sessions qu'organise régulièrement Ally pour me remonter le moral après que mon père m'a cassé les burnes avec sa haine du foot. Elle avait essayé de me montrer qu'un entourage de merde ne devait dissuader personne de réaliser ses rêves. Subtile, la cousine…

— Le film avec le gosse qui danse ?

— Oui. Eh bien, le perso que joue le petit et moi, on vient du même coin.

— Ah ouais ?

Je me creuse les méninges pour arracher à ma mémoire quelques souvenirs du film : le gamin était pauvre… Genre, très pauvre. Oh… donc, Molly est… Merde. J'ai beau me morfondre à longueur de journée, c'est vrai que s'il y a un truc dont je ne m'inquiète jamais, c'est la thune : j'en ai une sacrée chiée. Et quoi que manigancent mes parents, l'argent que m'ont laissé mes grands-parents comblera le moindre de mes besoins jusqu'à la fin de mes jours.

Elle pose une main sur la mienne et je tressaille, pris de court.

— Hé, te bile pas. Je viens d'une famille pauvre, c'est comme ça : tu n'y es pour rien, alors culpabilise pas d'y avoir pensé.

— Nan, j'y pensais pas, c'est juste qu…

D'accord, j'ai menti. Loin de moi l'envie de la juger, cela dit… En tout cas, la force de caractère que dégage son regard me scotche. Elle retire sa main de la mienne, mais je lui attrape le poignet et plaque nos paumes l'une contre l'autre.

— Si, tu y as pensé. Pas de souci : je sais bien que ma ville natale n'est pas très sexy, mais ça ne m'empêche pas d'en être fière. C'est là-bas que j'ai grandi, et j'aime cette région, quelle que soit sa réputation. Même si je n'y suis pas retournée depuis des années, d'ailleurs.

— Ta famille vit encore là-bas ? lui demandé-je, curieux.

Molly se métamorphose aussitôt : elle se met à trembler et à se masser le plexus, pantelante, les yeux ronds.

— Ça va ? T'es devenue blême, d'un coup, m'inquiété-je en lui caressant le dos pour l'apaiser.

— Oui, merci…, murmure-t-elle.

Elle a l'air d'aller un peu mieux. Je laisse ma main dans son dos… J'aime la toucher, qu'importe où et comment.

— Non, je n'ai plus de famille, m'annonce-t-elle d'une voix à peine audible.

Je me redresse soudain, gêné d'avoir été si maladroit.

— T'es orpheline ? Merde…

— Non. Disons plutôt que je suis la dernière de ma famille à être encore en vie. Difficile de qualifier un adulte d'orphelin, non ?

— Ta mère ?

— Morte en couches.

*Non…*

— Ton père ?

— Quand j'avais six ans.

— T'as pas des grands-parents, des tantes ou des oncles ?

— Une grand-mère.

*Putain, ouf… Elle n'est pas totalement seule…*

— Et ?

— Elle est morte quand j'avais quatorze ans.

*C'est une putain de blague ?*

— Dans ce cas, où est-ce que…

— En foyer d'accueil.

— Tu veux dire que tu es seule depuis… Tu as vingt ans, c'est ça ?

— Oui.

— Ça fait six ans que tu es toute seule ?

J'en reviens pas, mais mon cœur se serre : elle a perdu tous ceux qu'elle aimait. Tous…

— Hmm, je suis allée à la fac, du coup, je me suis fait quelques amis là-bas. Et puis, le professeur Ross a fait de moi son assistante de recherches, et m'a prise sous son aile dès qu'elle a appris que je n'avais plus de famille. Mais oui, on peut dire que je suis seule depuis pas mal de temps… Et c'est… pas simple, on va dire.

Je me penche vers elle ; j'ai envie de la réconforter, mais, putain, je n'ai pas la moindre idée de ce que je pourrais lui dire ! Qu'est-ce que vous voulez raconter à quelqu'un qui a perdu toute sa famille ? Elle est seule… Totalement seule.

Elle laisse glisser sa main un peu plus haut sur mon bras.

— Ne m'en veux pas, Rome, mais cette conversation me mine un peu le moral… La mort et la Bud ne font jamais vraiment bon ménage.

Elle essaie d'en rire, mais je ne suis pas d'humeur à m'amuser du bordel que le destin a mis dans sa vie… J'ai senti cette souffrance latente en elle dans l'amphi, mais je ne m'attendais pas à quelque chose d'aussi intense…

— Toi et Shelly, donc, vous…

Elle vient de me ramener au réel en abordant le pire sujet de discussion possible.

— T'assures niveau changement de sujet, dis donc, fais-je remarquer sur un ton presque sec.

— Pourquoi ça l'a foutue en rogne comme ça, qu'on s'embrasse ? C'était juste pour l'initiation…

— Entre elle et moi, c'est… compliqué.

Je n'en parle jamais, même pas à Ally, mais cette fille vient de s'ouvrir à moi, et pour la première fois de ma vie, je ressens l'envie de faire de même.

— Tu bottes en touche, donc ?

— Non… Disons qu'elle me harcèle depuis qu'on a dix ou onze piges. Nos familles nous poussent à nous fiancer : faut protéger nos investissements communs, garder l'argent de la boîte au sein de la famille, tu vois le genre ? Nos pères sont partenaires en affaires. Mais je n'ai pas la moindre attirance pour elle : de mon point de vue, c'est surtout une épine dans le pied…

*Ah, tiens, je fais dans l'euphémisme, maintenant ?*

— Mais tu comptes te fiancer à elle quand même ? J'ai du mal à t'imaginer te caser avec une fille qui ne te plaît pas… Te caser tout court, d'ailleurs, si j'en crois les rumeurs.

Ça me pendait au nez : ce qui se dit sur mon compte est parvenu à ses oreilles en quelques heures à peine. Le moulin à rumeurs fait son taf à la perfection… L'heure est venue de rétablir la vérité : ou au moins une partie bien choisie de la vérité.

— Les rumeurs, je les emmerde. Les filles se jettent dans mes bras, et je suis pas du genre à refuser un cadeau, OK ? Pourquoi je le ferais ? J'ai pas de copine régulière. J'en ai jamais eu, d'ailleurs. Le sexe, ça me permet d'évacuer mon putain de stress permanent, en plus de bien montrer à tout le monde que non, quoi qu'on en pense, je ne suis pas avec Shelly. C'est comme ça, et ça me plaît. J'en ai pas honte : j'aime baiser, beaucoup, et jamais deux fois de suite la même nana. Mes parents ont déjà planifié ma vie :

je vais décrocher mon diplôme, épouser Shelly, reprendre les affaires familiales et vivre ce putain de rêve américain.

— Mais, tu n'aimerais pas jouer au foot en ligue professionnelle ? À ce qu'on dit, tu es voué à une belle carrière, si tu deviens pro.

Mon humeur change du tout au tout.

— Ça, c'est sûr que ça me plairait ! J'adore le foot. C'est ma raison de vivre, même… Les montées d'adré, la camaraderie, les rugissements du public les jours de match, balancer une passe parfaite qui finit en touchdown… Ça débecte mes darons. Ils… Oh, et puis merde : je peux pas piffrer qu'ils gèrent ma vie comme ils le font, c'est tout…

Parler d'eux à quelqu'un, ne serait-ce qu'un peu, a quelque chose de thérapeutique. Ça m'aide à évacuer ma colère.

— Fais ce qui te chante, alors. Ceux qui ne sont pas contents n'ont qu'à aller se faire voir.

— Plus facile à dire qu'à faire.

Elle me serre gentiment la main.

— Ta vie n'appartient qu'à toi. Fais ce que toi, tu aimes, et réalise tes propres rêves comme toi, Rome, tu l'entends. Si tu es heureux, je suis sûre que tes parents le seront aussi. Peut-être pas tout de suite, mais ils finiront par l'être avec le temps. Ne fais pas comme Shelly : ne joue pas à être quelqu'un d'autre. Quelqu'un que tu n'aimes pas, qui plus est. Case-toi avec une fille qui t'envoûte, une fille que tu aimes plus que tout. Une fille auprès de qui tu te sens bien.

Qu'essaie-t-elle de me dire ?

— Toi, par exemple ? Une fille comme toi ?

— Tu ne sais rien de moi.

Comme elle me repousse, je lui caresse la joue d'un doigt et, savourant l'effet de mon geste sur sa respiration, dis la première chose qui me passe par la tête.

— Dès le premier regard, Juliette a scellé le destin de Roméo... Je suis peut-être une nouvelle incarnation du personnage dont je porte le nom... et toi aussi.

*OK, Rome, pur swag... T'enchaînes, mec...*

Bon, c'est sûr qu'avec une réplique pareille, j'ai perdu deux cents grammes de couilles, mais j'obtiens l'effet escompté : je sens qu'elle a envie de moi et, à cet instant précis, c'est plus que réciproque.

Je pose une main sur son genou dénudé et remonte jusqu'à sa cuisse, sa peau de plus en plus chaude à mesure que j'approche de son sexe. J'ai la queue dure à m'en faire mal, les yeux rivés sur ses lèvres pulpeuses. Je me penche, prêt à passer à l'étape suivante... quand la poignée de la porte se met à trembler.

— Rome ? Rome ! Ouvre ! Je sais que tu es là !

Molly lâche un soupir troublé, dégage ma main de sa cuisse et rajuste sa toge.

Shelly a tout foutu en l'air...

— Putain ! hurlé-je, avant de me retourner et de jeter violemment ma canette dans la poubelle.

— Mais, quelle conne ! siffle Molly entre ses dents serrées.

Elle me regarde droit dans les yeux, attendant que je dise quelque chose. Je savoure son air envieux, quand la réalité me gifle en plein visage : qu'est-ce que je fous, bordel ? Molly est dévastée. Hors de question que je la saute sans lendemain ; après tout ce qu'elle m'a dit, ça lui ferait plus de mal que de bien... Mais qu'est-ce que j'ai à lui offrir de plus, moi, hein ? Il faut que je me casse de là – il le faut – et sortir avec toute autre fille que Shelly mettrait mes parents dans une rage inimaginable.

Rien ne vaut que je foute tout en l'air.

— Je ferais mieux de filer, Rome, constate-t-elle enfin avec un soupir. Je te laisse avec elle. C'est probablement mieux comme ça.

— Jolly, je…, commencé-je.

Mais elle a sûrement raison : c'est mieux comme ça.

Pourtant, lorsqu'elle passe près de moi pour partir, je ressens comme un déclic : je l'attrape par la main et l'attire tout contre mon torse. Ses yeux d'ambre écarquillés, elle attend… Elle attend quelque chose, merde !

— J'ai aimé qu'on discute comme ça, Shakespeare. C'était… nouveau pour moi…, lui confié-je d'une voix éraillée après quelques secondes de silence.

J'agrippe sa toge, la serre contre moi et place une main sur sa nuque, mais son regard avide en réclame davantage. Comme je traîne à passer à l'action, elle baisse la tête.

— Pour moi aussi, Roméo, dit-elle d'un air déçu, mais notre petite conversation est terminée, apparemment, et j'imagine que c'est mieux comme ça…

Avant que j'aie pu l'en empêcher, elle se détache de moi et se dirige vers l'entrée de la chambre. Je lui emboîte le pas et la regarde tourner la poignée de la porte : le battant s'ouvre avec violence, et Shelly se rue sur moi, me saute dans les bras et écrase contre les miennes ses lèvres gonflées à l'hélium.

— J'ai envie de toi, Rome. Prends-moi, vas-y… Tout de suite…

Elle me serre entre ses cuisses dénudées et commence à se frotter contre mon jean. Je la repousse et rive le regard sur la porte : elle est fermée. Molly est partie.

*Eh merde.*

Je me retourne et projette Shelly sur le lit.

— Bordel, Shelly ! pesté-je, les dents serrées.

Elle se met à genoux à grand-peine, vacillante, et m'offre un sourire aux dents barbouillées de rouge à lèvres.

— Mon père m'a appelée pour me dire qu'on se mariait en juillet… Je voulais fêter ça avec toi.

Une digue cède en moi, tandis que je repense au conseil de Molly : « Ta vie n'appartient qu'à toi : fais ce que toi, tu aimes, et réalise tes propres rêves comme toi, Rome, tu l'entends. »

Elle a raison… Putain, elle a raison ! Je suis responsable de ma propre vie, bordel !

— Pourquoi est-ce que tu veux m'épouser, Shel' ? lui demandé-je en la dévisageant. Tu ne m'aimes pas. Je ne t'aime pas. C'est quoi l'idée ?

— Bien sûr que je t'aime ! Je t'ai toujours aimé…, bredouille-t-elle, la bouche pâteuse.

— Non, rétorqué-je, exaspéré, en secouant la tête. Tu n'aimes que l'image que tu te fais de moi… Putain, Shel', tu me connais même pas ! Comment tu pourrais être amoureuse de moi ? Comment tu peux accepter cette putain d'union arrangée ? Tu ne veux pas te caser avec un type qui t'aime ?

Ses yeux scintillent soudain, et ses épaules s'affaissent.

— C'est ce que veut mon père. Ma mère m'a appris très jeune ce qu'impliquent les mariages d'intérêt : comme toutes les autres épouses dans ma situation, je devrai te laisser faire ta vie, et fermer les yeux sur tes… aventures. Je l'accepte. Ça n'empêchera pas qu'aux yeux de la société, je resterai toujours ton épouse, celle que l'on verra à ton bras en public, la mère de tes enfants. En résumé, il faut juste qu'on donne à nos parents – et aux habitants de Tuscaloosa – ce qu'ils attendent de nous.

Elle a baissé ses yeux injectés de sang durant sa tirade, et les relève maintenant vers moi.

— Je suis pas conne, Rome, je sais bien que tu ne m'aimes pas. Simplement, regardons la vérité en face : l'amour n'a rien à voir là-dedans. Tout ce qui compte, ce sont nos origines, et qu'on fasse ce pour quoi on a été élevés, en rejetons obéissants…

— Tu n'aspires pas à plus que ça ? Tu n'as pas de rêves dans la vie ? Tu ne voudrais pas de temps en temps te débarrasser de toute cette pression et tomber enfin le masque ? Merde, Shel', cette vie, c'est pas pour moi ! Mon truc, c'est le foot. Je suis né pour ça, pas pour porter un putain de costard !

Elle secoue la tête avec nervosité.

— Non ! Je n'ai pas d'échappatoire moi, comme toi avec le foot. Je n'ai pas de notes d'excellence à la fac ou de compétence hors normes pour couvrir mes arrières. Je suis une Blair, Rome, c'est tout, et tu sais quoi ? La vie qu'a ma mère, je la veux moi aussi, et pour ça, j'ai besoin de toi. (Elle fronce les sourcils et se tourne vers la fenêtre.) Et je ferai tout pour arriver à mes fins.

Je me redresse devant sa menace à peine voilée, et comprends que je ne tirerai rien d'elle. Pas tant qu'elle sera dans cet état.

— Désolé, Shel', mais le mariage, ce sera sans moi.

Elle fait volte-face et reprend son air de garce habituel.

— Petit égoïste de merde ! Pense à moi, un peu ! Et si c'est une question de cul, te bile pas : tu sais que tu pourras me baiser sur commande ! Suffira de demander. Je t'offre la vie rêvée sur un putain de plateau d'argent, merde !

— T'as vraiment aucun respect pour toi, Shel'…

— Oh que si. Toi, par contre, je me demande si t'as vraiment des couilles ! Tu fuis tes responsabilités comme un lâche, chougneur de merde ! T'es même pas capable de faire ce qu'on te demande !

J'avance d'un pas furieux jusqu'au pied du lit, et Shelly rampe en arrière sur le matelas sous mon regard noir.

— Toi et moi, on ne sera jamais ensemble, fais-toi une raison ! T'es pitoyable et je déteste tout ce que tu représentes. Jamais je ne t'épouserai. Jamais ! Tu comprends ?

Elle tressaille, mais se ressaisit bientôt.

— Oh si, Rome, tu m'épouseras. Je te connais depuis que tu es gosse. Tu finis toujours par faire ce que t'ordonnent tes parents, et ce n'est pas près de changer…

Elle parle sans savoir, et je l'observe longuement avant de lui adresser un sourire triomphant.

— Tout a déjà changé pour moi, Shelly…

Je sors de la chambre d'Ally sans prendre la peine d'en évincer Shelly, et me mets aussitôt en quête de Molly pour m'assurer qu'elle va bien : elle est dans le jardin avec Ally, Jimmy-Don, la fille flippante que j'ai vue avec lui et une meuf aux lèvres aussi noires que ses cheveux.

Molly semble hors d'elle, alors je déguerpis, préférant éviter une scène : tant que je m'en sens le courage, j'ai quelque chose à faire. Quelque chose qui va m'être tout sauf facile, mais si je veux me libérer de mes chaînes un jour, je n'ai pas le choix.

J'espère juste que je ne le regretterai pas.

# Chapitre 5

— Mr Prince est prêt à vous recevoir, Rome.

Je me lève du canapé en cuir inconfortable de la salle d'attente blanche et spartiate, hoche la tête à l'intention de Jean, l'assistante de mon père, puis entre dans le bureau de ce dernier, avant de refermer la porte derrière moi.

Il est là, assis à son bureau comme le roi du monde sur son putain de trône, vêtu de son costume noir à fines rayures. Il me regarde approcher en grimaçant.

— Rome. Que me vaut l'honneur d'une telle visite ? me lance-t-il, sarcastique.

Je ne prête pas attention à la moquerie et me laisse tomber dans le fauteuil vide placé devant son bureau.

— Faut que je te parle, dis-je d'une voix assurée, adoptant le détachement émotionnel que je dégaine toujours en sa présence.

Il s'adosse à son siège, l'air suffisant, et croise les bras. Je ne lui ai jamais parlé de façon si directe et de toute évidence ça l'amuse, ce connard.

— Mais parle donc : je suis tout ouïe.

Je prends une respiration profonde, défie son regard glacial et me lance.

— C'est terminé.

Il perd aussitôt son sourire hautain, et la méfiance se lit sur son visage.

— Qu'est-ce qui est terminé ?

— Tout. Ta tyrannie, l'attitude castratrice de maman et sa manie de me rappeler chaque jour que je suis la plus grosse erreur de votre putain de vie. (Je me penche pour planter le dernier clou du cercueil de l'empire Prince, et savoure de voir mon père grimacer à ma bravade.) Et je n'épouserai Shelly pour rien au monde. Qu'importent tes menaces, ou les sommes pharaoniques que tu pourras déposer sur mon compte pour me faire changer d'avis, je ne me lierai pas à cette femme pour la vie. Déshéritez-moi si ça vous chante, mais jamais je ne ferai une connerie pareille.

Un silence suffocant envahit le bureau richement décoré d'antiquités, tandis que les deux mâles alpha de la famille Prince se défient du regard. De longues secondes plus tard, mon père se redresse. Son visage est toujours d'un calme olympien.

— Je ne sais pas qui t'a mis en tête que tu avais ton mot à dire dans tout cela.

Exactement la réponse que j'attendais.

— Bien sûr que j'ai mon mot à dire : je ne le ferai pas, point. Je vais m'inscrire à la draft et, cette fois, vous ne m'en empêcherez pas. Je vais me barrer d'ici une bonne fois pour toutes et vivre ma putain de vie. La mienne, pas la vôtre. Tu devrais être fier, non ? Pourquoi est-ce qu'il a fallu que je me tape le seul père de tout l'Alabama à ne pas vouloir que son fils soit recruté en NFL ? Je suis doué, papa, plus que doué même, au cas où tu ne l'aurais pas remarqué. Peut-être que si tu viens à l'un de mes matchs, tu verras que j'ai plus ma place sur le terrain que dans le monde des affaires…

Mon père se fige, ivre de rage, puis se relève d'un bond et balaie d'une main rageuse son plateau de travail, envoyant tout voler. Son geste courroucé me prend totalement au dépourvu, et je sursaute sur mon siège : il a toujours été particulièrement démonstratif et intimidant, mais même venant de lui, cette réaction me paraît extrême. En public, et plus encore à son travail, il se montre toujours calme et maître de ses émotions.

Il plante tout à coup les deux mains sur le plateau en acajou, et se met à hurler.

— Tu vas le faire, gamin ! C'est ton devoir ! Prince Oil a besoin des Blair, et je ne vais pas laisser quelqu'un d'autre qu'un membre de la famille infiltrer notre hiérarchie alors que Shelly est enfin en âge de se marier. Notre entreprise se transmet de génération en génération depuis des dizaines d'années, mais non, moi, j'hérite du petit con qui veut changer le monde, hein !

Je me lève aussitôt et, choqué moi-même par son éclat de rage, réplique sur le même ton :

— C'est quoi ton problème, merde ? Pourquoi tu réagis comme ça ? Y a pas que le mariage avec Shelly dans l'affaire, pas vrai ? Ta réaction est trop disproportionnée : qu'est-ce qui se passe exactement, putain ?

Il grimace et un éclair de panique passe dans son regard.

— Si ! Il n'y a que le mariage ! Tu vas épouser Shelly, même si je dois t'y forcer !

Je me passe une main dans les cheveux, lâche un soupir excédé et commence à reculer vers la porte.

— C'est terminé, fais-toi une raison. Et pas la peine d'essayer de me convaincre.

De l'autre côté de la porte, je tombe nez à nez avec Mr Blair – le père de Shelly.

— Rome !

Il ouvre grand les bras et m'offre un sourire aux facettes dentaires hors de prix. Ce type n'est pas foncièrement mauvais : il a juste un peu de mal à gérer ses priorités. Pour lui, c'est l'argent et le statut social d'abord. Le reste, il s'en balance. De toute évidence, Shelly vit mal sa relation avec son père et, à le voir faire passer le monde entier avant elle, le pire des crétins peut comprendre pourquoi.

— Hé, monsieur Blair, le salué-je, tandis qu'il me prend dans ses bras.

— Tu es venu parler du mariage ? Tu imagines, qu'à cette époque l'année prochaine, tu feras officiellement partie de la famille ?

Ses mots me retournent l'estomac, et je recule d'un pas. Mr Blair perd son sourire sitôt qu'il découvre, par-dessus mon épaule, l'état du bureau de mon père.

— Jo ? Qu'est-ce que…

— Je n'épouserai pas votre fille, monsieur. Je ne veux pas qu'elle devienne ma femme, et je ne suis pas davantage intéressé par l'entreprise familiale. Je suis venu ici pour assurer mon père de ma détermination à ce propos. Je suis désolé pour le dérangement, mais je ne peux pas.

Sur ces mots, je quitte le bâtiment.

Je viens de tenir tête à mon père. J'y suis arrivé, merde ! Enfin ! Cela dit, la détermination que j'ai lue dans son regard implacable me promet des représailles à la hauteur de mon affront, et je ne suis pas prêt à les affronter…

* * *

*Texas, College Station,*
*Université A & M du Texas,*
*stade Kyle Field.*

— Qu'est-ce qui se passe, mon gars ? me demande le coach en s'asseyant en face de moi dans le vestiaire.

Notre rencontre contre les Aggies du Texas vient de se terminer, et dire que je viens de nous offrir une performance catastrophique serait un euphémisme : trois de mes passes ont été interceptées, et je me suis fait sacker[1] six fois… Six fois, merde !

Je suis assis, la tête basse, toujours en tenue, crampons compris. Je hausse les épaules.

— J'arrive pas à m'concentrer, putain ! J'ai été mauvais, c'était affreux. Heureusement qu'on a gagné, sinon Tuscaloosa m'aurait banni à vie !

Je jette la tête en arrière et me passe le visage dans les mains, lessivé de corps et d'esprit.

Le coach lâche un soupir et rapproche sa chaise de moi.

— Rome… Ça va faire quatre ans que je te connais. J'ai même assisté à certains de tes matchs au lycée, avant de te convaincre de venir jouer pour la Tide. Je te le dis, fiston : c'est pas le moment de te relâcher. Le pays entier t'attend au premier tour de la draft… (Il reste silencieux quelques secondes.) Un souci avec tes parents ?

Pris de court, je baisse un instant la tête, avant de braquer mon regard dans le sien.

— Quoi ?

---

1. Sack : action de football américain. Lorsqu'un défenseur tacle et met à terre le quarterback adverse alors que ce dernier a encore le ballon en main.

— Écoute, fiston… J'en sais pas lourd sur ce qui se passe chez toi, t'es plutôt du genre à garder ta vie privée pour toi, mais je sais aussi reconnaître un joueur qui doit faire avec le désaccord de ses parents. J'entraîne des gars depuis un bail, mon grand, et t'es pas le premier joueur dont les déboires perso viennent perturber le jeu…

Ma gorge se serre et, quand je jette un coup d'œil autour de moi, je constate que tous mes coéquipiers sont partis. Je regarde l'entraîneur droit dans les yeux et acquiesce.

— Ils veulent pas que je me présente à la draft. Leur projet, c'est que je reprenne l'entreprise familiale et que j'épouse une nana dont j'ai rien à foutre. J'ai clashé violent avec mon père il y a quelques jours à ce propos, et j'arrive pas à me sortir notre engueulade de la tête.

— Et toi, Rome, qu'est-ce que tu veux ? me demande le coach avec bienveillance.

Pas une once d'hésitation pour moi.

— Jouer au foot. J'ai jamais rêvé que de ça.

— C'est pas à moi de te dire quoi faire de ta vie, Rome, mais laisse-moi quand même te donner mon avis : tu es l'un des meilleurs – si ce n'est le meilleur – quarterback que j'aie eu l'honneur de coacher durant ma longue carrière. Tu es encore jeune, mais tu as un choix de vie majeur à faire aujourd'hui. Si tu ne fais pas le bon, malheureusement, tu ne pourras t'en prendre qu'à toi. (Il me laisse cogiter quelques instants ce qu'il vient de me dire.) Les équipes pro t'ont dans le viseur : tout le monde t'attend en NFL.

Mon regard se perd sur les dalles blanches pleines de terre, et j'entends le coach pousser un long soupir.

— Je n'ai qu'un conseil à te donner, Rome : fais ton possible pour te ressaisir, OK ? Coûte que coûte.

— Bien, monsieur ! m'exclamé-je en relevant la tête pour soutenir son regard, remerciant le Ciel qu'il ne m'ait pas menacé de me faire cirer la banquette[1].

Il se relève lentement et me donne une tape paternelle sur l'épaule.

— Change-toi, me dit-il, prévenant. On file dans vingt minutes.

1. Laisser un joueur sur le banc des remplaçants. (*NdT*)

# Chapitre 6

C'était il y a deux jours. L'équipe – mon équipe, mes gars… – a depuis repris l'entraînement. Les choses sont un peu plus faciles pour moi depuis ma discussion avec le coach, et je suis soulagé d'être de retour à Tuscaloosa. Sans surprise, je reçois sans cesse des textos m'ordonnant de rentrer à la maison pour discuter du mariage, mais j'ai décidé de mettre un peu de distance entre mes parents et moi pendant quelque temps.

J'ai beaucoup réfléchi à ce que m'a dit le coach, et j'ai pris une décision : premièrement, je vais me réconcilier avec le foot ; deuxièmement, je compte focaliser mon attention sur ce que je sais faire de mieux, à savoir être un bon quarterback ; troisièmement, je vais foutre à la trappe tout ce qui vient parasiter mon jeu. En tête de liste : boire et baiser à tout-va.

Je suis en train de me rendre en cours avec ma cousine, Ally, qui blablate non-stop à propos d'une meuf qui la saoule dans son foyer, mais je suis ailleurs : à mesure que nous approchons de la fac de sciences humaines et sociales, je sens une vague d'impatience et d'excitation mêlées m'envahir. Voilà qui est inédit… surtout pour un cours de philo ! Pourtant, je suis bel et bien en train de me dépêcher de rejoindre l'amphi… Et je n'aurai pas le culot de prétendre que j'ignore pourquoi.

— La vache, Rome, ralentis un peu ! me lance Ally qui trotte pour me rattraper, tandis que je file vers l'entrée. Pourquoi tu speedes comme ça ?

— Pour rien. Je veux pas être à la bourre, c'est tout.

Elle m'attrape par le coude, m'arrête et me regarde avec des yeux ronds.

— C'est nouveau, ça ? demande-t-elle avec un rire incrédule.

— De quoi ? dis-je, faisant mon possible pour ne pas répondre.

Elle est définitivement trop curieuse à mon goût. Faudrait pas que ça lui joue des tours…

— Genre ! Pourquoi les cours comptent autant à tes yeux, tout à coup ? On ne peut pas dire que tu sois du genre premier de la classe…

— Ally, bouge tes miches ou je te laisse sur le carreau…

Je me remets en marche et l'entends soupirer dans mon dos. Je me retourne, l'air exaspéré.

— Quoi encore ? grogné-je.

Elle fait mine de bouder, puis m'adresse un petit sourire.

— Je suis pas dupe, hein…

Je fais fi de sa remarque et me dirige vers l'amphi. Lorsque nous passons la porte, Ally glousse toujours derrière moi – ce qui a le don de m'irriter –, tandis que je regarde aussitôt du côté du bureau d'assistante de Molly : ma déception est à son comble quand je constate son absence. Ce n'est pas évident pour moi de l'admettre, mais ça m'a manqué de ne pas la voir de la semaine. J'en ai ras le cul d'avoir son image gravée dans le crâne au point d'en avoir du mal à m'endormir : il est temps que je la revoie, en chair et en os.

— Oh non, Rome… Regarde, Molly n'est pas là…, se moque Ally en montant les marches qui mènent à nos places.

J'ai l'habitude qu'elle me tape sur le système – à la manière d'une sœur un peu chiante, en fait. Cette fois-ci, elle est vraiment à deux doigts de me faire péter un plomb.

Mais à cet instant, elle entre dans l'amphi : Molly, la tête basse, vêtue d'un short en jean, d'un petit haut blanc moulant et d'une paire blanche de ces pompes ignobles qu'elle a l'habitude de porter. Elle passe près de moi et se dirige vers son bureau sans même me saluer.

Ça me vexe.

— Shakespeare…, l'interpellé-je doucement pour attirer son attention.

Pas de réaction. Elle me snobe, et j'ai du mal à l'avaler : ma bonne humeur s'est officiellement et totalement évaporée.

Je gravis les marches jusqu'à ma place en faisant mon possible pour ne pas trop prêter attention à Shelly qui, comme d'habitude, me regarde en battant des cils. Je secoue la tête, stupéfait qu'elle puisse se montrer si crétine : même après notre dernière mise au point houleuse, elle arrive encore à flirter avec moi…

Je m'assois à ma place en me demandant pourquoi Molly se comporte de façon si étrange. Elle avance à grands pas jusqu'au pupitre, le visage fermé, puis tapote le petit microphone pour s'assurer qu'il fonctionne. Les légers crépitements du micro attirent l'attention des étudiants.

— Bonjour, tout le monde. Le professeur Ross m'a confié le cours du jour, durant lequel je vous présenterai le concept d'utilitarisme. Durant les semaines à venir, je ferai rde brèves interventions à propos des problématiques majeures associées au sujet, avant d'enchaîner avec quelques exemples plus concrets, dont nous pourrons discuter ensemble.

Elle arbore une fois de plus cette confiance extrême, de l'arrogance presque, qui se manifeste sitôt qu'elle est dans son élément : elle quitte le pupitre pour aller déposer ses notes sur son bureau, ses fesses s'animant à la perfection sous son short en jean. Je gigote sur le banc tandis que ma queue s'éveille… Elle se passe la langue sur les lèvres, rajuste ses lunettes et, le regard rivé sur sa bouche, je dois me retenir pour ne pas grogner.

— En termes simples, l'utilitarisme théorise que les actes d'un individu se basent sur le fait qu'en tant qu'humains, nous prenons nos décisions en fonction du plaisir qu'elles nous procureront. De ce fait, il est perçu comme une approche hédoniste de la morale : nous agissons pour nous sentir bien, pour mener à bien une quête personnelle du plaisir. Selon Jeremy Bentham, les êtres humains agissent en fonction d'un principe de rapport de force entre plaisir et souffrance : nous cherchons à tout prix le premier en tentant d'échapper à la seconde.

Pas une seconde elle ne jette un coup d'œil dans ma direction : l'amphi est petit, et elle a regardé chaque étudiant dans les yeux l'un après l'autre, sauf moi. Ça m'affecte… Putain, ça me fout en rogne, même !

— Bentham était convaincu que ce principe pouvait également être appliqué à la société dans son entier, et qu'il fonctionnerait de manière optimale si l'on mettait en place un système qui cherche à produire un maximum de bonheur pour le maximum d'individus. Cela semble couler de source dans de nombreux domaines, et se manifeste parfaitement dans notre système de vote démocratique : le vote majoritaire va, en bonne logique théorique, satisfaire la majorité des gens. Ainsi, la majorité des gens seront heureux : en d'autres termes, ils auront conçu, de cette élection, du plaisir, et façonné par là même une société plus utilitaire, au sens philosophique.

Après plusieurs minutes sans attention de sa part, pas le moindre regard, même furtif, j'estime que ces conneries ont assez duré : je vais faire en sorte qu'elle n'ait pas d'autre choix que de me regarder. Qui plus est, je connais bien ce sujet : Shakespeare ne le sait pas, mais je compte bien m'en servir pour lui montrer que je n'aime pas être mis de côté.

J'attends qu'elle marque une pause dans son cours, feins une toux exagérée, puis me penche en avant l'air extrêmement attentif, dans une attitude ouvertement provocatrice. Bingo ! Elle se retourne soudain vers moi. Je commence à l'agacer, moi aussi…

— Où en étais-je…, dit-elle à voix haute en me fusillant d'un regard noir. Oh, oui : aujourd'hui, nous aborderons les bases de ce principe plaisir-souffrance, et verrons si les humains tendent à vivre effectivement de cette façon. D'un point de vue personnel, je partage presque entièrement le point de vue de J…

— Ah oui ? l'interromps-je brutalement.

Mes camarades de classe me dévisagent, bouche bée : il faut dire que je ne participe jamais en cours, d'habitude. Sans déconner, ces gens n'ont pas dû m'entendre prononcer le moindre mot en quatre ans de présence dans cet amphi ! Je sais bien que j'ai une réputation d'athlète écervelé – ça va avec le maillot –, mais qu'est-ce que j'en ai à foutre ? Que ces connards pensent ce qu'ils veulent, ça ne m'empêchera pas de parler aujourd'hui : j'ai besoin d'attirer l'attention d'une certaine assistante.

Molly s'est arrêtée net de parler, et je vois son cou s'agiter au rythme effréné de son pouls.

— Pardon ?

La voici, cette étincelle dans son regard, cette lueur qu'elle dissimulait si adroitement. Je prends mon crayon et le fais tournoyer autour de mon pouce comme si je me foutais de tout : rien qu'à voir son visage, j'ai réussi à la foutre en pétard.

— Je m'étonnais que vous ne partagiez que « presque entièrement » le point de vue de Bentham, dis-je avec emphase.

— Pourtant, c'est bien ce que j'ai dit. Vous m'avez bien comprise, rétorque-t-elle, cinglante.

Bordel, elle est encore plus craquante quand elle pète un câble… Disons-le : sa réaction m'excite.

— Rooh ! maugréé-je en mordillant mon crayon.

Le silence pèse sur la salle entière, et la professeure elle-même nous observe avec attention.

Ally me lance un coup de coude dans les côtes.

— Arrête, Rome. Ça l'amuse pas, OK ? Fous-lui la paix.

L'espace d'une seconde, je culpabilise… mais je m'éclate trop à la clasher comme ça pour m'arrêter en si bon chemin.

— « Rooh » quoi, Roméo ? me lance-t-elle, un sourire provocateur sur le visage.

Ça me coupe aussitôt la chique, et mon espièglerie se mue en colère : elle a utilisé ce putain de prénom, alors qu'elle sait combien je le hais… Et en public, en prime ! C'est pire qu'un coup bas, et je n'arrive même pas à croire qu'elle m'ait fait subir ça, qu'elle soit capable de se montrer si… mauvaise.

Elle hausse un sourcil en signe de défi, et je grince des dents. Elle veut remuer la merde ? C'est parti…

Je prends une profonde inspiration.

— Je trouve ça foutrement idéaliste comme vision des choses, mademoiselle Shakespeare. Vu l'intelligence qu'on vous prête, je suis assez surpris que vous ayez pu sortir un truc pareil.

— Rome ! m'avertit Ally à voix basse, mais je ne peux plus m'arrêter.

Depuis qu'elle a utilisé ce putain de prénom par pure méchanceté, je n'ai plus qu'une seule envie : la couvrir de honte.

— Prenons votre analogie avec le vote, par exemple, quand vous parliez du maximum de bonheur pour un maximum de gens. Vous dites que le résultat sera forcément bénéfique pour la société, car la majorité des gens en seront satisfaits. Personnellement, j'y vois quand même un défaut : que se passera-t-il si cette majorité de gens est malveillante et mal intentionnée, et que la minorité est faite de gens bienveillants ou candides ? Comme ils sont moins nombreux, ils se retrouvent dans une situation dangereuse pour leur bien-être. Et puis, si la personne pour qui a voté la majorité avait un objectif inavoué et revient sur ses promesses ?

Elle ouvre la bouche pour rétorquer quelque chose, mais je poursuis, haussant même le ton, de façon qu'elle ne puisse pas interrompre ma tirade.

— Hitler, par exemple ? Il a été élu de façon démocratique et, pendant un temps, il incarnait une certaine vision du bonheur pour une majorité de votants faite de gens pauvres et désespérés. On sait comment ça a fini… Ce que je veux dire, c'est que sur le papier, ça a l'air chouette, mais qu'en pratique, c'est plutôt foireux, non ?

Je relève le menton, la mettant au défi de poursuivre la joute. Elle quitte le couvert de son pupitre puis s'avance, allant jusqu'à gravir les deux premières marches qui la séparent de moi. Ses cheveux flottent autour de son visage, et quelques longues mèches marron lui tombent devant les yeux.

— Pour commencer, j'apprécierais que vous me laissiez terminer, avant d'intervenir de façon si inconvenante. (Elle serre les dents, et son regard brûle de colère.) Ce dont je suis convaincue, c'est que les individus préfèrent, dans bien des situations, le plaisir à la souffrance. Pour la plupart, j'entends. Quelque chose à redire à cela, monsieur Prince, quarterback extraordinaire ? Les décisions que vous prenez dans le cadre de votre illustre carrière de joueur de football, ne vous apportent-elles pas du plaisir ?

OK, elle a décidé d'attaquer à la jugulaire, pour me mettre au tapis le plus vite possible. Je me demande vraiment ce que j'ai pu faire pour qu'elle m'en veuille à ce point…

— Tout à fait, mais je ne les prends pas que pour moi. Quand j'agis comme je le fais, c'est aussi pour mes coéquipiers, pour le public. Le foot leur procure du plaisir, à eux aussi. Ce n'est pas le cas de tout le monde, je sais…, ajouté-je à son intention.

Elle pose les mains sur ses hanches.

— Qu'est-ce que vous sous-entendez ?

— Je sous-entends qu'en Alabama, mademoiselle Shakespeare, il n'y a pas plus grande source de plaisir que le foot, qu'on y joue, qu'on le regarde ou qu'on coache une équipe. Mes efforts ne bénéficient pas qu'à moi seul : ils font aussi kiffer les autres. À part vous, apparemment.

Ses lèvres tressaillent, et un sourire victorieux éclaire son visage.

— Ce qui apporte de l'eau à mon moulin : en Alabama, la plus grande source de plaisir pour la majorité des gens, c'est le football américain, car c'est ce qui génère de la joie chez la majorité des individus.

— Pour cet exemple-là, vous avez raison. Mais je doute que ce soit toujours aussi simple.

— Poursuivez, me dit-elle, les bras croisés, en tapant du pied avec agacement.

— Vous dites que les gens agissent en quête de plaisir et pour éviter la souffrance ou, plus généralement, ce qu'ils n'aiment pas.

— Oui.

— Que dire des gens qui s'infligent souffrance ou déplaisir pour satisfaire les autres ?

Merde, elle sait à quoi je fais référence : c'est la seule personne à qui je me suis confié. Elle seule sait que mes parents me mettent la pression pour que j'épouse Shelly dans leur seul intérêt. Hors de question que je la laisse utiliser ma confidence pour me clouer le bec, encore moins devant un amphi rempli d'inconnus.

— Mon avis, c'est qu'ils ne souffrent pas autant qu'ils l'affichent, lorsqu'ils agissent pour satisfaire la volonté d'autrui.

D'accord, elle veut jouer cette carte-là… Je manque de peu de briser en deux le plateau de mon bureau tellement je suis en colère.

— Ça vous dirait d'être plus claire, Shakespeare ? grincé-je, maltraitant mon crayon comme si c'était une balle antistress.

— Prenez le sexe, par exemple : l'un des deux partenaires peut être plus demandeur que l'autre. Si cet autre, à l'envie plus discrète, accepte de poursuivre les ébats pour rendre le premier heureux, eh bien – et c'est là que repose toute l'ironie de la chose –, même insatisfait, libéré tout de même de sa tension sexuelle, il ne ressent pas vraiment d'inconfort ou de souffrance. Je me trompe ?

Putain, je percute enfin : c'est à propos de Shelly. Elle a dû croire que j'ai baisé Shelly après son départ, la soirée où on a discuté sur la terrasse… Et de toute évidence, ça ne lui plaît pas.

Le crayon craque entre mes doigts, tout comme ma patience et ma tolérance vis-à-vis de l'entreprise de vengeance de Molly. Et pour un truc que je n'ai même pas fait, en plus, merde ! En tout cas, si elle veut qu'on lave notre linge sale en public, elle a trouvé un bon client… C'est parti.

— Autre exemple : une personne estime que ce serait une bonne idée d'en embrasser une autre qui l'attire de façon inédite, étrange presque, puis, avec du recul, se rend compte que c'était une foutue erreur. Qu'elle a parlé avec elle de choses personnelles, et qu'elle l'a trouvée différente. Qu'elle s'est dit qu'elle pouvait peut-être se permettre de se livrer sans retenue à ce confident, avant de prendre conscience que c'était idiot, qu'il aurait mieux valu que ce ne soit jamais arrivé et qu'elle en conclue que les autres ne pouvaient être qu'une putain de source de déception !

Je me passe une main dans les cheveux et jette sur le sol les morceaux brisés de mon crayon.

— Rome ! C'était quoi ça, merde ? me murmure Ally en adressant un regard compatissant à Molly.

Je lève les yeux et découvre ce qui a provoqué son agacement : Molly se tient toujours sur la deuxième marche de l'escalier, les yeux humides. Elle semble ne plus savoir où se mettre. Comment ça a pu déraper comme ça, merde ! Je m'attendais à une joute de cour d'école, pas à un massacre verbal en règle. Putain, cette meuf me rend dingue… De plus d'une façon.

Elle tourne bientôt son regard ambré vers l'horloge.

— Lors du prochain cours magistral, annonce-t-elle d'une voix éteinte, nous étudierons les notes personnelles de Bentham. Les lectures requises se trouvent sur le polycopié du programme. Le cours est terminé.

Je jette aussitôt mon sac sur mon épaule et dévale l'escalier sans même jeter un regard à Molly, de retour à son bureau : mon envie de me tirer de cette salle étouffante est plus forte que tout. Quelques secondes plus tard, Shelly passe près de moi dans le couloir, furieuse, m'arrachant presque l'épaule au passage, et les autres étudiants défilent en échangeant des messes basses. Je tourne le coude du couloir, m'adosse au mur et m'efforce de reprendre le contrôle de ma respiration.

On tousse discrètement pour me ramener à la réalité.

— Quoi, putain ? lancé-je.

Je sais que c'est Ally.

— Ça va ? me demande-t-elle doucement.

J'ouvre les yeux et ris jaune.

— Mieux que jamais ! Je suis tellement heureux que ma vie privée alimente les rumeurs dans toute la fac !

Elle me dévisage longuement, avant de secouer la tête.

— Faut que je file, j'ai un autre cours : fais pas de conneries, OK ?

— Ça va, la ferme, Al'…

— Je plaisante pas, je sais que tu l'attends.

C'est vrai. Je dois apprendre à Shakespeare comment on garde un putain de secret…

— Écoute, Rome, je suis devenue très proche de Molly ces derniers temps… Je te jure ! C'est même une de mes meilleures amies maintenant ! Je refuse que tu lui pourrisses la vie. Tu m'entends ? Elle a pas l'habitude des types comme toi. Fais-lui du mal, et tu auras affaire à moi !

Je croise les bras sans rien répondre, baisse les yeux et suis ses pas du regard tandis qu'elle s'éloigne en lâchant un soupir agacé.

Deux minutes plus tard, Shakespeare sort de l'amphi : je me rue aussitôt sur elle et me plante à deux centimètres de son visage.

— C'était quoi ce bordel ?

Ses yeux ronds et sa respiration haletante trahissent sa surprise de me retrouver ici.

— Ton impolitesse me laisse sans voix, m'accuse-t-elle en scrutant alentour.

Nous sommes seuls : je m'en suis assuré. Cette histoire, c'est entre elle et moi.

— J'échangeais avec toi. C'est pas ce qu'on est censés faire en philo ? C'est toi qui as changé le cours en dispute.

J'entends bien que je peine à dissimuler ma colère, mais Molly n'en est pas le moins du monde intimidée et soutient mon regard sans ciller.

— Certainement pas ! rétorque-t-elle, rouge de colère.

Elle ne se rend vraiment pas compte de ce qu'elle a fait ? Qu'elle a failli, avec de simples mots, me faire péter un câble devant tout l'amphi ? En utilisant mon putain de prénom ?

— Qu'est-ce qui t'a pris de parler de l'autre soir ? Je me suis confié à toi : c'était perso, OK ? Je t'ai dit des choses que je n'avais jamais dites à personne, et tu en parles en plein cours, devant tout le monde !

Je me rapproche et capte son foutu parfum de vanille… Putain, ses cheveux, sa peau… Elle me rend dingue ! D'aussi près, j'en découvre davantage sur elle : sa peau parfaite sans la moindre cicatrice ou imperfection, le halo caramel autour de ses iris… Honnêtement, j'ai beau être furieux, je n'ai qu'une envie : la prendre, là, contre le mur, de façon si autoritaire qu'elle sera forcée de comprendre que personne ne me prend de haut. Que je ne suis pas le genre de type à qui on cherche la merde.

— Je t'ai accordé ma confiance, lui reproché-je, revenant à la réalité, et tu t'en es servie pour ton propre profit d'intello de mes deux !

Elle rit en levant les yeux au ciel, et je serre les dents, vexé.

— Tu oses parler de confiance, toi ? Toute la fac sait que tu utilises les filles pour ta vidange et, soyons clairs, ça me donne envie de gerber. *(Uppercut.)* Et puisqu'on en parle, c'est exactement ce que tu as fait avec l'autre, là, non ? L'autre soir, juste après m'avoir confié que tu ne l'aimais pas ? Tu sais, juste après qu'on a tissé ce lien si précieux à tes yeux ? *(Direct.)* Où est la morale là-dedans ? La vérité, c'est que dès qu'elle écarte les cuisses, t'es incapable de résister…

*Et un putain de crochet pour finir l'enchaînement…*

Perdant soudain tout contrôle, je plaque Molly contre le mur. Personne ne peut nous voir ici. Je me penche un peu plus vers elle.

— Je baise qui je veux ! Qu'est-ce que t'en as à foutre ?

Ma colère est aussitôt surpassée par un désir débridé, les deux émotions se mêlant de façon chaotique en mon esprit. Sa respiration pantelante et les frissons sur sa peau ne font que m'embraser davantage.

Elle ne s'en rend peut-être pas compte, mais elle ne peut détacher son regard de mes lèvres.

— Rien, repart-elle. J'en ai strictement rien à foutre.

Ses sourcils froncés disent tout le contraire : elle aussi, elle crève d'envie que je la prenne, mais elle ne peut pas se permettre de l'admettre… Non, Molly ne peut pas s'empêcher de me provoquer…

Je frappe le mur d'une main et me rapproche un peu plus, si près que nous nous touchons presque.

— Menteuse !

Je sens ses seins tendus contre mon torse.

— Je ne mens pas, siffle-t-elle entre ses dents. Tu baises qui tu veux, comme tu le dis si bien. C'est pas mon affaire.

— Mon cul, oui ! Te fous pas de moi ! craché-je, tandis qu'elle tente de me repousser d'une main sur le torse. Je te crois pas une seconde, OK ? Dis-moi pourquoi tu te soucies de qui se retrouve dans mon pieu, et me raconte pas de conneries !

Malgré elle, elle caresse mes abdos par-dessus mon tee-shirt, et je manque de lâcher un grognement.

— Très bien ! hurle-t-elle. Tu veux savoir ? J'en ai quelque chose à foutre, parce que tu m'as embrassée ! Tu m'as embrassée comme si ta vie en dépendait, merde ! Je me suis livrée à toi, et tu me traites comme une autre de tes poupées gonflables ! Tu m'as brillamment rappelé pourquoi je ne me confiais jamais à personne…

Là, on avance !

— Au fait, au cas où ça t'intéresse : je l'ai pas baisée. Je lui ai même dit de la façon la plus limpide qui soit que j'en avais fini avec elle, une bonne fois pour toutes. Tout ce que tu m'as dit, ce soir-là, à propos de vivre ma vie, ça m'a parlé, tu vois ? Ça m'a touché, même… Tu… m'as touché. Et qu'on soit bien clairs : t'es pas une poupée gonflable, Shakespeare. La baise sans lendemain, c'est mon truc, on est d'accord. Mais pas avec toi.

Elle entrouvre ses foutues lèvres une fois de plus, mais, comme j'en ai ras le cul de ses conneries, je pose un doigt sur sa bouche pour la faire taire. Je la retiens prisonnière.

— Faut avoir du cran pour me parler comme ça, Shakespeare. Ceux qui s'y risquent font pas longtemps les malins. Les gens du coin savent que me faire chier, c'est pas une chouette idée : ils ont compris qu'il valait mieux ne pas me chercher des noises.

Elle se renfrogne.

— C'est une menace ?

Je bande à en avoir mal. Je suis à deux doigts de la crise de nerfs, et cette petite *British* sortie de nulle part me tient tête comme une gladiatrice jetée dans une arène.

— Non, Shakespeare. C'est un ordre : me cherche pas. Ta bouche et toi, vous me chauffez comme pas possible, mais si tu continues, je vais devoir t'apprendre à la boucler et à filer droit.

Son corps la trahit : sa gorge s'anime tandis qu'elle déglutit, ses cuisses tremblent… Elle aime mon attitude. Le fait que la petite sainte nitouche pourrait aimer mes manières dominatrices ne fait que me rendre plus dingue encore.

— Garde ce ton autoritaire pour tes parties de jambes en l'air avec Shelly, lâche-t-elle, cinglante.

— Je t'ai dit que je l'avais pas touchée, merde ! essayé-je de lui rappeler d'un ton calme, mais ma voix tient plutôt du grondement.

— Visiblement, elle dit le contraire.

Sa respiration se fait de plus en plus tressaillante : elle est en train de perdre sa contenance de super-héroïne *badass*.

Comme nous sommes tous les deux un peu moins hargneux, je tente de lui faire comprendre ce que je ressens.

— Ce qu'elle dit, je m'en branle ! Je pensais que t'étais pas comme les autres, Jolly. Pourquoi me sortir ces conneries à propos du foot et de Shelly après tout ce que je t'ai dit de la galère que je traversais ?

Elle inspire presque douloureusement entre ses dents et commence à se masser les tempes.

— Écoute, je crois que je suis mal lunée aujourd'hui… Je n'aurais pas dû te chercher comme ça, et je te présente mes excuses. Je regrette d'avoir trahi ta confiance. C'était irrespectueux de ma part. J'étais furieuse contre toi ; je suis furieuse contre toi depuis plusieurs jours, à vrai dire. Je n'arrive pas à savoir comment me comporter avec toi. Tu me… troubles.

Je suis déchiré entre deux extrêmes : je me sens à la fois furieux contre elle pour sa prestation de tout à l'heure, et totalement attiré… J'ignore pourquoi, mais jamais je n'ai été aussi séduit par une fille. Tout en moi me hurle de la faire mienne et mienne seule. Tandis que je suis perdu dans mes pensées, je relâche mon emprise et elle tente de m'échapper.

— Tu crois qu'on a fini, là ? rugis-je.

— Je m'en vais, OK ? J'en ai assez de… tout ça : de ce qui se passe entre nous et du merdier de tout à l'heure. Alors oui, on en a fini.

Fini ? Mon cul, oui ! Ça ne fait que commencer.

Elle tente de se dérober une fois de plus, et je perds le contrôle…

— Putain, tu me rends dingue, Shakespeare ! grogné-je, avant de la saisir par la nuque et de l'attirer vers moi.

Je plaque ses lèvres charnues contre les miennes.

Bordel, ce que c'est bon…

Je dévore sa bouche comme un affamé attablé à un banquet : ma langue l'explore avec ardeur, et elle me laisse faire sans la moindre sans retenue. Elle est parfaite, notre baiser est parfait, et je me rends bien compte que mon attirance pour elle est en train de virer à l'obsession.

J'entends l'impact sourd de ses livres sur le sol et sens ses mains agripper ma chemise : je la veux autant qu'elle me veut. Nos désirs se rencontrent.

Je suis possédé, rien de moins : je lui attrape les bras, la visse contre le mur et frotte ma queue contre sa chatte en gémissant entre ses lèvres. Elle lâche un gémissement sonore et, soudain, la réalité reprend ses droits : un peu plus et j'attaquais les préliminaires avec Molly dans un putain de couloir.

Une soudaine vague de panique m'étreint. Je suis censé éviter ce genre de distractions à la con, histoire de finir l'année sans faire de vagues. Molly est une distraction dangereuse, très dangereuse… D'un côté, j'ai envie de la savourer jusqu'au bout, de l'autre, j'aimerais la tenir aussi éloignée de moi que possible.

Je grogne de colère.

— Putain, Jolly, tu m'obsèdes… Je ne pense plus qu'à toi et ça me rend dingue de perdre le contrôle comme ça…

Elle est à tomber : les pommettes rouges, les lèvres gonflées, et les yeux flamboyants de désir.

— Tu penses à moi ? murmure-t-elle.

Je perçois sans mal que la phrase à deux balles qui vient de m'échapper lui fait plaisir.

— Chaque minute. Chaque seconde. Du matin au soir…

Je croise les mains derrière ma nuque et la regarde réunir ses affaires, prête à mettre les voiles. Qu'importe ce qu'il se passe entre nous, il faut qu'on tire ça au clair.

— Je suis paumé avec toi… Tu me perturbes, et j'aime pas ça. J'ai jamais eu une fille dans la peau à ce point… (Je me maudis immédiatement d'avoir dit ça : c'est de Molly dont je parle, pas d'une énième groupie délurée.) Mais t'es pas une fille comme les autres, Jolly… Je l'ai remarqué dès notre rencontre, dans le couloir, le premier jour de cours… Putain, si tu savais : j'ai plus que ton goût dans la bouche depuis qu'on s'est embrassés durant l'initiation.

J'attends qu'elle rebondisse, mais, au lieu de ça, elle prend ses jambes à son cou.

— Il faut… il faut que j'aille à la bibliothèque, bredouille-t-elle par-dessus son épaule.

Voir son petit cul parfait me fuir ainsi au pas de course me donne envie de défoncer le mur d'un coup de poing : je commence à la suivre, mais me ravise et me force à m'arrêter au milieu du couloir. Je la regarde filer et, lorsqu'elle lance un bref regard en arrière, je lui crie :

— J'en ai pas fini avec toi, Shakespeare… Loin de là, même. Très loin de là !

Et, sur ces mots, elle disparaît, me laissant pantelant de rage, totalement paumé et armé de la gaule la plus dure que j'aie jamais chopée de ma vie.

Si ça continue, Molly Shakespeare va finir par avoir ma peau…

# Chapitre 7

*Arkansas, Fayetteville*

— Putain, Flash, cette meuf te mate avec la bave aux lèvres ! me lance Reece, surexcité.

Une canette de bière à la main, je lève la tête, pose le regard sur la belle blonde au sourire invitant et fais « non » de la tête.

Jimmy-Don pose une main sur mon front, comme pour prendre ma température.

— Tu te sens bien ?

— Ouais, dis-je dans un sourire. Elle me branche pas, c'est tout.

— T'es sûr que ça va ?

Il est sérieux, cette fois : bouche bée, il m'observe, éberlué. Je me contente d'acquiescer lentement et de trinquer avec lui en riant.

— Comment est-ce que… ce genre de fille… peut ne pas te brancher ? C'est une putain de déesse ! se plaint Reece en se levant du canapé, avant de traverser la pièce pour aller tenter sa chance avec la blonde.

— Cinquante billets qu'elle le refoule, plaisante Austin en me donnant un petit coup de coude.

— Forcément qu'elle va le refouler : c'est une bombe, et lui… Disons qu'il ne joue pas dans la même catégorie. Autant te filer ma thune tout de suite, si je tiens ton pari.

Jimmy-Don se cale au bord du canapé et tend la main.

— Laisse-lui une chance ! Il sera quarterback titulaire, l'année prochaine. Tu captes, Rome ? Il va prendre ta place ! Allez, pari tenu !

Nous observons tous les trois Reece tandis qu'il se pavane jusqu'à la blonde en bon petit coq. Elle m'adresse un regard par-dessus son épaule, mais, quoi qu'ait pu lui servir Reece, elle se désintéresse de moi et me prive de ce sourire qui m'invitait à la sauter.

Le bougre gère bien son affaire : il chuchote à l'oreille de la blonde, caresse sa joue du bout des doigts, puis son bras nu…

Austin me regarde, les yeux ronds. De toute évidence, il pense à la même chose que moi : contre toute attente, ce petit con assure comme un chef.

La blonde commence à lui caresser le torse, prend sa main, puis le guide hors de la pièce. Reece se retourne vers nous, un putain de sourire triomphant sur le visage, avant de disparaître dans l'escalier.

— Yes ! Je le savais ! jubile Jimmy-Don en se tournant vers nous. Par ici la monnaie, les filles ! ajoute-t-il avec un sourire de fouine.

Je secoue la tête et sors un billet de cinquante de ma poche. Austin fait de même, et nous les claquons dans la paume ouverte de Jimmy-Don.

— Si on m'avait dit que je le verrais un jour emballer sans mon aide…

— Il a bien observé le maître… sur et en dehors du terrain ! Il va être foutrement dangereux l'année prochaine, ce con ! plaisante Jimmy-Don, avant de se lever du canapé pour aller rejoindre nos coéquipiers qui filent chercher de la bouffe dans le jardin.

On a été invités à la fiesta d'un cousin d'un gars de l'équipe, un type qui joue pour l'Arkansas. Même recette que d'habitude : meufs à la demande, et alcool à volonté. Ce qui sort de l'ordinaire, en revanche, c'est que je n'en ai strictement rien à secouer… Je suis trop occupé à me demander ce que Molly est en train de faire à Tuscaloosa, et si elle a vu mon match de merde…

J'ai abandonné l'idée d'essayer de ne plus penser à elle.

Austin se lève pour aller nous chercher d'autres bières et, quelques minutes plus tard, l'affaissement soudain du canapé à côté de moi m'indique qu'il est de retour.

— Tu te sens bien ? me demande-t-il en me jetant une autre canette.

J'acquiesce, décapsule la bière avec les dents et en avale une longue gorgée.

— Hé, tu vas retrouver la forme, te bile pas. T'as juste un peu de mal à te mettre dans le rythme, cette saison.

— Du mal à me mettre dans le rythme ? Je joue comme une pine, c'est tout. Quoi que je fasse, je merde : je t'ai balancé une passe de cinq mètres trop longue tout à l'heure, maugréé-je.

— Boucle-la, Rome. T'es le meilleur quarterback de l'État. Du pays, même, putain. C'est juste que t'as trop à gérer, en ce moment… Faut que tu laisses ta vie perso en dehors du terrain, mec.

— Qu'est-ce que t'en sais, de ce que je vis, vieux ?

Il hausse les épaules.

— C'est pas la première fois que je te vois dans cet état : quand t'as accepté la bourse d'études pour l'université et que ton père t'a démonté la tête à t'envoyer à l'hosto. Quand tu t'es laissé démolir comme un vieux maso, tu te rappelles?

Difficile à oublier, un souvenir pareil: je suis rentré de mon match pour annoncer aussitôt à mon père que j'avais accepté une bourse pour jouer avec la Tide. Le coach avait assisté à certains de mes matchs au lycée, et quand on a remporté le titre de l'État, il m'a aussitôt proposé une place dans l'équipe de la fac. C'était l'un des plus beaux jours de ma vie… jusqu'à ce que je le dise à mon père. Je crois qu'il s'était toujours dit que je finirais par comprendre, que j'arrêterais de perdre mon temps à jouer à la baballe et que je prendrais sa suite, tout disposé à servir l'entreprise familiale. Le truc, c'est qu'il n'a jamais compris à quel point j'aimais le foot… Jamais. Elle est là, la source de tous mes maux.

À la seconde même où je le lui ai annoncé que j'avais accepté la bourse, il a pété un plomb. C'est à ce moment que j'ai compris qu'il ne me laisserait jamais vivre ma vie comme je l'entendais. Pourtant, pour une raison que j'ignore, je suis resté là devant mon colosse de père, à encaisser coup sur coup… avec le sourire. Après quoi, brisé et couvert de sang, j'ai fait mes bagages et dormi par terre chez Austin pendant des semaines, jusqu'à ce que je n'aie eu d'autre choix que de rentrer chez moi. J'ai évité mes parents pendant des mois, m'assurant de les garder chaque jour le plus éloignés de moi que possible, reclus la plupart du temps dans la vieille cabane perdue sur leur propriété. L'été venu, je me suis barré loin de chez eux pour participer au camp d'entraînement de la Tide. J'avais fait mon choix.

Les haut-parleurs crachent soudain un morceau de métal bien gras qui me ramène à la réalité.

— Quel intérêt j'aurais eu à répliquer? Je sais par expérience que ça ne fait qu'empirer les choses.

— Et aujourd'hui, alors, c'est quoi le blème ? Il essaie encore de t'empêcher de t'inscrire à la draft ?

— Ouaip. Rien de nouveau sous le soleil de ce côté-là… (Je lâche un rire las.) Sauf qu'en prime, il veut que j'épouse Shelly, maintenant. J'ai refusé, bien sûr. On s'est pas reparlé depuis, mais je sais qu'il va pas lâcher l'affaire. Nos vies de merde changent pas des masses, frérot, hein ?

— Parfois, Rome, je me demande vraiment ce qu'on a fait pour en chier comme ça, dit Austin en secouant la tête, dépité. Toi avec ta montagne de blé et les pires parents de l'histoire… (Je ne peux m'empêcher de pouffer.) Et moi, le déchet noyé dans la décharge, avec deux frères cons comme des bites et une samaritaine de mère qui a à peine assez d'énergie pour tenir encore debout.

J'incline ma canette à son intention, et il trinque avec moi. Il n'y a rien à ajouter.

La fête continue, la plupart des gars se maquant pour la nuit. Quand Jimmy-Don reparaît, il nous retrouve tous les deux sur le canapé.

— Hé, on va au bar, là, avec d'autres gars, vous venez ?

— Ta meuf va pas te casser les couilles si tu te mets minable ? lui demandé-je pour le taquiner.

Jimmy-Don est dingue de sa nouvelle nana : il nous a rebattu les oreilles avec sa putain de Texane blonde de Tuscaloosa jusqu'à notre arrivée en Arkansas. Apparemment, la meuf est une vraie furie au pieu, et imaginative avec ça… Je l'ai compris au septième résumé détaillé de leurs dix meilleures positions sexuelles. Au passage, la brouette japonaise ? *What the fuck !*

— Tu rigoles ? Cass me botterait surtout le cul si je restais sobre ! Et puis, elle sait très bien que j'irai pas voir ailleurs.

Je le crois. Jimmy-Don est un type bien.

— Sans moi, dis-je. Je crois que je vais rentrer à l'hôtel.

Jimmy-Don se penche et pose de nouveau une main sur mon front.

— Sans déconner, Flash, t'es malade ? Tu t'es pas tapé de meufs depuis des semaines, et maintenant, tu refuses d'aller au bar… *L'invasion des profanateurs de sépultures*, c'est sympa en film, mais en vrai ça fout vraiment les jetons, mec…

Je pouffe, me lève et lui donne une tape amicale dans le dos.

— J'en ai juste ras le cul de tout ça, vieux. Faut que j'apprenne à filer droit un peu. Que je me reconcentre sur mon jeu. On se voit plus tard.

Austin rentre avec moi : de toute évidence, quelque chose le dévore de l'intérieur lui aussi, mais comme on a chacun appris à ne pas se mêler des galères de l'autre, on parle foot jusqu'à nos chambres.

Une fois au pieu, je ferme les yeux et imagine aussitôt le visage de Molly. Je goûte son baiser en esprit et, dans un soupir, commence à compter les heures qui me séparent de nos retrouvailles.

Putain, je suis vraiment dans la merde jusqu'au cou…

* * *

Sitôt que l'avion touche le tarmac, les messages commencent à affluer. Mon père m'écrit qu'il veut me voir, qu'il le faut, et que j'ai intérêt à ne pas jouer « le petit con de rebelle de merde ».

À 6 h 30 – 6 h 30, merde ! –, il m'appelle. Je décroche, décidé à en finir au plus vite avec sa leçon de morale.

— Papa…, le salué-je à contrecœur.

— J'arrive à la fac. Je te conseille de venir tout de suite : ne m'oblige pas à te débusquer. (Je serre les poings, menaçant de briser mon portable entre mes doigts.) Rendez-vous près du terrain.

Je récupère mes clés, quitte ma chambre en vitesse et file au pas de course jusqu'au terrain, vêtu des mêmes sapes que lors de mon voyage. Il n'y a personne – les étudiants pioncent encore –, mais le soleil est déjà brûlant dans le calme inquiétant du campus.

Sitôt arrivé à l'angle du bâtiment, j'aperçois la Bentley chérie de mon père – argentée, prétentieuse – et m'arrête sur le trottoir, au niveau du capot.

Mon père ouvre sa portière : son costume est légèrement froissé, et ses yeux bruns cernés. L'espace d'une seconde, je crains qu'il soit venu m'annoncer une mauvaise nouvelle, mais sa mâchoire serrée trahit bientôt qu'il n'est venu ici que pour moi.

— Rome, m'accueille-t-il en croisant les bras.

Je déteste sa faculté à garder son calme, sa posture assurée, sa voix mesurée et basse. Quand il est comme ça, je ne sais jamais à quoi m'attendre : est-ce que je dois me préparer à un coup, ou va-t-il me faire chanter pour que j'agisse contre mon gré ?

— Papa, dis-je, méfiant.

— Tu ne réponds ni à mes appels, ni à mes SMS, ni à mes mails.

— J'avais besoin d'un break. Ça a été intense niveau foot, ces derniers temps, et plus les exams de fin d'année approchent, plus les profs sont exigeants. Et puis, je sais que tu n'as pas abandonné ton idée de me voir épouser Shelly, et j'ai aucune envie qu'on s'engueule encore à ce propos.

Son regard s'embrase aussitôt.

— Bien sûr que je veux encore que tu l'épouses ! (Il s'approche d'un pas : comme je mesure plus d'un mètre quatre-vingt-dix, je suis plus grand que lui.) Écoute, j'ai besoin de ce mariage... Je veux que l'affaire reste entre les mains de nos deux familles.

Mon père n'est pas comme d'habitude... Je perçois une certaine urgence dans sa voix et dans sa posture, dans la façon qu'il a de se passer sans cesse la main dans les cheveux. J'avais raison de me poser des questions : quelque chose le tracasse. Je pourrais bien lui demander ce qui ne va pas, je suis presque sûr qu'il ne me dira rien – ce serait exposer un défaut de sa cuirasse –, mais il faut que j'essaie.

— Pourquoi est-ce que tu insistes à ce point ?

Ma question habille de rage son visage crispé. Demander des explications à mon père était l'une des nombreuses interdictions de la famille. Il grimace et plaque un index contre mon torse.

— Obéis. On t'a gardé dans un but précis, alors fais ton boulot !

Ah, le voilà : le rappel à peine camouflé qu'ils n'ont jamais voulu de moi.

Je ne me démonte pas.

— Tu sais quoi, le vieux ? Tu peux te le foutre au cul, ton mariage arrangé : je n'ai pas changé d'avis. Je ne changerai jamais d'avis. Fais-toi une raison.

Soudain dominé par sa rage, l'homme qui m'a élevé oublie sa politesse feinte. Son visage se tord en une expression haineuse, et il agrippe ma chemise de ses deux poings.

— Petite merde insolente ! Pourquoi faut-il toujours que tu me provoques !

Son regard glacial ne fait que confirmer mes soupçons : cette histoire n'est que l'arbre qui cache la forêt. Il n'a pas fait preuve d'une violence physique pareille avec moi depuis des années. Je ne me défends pas.

— Parce que je ne veux pas de la vie que tu m'imposes, craché-je néanmoins. Je ne veux pas devenir… comme toi !

Il se penche à mon oreille.

— Tu n'as jamais été à la hauteur de notre famille ! m'insulte-t-il à voix basse.

Alors, d'instinct, il lève une main, prêt à en revenir à ses anciennes méthodes de punition. Je pourrais riposter, maintenant que je suis plus grand, plus baraqué, et il le sait, ce connard. La dernière fois que je l'ai laissé me frapper, j'avais dix-sept ans… Cela dit, jamais il ne m'a frappé en public : il aurait risqué de salir sa réputation… Et le voilà, à découvert, la main levée, incapable de tenir plus longtemps sa contenance.

— Vas-y, allez ! grondé-je en levant le menton pour lui offrir ma joue.

— Ne me tente pas, gamin ! me menace-t-il.

Je me contente de lui sourire : je sais par expérience qu'une bonne raclée me laisse en général quelques semaines de répit loin de mes parents. Et j'en ai bien besoin.

Plus que tout.

Je plaque les mains sur son torse et le repousse.

— Vas-y ! hurlé-je. Frappe-moi ! T'en crèves d'envie, allez !

Il retrousse les lèvres, indécis, alors je souris de plus belle, plus insolent que jamais… jusqu'à ce qu'il cède : il lève la main et, la seconde suivante, me gifle avec violence.

Il se reprend aussitôt et commence à reculer vers sa voiture.

— Je ne te lâcherai que quand tu seras devant ce putain d'autel ! Il est impératif que tu épouses Shelly Blair, et tu l'épouseras. Tu l'épouseras !

Sur ces mots, il grimpe dans sa Bentley et disparaît.

# Chapitre 8

Un filet de sang me coule de la lèvre au menton, mais je ne l'essuie pas. Ma joue est brûlante, ma mâchoire me lance, mais tout cela n'a fait que confirmer ce pour quoi je n'épouserai pas Shelly : hors de question que je vive comme ça toute ma vie, que je finisse alcoolique, comme ma mère, pris au piège d'un monde fait de responsabilités étouffantes et de dîners mondains.

Je file droit vers l'arbre le plus proche et en martèle l'écorce de coups de poings jusqu'à ce que je ne sente plus mes mains, que les muscles de mes bras hurlent de douleur et que mes phalanges se couvrent de sang. Pantelant, vidé, je finis par me laisser tomber sur le sol et mon regard se perd sur la pelouse.

Faut que je mette un terme à cet enfer permanent, merde !

Comment est-ce que tout a pu partir en couille si vite ? Je sens cette pression de toutes parts – mes parents, le foot, la fac –, si forte que je peine à respirer, à réfléchir même. Je n'aspire qu'à rester là, prostré, sans me soucier le moins du monde de qui découvrira le grand Flash Prince échoué sur le sol, le corps meurtri et ensanglanté.

Une brindille se brise près de moi, je lève la tête… Molly. Elle se tient là, devant moi, les mains tremblantes et les yeux humides.

— Oh, Roméo…, murmure-t-elle.

Elle est apparue comme un putain d'ange…

Elle s'agenouille près de moi, ses yeux dorés emplis d'une commisération bienveillante. Elle entreprend aussitôt de nettoyer mes plaies, mais je ne comprends pas vraiment ce qui se passe, l'esprit égaré dans un brouillard cotonneux.

— Ça te fait mal ? me demande-t-elle, suspendant quelques secondes ses soins.

Je ne parviens qu'à faire « non » de la tête.

Elle se rapproche, cale son corps frêle entre mes jambes, et porte à ma lèvre un bout de tissu rose. Je la regarde, incapable de faire quoi que ce soit d'autre.

— Rince-toi la bouche, tiens. Tout ce sang, ça ne doit pas être bien bon…

Elle me tend une bouteille et je m'exécute, avant de recracher sur le sol de terre sèche un filet d'eau rougie.

Ce qu'elle fait ensuite me surprend : elle prend délicatement ma main, et vient s'asseoir à côté de moi. Tandis que je regarde ses doigts fins mêlés aux miens, je comprends que cette fille est tout ce dont j'ai besoin et que je pensais ne jamais être en droit d'avoir. De prime abord, elle est mon exact opposé, mais, au fond, elle me comprend, comme personne avant elle.

Elle enserre tendrement ma main, et je reviens à la réalité.

— Hé, Jolly…, croassé-je.

— Hé, toi.

— Alors, le spectacle ? Tu en as vu quoi ? lui demandé-je, redoutant sa réponse.

Elle se rapproche. Je sens son bras effleurer le mien, puis elle pose la tête sur mon épaule, tout contre mon cou.

— Trop.

Quelqu'un a enfin vu mon père à l'œuvre. Saisi par l'impression soudaine d'avoir de nouveau huit ans, je plaque le front contre l'arbre proche, humilié qu'elle me voie ainsi, lâche victime de la cruauté de mon père.

— C'était qui, l'homme en Bentley ?

— Mon cher papa…, lui révélé-je après quelques secondes de silence.

— Ton père ?

Ma réponse la laisse interdite, et je vois son regard se charger soudain de colère, tandis qu'elle passe un bras à mon torse comme pour me protéger. Alors ça, c'est une première… Je peine à articuler le moindre mot, ému par son geste, heureux presque… C'est la première fois que quelqu'un me réconforte : personne n'a jamais suffisamment tenu à moi pour me cajoler. La présence de Jolly me rend… heureux, vraiment… J'y crois pas, merde… Elle me rend heureux.

Je garde précieusement sa main dans la mienne, craignant que cette sensation de plénitude disparaisse.

— Ça va aller ? me demande-t-elle.

— Non, confessé-je, au bord des larmes.

— Tu veux en parler ? (Je secoue la tête : c'est la dernière chose au monde dont j'ai envie.) Il te frappe souvent ?

Je prends la décision de me mouiller un peu : elle en a vu plus que quiconque, alors je peux arrêter de faire semblant. Au moins un peu.

— Moins qu'avant… Il en a moins l'occasion. Là, j'ai fait un truc qui lui a pas plu, alors il m'a appelé pour que je le retrouve ici. La suite, tu la connais…

Elle se déplace pour s'installer en face de moi.

— Qu'est-ce que tu as pu faire de si terrible pour qu'il te gifle comme ça ?

J'aurais voulu lui répondre la vérité – que j'étais une plaie pour leur vie par ailleurs si parfaite, le souvenir d'une époque qu'ils préféraient oublier –, mais jamais je ne me laisserais aller à une confession pareille. Jamais.

— Il a parlé d'argent, de déception, de fils indigne… Comme d'hab', quoi. C'est la première fois qu'il va aussi loin en public, par contre… Je l'avais jamais vu aussi vénère.

— Mais, tu es son fils, merde ! Comment il peut te faire subir ça ? Rien ne mérite un coup pareil en plein visage !

Non, pas de confession. Pas de confession, Rome…

Je me redresse, aussi frustré que furieux, mais, acceptant l'idée que je ne lui répondrai pas, Molly change de sujet et me parle du match en Arkansas. Je lui avoue que j'ai joué comme une merde.

— Je n'ai jamais aussi mal commencé une saison. C'est ma troisième à la fac : la draft, le recrutement pour la ligue pro, c'est à la fin de l'année, et tout part en couille…

— Pourquoi ça se passe si mal ? me demande-t-elle, les sourcils froncés au point que ses lourdes montures glissent un peu sur son nez.

Je les rajuste.

— Parce que j'arrive pas à lancer la moindre passe. Je déçois les attentes de tout le monde : des fans, de l'équipe… Mes parents refusent de lâcher l'affaire avec Shelly : la gifle, c'était pour ça, ça te montre leur ouverture d'esprit à ce sujet. Et puis, madame pom-pom me colle comme jamais. Sans rire, c'est du jamais vu ; je passe mon temps à la refouler. Et j'arrive pas à me concentrer, en ce moment, ni même à dormir… Je n'arrête pas de penser à une certaine étudiante anglaise qui m'obsède au point que j'en pieute plus la nuit. Jamais. Elle me hante.

J'ai besoin de sentir sa peau sous mes doigts, alors je pose la paume sur sa joue et me sens aussitôt plus apaisé.

— Crois-moi, je vois exactement de quoi tu parles…, commente-t-elle, sa respiration haletante trahissant son émotion.

L'heure est venue de jouer un peu franc jeu avec elle.

— Je n'ai pas arrêté de penser à notre dernière confrontation pendant le déplacement de l'équipe.

— Je comprends. Moi aussi… C'était… déroutant de penser à temps plein à un certain beau gosse d'Alabama plutôt qu'à Dante, Descartes ou Kant.

Son accent est craquant à tomber, et je réprime un petit rire, heureux d'apprendre qu'elle aussi a pensé à moi ces derniers jours.

— Tu me trouves beau gosse ? la taquiné-je en lui donnant un petit coup de genou dans le bras.

— Disons que t'es pas trop mal.

Son sourire lui ride joliment le nez, et ses pommettes rosissent : en l'espace d'une seconde, je suis passé de type qui pourrissait six pieds sous terre à roi du monde…

— T'allais où comme ça, de bon matin, avant de voir un beau gosse se faire déboîter la tête ?

Il faut que je m'éloigne de cet arbre. Hors de question que je file en cours, par contre : j'irai où elle va, qu'importe où. Et je suis plutôt du genre à faire ce que je veux.

— Rome…

— Hé, esquive pas la question, Shakespeare ! l'interromps-je.

— J'allais à la bibliothèque. J'ai des recherches à faire pour Mrs Ross. Elle a un bureau, là-bas, où je peux bosser tranquille. Quand j'ai vu… ton père te battre, j'ai estimé que sur l'instant, tu avais davantage besoin de moi que le monde merveilleux des études académiques.

Je me lève et l'oblige d'un geste à se relever.

— Allons-y, annoncé-je.

— Où ça ? s'étonne-t-elle, les sourcils froncés.

— À la bibliothèque. Je vais te filer un coup de main. On va pas laisser le monde universitaire en plan, non ? Quelle inconscience…

Je ramasse son sac et le passe à son épaule.

— Roméo… T'es sûr que tu ne veux pas rentrer chez toi ? C'est vraiment ce que tu préfères ? Parce qu'on pourrait se poser quelque part pour discuter, si tu veux. Vraiment, on fait ce qui te met le plus à l'aise.

La vache : s'il y a une chose dont je n'ai pas envie, c'est bien de parler de ma vie privée. Ce que j'aimerais, par contre, c'est ramener Molly dans ma piaule, et ne renouer avec le monde extérieur qu'après l'avoir usée jusqu'à l'os, mais je doute que cette proposition trouve chez elle un écho favorable.

— Non, dis-je en la tirant par la main. On va à la bibliothèque, et je t'aide dans tes recherches.

— Toi, Roméo, tu vas m'aider, moi, dans mes recherches en philosophie ?

Son incrédulité a quelque chose d'insultant, mais cette arrogance dont elle fait preuve quand elle parle de ses études me donne envie de lui rabattre le caquet.

Je la retourne en direction de la bibliothèque et passe le bras autour de ses épaules.

— Hé, me murmure-t-il, c'est pas parce que je joue au foot que je suis forcément stupide. Pour ta gouverne, je suis un tueur en philo. C'est peut-être moi qui vais t'apprendre un truc ou deux… (Je la lâche et prends un air sérieux.)

Par exemple, *« Emmanuel Kant avait la picole pissante et le genou pas très stable… »*, fredonné-je.

Elle part d'un grand rire et se met à chanter à son tour.

— *« Heidegger, Heidegger était un sac à bière qui gambergeait mieux sous la table. »*

— *« Aristote, Aristote on le note, n'a jamais bu de flotte, et Hobbes crachait pas sur le whisky. »*

D'un geste de main, je l'invite à enchaîner.

— *« Et René Descartes coltinait sa pancarte : 'Je picole, donc je suis !' »*

Elle est anglaise après tout : regarder les Monty Python, ça doit être une sorte de rituel initiatique chez eux, non ? Son sourire solaire me hurle que j'ai marqué une chiée de points sur ce coup.

— Monsieur est fan des Monty Python ? me demande-t-elle, enjouée.

— Difficile de faire de la philo et de ne pas connaître la base : la chanson des philosophes, par nos amis les trois Bruce.

La vérité, c'est qu'en deuxième année, l'un de mes premiers profs de philo n'arrêtait pas de nous la passer. Après ça, j'ai regardé jusqu'au dernier des films de la troupe.

— Un point pour toi. C'est juste que je n'aurais jamais parié que tu étais fan d'humour *british*.

— Les Monty Python, c'est la crème de la crème, me contenté-je de répondre, avant de lui tendre une main. Allez, go. Je t'ai subjuguée une fois avec ma maîtrise de la philo, et ce n'est qu'un début.

— Dit le type de vingt et un ans. Je te rappelle qu'à vingt ans, je suis déjà en master : je doute que tu aies quoi que ce soit à m'apprendre, monsieur la super star. La philo, c'est mon domaine.

Et voilà, madame recommence avec sa bouche de dingue… Je l'attrape soudain par la main, l'attire contre mon torse et la serre fort contre moi.

— En philo, je suis peut-être un peu limité, murmuré-je à son oreille, mais dans mon domaine d'expertise à moi, je suis assez convaincu que j'aurais des tas de choses à t'enseigner…

— Et ton domaine, c'est ? me demande-t-elle.

Je souris, sentant son cœur battre la chamade contre mon torse, puis laisse courir mes lèvres le long de son cou. J'embrasse sa peau nue, là où son pouls bat la mesure.

— Quelque chose de bien plus… jouissif que le travail.

Je sens qu'elle se raidit, le souffle court, et, satisfait de l'avoir déroutée, je la tire par la main.

— Allez, Cortex, on file à la biblio avant que ton esprit dévergondé se noie dans ses fantasmes…

Ça lui apprendra à me provoquer…

Nous travaillons à la bibliothèque pendant des heures. Totalement focalisée sur ses recherches, elle ne me pousse pas une seule fois à parler de mon père ou de quoi que ce soit d'autre. Quand elle bosse, elle me fait un peu penser au type de *Rain Man*… C'est comme si elle était totalement immergée dans son petit monde à elle.

— Allez, Shakespeare, je te raccompagne chez toi, lancé-je après que je l'ai vue bâiller cinq fois en dix minutes et que mon cul endolori commence à ne plus supporter ma chaise.

— Oui, OK, acquiesce-t-elle d'une voix fatiguée, et nous sortons de la bibliothèque.

Seule une poignée d'étudiants parés pour une nuit blanche traînent encore dans le campus quasi désert.

Nous longeons la voie principale silencieuse et, heureux d'être seul avec Molly, je prends sa main dans la mienne. Ses doigts se raidissent, et elle me jette un regard intrigué : voyant que je ne la lâcherai pas, elle me laisse faire. J'ai l'impression que le monde tourne rond quand elle est près de moi, et j'aime l'idée que quiconque nous apercevra comprendra qu'elle est mienne. Cette sensation me procure bien plus de plaisir qu'à l'ordinaire : je suis Rome Prince, non ? Je ne me case avec aucune de mes nanas. Le truc, c'est qu'avoir Molly à mon bras me donne l'impression de vivre un putain de rêve éveillé.

Nous sommes à mi-chemin de son foyer quand Molly tourne la tête vers moi.

— Rome ?

— Ouais ?

— Tu t'es bien amusé dans l'Arkansas ?

Sa question me prend de court, et je baisse les yeux vers elle, les sourcils froncés, me demandant où elle veut en venir.

— Pas vraiment. Pour tout t'avouer, j'avais hâte de rentrer. (Je la retourne face à moi et essaie de lire son visage.) Pourquoi tu me demandes ça ?

De la pointe du pied, elle donne des petits coups dans la pelouse, puis relève vers moi un regard mal assuré.

— Cass a posté des photos de votre soirée d'après-match. Sur Facebook.

Je me renfrogne.

— OK, et ?

— Disons… que j'ai vu ce que faisaient certains de tes coéquipiers. Les *shots* d'alcool, la bière… Les filles… Je ne t'ai pas vu sur les photos, mais…

Elle ne finit pas sa phrase.

Je pose un doigt sous son menton et le relève pour qu'elle me regarde droit dans les yeux.

— Tu veux savoir si j'ai sauté une meuf, là-bas ?

Elle fronce les sourcils.

— Hmm, je ne l'aurais pas formulé de façon si grossière, mais… oui, c'est un peu l'idée. Je sais que ça me regarde pas, alors si je vais trop loin, n'hésite pas à me le dire, hein…

Elle baisse les yeux une fois de plus.

— Regarde-moi, lui ordonné-je. (Elle obéit, méfiante.) Des groupies m'ont chauffé ; c'est toujours comme ça. J'ai pas beaucoup d'efforts à faire pour attirer les meufs, en général, Jolly.

— Oh…

Elle baisse la tête, défaite, et ses épaules tombantes trahissent sa déception. J'avoue que sa tristesse à l'idée que j'aie pu coucher avec une autre fille me rend totalement euphorique.

— Mais je leur ai dit de me lâcher et suis rentré seul à l'hôtel, dis-je.

Elle relève aussitôt la tête.

— Ah oui ? s'étonne-t-elle d'une voix heureuse.

— Ouais. (Je me penche et esquisse un sourire.) Y en avait pas une capable de disserter sur les vertus de l'utilitarisme.

Elle éclate de rire et me reprend par la main. Je la raccompagne jusque chez elle, sa main plus détendue dans la mienne.

Ce soir-là, c'est la première nuit depuis une éternité que je ne cauchemarde pas : mon sommeil n'est habité que par une petite brune craquante à se damner…

# Chapitre 9

Le lendemain, après mon entraînement, je me douche et me rhabille en un temps record : à l'autre bout du vestiaire, Austin et Jimmy-Don échangent un regard incrédule en secouant la tête, troublés de me trouver aussi impatient.

— T'as rendez-vous ? me demande Austin.

Je passe une main dans mes cheveux mouillés.

— Ouais, à plus tard, lui lancé-je, on ne peut plus évasif.

Sur ces mots, je cavale jusqu'au bureau du professeur Ross, dans la bibliothèque. Je pose une main sur la poignée… Fermé.

*Eh merde…*

Je regarde l'heure : Molly ne devrait plus tarder. Plus qu'une solution : aller voir Miss Rose. Un frisson me parcourt l'échine : je sais qu'à la seconde où elle me verra, elle va me coller, excitée comme une chatte en chaleur.

Je file à son comptoir, aperçois ses longs cheveux gris et m'accoude devant elle.

— Hé, madame Rose, roucoulé-je. Ça roule ? Vous êtes très élégante, aujourd'hui. Le violet vous va à ravir.

Lorsqu'elle entend ma voix, elle se retourne lentement, rayonnante.

— Rome Prince ! Quel plaisir de te voir, mon chou !

Elle se rapproche du comptoir, retrousse les lèvres en un large sourire aux dents jaunies, puis vient se planter devant moi. Comment peut-elle encore travailler à son âge ? Ça me dépasse… Elle doit frôler les cent ans !

— Il est bien tôt, qu'est-ce qui t'amène ?

— J'aurais une faveur à vous demander, lui dis-je, le visage paré de mon sourire le plus charmeur.

Elle incline la tête, l'air amusé.

— Tu sais bien que je ne peux pas t'accorder de traitement de faveur… Pas de favoritisme ici.

— Oh, je sais bien, madame Rose, c'est juste que… Eh bien, comme vous et moi, on s'entend vraiment bien, j'ai pensé que vous feriez peut-être une exception. S'il vous plaît ? Juste une fois ?

Elle me tapote la main de ses doigts osseux et s'extasie.

— Rome Prince, mais quel mauvais garçon ! Et Dieu sait que je n'ai jamais pu résister aux mauvais garçons… Surtout quand ils sont aussi séduisants que toi ! Que veux-tu de moi, mon chou ?

Ça marche chaque fois…

— Vous pourriez m'ouvrir la porte du bureau personnel de Mrs Ross ? Je dois y bosser et j'ai oublié la clé.

Elle me régale d'un clin d'œil, lève le battant du comptoir, puis se dirige en boitant vers l'ascenseur.

— Faisons ça vite : je n'aimerais pas qu'on me prenne en train d'enfreindre le règlement.

Mrs Rose ouvre le bureau, allume et m'abandonne là, non sans m'avoir pincé énergiquement le cul. Bouche bée, je la regarde s'éloigner.

*Sans déconner ?*

Je jette mon sac sur la table, pouffant de son audace, puis m'installe confortablement pour attendre une certaine mademoiselle Shakespeare.

Une demi-heure plus tard, la porte s'entrouvre : sitôt qu'elle me voit, affalé dans mon fauteuil, elle sursaute, surprise.

— C'est pas trop tôt, Shakespeare. J'ai eu le temps de boucler une thèse en t'attendant.

— Qu'est-ce que tu fais là ? me demande-t-elle, le sourire le plus radieux de l'histoire de l'humanité sur le visage.

Je décolle mes miches du siège et viens me poster devant elle.

— Je suis venu assister l'assistante. Ordonnez : j'ai hâte de vous servir, annoncé-je en faisant danser mes sourcils pour le show.

Elle pose ses livres et me regarde, l'air intrigué.

— Tu peux m'expliquer comment tu as réussi à rentrer dans un bureau fermé ?

— La bibliothécaire est l'une de mes admiratrices secrètes. On a papoté un peu en privé, tu vois, et elle m'a ouvert la porte.

Non sans m'avoir palpé le cul, mais je préfère garder cette info-là pour moi.

— Mrs Rose ? Mais, elle a, genre… quatre-vingt-dix ans ! pouffe Molly.

— Dans mon vocabulaire, j'appelle ça une couguar insatiable, plaisanté-je en mimant un frisson d'excitation.

Molly me dévisage, l'air plus sérieux.

— Tiens donc ! Et alors quoi, Roméo ? Tu meurs d'envie de m'aider une fois de plus à rédiger mon devoir ?

Je sens une boule se former au creux de mon estomac : pas une seconde je n'ai envisagé qu'elle pourrait ne pas vouloir que j'interrompe une fois de plus ses études. Eh merde… Je croise les bras.

— Tu veux que je parte ? maugréé-je. Si je te gêne, je m'en vais. Je n'ai pas l'intention de m'incruster.

Son visage s'adoucit et elle place ses mains chaudes sur mes joues mal rasées, caressant du pouce ma pommette et ma lèvre meurtries.

— Hé, c'est pas ce que j'ai dit… Je suis juste surprise par le fait que toi, Roméo, tu veuilles passer du temps ici avec moi. Personnellement, où qu'on soit, je suis contente d'être avec toi.

Une vague de soulagement apaise mes muscles raidis, et je dépose un baiser sur sa paume.

— Moi aussi, j'aime être près de toi, Jolly. Je me sens bien avec toi. Et puis, je t'en dois une pour ton aide, hier.

— Tu ne me dois rien du tout, murmure-t-elle en secouant la tête avec emphase.

Totalement apaisé par ses mots, heureux même, je lui caresse le cou, l'épaule…

— Je reste, alors.

— Et tes cours ?

Rien à foutre de mes cours : ils n'ont pas le moindre intérêt si elle n'est pas là.

— Je reste avec toi. Je deviens accro, je crois…

— Accro ? répète-t-elle, incrédule.

Je me rapproche, effleure d'une main sa hanche.

— Accro. À toi et à ce que je ressens quand je suis près de toi, lui confessé-je.

— Oh, OK, eh b… eh bien… Dans ce cas, je vais te trouver du boulot. Allez…, bredouille-t-elle, le pas mal assuré.

Elle est craquante à s'en tirer un plomb, merde…

Plusieurs heures passent sans que nous prenions la moindre pause, et je finis par crever la dalle. Je me lève et baisse les yeux vers Molly, qui noircit furieusement son bloc-notes : une mèche s'est échappée de son chignon, elle marmonne je ne sais quoi à propos de l'argument dit de « la montre de Paley »... Elle n'a pas l'air prête à ralentir le rythme.

Je sors discrètement et me dirige vers la cafétéria, où je jette mon dévolu sur un bagel au fromage frais et deux cappuccinos. Après avoir réglé tout ça, j'aperçois cet enfoiré de Michaels, le basketteur, qui me dévisage depuis sa table, de l'autre côté de la salle. Apparemment, il s'est recasé avec la meuf qui m'a sauté dans son dos : classe, la fille, hein ? Faut pas avoir de couilles pour se remettre avec une nana après un coup pareil...

Je passe près de lui sans le calculer, mais visiblement, il a envie de faire chier.

— Tu t'es perdu ?

Je m'arrête et me retourne vers lui, l'air exaspéré.

— De quoi ?

— Je te demande si t'es perdu, répète-t-il plus lentement comme si j'étais le dernier des crétins, avant de pouffer à l'intention de sa meuf qui, elle, n'ose pas relever la tête. Putain, je comprends pourquoi tu traînes dans le coin, tout à coup ! T'es venu apprendre la fin de l'alphabet, c'est ça ?

J'ai baisé sa gonzesse, OK. Mais avant qu'il vienne me le dire deux jours plus tard après l'entraînement, je n'avais pas la moindre idée de qui elle était. Je suis peut-être pas un modèle de vertu, mais jamais j'aurais touché la nana d'un autre type... Oh, faut me comprendre, bordel : on était en pleine soirée, j'étais fait comme un rat, et elle m'a traîné jusqu'à un pieu. C'est aussi simple que ça, mais Michaels refuse de se faire une raison…

Les étudiants présents se font plus silencieux : ils nous écoutent.

— Je t'ai prévenu, Michaels, me cherche pas. Boucle-la : je suis pas d'humeur pour tes conneries aujourd'hui.

Me castagner avec ce trou du cul est la dernière chose dont j'ai envie : tout ce que je veux, c'est retourner auprès de Molly. Son visage se pare lentement d'un sourire : de toute évidence, il ne voit pas les choses du même œil.

— Oui, t'as raison. Je te laisse retourner au rez-de-chaussée, section attardés.

Si la bouffe que je transporte n'avait pas été pour Molly qui, à l'étage, se tue à la tâche à en oublier de se nourrir, je l'aurais balourdée dans sa gueule de con avant de lui défoncer les dents de devant. Du coup, je me contente de lui sourire.

— C'est gentil, Michaels. Et moi, je te laisse t'en retourner à ton exemplaire du *Kâmasûtra*. (Je croise les doigts de ma main droite et les brandis en lui adressant un sourire sarcastique.) Encore quelques chapitres, et tu pourras peut-être faire jouir ta meuf sans vibro : elle arrêtera de traquer des queues de rechange sur le campus, comme ça.

Là-dessus, je laisse Michaels pester sur son siège, puis ordonner à sa nana de rentrer avec lui dans sa piaule sous les murmures moqueurs des autres étudiants.

Cinq minutes plus tard, de nouveau dans le bureau à l'étage, je lâche un soupir en voyant que Molly s'acharne encore sur son carnet, l'air épuisé, un tas de feuilles noircies empilées sur sa droite. Mon entrée en scène la tire de sa transe philosophique, et elle lève vers moi un regard dérouté.

— On a besoin d'une pause, déclaré-je, l'air renfrogné.

— Ça fait combien de temps qu'on est là ? me demande-t-elle, avant de bâiller, d'étirer ses muscles gourds et meurtris, puis de glisser les doigts sous sa monture noire pour se frotter les yeux.

— Six heures, à peu de choses près, lancé-je, l'air sévère, en lui tendant son bagel.

— Sans déconner ?

— Sans déconner, pouffé-je en réponse, amusé au possible par son accent à tomber.

Je n'avais jamais rencontré d'Anglaise avant Molly et, parfois, sa façon de parler et les expressions qu'elle sort me font mourir de rire. Elle se rassoit sans que j'arrive à la quitter des yeux… Sa langue, surtout, tandis qu'elle la passe sur ses lèvres en dévisageant son en-cas avec envie. J'empoigne mon gobelet d'une main crispée, imaginant sa bouche au bout de ma queue : elle prend une gorgée de cappuccino et, lorsqu'elle lâche un gémissement de satisfaction sonore, ma pression sur le gobelet en fait sauter le couvercle. Une gerbe de liquide vient m'ébouillanter le torse.

— Merde ! crié-je en me relevant d'un bond et en secouant mon tee-shirt gris détrempé.

— Mince, ça va ? s'inquiète Molly en levant un sourcil.

— Ouais, ouais… Si tu pouvais juste… éviter de faire ce genre de bruit quand je suis dans la même pièce que toi, Jolly, ordonné-je d'une voix tendue, gigotant pour planquer tant bien que mal dans mon jean ma gaule hors normes.

La respiration de Molly se fait plus lourde, et je vois ses seins se tendre sous sa robe. J'ai envie d'elle à en crever, mais elle n'est pas comme les autres nanas : ce n'est pas le genre de filles qui offre sa chatte au premier type avec un tee-shirt de la Tide qui passe. Mais le plus troublant… c'est que je me rends compte que moi, Rome Prince, j'ai envie de rester avec elle plus qu'une nuit… C'est quoi, ce bordel ? Mes sentiments enflent au point que je ne contrôle plus rien ou presque : je suis totalement paumé avec cette fille…

Nous nous rasseyons tous deux et nous entre-regardons en silence. La tension dans la pièce est palpable. Je finis par faire craquer mes doigts et écarte les bras, perdu.

— Tu dois avoir bientôt fini, là, non ? J'ai jamais vu personne bosser autant. Tu vas faire une prof d'enfer, c'est sûr.

Elle hausse les épaules, et ses pommettes perdent les couleurs qu'y avait fait naître le désir.

— J'adore étudier. Ça m'occupe l'esprit.

— Y a des choses auxquelles tu veux éviter de penser ?

— C'est ça.

— Du genre ?

Son visage s'empreint alors d'un air dévasté, et sa détresse soudaine me serre le cœur.

— Des trucs pas chouettes… Déprimants. Des mauvais souvenirs…

Je sens sa souffrance… Je la connais, cette douleur. Abandonnant aussitôt toute retenue, je tente de la rassurer en couvrant d'une paume la main qu'elle a posée sur le bureau.

— Dans ce cas, les études sont pour toi ce que tu es pour moi, lui confessé-je soudain.

Je sens sa main trembler sous la mienne tandis qu'elle fuit mon regard, balayant la pièce des yeux. Je tire un peu sur sa main pour la rapprocher de moi.

— Je suis sérieux, Jolly. Tu me fais du bien…

— Je te… Pardon ? Tu…, bredouille-t-elle.

Comme je souris de la voir rougir, elle retire sa main de la mienne, vexée, puis me jette un morceau de bagel – il me semble – au visage. Il atterrit sur mon torse : comme quoi, on peut être un génie et viser comme un balai à chiottes.

Le cœur ivre de bonne humeur, je fourre le morceau de beignet dans ma bouche et elle éclate de rire. C'est dingue, cet effet qu'on a l'un sur l'autre : on sait rassurer l'autre quand il broie du noir, perdu dans des souvenirs merdiques.

— Alors, comment tu te sens aujourd'hui ? s'enquiert-elle.

OK, donc quelqu'un se soucie sincèrement de mon état. C'est… agréable.

— Mieux, dis-je avec un sourire. Une nana m'aide à sortir la tête de la merde, en ce moment.

Elle baisse la tête, mais m'adresse un regard joueur, ses longs cils noirs envoûtants, avant de balayer la salle des yeux comme si elle cherchait quelque chose.

— Quelle nana ? Tu m'en parles un peu ?

Je fais mine de réfléchir, les sourcils froncés.

— Brune, un accent à tomber, le genre rat de bibliothèque hypersexy, avec des petites lunettes et tout le bordel…

Molly secoue la tête, singeant l'ignorance, puis prend un air amusé.

— Je vois… Non, allez, sérieusement, comment tu vas ?

OK, il est temps de tomber le masque : elle mérite de savoir et, plus important, je ressens une envie sincère de m'ouvrir à quelqu'un, ne serait-ce qu'un peu.

— Un peu mieux. J'y travaille en tout cas. C'est un taf de tous les jours…, admets-je à voix basse.

Elle hoche la tête, fière de m'avoir fait parler, puis s'en retourne à ses notes : elle a compris qu'il ne fallait pas trop m'en demander non plus. Je lui en suis reconnaissant. Elle sirote son café, et je me trouve incapable de regarder ailleurs : c'est une belle fille, c'est incontestable, mais elle ne se gâche pas la vie à se pomponner non plus. Pas de couches de maquillage, pas de vêtements moulants… Pourtant, assise là devant moi, elle me fait l'effet de la plus canon des modèles, de la plus belle femme que j'aie jamais vue. Le fait qu'elle accepte avec autant de patience et de compréhension mes humeurs de merde la rend encore plus précieuse et magnifique à mes yeux…

Je veux cette fille. Mon envie d'être avec elle est dévorante, brûlante, alors au diable les conséquences. Je vais me lancer…

Tandis qu'elle repose son gobelet sur le bureau, j'aperçois une goutte de crème sur sa lèvre : je me lève et contourne la table de travail. Elle écarquille les yeux, rendue nerveuse par mon approche. Arrivé près d'elle, je me penche et, maintenant que je l'ai prise au piège, rive dans le sien mon regard avide.

— Roméo, qu'est-ce que…, murmure-t-elle, mais je me penche soudain et lèche la crème sur sa lèvre délicate.

— Tu avais de la crème sur la lèvre…, expliqué-je, l'air aussi détaché que possible en m'éloignant d'elle.

— Oh, je…

Je perçois dans ses yeux ambrés une déception douloureuse : c'est l'invitation dont j'avais besoin. Je prends ses joues entre mes mains, puis me penche de nouveau, plaque la bouche contre la sienne et agrippe son épaisse chevelure. Ses gémissements de pur désir contre mes lèvres menacent de me faire perdre tout contrôle.

Il faut que je m'arrête avant que ça dérape : j'ai beau fantasmer de la prendre, je ne vais quand même pas le faire au beau milieu de la bibliothèque… Je la désire tant que c'est une vraie souffrance de me détacher d'elle.

— Et ça, c'était pour quoi ? me demande-t-elle, le souffle court, caressant ma paume du visage.

Je plaque le front contre le sien.

— Parce que j'avais envie de t'embrasser, c'est tout, confessé-je.

Ses lèvres tressaillent, et un sourire timide illumine son visage.

Vaincu par les sentiments qu'elle affiche pour moi, je tombe à genoux et caresse ses cuisses nues.

— Viens me voir jouer, ce week-end, lui demandé-je.

— Il faut que je bosse…

Mon cœur manque de voler en éclats.

— C'est l'histoire de quelques petites heures, Jolly…

Elle entortille ses doigts avec nervosité et secoue la tête.

— Je sais, mais je suis payée pour aider Mrs Ross, et je mets un point d'honneur à toujours rendre mon boulot à temps. Sans mon salaire, je dors dehors, Rome. C'est pas donné de crécher dans le foyer de la sororité. Pendant le match de samedi, moi, je pointerai ici, à la biblio.

Son refus me désarçonne, et je panique à l'idée de m'être fourvoyé sur ses sentiments. Pourquoi est-ce qu'elle ne veut pas venir me voir jouer ? Elle peut toujours bosser avant ou après… Je prends soudain conscience qu'elle ne ressent peut-être pas pour moi ce que je ressens pour elle, et cette seule pensée me ravage la poitrine.

— OK. Ça me fout hors de moi, mais je comprends, lâché-je avec un soupir.

Elle prend tendrement mon visage entre ses mains, son regard doré suppliant.

— Sois pas déçu, je t'en prie. Et puis, le sport, c'est vraiment pas mon truc. Je n'ai pas la moindre idée de comment fonctionne le football américain, et encore moins de ce qu'est censé faire un quarterback sur le terrain, tu le sais…

Elle conclut sa tirade par un sourire apaisant.

Je ferme brièvement les yeux, puis rive mon regard dans le sien.

— Message reçu, Jolly. Personne ne sera là pour me soutenir : rien de nouveau sous le soleil.

Ce n'est pas totalement vrai, mais à l'exception d'Ally et, parfois, de ses parents, personne ne se bouge jamais le cul pour venir me soutenir.

— Roméo…, murmure-t-elle, un soupçon de culpabilité dans la voix.

Il faut que je sorte : je suis trop déçu pour rester ici. Je me lève et rive le regard sur la porte.

— Faut que je file. J'ai entraînement.

C'est faux. Je n'ai pas le moindre impératif, mais je me sens humilié qu'elle m'ait rembarré comme ça.

Elle prend ma main et mêle ses doigts aux miens. Je m'arrête, baisse les yeux vers nos mains jointes, puis les rive sur son visage paniqué.

Putain, je pige que dalle à ce qu'elle veut, merde !

— Je vais encore rester ici quelques heures, mais je te retrouve après, OK ? me propose-t-elle, prévenante, ce qui ne fait que me paumer davantage.

Cherchant désespérément une réponse, je me penche et tente de la trouver dans son regard… Je le sonde avec intensité et lis dans ses yeux son intérêt manifeste pour moi. Je lui plais. Elle a juste besoin d'un petit geste de plus de ma part.

Je quitte la salle et, une fois dans le couloir, farfouille dans mon sac à la recherche d'un papier et d'un crayon, puis rédige un petit mot à son attention.

*Viens au match, s'il te plaît.*
*J'ai besoin de toi dans les tribunes.*
*Ton Roméo*

Je le relis et hésite à le froisser aussitôt : je ne pouvais pas faire plus mielleux encore ? « Ton Roméo » ? J'ai perdu la raison ou quoi ?

Le truc, c'est que j'ai l'impression que Molly a aimé cette connexion… shakespearienne entre nous, l'autre soir… Mais, est-ce que je n'irais pas trop loin, cette fois ? Est-ce que ça va la convaincre de venir au match ou… juste me faire passer pour un gros nase ?

Je me pince l'arête du nez et pouffe malgré moi. Je me trouve ridicule… Je crois que c'est la plus mauvaise performance de mon histoire : Rome Prince s'accroche à une meuf qui n'est pas tombée à ses pieds au premier regard. Mais c'est que c'est plus fort que moi : je veux la voir dans les gradins bondés de spectateurs. Je veux qu'elle me voie jouer, qu'elle voie ce que je vaux, que je suis… bon à quelque chose. J'aimerais… Non, j'ai *besoin* qu'elle croie en moi.

Je m'assure que personne ne traîne dans les parages, glisse discrètement la note sous la porte, puis déguerpis en priant pour qu'elle soit la première personne de ma vie à ne pas me laisser tomber.

# Chapitre 10

Ma respiration fait vrombir mes tympans, et mon cœur martèle mes côtes au point d'étouffer les acclamations enfiévrées des cent mille spectateurs présents dans le stade. J'attends que l'arbitre siffle. Il se met en position pour la troisième possession[1] et… le sifflet retentit : ma respiration s'accélère et mon appréhension augmente.

— Rouge 83, rouge 83 ! (J'annonce une fois de plus la stratégie.) Prêts… Allez ! Allez !

Position fusil de chasse… Dans un silence presque total, le centre me transmet le ballon. Je le récupère, recule d'un pas, deux pas, cherche Carillo dans la mer de défenseurs… Il est là : il a semé le seul adversaire qui lui collait au train. Je lève le bras, place le ballon derrière ma tête, puis relâche ma passe, les yeux rivés sur la balle qui s'élève en tournoyant dans les airs et… atterrit à deux mètres d'Austin… Encore.

*Putain de merde !*

Un grondement frustré se répand dans les tribunes, gonfle, m'étouffe. Je quitte le terrain au pas de course, pestant un chapelet de jurons, le poing crispé sur la lanière de mon casque. Une fois dehors, je lance un violent coup

1. Le football américain est un jeu de gagne-terrain : l'équipe qui attaque dispose de quatre chances, ou possessions, pour parcourir dix mètres en tout. Si elle y parvient, elle a quatre nouvelles possessions pour poursuivre sa progression, et ainsi de suite.

de poing sur cette putain de pelouse. En retrait sur le banc de touche, le coach me fusille du regard. Je me prépare pour la gueulante.

— Rentre dans le match, Flash ! Concentre-toi sur Carillo, sur Porter à défaut, mais envoie-leur ce putain de ballon ! (Il achève sa tirade faussement encourageante en me fourrant dans les mains les photos de nos stratégies.) Analyse-les ! Maintenant !

Je les saisis, les mains crispées, puis étudie les déplacements potentiellement intéressants de mes receveurs. Je roule des épaules, essaie de me concentrer sur le match, mais je n'arrive pas à penser à autre chose qu'à la pression qui me dévore et me paralyse. Chaque fois que je pose les yeux sur un autre cliché, les mots de mon père reviennent me hanter – « Le foot : jamais, gamin ! Tu as un devoir envers la famille ! » –, suivis des provocations de ma mère : « Tu ne connaîtras pas plus de réussite au football qu'ailleurs : quoi que tu entreprennes, c'est une catastrophe ! Tu es né pour l'échec ! »

C'est vrai. Je foire tout ce que j'entreprends, et mes coéquipiers ne méritent pas que je sabote leur saison. Ils en ont déjà assez chié à cause de moi.

Reece se glisse sur le banc à mes côtés et me jette un bras autour des épaules.

— T'es un crack, Flash ! Concentre-toi, ça va aller !

Je sais qu'il veut me soutenir, le gamin, me booster, mais si j'entends encore un mot d'encouragement à la con, je ne donne pas cher de sa peau.

Je snobe Reece, et les jambes shootées à l'adrénaline, essaie de visualiser la prochaine possession, comme mon coach me l'a appris : je l'imagine qui se déroule à la perfection, et dans ma tête la Tide marque un touchdown sous les rugissements de la foule euphorique.

Je n'ai même pas le temps d'en prendre pleinement conscience, que je me retrouve déjà sur le terrain.

*Tu peux le faire, Rome. C'est ton truc, mec…*, me répété-je, redoublant d'efforts pour gonfler ma confiance en moi.

Je ne sais pas si la méthode Coué peut s'appliquer à un quarterback en galère, mais si c'est le cas, pour mes gars, pour ma fac, va falloir qu'elle fasse ses preuves maintenant.

Et c'est parti : j'annonce la stratégie, je chope le ballon, je le lance… Il vogue dans les airs jusqu'à Carillo, fuse à un mètre au-dessus de ses mains tendues et file droit en direction des tribunes. Toute la volonté et l'envie que j'ai investies dans cette rencontre me serrent la gorge, sitôt que j'entends les fans retomber sur leur siège, atterrés par mon jeu pitoyable.

Je lançais de meilleures passes dans mon jardin à huit ans et demi.

Je me détourne de mes coéquipiers – désabusés, eux aussi – et lève les yeux vers les écrans géants où je m'attends à voir la rediffusion de mon action de merde : au lieu de ça, le Jumbotron retransmet une sorte de pugilat dans les tribunes étudiantes, quasi au bord du terrain. C'est près de l'endroit où est assise Ally, et je remarque que les deux bourrins frappent une nana, une petite brune. Lorsque la foule s'écarte, je la découvre assise, secouée, le nez dans les mains.

Je la reconnais aussitôt, et c'est comme si un trente-trois tonnes venait de me percuter en pleine poitrine.

*Bordel de merde… Shakespeare.*

Instinctivement, je défais ma jugulaire, arrache mon casque et me rue vers les tribunes, faisant fi des hurlements des coachs derrière moi et des regards incrédules qu'échangent mes coéquipiers.

Je bondis par-dessus les pancartes publicitaires, jusque dans les gradins, me fraie un passage à coups de coude parmi la foule d'étudiants en dégageant les mains qui agrippent mon maillot et les meufs qui tentent de se frotter à moi. Une voie s'ouvre bientôt devant moi, et j'aperçois Molly à quelques mètres en train de jeter des regards paumés un peu partout, sexy à en crever dans sa courte robe blanche qui, accompagnée de bottes de cowboy brunes, met en valeur ses jambes tannées. La panique s'immisce partout en moi à l'idée de l'avoir blessée avec cette passe catastrophique.

— Shakespeare, merde ! Je suis désolé... Ça va ?

Je jette mon casque qui s'écrase avec fracas sur le sol, puis fonds sur Shakespeare et son visage rougi par l'embarras. Sans réfléchir, je prends ses joues échaudées dans mes mains... et, comme chaque fois, toute raison m'abandonne.

De ses grands yeux d'ambre, elle jette en tous sens des regards embarrassés, manifestant son inconfort à l'idée de se retrouver ainsi sous les projecteurs : rien à foutre, j'ai besoin de m'assurer qu'elle va bien. Et puis... bordel, ça ne me frappe que maintenant, mais elle est venue, au final. Merde, elle est venue ! Pour moi, après avoir lu mon mot. Elle a fait ce que je lui ai demandé... Elle est venue me soutenir.

— Ça roule, Rome... Mes lunettes m'ont sauvée, je crois. Elles se sont sacrifiées pour moi.

De ses mains, elle tient en place sur son nez la monture brisée, et je ne peux m'empêcher de pouffer. Le stade se fait un peu plus silencieux tandis qu'elle peste sur les deux ivrognes qui l'ont frappée en plein visage, mais à vrai dire je n'ai plus qu'une pensée en tête : elle est venue.

Je caresse du pouce sa joue malmenée, secoue la tête et lâche un petit rire.

— Il a fallu que ça tombe sur toi, hein. Un putain de stade bondé, et il a fallu que ça tombe sur toi. Ça ne me surprend même pas, en fait : quand il m'arrive un truc, t'es jamais loin. Ce serait pas un signe du destin, par hasard ?

Elle se met à rougir au point que la chaleur de ses joues se répand jusque dans mes paumes.

— J'allais juste… me chercher un Coca Light…, m'annonce-t-elle.

Je ne peux réprimer un nouveau rire en la voyant maintenir devant ses yeux les deux bouts de lunettes sans lesquels elle serait incapable de me voir clairement.

— Alors que j'allais jouer ? la taquiné-je d'un air faussement moqueur.

— Ben… pour être honnête, je ne comprends rien à ce qui se passe sur le terrain, et j'avais très soif, alors…, m'avoue-t-elle, un peu gênée, fronçant son nez de façon terriblement craquante.

La clameur dans le stade se fait assourdissante, mais ça ne m'empêche pas d'entendre le coach hurler mon nom depuis le banc de touche, furieux de voir son quarterback se barrer dans les tribunes en plein milieu de la phase offensive, l'obligeant à gaspiller un de ses temps morts[1]. Je sais que je vais me prendre un savon de tous les diables pour avoir quitté le terrain, mais je n'arrive pas à penser à quoi que ce soit d'autre qu'à Molly.

Je l'attire vers moi de façon à retenir son entière attention.

---

1. Les temps morts sont des pauses que peuvent demander les entraîneurs durant les matchs dans le but de donner des indications à leurs joueurs. Ils sont en nombre limité.

— T'es venue…

Elle lâche un soupir si profond que j'ai l'impression qu'elle pourrait bien se liquéfier entre mes mains…

— Je suis venue…, répète-t-elle, le visage paré d'un sourire rayonnant à m'en couper le souffle.

Tout à coup, j'ai besoin de savoir, de comprendre pourquoi elle est venue, elle qui s'était montrée si réticente à la bibliothèque.

— Qu'est-ce qui t'a fait changer d'avis ? balbutié-je presque.

Elle hausse les épaules, espiègle.

— Tu m'as touchée, dit-elle d'une voix douce.

À ces mots, une digue lâche en moi, et c'est comme si mon esprit était soudain purgé de toute inquiétude, ainsi que des mots cruels de mes parents qui sabotaient mon jeu depuis le début de saison.

Un petit type grassouillet du staff médical essaie de m'arracher Molly des bras : je le fusille du regard et demande une fois de plus à Molly comment elle va. Après m'avoir assuré se sentir bien, elle s'apprête à partir, mais je ne le vois pas de cet œil-là. J'ai besoin de me régaler d'elle avant qu'elle disparaisse, de la goûter encore. Alors, sans réfléchir, je plaque mes lèvres contre les siennes et l'attire tout contre mon torse, l'emprisonnant entre mes bras. Notre baiser est court, tendre, et me donne l'impression d'être le putain de roi du monde…

Je fais un pas en arrière, observe un instant Molly qui, bouche bée, n'en revient pas de cette démonstration publique d'affection à son égard, puis file en direction du stade au pas de course, le sourire aux lèvres. Je n'entends même pas les remontrances du coach, et je ne fais pas attention aux mouvements de tête dépités d'Austin et Jimmy-Don, manifestement atterrés par mon comportement. Molly est venue, et ce qu'ils ne savent pas, c'est que dès que je l'ai vue, j'ai su que je ne foirerais pas ce match. On va gagner, et je le sais : elle va voir que tout n'est pas à jeter chez moi.

Une fois mes coéquipiers réunis autour de moi, j'annonce la tactique.

— Quatre-vingt-trois, rouge !

Austin fait « non » de la tête.

— Tente avec quelqu'un d'autre, Flash.

Je sais bien qu'il n'a pas confiance en mon jeu de passe, aujourd'hui, après les quatre briques que je lui ai lancées, mais je ne suis plus le même maintenant.

Je le défie du regard.

— Quatre-vingt-trois, rouge ! craché-je. Et je veux rien entendre, bordel !

Il me décoche un regard noir. Je vois bien qu'il veut râler, mais on ne discute pas les ordres d'un quarterback. Austin pousse un soupir, et finit par poser la main sur les nôtres au milieu de la mêlée.

— Un, deux, trois, en position !

On se met tous en place, et c'est comme si chaque cellule de mon corps venait de ressusciter. Une énergie nouvelle afflue en moi, retrouvant le chemin de mes veines : je suis dans la zone[1].

J'ai l'impression que le temps ralentit tandis que Jeremiah Simms, notre centre, me passe la balle entre ses jambes. L'esprit grisé par une sérénité indéfectible, je cherche Austin du regard : bientôt je le repère, et c'est comme si tout, autour du grand « 83 » blanc sur son maillot, s'était soudain

---

1. Expression sportive signifiant qu'un joueur est au mieux de sa forme et réussit brillamment chacune de ses actions.

effacé. Je lance le ballon dans sa direction, et sa spirale parfaite m'emplit aussitôt d'une complétude oubliée : la balle vient se nicher parfaitement entre ses mains, et il file droit dans la zone d'en-but adverse…

Le stade entre en ébullition, tonne, hurle sa joie : je viens de lancer une passe de quarante mètres pour un touchdown, avec la plus belle spirale de ma saison… De toute ma scolarité peut-être.

Mes coéquipiers se ruent aussitôt sur moi, me sautent dessus, et je me régale de leur joie. Jimmy-Don me soulève de ses bras de colosse.

— À partir de maintenant, mon salaud, t'as intérêt à claquer une pelle à Molly avant chaque match !

Je fronce les sourcils, perplexe.

— Pardon ?

Il me donne une petite tape sur la joue et lâche un rire jovial.

— Ta galoche à Molly, mec ! Hé, je préférerais te ménager, mais disons-le, mon gars : tu joues comme une merde depuis des semaines ! Là, Molly te roule un patin, et tu balances une passe comme si tu venais de signer un pacte avec le diable !

J'observe, troublé, la foule en délire autour de moi, et laisse échapper une exclamation incrédule. Pourtant…

— Merde, vieux… T'as raison, je crois.

Jimmy-Don m'attrape par le col et m'attire vers lui.

— Avant chaque match, t'as compris, mec ?

Mes lèvres s'arquent en un sourire timide. Pas de problème… Y aura pas à me pousser trop pour que je goûte de nouveau à ses lèvres et au contact de ses courbes contre moi. Les fans de la Tide sont du genre foutrement superstitieux, et je vais me faire un plaisir d'alimenter leur mysticisme...

Un vrai plaisir.

Quinze minutes plus tard, nous avons gagné le match : j'ai joué comme si un ange guidait mon bras. Et c'était peut-être le cas, non ? Molly... Elle m'obsède, me possède au point que je suis accro au trip que je ressens en sa présence. Chaque fois, c'est comme si elle balayait jusqu'au dernier de mes soucis... J'ai l'impression qu'elle me comprend, moi, Rome, pas Flash... Pas le putain de quarterback vedette de la Tide. Moi.

À la fin du match, le coach, les pom-poms et la fanfare déferlent sur le terrain, et les journalistes fondent droit sur moi, dégainant leurs questions habituelles, auxquelles je sers les réponses habituelles, m'efforçant de ne mentionner ni Molly, ni la raison pour laquelle je l'ai embrassée.

Après avoir repoussé Shelly et sa tentative de nous faire passer à l'écran pour un petit couple heureux, je me rue vers Ally dans les tribunes : il faut que je revoie Molly.

Ally est avec Jimmy-Don et sa nouvelle copine, tous débordant de joie. Quand elle me voit, elle m'adresse un sourire soulagé et me saute au cou pour me câliner.

— Bien joué, toi ! couine-t-elle, surexcitée.

Pour être honnête, je ne fais pas tellement gaffe à ce qu'elle me dit, trop occupé à parcourir les sièges voisins du regard, à la recherche de Molly. Je ne la vois nulle part.

— Hé, je te parle ! La cousine dévouée qui chante tes louanges a légèrement l'impression de se manger un vent ! me hurle-t-elle au visage.

Je me retourne vers elle et lui concède une brève embrassade supplémentaire.

— Où est-elle ?

Elle croise les bras et me sert un sourire taquin.

— Qui donc, mon chéri ?

— Hé, fais pas chier, Al'…, la rabroué-je. Elle est partie où ?

Elle se contente de hausser les épaules.

— Elle a dit qu'elle avait du boulot.

Sa remarque me désarçonne.

— Elle ne pouvait pas rester un peu plus ?

Jimmy-Don et sa copine approchent – pour épauler Ally, peut-être –, et la blonde bien en chair me tend la main.

— Cassie, mon chou. Mais mes amis m'appellent Cass.

— Rome.

— Oh, je sais bien, commente-t-elle en faisant sautiller ses sourcils. (Elle s'avance alors d'un pas et me pose une main sur l'épaule.) Un truc que tu dois savoir à propos de ma copine Molly : pour elle, c'est les études d'abord, le reste de l'univers ensuite. Si elle ne bosse pas au moins dix heures par jour, elle a l'impression d'avoir glandé et chie un flan sur la moquette. Je vois pas tellement quoi te dire de plus, si ce n'est que le temps qu'elle passe dans les bouquins lui sert d'antidépresseur.

Ça a l'air de concorder avec mes propres observations…

Je me tourne de nouveau vers ma cousine.

— On fête la victoire chez moi, ce soir : ramène-la. Me laisse pas tomber, Al'.

Ally secoue la tête.

— Je vais essayer, mais je te garantis rien, Rome : j'ai pas l'impression que ce soit son truc, ce genre de soirées.

— Ramène-la, Al'. Je compte sur toi.

Sur ce, je file à la douche et demande aux gars de l'équipe de faire, en plus des réserves d'alcool, tourner la nouvelle de ma soirée.

Je n'attendrai pas un jour de plus : j'en ai ras le cul de réfléchir aux possibles conséquences que j'aurai à assumer si je me maque avec la seule meuf dont j'ai vraiment envie. Ce soir, elle sera mienne, et je démonterai quiconque se risquera à me faire obstacle.

# Chapitre 11

— Tu me montres ta piaule, alors ?

— Non.

Des ongles écarlates et acérés remontent le long de mon bras.

— Allez, Flash… J'ai plein de choses à te faire découvrir… Ça fait des années que j'ai envie de toi…

Je me passe une main sur le visage, puis m'adosse à ma chaise en lâchant un grognement agacé.

— Dégage, putain !

Les pieds d'une chaise grincent sur le sol, et je comprends que j'ai réussi à me débarrasser d'une groupie de plus. Je suis sûr que les parents de ces meufs seraient ravis d'apprendre qu'ils se saignent pour que leurs filles s'instruisent, et qu'en guise de remerciement elles s'offrent au quarterback de la Tide sur un plateau d'argent.

J'entends qu'on claque lentement des mains près de moi et ouvre les yeux : planté devant moi, je découvre Austin, hilare.

— Rome Prince résiste à un membre de la gent féminine, messieurs-dames !

Il se tourne alors vers la porte et son sourire se fane : je suis son regard et vois Ally, Cass et la gothique – Lexi ? – qui se joignent à la fête.

Alors que je me demande pourquoi il a réagi de cette façon, il disparaît par la porte de derrière sans un mot de plus, non sans jeter un dernier regard préoccupé à Lexi. Lorsqu'elle le voit se défiler, elle grimace puis tourne les talons et s'en va rejoindre un groupe de pom-poms qui s'éclatent dans la cuisine.

La scène était bizarre, mais j'ai plus important sur le feu : je me lève et me dirige vers le groupe d'Ally. C'est elle qui me voit la première, suivie de Cass qui titube dans ma direction, bras grands ouverts. Elle s'affale contre mon torse en manquant de peu de me tacler au sol. Elle est totalement bourrée, bordel…

Je la repousse gentiment et l'aide tout de même à recouvrer son équilibre, puis adresse à ma cousine un petit signe de tête.

— Où est-elle ?

Le regard d'Ally s'assombrit.

— Elle a pas voulu venir…

Je sens une boule de rage et de déception mêlées se former dans ma poitrine, et pousse un grognement frustré.

— Pourquoi, bordel ?

— Elle a dit qu'elle était nase.

— Putain de merde ! hurlé-je.

Affolée, Cass se redresse soudain et brandit son téléphone : de ses doigts tremblants, elle tapote sur son écran, plaque le portable contre son oreille, puis m'adresse un clin d'œil.

— Molly, sors ton joli petit cul d'Anglaise de là ! bafouille-t-elle. On va se démonter la tête ! On a besoin de notre quatrième mousquetaire !

Elle me sourit et hoche la tête d'un air suffisant, convaincue que son appel à l'ivresse va tout arranger. Je n'entends rien de ce que lui répond Molly, mais vu la tête que tire Cass, elle n'a pas l'air d'avoir obtenu la réponse qu'elle attendait.

Ally, moqueuse, fait mine d'étrangler Cass dans son dos, avant de lui arracher le téléphone des mains. La Texane tente de l'en empêcher, mais, sitôt qu'elle aperçoit Jimmy-Don qui descend l'escalier, elle pousse un cri surexcité et court vers lui en écartant les bras, prête à lui sauter dessus à son tour.

Ally est en train de parler à Molly au téléphone.

— T'es sûre que tu veux pas venir, chérie ? Ça m'embête que tu te fasses chier toute seule dans ta chambre quand tout le monde est en train de s'éclater.

Je retiens mon souffle, incapable de quitter du regard les yeux d'Ally : lorsqu'ils se chargent de déception, je descends le reste de ma bière. Ally raccroche presque aussitôt en secouant la tête.

— Elle m'a répété qu'elle était trop crevée. (Elle pose une main sur mon bras.) Molly est du genre renfermée, tu sais, Rome : elle ne s'ouvre à personne. Je crois que je n'avais jamais rencontré quelqu'un d'aussi secret.

Faux : elle s'est confiée à moi, sur le balcon d'Ally, le soir de l'initiation. Je suis différent des autres à ses yeux. Pourtant, j'ai beau en être sûr, le fait qu'elle n'arrête pas de se défiler et qu'elle ne cherche pas plus que ça ma présence commence à me taper sur le système.

Il ne me faut qu'une fraction de seconde pour me décider : il est temps que je rende visite à Mlle Shakespeare. C'est terminé, je ne me cacherai plus.

— OK, c'est jamais bon quand tu fais cette tête…, commente Ally d'un air préoccupé, le regard lourd de suspicion.

Je lui souris, puis la salue de la main.

— À plus ! Faut que je file.

Sur ce, je m'éloigne de la porte, et Ally cale ses poings sur ses hanches, le regard plein de reproches.

— Rome ! me lance-t-elle. Je suis pas sûre que ce soit une bonne idée de te pointer là-bas sans qu'elle t'y ait invité ! C'est pas une de tes pouffes !

Je fais mine de ne pas noter la pointe d'inquiétude et de désapprobation dans sa voix, et fends la foule d'invités. Lorsque je l'entends m'interpeller une dernière fois, vaincue, je ne peux m'empêcher de sourire à ses mots :

— C'est la terrasse à gauche de la mienne, dernier étage ! Tu ne pourras pas dire que je ne t'ai pas prévenu !

Je sors du foyer de la fraternité par la porte de derrière et traverse la rue au pas de course pour me retrouver bientôt sous le balcon de Molly, les yeux levés vers les colonnes de pierre : une lumière diffuse émane de sa chambre, et je secoue la tête malgré moi. Roméo sous le balcon de Juliette... Putain, je touche le fond... Et je suis même tellement con que je continue à creuser.

Je me tâte le paquet, juste histoire de m'assurer que le matos est encore là – on sait jamais, vu le pathétique de ma tentative désespérée. En place, tendu et échaudé par la fille qui se trouve là-haut, dans sa chambre, à un jet de caillasse à peine...

D'une main, j'arrache une poignée de gravillons ocre aux parterres de fleurs qui délimitent la pelouse, puis les fais rouler au creux de ma paume. Je suis à deux doigts de les jeter contre sa fenêtre, quand mon téléphone se met à vibrer dans ma poche. Les gravillons pleuvent aussitôt entre mes doigts.

Je me réfugie dans l'ombre, à l'abri, me laisse tomber sur l'herbe chaude et lis le message.

Papa : Écoute, fils : je suis allé trop loin avec toi, l'autre jour. Reparlons-en calmement. Ce mariage avec Shelly est extrêmement important pour moi. L'entreprise en a besoin, notre famille en a besoin, et si tu veux que nos relations ne s'enveniment pas, c'est la seule issue possible.

Je baisse la tête, dépité : même lorsqu'il essaie de se montrer attentionné, il ne peut s'empêcher de proférer une menace. Je me demande vraiment ce qui l'a rendu comme ça : mes grands-parents étaient d'une gentillesse inouïe, et son frère – le père d'Ally – est une vraie crème. C'est le blé et l'avidité qui l'ont pourri, et sa rencontre avec ma mère – tout aussi assoiffée de fric que son mari – a achevé de le métamorphoser.

Mon cœur se serre quand je repense à mes grands-parents paternels. J'étais très jeune quand ils ont déménagé en Floride, et ils sont décédés peu de temps après leur départ.

Je me souviens encore de mon grand-père, quand il m'a accompagné à mon premier entraînement de foot, alors que j'étais tout gosse. Il était fier comme un coq, le papi, d'avoir un petit-fils aussi prometteur. Malheureusement, il n'aura jamais vraiment pu me voir jouer à un vrai niveau… J'aurais aimé qu'il vive assez longtemps pour savoir quel joueur je suis devenu. Je trouvais ça si différent de passer du temps avec mes grands-parents : même gosse, je le sentais bien. Ils se souciaient toujours de mon bien-être, et le jour de mes dix-huit ans, j'ai compris à quel point ils tenaient à moi : ils m'ont laissé du blé sur mon compte… Un putain de paquet de pognon auquel mes parents n'ont pas le droit de toucher. Quand j'ai dit à mon père qu'un avocat s'était pointé au foyer de la fraternité pour m'expliquer tous les détails du truc, il a pété un câble : ce jour-là, il a compris qu'il ne pouvait plus me tenir par les couilles avec sa thune. Du coup, il a changé de stratégie… Il donne dans le chantage et l'humiliation, maintenant.

Je réprime l'envie de hurler et de fracasser le mur proche à coups de poing, et rive les yeux au ciel, perdu dans mes pensées.

Non, mais qu'est-ce que je suis en train de foutre ? Mes parents ne me laisseront jamais échapper à ce mariage de merde. OK, une infime partie de moi aimerait se laisser aller à la facilité et accepter le deal, mais la vérité, c'est que le reste de mon esprit et de mon âme bataille pour lui résister.

Je tourne la tête vers le balcon de Molly : j'ai bien conscience que si je m'engage sur ce chemin avec elle, il y a de fortes chances pour que je n'arrive plus à la laisser partir. Je ne suis pas con : je sais que je l'ai dans la peau à en crever, bordel, alors que je l'ai à peine touchée, que j'ai à peine découvert qui elle était vraiment. Mais, je suis accro, c'est un fait, et il faut que je décide ici et maintenant si elle en vaut la peine. Mérite-t-elle que je désobéisse à mes darons et que je souffre des mois de torture mentale ? Que je prenne le risque de baisser ma garde, de tomber le masque ?

Je repense soudain au match d'aujourd'hui. Je lui ai demandé de venir me voir, de me soutenir, et quand bien même elle aurait préféré ne pas le faire, elle est venue, elle a sacrifié pour moi de son précieux temps d'étude. Sa présence a transformé mon jeu, et son baiser m'a offert une sérénité que je n'avais pas connue depuis des années… Jamais mes parents ne m'ont rassuré ainsi, pas plus que n'importe laquelle des filles que j'ai pu baiser toutes ces années. Des gens pour me faire souffrir à m'en briser, il y en a eu une chiée… Molly est si… différente : elle m'écoute, me réconforte, est capable de me calmer d'une simple caresse. Qui ne voudrait pas jouir d'un lien si pur et intime vingt-quatre heures sur vingt-quatre ?

Quand je suis avec Molly, j'ai l'impression de valoir enfin quelque chose. Je me sens bien. Je souris, merde ! Et puis, elle a survécu à l'enfer qu'a été sa vie, elle s'en est sortie ! Ça me donne du courage, et l'espoir qu'un jour, moi aussi je vaincrai mes démons… Peut-être. Grâce à elle…

Et puis merde ! Bien sûr qu'elle mérite que je me tape jusqu'au dernier SMS merdique de mon père, jusqu'à la dernière remarque fielleuse et jusqu'au dernier coup de poing en pleine face qui m'attend !

Après une heure de tergiversations le cul posé dans l'herbe, mû par une détermination nouvelle, je me lève en ramassant une autre poignée de gravillons et les lance contre la porte-fenêtre de sa terrasse : si cette chiffe molle de Montaigu a décroché sa belle avec cette technique, ça devrait bien se passer pour moi. Pas de raisons.

Des ombres se mettent à danser derrière les rideaux blancs, et la porte-fenêtre de la terrasse s'ouvre lentement.

— Shakespeare ? l'appelé-je discrètement, zieutant alentour pour m'assurer que nous sommes seuls.

Après quelques secondes habitées par des bruissements de pas sur le sol de la terrasse, de longs cheveux bruns cascadent par-dessus le balcon, et une paire de lunettes à la monture scotchée se tourne aussitôt vers moi depuis les hauteurs.

— Hé, Jolly…, lancé-je, le cœur déjà plus léger en sa présence.

— Hé, toi… Qu'est-ce que tu fais ici ? me demande-t-elle, les sourcils froncés.

— Je suis venu te voir, tiens…

Elle a comme un petit mouvement de recul.

— Ah ? Pourquoi ?

*Parce que je n'arrête pas de penser à toi, parce que je veux goûter encore tes lèvres à m'en évanouir, puis tes autres lèvres jusqu'à ce que tu jouisses contre ma bouche en tremblant de plaisir… Alors, et seulement à ce moment-là, je te désaperai complètement, et je te baiserai jusqu'à ce que tu ne puisses plus tenir debout…*

Comme je doute qu'une fille comme Molly réagisse très bien à une vérité aussi crue, j'opte pour une réponse moins casse-gueule.

— Parce que j'ai remarqué que tu étais restée chez toi. Et puis, je voulais m'assurer que tu allais mieux, après l'incident au stade. J'ai pensé à toi toute la soirée.

Elle rajuste sur son nez sa monture cassée.

— Pourquoi t'es pas avec Shelly ?

Je me raidis aussitôt.

— J'aurais une putain de raison d'être avec elle ? répliqué-je, presque cinglant.

Le seul fait que Molly ait pu imaginer que j'étais avec Shelly me rend fou de rage. Shelly, merde ! Pourquoi tout en revient toujours à elle ?

Molly s'éclaircit la gorge.

— Elle était avec toi après le match. Ça avait l'air de bien se passer entre vous… Je me suis dit que tu allais fêter ta victoire avec elle.

Malgré sa tentative de la dissimuler, j'ai perçu sans mal la déception dans sa voix. Je comprends, maintenant : ma réputation m'a rattrapé, et comme elle sait que j'ai pour habitude de baiser tout ce qui bouge, elle n'a pas la moindre raison de me faire confiance… Pourquoi serait-elle différente des autres meufs à mes yeux ?

Je dois la convaincre du contraire. Je me plante droit sous elle et rive mon regard dans le sien.

— Qu'on soit clairs une bonne fois pour toutes : j'en ai rien à battre de cette fille, et c'est pas près de changer.

Elle semble se détendre, et un sourire timide se dessine sur ses lèvres.

*Oh, je crois que je viens de capter un truc…*

— C'est pour ça que t'es restée dans ta piaule ce soir ? Tu pensais que j'allais m'éclater avec cette putain de sangsue ?

Malgré l'obscurité, je vois la culpabilité lui rosir les pommettes.

Bordel, c'est pour ça qu'elle a snobé ma fête et a disparu à la fin du match…

— Rome… Ça ne me disait pas de sortir faire la fête, c'est tout. Tu ferais mieux d'aller en profiter. Pas la peine de t'en priver pour moi.

Elle essaie de me repousser… Je sais qu'un type comme moi, ça doit la faire paniquer au possible – comme tout le monde, au final –, mais je ne suis pas près de déposer les armes : cette fille-là, je compte bien m'y accrocher…

— Hors de question que je parte d'ici, statué-je d'une voix ferme et autoritaire.

Je me maudis intérieurement, craignant que ce ton hargneux ait pu l'effrayer, mais quoi ? Je suis comme ça, merde ! Un putain d'impulsif têtu et brut de décoffrage qui panique dès qu'il ne contrôle plus rien.

Comme chaque fois, elle me surprend : au lieu de prendre un air choqué et de m'envoyer bouler, elle éclate de rire. Je ne sais pas trop si je dois m'en offusquer, ou me joindre à elle…

— Qu'est-ce qui te fait rire, Shakespeare ? lui demandé-je d'une voix rauque, un brin agacé.

— Que Roméo soit venu à mon balcon pour attirer mon attention, roucoule-t-elle en se penchant un peu plus par-dessus la balustrade.

J'ai failli ne pas remarquer qu'elle vient d'utiliser ce putain de prénom de merde. Son subit regain de bonne humeur m'a littéralement hypnotisé…

Elle joint soudain les mains, singeant une comédienne en représentation.

— « Les murs de ce verger sont hauts, durs à franchir, Et ce lieu, ce serait ta mort, étant qui tu es, Si quelqu'un de mes proches te découvrait. »

— Comment tu peux citer tout un passage de tête, bordel ? m'enquiers-je, réprimant l'envie de lui rendre le sourire solaire qui illumine son visage.

Je rêve de la croquer, merde…

— J'ai dû lire la pièce un million de fois. Elle est d'une beauté tragique imparable… (Elle nous désigne du doigt tour à tour.) Comme nous, un peu, non ?

J'appelle ça un touchdown : ouais, on a quelque chose de tragique, aussi brisé l'un que l'autre par la vie. Avec nos décombres, on pourra peut-être fabriquer un truc qui tient debout, qui sait ?

Je cavale jusqu'au mur, à côté du balcon, repère des prises sur le treillage et, grognant devant l'ironie de la chose, me mets à l'escalader en amoureux transi.

— Fais attention, Roméo ! s'écrie Molly d'une voix stridente, horrifiée. Qu'est-ce que tu fous ?

— Je monte retrouver ma Juliette, affirmé-je, princier.

Elle blêmit à vue d'œil et recule, déconcertée, tandis que je termine mon ascension et bondis lourdement sur la terrasse. Lorsque je lève les yeux vers elle… c'est comme si je me prenais la foudre : ses cheveux foncés lui tombent à la taille et un bout de tissu rose couvre ses formes hallucinantes, si fin que ses tétons tendus, bien visibles, hurlent à ma bouche de venir les sucer.

Ma queue se dresse aussitôt dans mon jean et, une fois près d'elle, excité par les mouvements saccadés de sa poitrine nue sous le vêtement diaphane, je tends une main et caresse ses cheveux foncés… Le sparadrap au milieu de sa monture n'y change rien : je la trouve hallucinante de beauté.

D'un geste instinctif, elle prend ma main et, profitant du désir qui dilate ses pupilles, je m'approche et laisse courir mon index le long de son cou. Je suis à deux doigts de céder à mes plus bas instincts.

— Roméo… Qu'est-ce que tu fais ? me demande-t-elle, la gorge serrée.

— Je ne sais pas trop… Mais, je n'ai aucune envie d'arrêter, murmuré-je contre son cou.

Elle sent la vanille. C'est elle. Molly. Elle est parfaite.

— Rome, je ne sais pas si…

Elle s'interrompt au beau milieu de sa phrase et jette un regard en contrebas, l'air apeuré : l'endroit grouille d'étudiants, les fêtards commençant à envahir ce côté de la rue. Honnêtement, je m'en branle : bien au contraire, j'aurais envie que tous les étudiants de l'université nous voient comme ça. Aussi, plus agressif encore, je la plaque contre moi et lui mordille le cou, reprenant là où nous en étions.

— OK, on ferait peut-être mieux d'arr…, me murmure-t-elle à l'oreille, mais sans la moindre conviction.

Rien qu'un miaulement haletant qui me supplie de poursuivre.

— Non, Jolly… Ça fait trop longtemps que je me retiens. J'ai essayé d'y aller doucement avec toi, mais c'est fini maintenant. Je n'en peux plus d'être invisible à tes yeux… Et j'ai envie de toi… Bordel, ce que j'ai envie de toi…, confessé-je d'une voix rauque, chaque seconde plus avide d'elle.

Réel et irréel s'épousent en mon esprit, et je peine à me défaire de cette vision de Molly et moi enlacés sur son lit, nos corps enfiévrés. Rien que de penser que dans dix minutes, je l'aurai désapée et enfoncerai ma queue entre ses lèvres brûlantes, je lâche un râle sourd…

Je sens ses mains délicates remonter le long de mes bras, et c'est comme si elle trouvait leur juste place contre ma peau.

— Rome, ce n'est pas une bonne idée… Je ne me sens pas de…

Malgré tout, elle ne se défile pas, et je sens toujours ses hanches et ses seins contre moi.

— Bien sûr que si, murmuré-je, laissant lentement glisser mes mains un peu plus bas, jusque sur sa taille.

Je la gâte de caresses et sa respiration s'accélère… Mais, soudain, elle me repousse de ses foutues mains de déesse, me renvoyant durement à la réalité.

— Je t'en prie… Pas tout de suite…, dit-elle, troublée, les bras tendus pour m'empêcher d'avancer.

OK, ça, c'est une première : une nana qui me demande de ne pas la baiser. J'ai jamais eu à travailler bien dur pour tirer mon coup depuis le lycée et, pour être honnête, même à cette époque, je baisais sur commande. J'ai toujours attiré les meufs. Mais pas Molly, visiblement… C'est le putain de grain de sable… dans le putain d'engrenage.

— Qu'y a-t-il ? me demande-t-elle soudain.

Je comprends aussitôt que je dois avoir un air de statue grecque, bouche bée devant elle. Son souffle reste court, irrégulier.

Je trépigne, pour le moins perturbé.

— C'est la première fois qu'on refuse mes avances…, confessé-je.

La bouche lui en tombe, genre Tex Avery, et elle lâche un hoquet rieur et incrédule.

— Tu plaisantes ?

— Carrément pas…, dis-je, les dents serrées.

Ma mâchoire me fait mal. Mes poings serrés me font mal. Ma queue me fait mal.

— C'est… Ça a quelque chose de… pathétique…, glousse-t-elle.

*Ouaip… Quelque chose de cet ordre-là…*

Me mordillant la lèvre inférieure, je me rapproche du corps méfiant de Molly et la prends de nouveau par les hanches. Son petit rire avait quelque chose de mélodieux, et ces quelques notes m'ont aussitôt délesté de la chape d'agressivité qui menaçait de m'étouffer.

— Pourtant, c'est vrai…, avoué-je en esquissant un sourire.

Elle secoue la tête, l'air manifestement écœuré, puis lève les yeux au ciel. J'ai l'impression que mon passé sulfureux la dérange…

— Tu es sûre que tu ne veux pas… de moi ? lui demandé-je, pris de panique, invoquant tout mon courage.

J'attends sa réponse, terrifié, moi qui n'ai pas eu peur de quoi que ce soit depuis des années…

— Roméo…

— Quoi donc ? l'interromps-je aussitôt.

Je refuse ce genre de réaction condescendante : je refuse que qui que ce soit me prenne de haut, qu'on se foute de moi. Elle n'échappe pas à la règle.

Je lis le trouble dans son regard : elle ne sait pas quoi faire. Elle finit par laisser retomber ses épaules et, sa raison submergée, s'abandonne soudain à ses pulsions, à son envie d'être avec moi, près de moi.

— C'est trop dur, là…, se lamente-t-elle dans un soupir vaincu, alors même que de ses doigts fins, elle tire sur mon tee-shirt rouge de la Tide pour me rapprocher d'elle.

— Je ne te le fais pas dire, confirmé-je, ne plaisantant qu'à moitié.

J'ai l'impression soudaine d'avoir gagné le gros lot du tirage national.

De ses yeux ambrés, elle fouille mon regard, confuse…

— Écoute, j'ai un peu de mal à comprendre ce que tu attends de moi…, me confie-t-elle. Tu me fais perdre mes moyens, j'ai pas l'habitude de me sentir comme ça…

*Ce que j'attends de toi ? Toi. C'est aussi simple que ça*, songé-je.

— Ce que j'attends de toi ? Laisse-moi te le montrer… Arrête de lutter, merde…

Je ne supporte plus notre jeu de cache-cache : je ne passerai pas un jour de plus sans la savoir définitivement mienne. Je sens ses bras nerveux. Elle tente de se détacher de moi, mais je la retiens.

— Non, Rome, c'est trop…, murmure-t-elle.

Pour la faire courte : j'en ai ras le cul de ses tergiversations à la con.

— J'ai envie de toi, lâché-je, impatient, les bras scellés à sa taille. Allez, Jolly… J'ai besoin de toi. Tu comprends ce que je veux dire, pas vrai ? Dis-moi que toi aussi, tu perds pied quand on est ensemble…

Elle referme ses yeux caramel : je sens les derniers pans de sa raison s'effilocher, et son corps se détend soudain. Alors, elle prononce le mot que j'attendais si viscéralement…

— Entre…

Je laisse échapper une longue expiration tremblotante et lui réponds de la façon que je maîtrise le mieux : avec sincérité et sans le moindre filtre.

— Putain, merci…

# Chapitre 12

Sitôt que nous entrons dans la chambre, je me jette sur Molly, explorant des mains son corps alerte, empoignant sa chemise de nuit, et la fais reculer lentement. Nos bouches joutent avec ardeur, nos langues se prennent d'assaut, et nous tombons bientôt sur le lit où je me prépare à la régaler de ce que je sais faire de mieux.

Molly agrippe mon tee-shirt, gémit dans ma bouche, et lorsque je sens sur mon dos la caresse de ses mains, je sais que son « oui » est définitif.

J'abandonne ses lèvres un instant, laisse courir une main sur sa cuisse nue et la rapproche de son sexe… mais, elle s'empare aussitôt de mon poignet, coupant court à nos préliminaires sans sommation.

— C'est… c'est trop… Ça va un peu vite pour moi…

Je relève la tête, défait, et réprime un hurlement frustré : je suis excité au point de ne plus penser à rien d'autre qu'à son corps. Molly lâche un gémissement gêné et, en la voyant rougir, j'ai la soudaine impression de m'être comporté comme un… gros con.

— Qu'est-ce que tu me fais, là ? lui demandé-je en prenant son visage entre mes mains.

— C'est-à-dire ?

— Tu te sens gênée de dire « stop ». Ne culpabilise jamais de dire « non ». Je ne te prendrai que le jour où le désir sera trop fort, le jour où, fiévreuse, tu me supplieras de te baiser. Ne t'excuse jamais de dire « non », mais sache que le jour où tu t'offriras à moi, tu mouilleras tellement que tu en gémiras avant même que je te prenne.

Je vois ses pupilles se dilater et ses lèvres s'entrouvrir.

— Le jour où je m'offrirai à toi ?

Elle est trop craquante, sans déconner…

— Le jour où tu t'offriras à moi, oui.

Elle se redresse, visiblement vexée.

— T'es bien sûr de toi… Qui te dit que je ne vais pas te résister ?

Je le sais, c'est tout. OK, je ne suis peut-être qu'un trou de balle arrogant, mais vu comme elle dévore mon corps entier des yeux, je sais qu'elle ne tiendra plus très longtemps.

Comme elle attend que je lui réponde, le regard impatient, je joue le jeu.

— Oh, on va baiser, toi et moi. Tu le sais aussi bien que moi. Je compte les jours avant celui où je te pénétrerai si fort que tu jouiras… jouiras… et jouiras encore. Et quand je dis les jours, c'est plutôt les minutes que je compte…

Un accès de désir furieux l'envahit soudain, et elle se jette sur moi… mais je la repousse sur le matelas : je refuse de baiser Molly comme toutes les autres. De jouir et de tailler la route sans me retourner.

— Je n'aurais pas dû me montrer si pressant. Tu n'es pas prête.

— Non, non, ce n'est pas toi, c'est juste que… je ne suis pas… très… expérimentée, voilà… Et je…

Je me redresse aussitôt. Putain, je viens de comprendre…

— Merde, t'es vierge ?

Elle se tortille, gênée, et se met à rougir.

— Je ne suis pas vierge, non, mais je ne peux pas non plus dire que je sois très expérimentée dans le domaine de… disons, la séduction. Je n'ai couché qu'avec un garçon, une fois seulement, et c'était l'année passée.

Et là, tout à coup, la jalousie me met une droite : j'aurais aimé qu'elle soit vierge, qu'aucun connard ne soit passé par là avant moi. Elle est à moi, et j'apprends qu'un autre s'est tapé ma Jolly…

— Quand ça ? lui demandé-je en essayant de ne pas serrer les dents de façon trop évidente.

— Quand j'étais à Oxford. Oliver et moi…

— Oliver ? l'interromps-je.

— Oui, confirme-t-elle en fronçant les sourcils. Oliver Bartholomew.

C'est plus fort que moi, je pouffe, laissant ma colère de côté quelques secondes. La façon qu'elle a eue de prononcer ce nom d'aristo *british* à la con, c'était d'un comique ! *Bartholomew* ? Putain, et moi qui pensais que Roméo Prince était un nom de merde…

— Quoi ? lance-t-elle, son irritation manifeste.

Je m'éclaircis la gorge et m'efforce de dissimuler mon sourire derrière ma main.

— Oliver Bartholomew ? C'est très… *british*.

Elle grimace derrière ses verres épais.

— Il est anglais, en même temps ! Comme moi, je te rappelle. Arrête de te moquer !

Elle grogne, vexée, et se détourne de moi, alors je ravale un rire et l'attire contre mon corps.

— OK, OK, je suis désolé.

Elle secoue la tête, sévère, mais lorsqu'elle esquisse un petit sourire, je sais que l'affaire est close.

— Et cet… Oliver, alors ? C'était ton copain ? lui demandé-je, soudain propulsé dans cette dimension étrange où on se sent obligé de poser des questions dont on ne veut pas entendre les réponses.

— On peut dire ça, oui… En tout cas, j'ai essayé de faire comme si…

— Essayé ? répété-je, surpris par la formulation.

Elle papillonne des paupières et relève les yeux vers moi.

— Oui. J'ai… un peu de mal à tisser des liens. Avec lui, j'ai essayé, mais au final, ça n'a pas pris. On est plus ou moins sortis ensemble quelques mois – cafés, bachotage, ce genre de trucs –, et j'ai décidé de passer au… cran du dessus, histoire d'en finir : il en mourait d'envie, et moi, ça ne me faisait ni chaud ni froid. Je me suis dit, pourquoi pas ? Olly a toujours été doux avec moi, et je l'appréciais assez pour passer à l'acte avec lui. Le sexe, par contre, ça n'a pas été… trop ça.

— Tu… Le sexe, ça ne t'a pas plu ? crié-je presque.

C'est possible, ça, de ne pas aimer le cul ?

Elle devient aussi rouge que mon tee-shirt.

— J'ai trouvé que ce n'était pas vraiment naturel, et maladroit. Honnêtement, ce n'était pas vraiment à la hauteur de l'extase dont tout le monde parle.

— C'est qu'Olly ne savait pas s'y prendre… (Je la regarde droit dans les yeux.) Je suis sûr qu'avec toi, Shakespeare, ça va être incroyable… Je n'ai jamais eu autant envie de quelque chose que de te prendre, te goûter… t'entendre crier mon nom.

La peau délicate de son cou s'anime au rythme de son pouls excité, et l'attraction presque mystique que nous ressentons l'un pour l'autre est ravivée.

— Roméo…

Elle s'éloigne un peu de moi, mais je l'attrape par le bras pour la garder près de moi.

— Je ne te forcerai pas, OK, mais ça ne m'empêche pas de te dire à quel point j'en crève d'envie, Shakespeare. Je ne pense qu'à ça…

Elle serre les cuisses, et ma queue vient marteler ma fermeture Éclair. La tension est trop forte, mais elle parvient à la dissiper un peu en jetant un coussin sur son visage.

— Bon, faudrait qu'on trouve un truc à faire, Roméo : j'ai besoin de penser à autre chose, là, tout de suite.

Je la débarrasse du coussin et réprime un nouveau rire.

— Mais j'ai plein d'idées de trucs à te faire, moi, Shakespeare. Suffit de me laisser manœuvrer…

— Je n'en doute pas, mais je suis déjà à deux doigts de te sauter dessus, alors je préférerais qu'on en reste là pour ce soir : ça m'arrangerait de ne pas passer de presque vierge à salope lubrique après une nuit en ta compagnie.

Cette fois, impossible de me retenir : j'éclate de rire, m'affale sur le dos et attire Molly sur mon torse.

— Qu'est-ce qu'on fait, alors, madame la presque vierge, pour t'éviter de me sauter dessus ? Ce que je trouve dommage, d'ailleurs, qu'on soit bien clairs.

— Si ça te dit, je crois que j'ai une idée…

Et là, elle me sort les Monty Python…

On vient de regarder le film. Sans déconner : je viens de mater un film avec une fille sans rien faire pour la chauffer… Enfin, presque rien. J'ai quand même réussi à lui arracher une pelle ou deux, une caresse, mais rien de plus. Et le plus surprenant, c'est que ça m'a plu de glander comme ça avec elle. Ça m'a un peu donné l'impression d'avoir douze ans, lors d'un premier rencard – le genre de moments que je n'ai jamais vraiment connus, d'ailleurs –, mais c'était cool. Agréable. Ça m'a donné l'impression d'être… un gars normal.

Mais je viens d'avaler le dernier pop-corn, et Molly m'arrache le bol des mains.

— T'es censé être un athlète, non ? C'est pas un peu trop chargé en sucre, graisse et autres merdes pour toi ? T'as tout fini, morfale !

Je renâcle et bande un biceps, savourant son petit regard impressionné.

— Je suis une putain de machine de guerre, Shakespeare : le pop-corn ne fait pas le poids contre moi.

— Oh, navré : j'oubliais que je parlais au terrible, au redoutable… Flash ! lance-t-elle, et ses mots me font l'effet d'un *ice bucket challenge* impromptu.

— Hé, tout doux…, l'avertis-je sans le moindre humour.

— Alabamaaaaaaaa, lève-toi pour acclamer ton quarterback vedette, Roméooooooo « Flash » Prince ! *« There's a bullet in the gun. There's a fire in your heart. You will move all mountains that stand in your path… »*

Elle chante, morte de rire, la putain de chanson que les gars du son balancent dès qu'on me voit à l'écran à Bryant-Denny[1], mais ça me met en colère : elle capte pas que je suis sérieux. Je l'attrape par les poignets et la force à me regarder.

— Arrête, Shakespeare, bordel !

Elle se rassoit en grimaçant.

— Hé, je plaisantais… Pas la peine de jouer le vieux vénère avec moi.

1. Stade de Tuscaloosa où la Tide joue à domicile.

Merde, je ne voulais pas la brusquer. C'est juste que je déteste ce putain de surnom… Je déteste Flash presque autant que Roméo. Je hais toute la *hype* autour du foot : ça n'a jamais fait qu'empirer mes rapports avec mes darons à la maison.

Devant l'air blessé de Molly, je lâche un soupir désolé.

— Je sais, pardon… C'est juste que je supporte plus ces conneries. T'imagines même pas. Je n'ai aucune envie d'être ce putain de « Flash » à tes yeux. T'es la première personne que je rencontre à n'en avoir strictement rien à foutre de ma réputation et mes exploits sportifs. Le seul que je veux être à tes yeux… c'est Rome.

Molly me comprend tout de suite : elle a capté que je ne veux pas me perdre en explications, détailler pourquoi la célébrité que m'apporte le foot me fait chier, alors elle change de sujet.

— Tu as été élu MVP, alors ?

— Ouaip. C'est assez dingue, vu que j'ai été à la ramasse toute la première mi-temps.

Comment lui révéler que c'est de la voir dans les tribunes qui a tout changé, sans trop en dire à propos de ce que je ressens pour elle ? Comment lui dire qu'elle a été la première personne à venir me soutenir, sans tout lui expliquer de mon passé et de mes rapports avec mes parents ?

Comme je n'arrive pas à trouver mes mots, je lui fais part de ce que j'ai entendu dans les vestiaires.

— Tout le monde est regonflé à bloc : le public, l'équipe… Et… ils pensent tous que c'est grâce à toi. Ce serait votre doux baiser, princesse, qui m'a remis sur le droit chemin. Tu es ma bonne étoile, paraît-il.

Soudain, elle se redresse et se ferme : elle peine à respirer et se masse le sternum comme si elle était à deux doigts de la crise cardiaque. Merde, qu'est-ce qui se passe ?

— Quoi ? Qu'y a-t-il ? J'ai dit une connerie ? lui demandé-je, paniqué.

Elle a les yeux comme des putains de billes et bouge les lèvres sans parvenir à prononcer le moindre mot. Mon pouls s'affole, et je lui prends la main pour la rassurer : aussitôt, elle s'apaise et son visage blême reprend des couleurs. Je baisse un regard confus vers nos mains jointes…

— Qu'est-ce qui se passe, Jolly ? Je suis là, l'invité-je à parler.

J'aimerais comprendre pourquoi elle vient de frôler l'infarctus. Elle prend une profonde inspiration.

— Je suis désolée, c'est juste… Tu as utilisé les mêmes mots que ma grand-mère. Ça m'a renvoyée des années en arrière, à une époque difficile… J'ai fait une crise d'angoisse. Je… Ça m'a surprise quand tu les as prononcés, c'est tout… Tu aurais pu le dire de mille façons, mais tu as utilisé sa formulation à elle, mot pour mot.

— Qu'est-ce qu'elle te disait ? Qu'est-ce que j'ai répété mot pour mot ?

Elle m'adresse un sourire brisé.

— Tu as parlé d'un « doux baiser », répond-elle d'une voix fragile. Elle me disait toujours que mes doux baisers avaient le pouvoir de rendre n'importe quel souci plus facile à supporter…

— Je suis d'accord avec elle. C'était une dame bien sage et perspicace, parce que c'est exactement ce que tu as fait pour moi aujourd'hui, pendant le match.

— Elle était… tout pour moi. (Ses larmes coulent, et sa main se crispe sur la mienne.) On nous disait toujours qu'on faisait la paire, toutes les deux. Quand elle est morte, la moitié de mon âme l'a accompagnée… Je n'aime pas repenser au passé… Quand je repense à tout ce que j'ai perdu, je perds pied…

Je reste silencieux. Que peut-on dire à une personne qui a perdu ceux qu'elle aimait le plus au monde ? Du coup, je la laisse parler : il faut que ça sorte. Je m'allonge sur le lit et la garde tout contre moi, la calmant de caresses prévenantes. C'est dingue : il suffit que je la touche pour qu'elle s'apaise…

— T'as un peu fui une fête en ton honneur, en fait, finit-elle par me dire, tandis que, le regard rivé au plafond, je suis en train de me rendre compte que la vie l'a peut-être autant dévastée que moi.

— T'étais pas là.

Molly se repositionne pour me faire face.

— Je compte vraiment tant que ça à tes yeux ? me demande-t-elle.

De toute évidence, elle appréhende ma réponse.

Je suis à deux doigts d'éclater de rire : si elle savait à quel point elle m'obsède, elle partirait en courant.

— J'ai pas été assez clair ?

Elle fait « non » de la tête, alors, je la rallonge doucement sur le matelas.

— J'aime comme tu te comportes avec moi. J'aime l'homme que je suis quand on est ensemble. J'ai l'impression de pouvoir tout te dire, de pouvoir lutter contre les pires noirceurs qui me pourrissent la tête. Avec toi, je me sens… Je me sens… Enfin, tu vois ce que je veux dire ?

Putain, je suis vraiment une tanche pour le romantisme… Je dois avoir l'air d'un gros nase, là… Pourtant, elle se met à me caresser la joue d'un doigt délicat, et son visage s'illumine d'un immense sourire.

— Je vois ce que tu veux dire, Roméo.

Nous restons quelques instants comme ça, à papoter. Elle s'excuse pour notre altercation pendant le cours, admet qu'elle était hors d'elle à l'idée que j'aie pu coucher avec Shelly. Je lui dis la vérité, que je ne m'intéresse plus à personne d'autre qu'elle, et la confession semble la ravir au plus haut point.

Quelques minutes plus tard, le volume sonore augmente dans le jardin : de toute évidence, la fête bat son plein et n'est pas près de s'arrêter. Je ne me sens pas véritablement concerné, cela dit, car Molly m'a demandé de rester pour la nuit – « Mais pour dormir, rien de plus », a-t-elle bien spécifié ! –, et je me sens totalement grisé par sa proposition.

Molly se met au lit en mordillant son pouce avec nervosité, attentive au moindre de mes mouvements. Lorsque je m'installe près d'elle sur le matelas et sens son cul de rêve glisser contre ma queue, je dois invoquer toute ma détermination pour ne pas céder.

— Mieux vaut qu'on essaie de s'endormir vite ou ça risque de déraper…, murmuré-je en me penchant à son oreille. Je ne suis pas sûr de pouvoir me retenir longtemps…

— D-D'accord…, susurre-t-elle.

Je passe un bras à sa taille, et elle se love contre moi.

Je suis au paradis.

— Bonne nuit, Shakespeare, lui dis-je d'une voix douce.

— Bonne nuit, Roméo…, me répond-elle, me tirant un petit rire incrédule.

Comme elle se fige, troublée par ma réaction, je m'empresse d'expliquer ce qui m'a amusé.

— J'adore t'entendre prononcer mon prénom. Je pensais pas que ça m'arriverait un jour, un truc pareil… Je crois que c'est ton accent anglais. C'est comme si c'était la seule bonne façon de le prononcer : comme l'entendait Shakespeare quand il a écrit sa pièce. Personne ne m'appelle Roméo... Personne ne m'a jamais appelé Roméo, en fait. Je l'interdis à tout le monde. Pourtant, c'est étrange, mais quand c'est toi... ça me plaît.

Je l'entends exhaler un soupir apaisé. J'ignore pourquoi, mais quand elle tente de se tourner vers moi, je l'en empêche : je crois que je ne peux pas me résoudre à lui montrer mon visage pétri d'émotion ou mon regard dans lequel elle pourrait apercevoir les démons qui me hantent. Alors, dos à moi, elle se met à murmurer...

— « Qu'y a-t-il dans un nom ? Ce que nous appelons une rose embaumerait autant sous un autre nom. Ainsi, quand Roméo ne s'appellerait plus Roméo, il conserverait encore les chères perfections qu'il possède... »

Je peine à respirer soudain : les souvenirs, la... douleur qu'invoque ce prénom, c'est trop pour moi.

— Arrête... S'il te plaît..., la supplié-je, incapable de lui expliquer ce pour quoi ce nom est un tel fardeau pour moi.

— Pourquoi tu refuses qu'on t'appelle par ton prénom ?

— C'est une longue histoire, esquivé-je, soudain saisi par un accès de panique.

— On a tout notre temps.

— Non, pas maintenant, répliqué-je, plus ferme que je l'aurais voulu.

Je ne peux pas encore aborder ce sujet avec elle. Je ne le pourrai peut-être jamais, d'ailleurs. C'est trop pour moi. Beaucoup trop...

Molly lâche un soupir déçu, mais, clémente, elle change de sujet.

— La phrase tatouée sur tes côtes, qu'est-ce que c'est ?

— « La plus belle des victoires n'est pas de ne jamais trébucher, mais de ne jamais rester à terre. » C'est de Vince Lombardi.

— C'est magnifique. Je ne connais pas ce philosophe, Vince Lombardi… Ça m'étonne. *(Eh voilà, elle recommence : un geste, un mot, et elle me tire des ténèbres ; il n'y a qu'elle pour réaliser un tel exploit, et je crois que j'y deviens accro…)* Qu'est-ce que j'ai dit, encore ? gronde-t-elle, manifestement excédée que je rie à chacun de ses faux pas.

— C'est un coach de foot US. L'un des plus connus de l'histoire…

— Oh… Va vraiment falloir que je rattrape mon retard niveau foot, moi…

— Je préférerais que tu ne le fasses pas. Tout le buzz autour de mon jeu, ça ne t'impressionne pas, et j'aimerais autant que ça reste comme ça. Tu n'as pas idée de ce que ça représente pour les gens du coin, et c'est tant mieux.

— Tu veux dire que tu ne veux vraiment pas que je t'appelle… Flash ?

— Putain, non…

— Comme il vous plaira…

*Ah oui ?*

Cette fille va me tuer…

— Dors, Jolly, merde… ou ce qui me plaît vraiment, on va finir par le faire.

— Une dernière question, avant de dormir.

Je la serre dans mes bras avec un soupir.

— Une dernière. Tu joues avec le feu, là…

— Pourquoi « Un jour » ?

Je revois en esprit les images qui accompagnent le jour où je l'ai fait tatouer et, me mouillant enfin, je lui raconte quelque chose que je n'ai jamais dit à personne.

— Parce qu'*un jour*, je quitterai cet endroit. *Un jour*, je deviendrai celui que je veux être. *Un jour*… Je mènerai ma vie comme je l'entends.

Je sens sa main se crisper sous ma paume.

— La vie a donc été si dure avec toi ?

Ça va trop loin, je ne peux pas en parler. C'est comme si une force étrange me scellait les lèvres…

— Ça fait deux questions, ça, Shakespeare, feinté-je pour me tirer d'affaire. J'avais dit une. Endors-toi, maintenant.

— Roméo ? Je préférerais que personne ne soit au courant pour nous deux. J'aimerais que ça reste entre nous pour l'instant, me lance Molly, abrupte, alors que j'étais à deux doigts de m'endormir.

Ma colère, toujours latente, s'éveille et m'envahit à une vitesse inquiétante : je dois carrément m'asseoir au bord du lit pour canaliser mes émotions.

— OK, je comprends… Je t'embarrasse. Flash : le quarterback agressif qui baise dans tous les coins, ça sonne pas trop petit ami idéal, c'est ça ? Pour quelques coups de queue en secret, par contre, ça passe…

Je déteste le ton que j'ai pris – dur, agressif… –, mais ce qu'elle vient de dire me plombe. J'ai presque… honte de moi : elle ne m'estime pas digne qu'on nous voie en public.

Je sens son souffle chaud contre mon dos, et elle passe les bras à ma taille.

— Qu'est-ce que tu racontes ? Non ! C'est juste que… ça me rend nerveuse, tout ça…, lance-t-elle, paniquée.

Ça me rassure un peu… Je me retourne et prends sa main dans les miennes.

— Nerveuse ? Mais, pourquoi, merde ?

Elle retire sa main des miennes et lisse ses cheveux épais, puis le bas de sa chemise de nuit.

— Je n'ai rien de tes conquêtes habituelles : apprêtées, sculpturales, dix sur dix à chaque œil… S'il te plaît, est-ce qu'on peut attendre au moins un peu, avant de mettre tout le campus au courant ? Ce serait trop pour moi, sinon : sortir avec toi, ça va me demander quelques… ajustements, je pense. J'ai besoin d'un peu de temps.

Génial… La seule fille au monde que j'aimerais exhiber à mon bras veut qu'on vive notre relation en secret…

Karma de merde.

Je plaque le front contre le sien.

— Je voudrais que tout le monde sache que je suis avec toi. Et tout de suite. Hors de question que je cache notre relation : ce que les gens pensent, je m'en branle, OK ? Quant à mes coucheries, c'est du passé : je cherche autre chose avec toi. Plus que ce que j'ai trouvé chez les autres. T'as toujours pas compris, merde ?

— S'il te plaît. Juste quelque temps. Tu es… Roméo Prince. Ta réputation m'intimide un peu. Profitons l'un de l'autre un moment sans l'interférence de personne, voyons comment ça se passe…

— Bordel, Jolly ! tonné-je, un brin trop fort à mon goût.

Faut dire que j'ai les boules : certes, ma réputation a de quoi foutre les jetons, mais je suis différent avec elle, non ? D'ailleurs, si quiconque essaie de prétendre le contraire, je l'assomme d'une patate bien méritée. Je protégerai Molly.

— S'il te plaît…, m'implore-t-elle.

Merde ! Je suis incapable de résister à son regard suppliant… Bon, hors de question que je la laisse tomber. Si elle veut qu'on la joue secret d'État, j'ai plus qu'à me faire une raison…

Je relève les yeux vers elle, soutiens son regard empli d'appréhension.

— OK, OK ! dégainé-je, cinglant. On la boucle… Ça me fait péter un câble, mais pour toi, je le ferai. Cacher notre relation… Putain, ça me donne envie de briser le nez du premier venu.

Un secret, maintenant… De mieux en mieux.

# Chapitre 13

Mon téléphone vibre dans ma poche. Je le pêche d'une main, et mon moral s'effondre.

— Papa… Merci à toi pour ce nouveau coup de fil, dis-je, sarcastique, tandis que je traverse la fac pour aller déjeuner à la cafétéria, fourbu par ma séance de muscu.

— C'est un grand jour, Rome ! Martin Blair a validé l'arrangement prénuptial : quand tu auras épousé Shelly, il prendra sa retraite et t'offrira trente de ses cinquante pour cent comme cadeau de mariage. Ça fait un bail qu'il veut raccrocher et, de notre côté, on ne pourrait rêver mieux que de gérer l'entreprise côte à côte ! On gagne sur toute la ligne : les Prince seront bientôt aux commandes.

Je ne crois pas avoir jamais entendu mon père aussi heureux… Moi, en revanche, je bouillonne.

— *Tu* gagnes sur toute la ligne, insisté-je aussitôt.

— Pardon ? réplique-t-il, son allégresse soufflée en une fraction de seconde.

J'inspire un grand coup et me jette dans la mêlée.

— Toi, tu gagnes sur toute la ligne. Je te l'ai déjà dit et je ne le répéterai plus : je… n'épouserai… pas… Shelly !

Silence de mort.

Pourtant, quelques secondes plus tard, il me répond avec un calme des plus déstabilisants.

— Qu'est-ce que je pourrais faire pour que tu changes d'avis ? Qu'est-ce que tu veux ? Si cela nous permet d'aller au bout de ce marché, tu l'obtiendras. Je m'arrangerai pour que tu obtiennes ce que tu souhaites.

Je me fige, totalement choqué par ce que je viens d'entendre. C'est moi ou le grand Joseph Prince essaie de négocier avec moi ?

Je me pince l'arête du nez, décontenancé.

— Rien. Rien ne me fera changer d'avis. Désolé, papa : je sais que pour toi, je n'accomplis pas mon devoir de fils, mais c'est de ma vie dont on parle, et je n'épouserai pas quelqu'un que je n'aime pas dans le seul intérêt de ton entreprise. Et tu gagnes déjà des sommes absurdes… Me marier pour que tu gagnes encore plus ? À quoi bon ? La vie que tu m'offres n'est pas faite pour moi. Mon avenir, c'est le foot.

Il s'éclaircit la gorge à l'autre bout du fil.

— Tu ne comptes pas changer d'avis ? J'ai bien compris ce que tu viens de me dire ?

Je soupire pour canaliser tout mon courage.

— Non. Je ne changerai pas d'avis.

— Dans ce cas, on va lutter sur ton terrain.

Je me raidis et mon regard va se perdre de l'autre côté des vitres de la cafétéria.

— Qu'est-ce que ça veut dire au juste ?

— Tu as fait ton choix, tu vas devoir l'assumer. Je ne te ménagerai pas.

— Tu peux être plus clair, bordel ? aboyé-je entre mes dents, tentant de me contenir du mieux que je le peux.

Déjà des étudiants se sont retournés vers moi, curieux. Je me rends soudain compte que mon père a raccroché : mes yeux se posent sur la poubelle devant moi et, dans un rugissement furieux, je l'envoie voler d'un violent coup de pied sur le trottoir.

Les couinements de surprise des filles qui m'entourent ne font qu'attiser ma colère : je me rue à l'intérieur de la cafétéria sans me soucier des regards interrogateurs des étudiants présents, m'affale sur une chaise et dévisage d'un regard absent la table vide.

Qu'est-ce qu'il a voulu dire ? Putain ! Il ne peut pas arrêter deux secondes de me torturer l'esprit ? Je préfère encore qu'il me frappe… L'avantage du coup du poing dans la gueule, c'est que c'est clair et sans surprise.

Je relève la tête et balaie la salle du regard : j'ai besoin de voir Molly. Lorsque je la repère, c'est pour découvrir ses yeux d'ambre rivés sur moi. Elle grimace, visiblement inquiète. Un peu plus calme maintenant que je la sais proche, je lui adresse un petit signe de menton pour la rassurer.

Ça me tue de ne pas pouvoir la serrer dans mes bras. De ne pas pouvoir la prendre sur mes genoux, lui embrasser le cou et montrer au monde entier qu'elle est à moi. Putain, je ne vais pas tenir… Je vais souffrir comme un chien pendant une heure, je le sens…

J'ai vu juste : le déjeuner me paraît interminable. Quand Caroline se pavane devant moi et me chauffe, fantasmant à l'idée de destituer Shelly, la reine mère des garces, je la repousse d'un « Dégage, putain ! » des plus polis assorti d'un geste agacé de la main. J'en ai rien à carrer d'elle et de ses propositions délurées.

À quelques places de moi, Chris Porter me dévisage, intrigué, un sourire suffisant sur le visage.

— Qu'est-ce qui te fait marrer, Porter ? grogné-je, glacial.

Je me fais presque peur…

— T'as viré de bord ? avance-t-il pour se foutre de ma gueule.

Je lui adresse un bon gros doigt d'honneur, et mes coéquipiers se mettent à glousser.

Un claquement sonore retentit, et je me tourne vers l'entrée de la cafétéria : Shelly vient de faire son apparition. Elle se dirige droit vers Molly, un air méprisant au possible accroché sur le visage. Je la vois, fou de rage, arracher les lunettes de Molly et les jeter par terre : c'est arrivé si vite que je n'ai même pas eu le temps d'intervenir pour l'en empêcher.

— C'est quoi ton problème ? Pôpa et Môman ont plus de piècpièces ? T'es pauvre, Molly ? se moque Shelly d'une voix suffisamment forte pour que tous les étudiants présents puissent l'entendre.

Moi, par contre, mon cœur tape trop fort à mes tempes pour que j'entende la suite de sa tirade venimeuse. Je vois Molly se lever, le regard furieux, prête à en découdre, mais Shelly la renvoie avec violence à sa chaise.

C'est la goutte d'eau qui fait déborder le vase : je n'ai plus la moindre patience pour les trous du cul, aujourd'hui. J'écrase mon poing sur la table et me lève d'un bond.

— Ça suffit ! rugis-je, si fort que les chaises en plastique en vibrent. (Je fusille Shelly du regard.) Fous-lui la paix, bordel de merde ! T'as quel âge ? Douze piges ?

Mon éclat de voix semble figer la cafétéria tout entière et, sans le moindre égard pour la réaction de Shelly, je m'approche de Molly, ramasse ses lunettes, les replace sur son visage rougi par la colère et la gêne, puis pose les mains sur ses épaules dans un geste de réconfort.

— Lâche-la, merde ! peste Shelly comme si je lui appartenais et qu'elle avait le moindre droit sur moi.

Quand je balaie la salle du regard, c'est pour apercevoir une mer d'étudiants médusés, tous tournés dans ma direction. Cette journée est en train de partir en couille comme aucune autre, merde ! D'abord, mon père me les brise avec des menaces à la con, et maintenant, c'est sa petite protégée pourrie gâtée qui vient gerber ses conneries à la gueule de la seule fille au monde à laquelle je tiens. Mes parents, j'ai pas la moindre idée des merdes qu'ils me réservent, mais je n'ai pas d'autre choix que d'attendre le couperet. Shelly, par contre, je peux en finir avec ses délires ici même et en public. La remettre à sa place une bonne fois pour toutes.

Reprenant peu à peu le contrôle de mes émotions, je me tourne vers elle et hausse le ton de façon que tout le monde dans la salle puisse bien m'entendre.

— On n'est pas ensemble, Shelly, et ça n'arrivera jamais : fourre-toi ça dans le crâne. Je crois qu'il est temps d'arrêter ton manège à la con… (Je la désigne du doigt et me tourne vers l'assemblée d'étudiants sous le choc.) Je ne sais pas quelle connerie elle vous raconte derrière mon dos, mais je ne suis pas avec Shelly : on n'a jamais été ensemble, et à part de la merde, y a pas grand-chose qui sort de sa putain de bouche !

Je demande à Molly si elle va bien, puis la soulève presque de sa chaise.

— Prends ton sac, Shakespeare, lui ordonné-je. On se casse.

Elle obéit, quitte avec moi la cafétéria, et nous nous retrouvons bientôt dans les allées du campus. Je me sens plus en colère à chaque pas : sans moi, sans Shelly qui suspecte que Molly me plaît, personne ne lui accorderait la moindre once d'attention ! Une fille aussi futée qu'elle…

C'est eux qui y perdent, tous ces cons… Quoi qu'il en soit, c'est à cause de moi si elle s'en prend plein la gueule. Si seulement elle voulait bien annoncer à tout le monde qu'on est ensemble, je pourrais tous les envoyer se faire foutre. Ils sauraient qu'elle est à moi, et se garderaient de la faire chier.

En tout cas, j'ai compris ce qui se passait maintenant, et il vaudrait mieux que je me calme : je ne voudrais pas la brusquer, la faire fuir avant qu'on ait eu l'occasion de tenter notre chance ensemble. Mais une chose est sûre : plus personne ne la fera chier à cause de ces putains de lunettes. Je vais m'en assurer.

— Ralentis, Roméo. Où est-ce qu'on va ? me demande-t-elle, haletante, en trottant derrière moi.

Je ne réponds pas : il faut que je m'éloigne rapidement, avant de retourner à la cafétéria et d'annoncer à tout le monde qu'on est ensemble.

— Monte, lui ordonné-je, les dents serrées, une fois que nous sommes arrivés devant mon camion.

Plus nous nous éloignons de l'université, plus la présence de Molly m'apaise, si bien qu'au bout de longues minutes, j'arrive enfin à lui parler.

— T'es sûre que ça va ?

Elle n'a rien dit depuis que nous avons pris la route, comprenant que je n'étais pas en état de parler, que j'avais juste besoin de souffler un peu.

— Oui, me répond-elle. Un peu embarrassée, mais ça va…

Embarrassée ? C'est un euphémisme, non ? Elle déteste attirer l'attention, et voilà que Shelly la jette droit sous les projecteurs !

— Comment elle ose te parler comme ça, bordel ? Mais quelle connasse ! Comment j'ai pu perdre autant de temps et d'énergie avec une pute pareille ! m'emporté-je, me maudissant.

Je suis à deux doigts de tourner de l'œil tellement je suis en rogne.

— C'est un peu ce que je me demandais, oui…

Je me retourne vers Molly : elle arbore un sourire timide, fière de sa pique. Je m'apaise un peu, et échoue même à réprimer un petit rictus amusé. Cette fille me fait halluciner : Shelly a insulté ses parents – décédés et dont elle peine à parler – devant la moitié de la fac, et elle a encaissé le coup comme une reine. Devant une telle démonstration, j'ai soudain honte, avec mes coups de sang à la con…

— Jolly… Je suis navré qu'elle t'ait sorti cette connerie à propos de tes parents. J'imagine même pas le mal que ça a dû te faire…

Elle me caresse le genou d'une main délicate.

— Tu n'y es pour rien. Ne t'excuse pas…

Je prends sa main dans la mienne.

— C'est faux. Elle te fait chier parce qu'elle voit que tu me plais. Elle l'a remarqué depuis notre premier baiser. Elle te considère comme sa plus grande rivale, Jolly, et j'en suis vraiment désolé. C'est ma faute si tu te retrouves dans cette situation merdique : Shelly va faire son possible pour te pourrir la vie, maintenant.

Elle me décoche un sourire hypnotique, se rapproche de moi et pose la tête sur mon épaule. Je sens son souffle chaud sur mon biceps. Molly semble n'avoir peur de rien : ce que pensent les autres, elle s'en branle. Je me détends, passe un bras autour de ses épaules et laisse courir mes doigts dans ses longues mèches folles. Ça fait des semaines que je ne m'étais pas senti apaisé à ce point. Ici, maintenant… Nous deux. Je nage en plein rêve.

Mais le bonheur ne dure qu'un temps…

— Rome ? Tu étais au téléphone avec qui, tout à l'heure, avant d'entrer dans la cafétéria ?

Bordel, je ne pensais pas que la discussion prendrait ce chemin…

Je m'éclaircis la gorge.

— Tu m'as vu ?

— Oui, répond-elle d'une voix attristée.

— J'ai pas vraiment envie d'en parler.

Vraiment. Qu'est-ce que je lui dirais ? « Ah oui, c'était mon petit papa : il m'appelait pour négocier à propos de l'arrangement prénuptial. Tu sais ? Mon mariage avec Shelly ? La fille qui vient de te traîner dans la boue parce que tu es pauvre ? Tu situes ? » Je refuse que Molly se retrouve impliquée dans le merdier de mes relations avec mes parents. Hors de question qu'ils la prennent pour cible. Putain, j'ai même aucune envie qu'ils apprennent son existence ! Elle est trop importante à mes yeux pour que je l'expose à la tourmente.

— OK. Mais, juste, est-ce que c'étaient tes parents ? me demande-t-elle d'un ton prudent, me rappelant aussitôt à la réalité.

— Oui, confessé-je après quelques secondes de silence.

Elle enserre ma taille un peu plus fort, puis se redresse et jette un regard par la vitre en abandonnant là le sujet de mes parents.

— Qu'est-ce qu'on fait là, au fait ?

Elle fronce les sourcils, intriguée, en découvrant le centre commercial.

Je descends du pick-up et le contourne pour l'aider à descendre à son tour.

— On va t'acheter de nouvelles lunettes. Viens.

J'essaie de l'entraîner en direction de la boutique de l'opticien, mais elle se fige et tire sur mon bras pour m'empêcher d'avancer. L'œil déterminé, elle me défie du regard.

— Roméo, je n'ai pas encore touché mon salaire, me prévient-elle.

C'est une blague, elle me fait quoi, là ? Je soutiens son regard sans sourciller.

— C'est moi qui paie, allez !

Elle reste plantée là, et je sens que je me remets à perdre le contrôle : j'essaie de l'aider, mais cette putain de tête de mule veut la jouer fière et indépendante ! Tout ce que je veux, c'est prendre soin d'elle… Qu'est-ce que c'est, quelques centaines de dollars, si ça lui permet de faire sa vie à la fac avec mille fois moins d'emmerdes ?

— Roméo, je ne suis pas un pays du tiers-monde : je m'achèterai des lunettes quand j'aurai assez économisé. Je refuse que tu m'en paies de nouvelles. Désolée, mais c'est non. Être pauvre ne me fait pas honte : faire la manche, si.

Je grogne et l'attire vers moi, non sans savourer le désir qui embrase son regard chaque fois que nos corps se touchent.

— Hé, Jolly, pas de ça, pitié : j'ai pété involontairement tes lunettes avec ma passe de merde, j'ai foutu Shelly en rogne en montrant à tout le monde que tu me plaisais, et j'ai gonflé son ego à l'hélium en la laissant jouer la reine du bal ces trois dernières années. Je vais t'acheter une putain de paire de lunettes, et tu vas accepter. T'as pas le choix. Ta gêne, c'est pas mon problème. Ce qui m'importe, là, c'est de protéger mon putain de territoire.

Elle lève les yeux vers moi, les pupilles dilatées : qu'elle s'offusque tant qu'elle veut de mon ton autoritaire, je ne lâcherai pas. Elle m'appartient, et je ne la laisserai pas se faire emmerder. Par qui que ce soit.

Elle ne dit plus rien, mais n'en soutient pas moins mon regard : ni l'un ni l'autre ne sommes prêts à déposer les armes. Dans un grognement exaspéré, je lui agrippe les cheveux pour la forcer à me regarder.

— Compris ? aboyé-je, abrupt.

Elle écarquille ses yeux d'ambre, décontenancée par mon attitude, mais finit par secouer doucement la tête en m'adressant un sourire amusé.

— Compris, murmure-t-elle.

Elle me comprend. Toujours. Molly Shakespeare… Elle m'obéit, me cède les commandes, assouvit mon désir insatiable de contrôle. Putain de bordel de merde, j'ai envie d'elle à en crever !

Une chaleur étrange me réchauffe la poitrine, et je dépose un baiser sur son front, avant de la guider vers le centre commercial.

# Chapitre 14

— Oh, Rome, c'est fabuleux, ici…, murmure Molly en admirant mon jardin secret, le sourire jusqu'aux oreilles.

Avec ses nouvelles lentilles de contact, ses yeux ne cachent plus rien de leur lumière. Son visage rayonnant de joie est à couper le souffle.

Je la prends par la main et la guide vers la crique, mon refuge, le seul endroit où je sais que personne ne viendra jamais me faire chier. Mes parents possèdent du terrain à ne plus savoir qu'en faire, mais ils n'y foutent jamais les pieds. Je n'avais jamais emmené personne ici… Aujourd'hui, j'en ai envie. Je veux que Molly voie ça : au fond de moi, j'ai la certitude qu'elle va adorer.

— OK, là, il faut vraiment que tu me dises où nous sommes : c'est possiblement le coin le plus chouette de la planète…, commente-t-elle, tandis que nous prenons place sous le grand chêne qui trône près de l'eau.

*Allez… Je me lance…*

— C'est la crique qui se trouve… au fond de la propriété de mes parents, lui révélé-je dans un soupir.

Elle grimace.

— Là, on… on est chez tes parents ?

Elle déglutit, mal à l'aise, et un voile d'appréhension assombrit son visage. Elle tend le cou et jette des regards alentour, scrutant la nature qui semble s'étendre partout à perte de vue.

— Tout ça, c'est à eux ? demande-t-elle d'une voix fragile.

Je crois qu'elle vient de prendre la pleine mesure de la richesse dingue de mes parents… Je m'allonge sur le dos, priant pour que la révélation ne change rien à notre relation.

— C'est une plantation, Jolly…, confessé-je à contrecœur.

Elle écarquille les yeux de façon presque comique.

— Une plantation ? Tes parents possèdent une plantation entière ?

Mes parents ne s'en servent même pas comme d'une exploitation. Ils voulaient juste posséder la plus grande propriété de Tuscaloosa… Et que tout le monde le sache.

Je relève les yeux vers Molly qui continue de scruter les alentours avec nervosité.

J'émets un petit rire.

— T'inquiète pas, la rassuré-je. Ils ne sauront jamais qu'on est là. Je viens ici souvent : c'est ma planque, quand je cherche à fuir le monde. (Elle incline la tête, un peu perdue, et m'adresse un regard incrédule.) Qu'est-ce qu'il y a ?

— Tout ça… Toi… Une plantation, Rome. On vient de deux mondes totalement différents.

Voyant l'étincelle de doute qui menace d'embraser ses yeux d'ambre, je lui prends la main et y dépose un baiser réconfortant.

— Tout ça, ce n'est pas moi… Crois-moi. Tu n'imagines pas. Tout ça, c'est à mes parents que ça appartient, pas à moi. Ce que je suis, moi, c'est Roméo, rien de plus. Et toi, tu es ma Jolly Juliette. (Un sourire habille ses lèvres pulpeuses, et je dois me retenir pour ne pas la plaquer aussitôt au sol.) Viens là…, ajouté-je, l'invitant à s'allonger sur l'herbe avec moi.

Elle lâche un petit rire. Je n'arrive pas à la quitter des yeux.

Elle est incroyable, merde… Parfaite. Je n'en reviens pas.

— C'est fou ce que tu es belle avec ces lentilles…, fais-je remarquer à l'instinct. Tes yeux ont une couleur incroyable, presque dorée… Ça va être compliqué pour moi de ne pas te toucher comme j'en ai envie…

Elle fout son putain de pouce dans sa bouche et je grogne malgré moi. Ma queue vient de s'éveiller d'un bond. Nous sommes seuls, et j'ai envie d'elle, de plus en plus, envie de la prendre comme je veux, à ma façon, et sans protestation. Elle n'a baisé qu'avec un type dans sa vie et, de son propre aveu, elle n'a pas aimé ça. Le truc, c'est que moi, niveau cul, je ne donne pas spécialement dans la douceur et les caresses amoureuses… La vérité, c'est que je suis terrifié à l'idée que ce côté de ma personnalité puisse venir tout gâcher entre nous.

Et c'est à cet instant qu'elle prononce sept mots qui brisent jusqu'au dernier atome de ma volonté.

— Tu peux me… toucher, si tu veux…

L'invitation me fait l'effet d'un coup de savate en plein plexus.

— Ne joue pas avec le feu, Shakespeare. Pas sûr qu'une jolie petite Anglaise dans ton genre puisse survivre aux feux de l'Alabama…

Elle esquisse un sourire timide. Bordel, ma résistance ne tient plus qu'à un fil et, manifestement, elle s'en rend parfaitement compte !

— Qu'est-ce que j'y peux…, répond-elle, taquine. J'aime prendre des risques, je crois…

— Jolly…, menacé-je une fois de plus, les mâchoires serrées à m'en faire mal.

Les yeux brûlants de désir, mon ange se met à quatre pattes et avance lentement vers moi : la geek a disparu, cédant la place à une prédatrice sexy aux gestes langoureux…

Je lui laisse une dernière chance de faire machine arrière, après quoi elle n'aura plus qu'à assumer…

— Jolly…

C'est mon dernier avertissement… mais elle continue et, lorsqu'elle s'agenouille devant moi, son odeur de vanille achève ma détermination meurtrie. Sans la quitter du regard, je pose la main sur sa cuisse nue, la caresse, et remonte jusqu'au tissu de sa culotte.

Pantelante, le souffle chaud et la bouche crispée par l'envie, elle caresse mes lèvres des siennes, d'une délicatesse infinie. Le contact est infime, mais je la laisse mener la barque un instant : elle manque d'expérience, et je ne veux pas la brusquer… Pourtant, quand elle laisse courir sa main plus bas, le long de mes abdos, puis l'aventure dans mon jean, frôlant le bout de ma queue, je perds tout contrôle… Finies patience et courtoisie chevaleresques : je vais la faire jouir, voir ses défenses s'effondrer, et m'en régaler chaque seconde.

J'empoigne ses cuisses, l'assois sur moi et, ses seins plaqués contre mon torse, cale une main ferme sur sa nuque. J'écrase aussitôt les lèvres contre les siennes, bestial, enfiévré par le désir et, profitant de sa position, cale ma queue dure entre ses jambes.

Je masse l'un de ses seins délicats, me fais plus pressant contre sa bouche, et laisse courir mon autre main jusqu'à son sexe : son gémissement d'excitation suppliant me fait perdre pied. Ce que je lui fais, ce que je lui donne, ce dont j'ai besoin, l'enivre…

— Roméo…, gémit-elle, envieuse d'en avoir plus, ses yeux désormais nus roulant en arrière lorsque je me mets à caresser son clitoris à travers sa culotte en coton.

— Jolly… Je…

J'aimerais lui dire ce que je ressens, mais ma gorge m'interdit depuis ma plus tendre enfance ce genre de mise à nu.

— Je t'en prie…, me supplie-t-elle, se plaquant davantage contre ma main.

— Putain, Jolly… Tu vas me rendre complètement dingue…, sifflé-je entre mes dents, avant de mordiller son épaule pour recouvrer un minimum de contrôle.

— Rome, vas-y ! m'ordonne-t-elle.

Vexé, insulté presque, je la prends par surprise en écartant sa culotte, la bouche soudée à la sienne pour la faire taire, avant d'enfoncer sans ménagement un doigt entre ses lèvres étroites : je multiplie les allers et retours, savoure la chaleur qui naît entre ses cuisses et la sensation de son sexe enserrant mon doigt de plus en plus.

Je me redresse soudain et rive son regard dans le mien, incapable de détourner les yeux.

— Ne me donne jamais d'ordre, dicté-je, autoritaire.

Je courbe le majeur pour gâter la zone qui, sollicitée avec expertise, la fera bientôt hurler de plaisir ; je la provoque, attise son appétit.

— Compris ? aboyé-je, saisi tout entier par le besoin absolu de dominer celle qui m'appartient.

J'ai franchi le point de non-retour : impossible désormais pour moi de dissimuler ma nature profonde.

— Oui, oui, j'ai compris, gémit-elle, accompagnant avec de plus en plus d'ardeur les mouvements de mon doigt.

Putain, elle est la fille parfaite pour moi : elle répond de façon si naturelle et instinctive à mes gestes sauvages… Jamais je ne m'étais laissé aller à tant de naturel avec les filles que j'ai baisées à droite à gauche. Je n'étais jamais assez sobre pour investir vraiment le truc, au final… Mais ici, avec elle, je ne peux rien faire d'autre que tomber totalement le masque…

Le moindre de ses soupirs, la moindre contraction de son sexe brûlant m'hypnotise, autant que sa peau tannée rougie par le désir. Bientôt, elle ouvre les yeux et, léchant puis mordillant sa lèvre inférieure, elle aventure une main vers ma fermeture Éclair. Ma queue tressaute à la seule pensée de sa main la massant de ces caresses envieuses, mais je me fige.

— Jolly, non… Tu…, croassé-je, au supplice.

Mes mots meurent dans ma gorge, sitôt que de sa main délicate, elle s'empare de mon sexe et commence à me caresser doucement.

Putain… Elle me fait trop de bien pour que je lui demande d'arrêter…

— Laisse-moi m'occuper de toi… Je sais ce que tu veux : laisse-moi te l'offrir… S'il te plaît…, me supplie-t-elle, remuant toujours ses foutues hanches sur ma main.

Je rive le regard dans le sien et m'y perds, aveuglé par tout ce qu'elle est et représente. Rien d'autre que nos gémissements et nos respirations saccadées ne trouble le silence qui baigne les kilomètres de champs alentour, et plus rien ne compte plus pour moi que le plaisir irréel que nous faisons naître l'un chez l'autre… Non, en réalité, je suis surtout sous le choc du bonheur que je suis en train d'éprouver, un bonheur trop intense pour que je le lui dise. Jamais je n'ai ressenti ça, et je crois que je vais avoir besoin de temps pour en prendre pleinement conscience et l'accepter.

— Roméo…

Molly me chevauche, plus zélée maintenant, et je sens son sexe m'emprisonner, tandis que je caresse tout à la fois son point G et son clitoris. Elle est brûlante, et je comprends sans mal à ses tétons raidis, son visage empourpré et ses yeux absents qu'elle est sur le point de jouir. Fort.

— Laisse-toi aller, Jolly, putain… Vas-y ! lui ordonné-je et, après un dernier assaut de ma main, elle pousse un hurlement de plaisir.

J'aimerais pouvoir dévorer ses cris, alors je plaque ma bouche contre la sienne. En plein orgasme, elle poursuit ses caresses le long de ma queue.

Sitôt que je la sens lâcher prise, mes couilles se contractent. D'un mouvement de hanches je me détourne de Molly et grogne, répandant sur l'herbe de longues salves de sperme chaud. Elle retire lentement sa main de mon sexe, mais je garde mon doigt en elle : je ne suis pas prêt à en finir, accro que je suis à cette ivresse.

Peu à peu, je prends pleinement conscience de ce qui vient de se passer entre nous… Molly se penche sur moi, et je gâte de baisers sa peau nue et perlée de sueur. Je caresse toujours du doigt son clitoris, lentement, et lorsque la sensation est trop forte, presque douloureuse, elle hoquette, puis se redresse, avant de se détacher de moi, un sourire timide aux lèvres.

Putain, ce qu'elle est belle…

— Hé, Jolly…, murmuré-je, caressant d'une main une longue mèche de cheveux qui lui tombe sur les yeux.

— Hé, toi…, susurre-t-elle sans que j'arrive trop à savoir ce à quoi elle pense.

Pour tout dire, je la trouve trop effacée, sur le moment, presque distante. Je suis aussitôt pris de panique : est-ce que j'y suis allé trop fort ? Ai-je été trop agressif ?

Merde, est-ce que je lui ai fait mal ?

— Ça va ? lui demandé-je brusquement, attendant sa réponse, crispé comme jamais.

Elle rive au sol son regard caramel, et une vague de honte m'envahit : je me connais, et mon manque total de retenue – qui frôle le pathologique parfois – doit sembler inhabituel pour une fille comme Molly… Trop, peut-être.

Et là, elle dégaine une phrase qui manque de m'envoyer au tapis :

— Ça pourrait difficilement aller mieux…

— Regarde-moi, lui ordonné-je aussitôt.

Et elle obéit… sur-le-champ.

Je fouille son regard…

— Ça t'a plu ? La façon dont je t'ai parlé ? Que je te donne des ordres, comme ça ?

Elle soutient mon regard intense, mais ne prononce pas le moindre mot.

Je gigote, nerveux.

— Ça t'a plu, Jolly, non ?

Merde, rien que de penser au fait que je pourrais la perdre, la panique me serre la gorge. Mais elle laisse courir un doigt sur ma joue, l'air prévenant.

— Oui, Roméo, murmure-t-elle. Je ne pensais pas que c'était… comme ça que j'aimerais le sexe, mais je pense qu'on a vu tous les deux que ça m'avait bien branchée…

Mes muscles se détendent, mes lèvres s'étirent… Je suis en train de sourire, bordel… Non, je ne souris pas : j'ai la gueule fendue jusqu'aux oreilles ! J'ai besoin de renouer le contact avec elle, alors je lui prends les mains, fais sautiller mes sourcils et passe ses doigts le long de mes côtes. Elle sourit, perplexe.

— Elles y sont toutes ? lui demandé-je, grisé de pouvoir agir de façon si libre et naturelle avec elle.

Je me sens même si bien que je donne dans la plaisanterie : un rictus confus s'esquisse sur ses lèvres. Elle ne voit pas où je veux en venir.

— Mes côtes. Est-ce qu'il en manque une ?

Elle se penche en avant pour s'en assurer, tâtonnant le long de mon torse.

— OK, je pense que tu n'as plus toute ta tête, là…, marmonne-t-elle, amusée. Tu crois vraiment que tu as perdu une côte ?

— Je me disais juste que Dieu m'en avait peut-être pris une quand il t'a faite…

Je sais que c'est nase, mais merde : je suis une bille niveau romantisme, et ma Molly mérite ce que je peux faire de mieux. Elle mériterait les mots les plus doux et poétiques au monde, mais je n'ai pas de quoi l'honorer à sa juste valeur… La chance que j'ai, c'est qu'elle veut bien de moi malgré tout… Et puis, toutes ces putains d'années passées en école privée me servent enfin à quelque chose… Honnêtement, si pour la faire sourire il fallait que je déclame des vers en plein milieu de notre stade de foot, j'y foncerais sur-le-champ et au pas de course.

— Roméo… Tu sais que tu peux être d'une douceur incroyable parfois ?

Doux ? Moi ? OK, si ça vient d'elle, je prends…

— Seulement avec toi.

Molly prend ma main entre les siennes, dépose de lents baisers dans ma paume et semble se perdre dans ses pensées. Son regard se charge d'inquiétude, tandis qu'elle suçote sa lèvre inférieure.

Il y a un souci.

— À quoi tu penses ?

— Tu dis que tu aimes donner des ordres… Ce besoin de domination, il s'arrête où, exactement ? avoue-t-elle d'une traite, les pommettes empourprées ; par l'agacement ou par la gêne ?

C'est plus fort que moi : j'éclate de rire. Elle s'imagine que je veux l'attacher à un lit et la fouetter au sang ! Hmm… Je vois où peut être le trip là-dedans, mais c'est pas vraiment ma came…

Je me retourne vers elle et bloque sur son foutu pouce encore coincé dans sa bouche.

— Hé, je n'ai pas de penchant sadique, déjà, donc tu peux te remettre à sourire, jolie Jolly. C'est juste que j'aime… diriger. Je ne sais pas… Je suis comme ça. Y a trop de trucs merdiques dans ma vie sur lesquels j'ai aucune emprise, du coup j'ai besoin d'être aux manettes quand je fais ce qui me plaît : je dois être sûr que c'est moi qui gère. J'assure au poste de quarterback, parce que c'est moi le chef d'orchestre. Et c'est pareil au pieu.

Je l'invite à réagir d'un signe du menton.

Elle déglutit.

— J'aime que tu aies pris les choses en main comme ça, murmure-t-elle. Mon quotidien à moi m'impose l'indépendance, l'autonomie, les prises de décisions… Je déteste ça. C'était… libérateur, pour moi, de remettre mon présent entre tes mains. De m'abandonner à toi.

Je la prends dans mes bras et la plaque contre mon torse, mon envie de la posséder plus forte que jamais.

— Tu m'appartiens, maintenant, Jolly. Tu le sais, n'est-ce pas ? Jamais une fille n'a répondu comme toi à ma façon de faire : à chaque geste, chaque baiser, chaque caresse, tu t'offres totalement à moi.

Les doigts toujours contre son sexe, j'en glisse de nouveau un en elle. Je veux la voir jouir encore, mais, cette fois comme cette fille qui est entièrement mienne, comme je suis entièrement sien, sans plus de masque.

— Je suis à toi, Roméo…, susurre-t-elle, pantelante en remuant les hanches pour mieux me sentir en elle.

Elle se met à tanguer, et je m'active sans retenue entre ses lèvres : lorsqu'elle hurle de plaisir, serrant presque douloureusement les cuisses sur ma main, je manque de jouir avec elle… Bientôt elle s'effondre contre mon torse, exténuée.

Après quelques minutes de silence, sa respiration se fait plus apaisée et, le sourire aux lèvres, je comprends qu'elle s'est endormie dans mes bras. Les yeux rivés sur la crique azur, je sens un changement soudain se produire en moi, comme une évidence. Molly, lovée dans mes bras protecteurs, a tout accepté chez moi : mes défauts, mon besoin de contrôle… La liste de mes priorités s'en retrouve totalement chamboulée. Désormais, c'est cette femme – la mienne – qui trône tout en haut.

# Chapitre 15

Nous regardons ensemble le coucher de soleil.

Ce n'est pas une blague : Rome Prince – le beau, le grand, le magnifique – vient de réveiller une fille qui s'était assoupie dans ses bras pour regarder un coucher de soleil… Et il vit un putain de rêve éveillé. Jamais je ne me suis senti à ce point en paix par le passé. Jamais je n'ai ressenti un tel bonheur. J'ai toujours su que mes parents m'avaient fait vivre un enfer dès mon enfance, mais depuis que Shakespeare a débarqué dans ma vie, je me rends compte à quel point ils m'ont pourri l'existence, à quel point ils m'ont brisé.

Ils m'ont démoli…

Ma copine blottie dans mes bras, j'ai tout à coup envie d'en apprendre davantage sur elle, sur sa famille… Je veux la connaître comme je n'ai jamais connu personne. Elle a l'air d'en avoir chié comme peu de monde sur cette putain de planète en vingt ans de vie… Moi qui jubilerais que mes parents disparaissent, elle donnerait tout pour retrouver les siens… Elle ne m'a rien dit de la façon dont son père est mort, alors, sans trop y réfléchir, je le lui demande.

Merde… Je ne m'attendais pas à une réponse pareille…

— Je m'en souviens comme si c'était hier : je rentrais de l'école et j'ai trouvé ma grand-mère assise dans le salon, effondrée. Elle m'a dit que Dieu avait appelé mon père au paradis. (Elle rit jaune, et en la sentant se raidir, je prends conscience de l'intensité de sa douleur.) J'ai cru qu'il me punissait parce que j'avais été méchante… Et puis, j'ai fini par comprendre qu'il n'avait pas succombé à une quelconque maladie, pas plus qu'il n'avait été rappelé par Dieu : il s'était juste levé, comme tous les jours, m'avait accompagnée, moi, sa petite fille, jusqu'à la porte pour mon départ à l'école, puis il était allé se trancher les veines dans la baignoire avec une lame de rasoir.

Sans déconner… Jamais je ne me serais attendu à ça. Qu'est-ce qu'on est censé répondre à quelqu'un qui vous annonce que son père s'est tué dans ces conditions ?

— Bordel, Jolly… Je l'ignorais… Je suis désolé.

Elle poursuit, me raconte sa lutte au quotidien pour assumer le choix de son père et en comprendre les motivations, m'explique comment elle a bataillé pour supporter, ensuite, la mort de sa grand-mère. Ma gorge se serre, je l'avoue sans honte, quand je pense à ma nana, seule, en train de s'occuper de la seule personne qu'elle aime, jusqu'à ce qu'elle claque dans ses bras… Je ne peux m'empêcher d'imaginer les minutes qui ont suivi sa mort : ce qu'elle a dû ressentir, le silence, le poids soudain du monde quand elle a compris qu'elle était seule à présent.

Molly avait quatorze ans quand elle a perdu le dernier parent qui lui restait. Quatorze ans, putain… Je sens bien que je la serre trop fort dans mes bras, trahissant mes sentiments, mais elle ne me le fait pas remarquer. Elle se contente de lever vers moi ses yeux d'ambre et, avec un sourire, dépose un baiser sur mes lèvres. Elle est si… forte.

Lorsqu'elle me parle de ses années passées en famille d'accueil, je ne peux m'empêcher d'avoir les boules contre son père. OK, ça craint de cracher sur les morts, mais pendant trois ans, elle a dû subir la solitude chez des inconnus, sans autre choix pour survivre que de s'investir corps et âme dans la seule chose qui l'excitait vraiment, les études. Mais bon, je le connaissais pas ce type. Son histoire, j'en sais rien de rien, alors je suis mal placé pour le juger. En tout cas, le parallèle entre ce qu'elle a vécu et ma propre expérience en est presque flippant : on était seuls, toujours, réfugiés dans nos passions respectives en espérant fuir le merdier qu'étaient nos vies, ne serait-ce que quelques heures.

— Quand j'ai eu dix-sept ans, j'ai passé mes examens avec un an d'avance, et ai obtenu une place à l'université d'Oxford. (Je laisse mes pensées de côté et focalise toute mon attention sur la suite de son récit.) Après mon diplôme, je suis venue ici. Pour ma thèse, j'irai ailleurs.

Je me fige, pétrifié par un accès d'angoisse : elle ne reste jamais longtemps au même endroit.

— En gros, tu fuis.

Brisant le calme de notre étreinte, Molly m'agrippe les bras et tente de les retirer de sa taille. Si elle croit que je vais la lâcher, elle se plante comme jamais.

— Ne lutte pas. Réponds à la question, insisté-je d'un ton ferme.

— T'as pas la moindre idée de ce que j'ai enduré ! D'où tu te permets de me juger comme ça ? s'écrie-t-elle.

— Je ne te juge pas. C'est un fait : devant un obstacle, tu fuis. Pas vrai ?

— Et alors ? Je n'ai pas de foyer à moi, pas de famille, alors quelle différence ?

— C'était peut-être vrai à l'époque, mais aujourd'hui, il y a des gens qui tiennent à toi, qui se préoccupent de ton bien-être. Je ne te laisserai pas fuir loin de moi.

J'ai besoin de la convaincre, besoin qu'elle croie en moi, qu'elle ait confiance en moi. Maintenant qu'elle est mienne, hors de question que je la laisse s'enfuir au premier obstacle. Hors de question.

Je ne suis ni con ni naïf : je sais bien que ma relation avec Molly va m'attirer une chiée d'emmerdements avec mes parents. Enfin, s'ils la découvrent, ce que je chercherai à empêcher coûte que coûte.

Comme elle tente toujours de m'échapper, je me penche à son oreille.

— Je ne te laisserai pas fuir loin de moi.

Je sens son corps tendu et frêle s'apaiser. C'est la première fois que je vois sa détermination de Walkyrie s'effriter, ses émotions la dominer…

Elle craque. La digue cède, et elle se met à pleurer, encore et encore, pendant de longues minutes. Je la berce jusqu'à ce que ses sanglots cessent. J'aurais tenu ainsi autant de minutes, d'heures ou de jours que nécessaire. Lorsque je n'entends plus que quelques hoquets ponctués de reniflements épuisés, je brise le silence.

— Pourquoi as-tu fui Oxford pour venir ici ?

Elle repose la tête contre mon torse, et je couvre son front de baisers.

— Oliver en attendait davantage de ma part. Après son doctorat, il voulait qu'on passe à l'étape supérieure, lui et moi. Mais pas moi : il ne savait rien de moi. Je ne lui ai jamais rien raconté. Après qu'on a couché ensemble, j'ai su que la mascarade avait trop duré. Je pensais que le sexe m'aiderait à me sentir plus proche de lui, à faire tomber mes défenses. Au final, à part de la déception, je n'ai pas ressenti grand-chose. Je me pensais incapable de m'attacher de nouveau à quelqu'un… J'ai paniqué et j'ai préféré fuir, oui. C'est aussi simple que ça. Quand il s'est réveillé, je n'étais plus là. Depuis, je ne lui ai jamais reparlé.

Le sang bout dans mes veines à l'idée qu'une petite frappe *british* a désapé ma meuf, se l'est tapée et a joui en elle… Je peine à parler. J'ai l'impression d'être en transe et, l'espace d'une seconde, l'emprise de Molly sur moi m'effraie : elle me possède, au sens propre comme au figuré.

Je sens à son corps agité qu'elle attend de moi une réaction à sa confession, mais je n'y arrive pas : l'imaginer avec quelqu'un d'autre, c'est trop pour moi. Au bout d'un moment, comprenant que je suis incapable de répondre, elle se calme et me sourit.

— Et puis, tu es arrivé dans ma vie…, soupire-t-elle. Je me sens proche de toi. Je t'ai… accepté en moi. Peut-être que je ne suis pas aussi brisée que je le pensais, après tout.

Merde… Son aveu provoque un truc dingue en moi, comme si la foudre venait de m'atteindre. Elle s'est livrée à moi, elle m'a fait confiance… Toute ma vie, on m'a fait comprendre que je n'étais qu'un incapable sans la moindre valeur, alors ses mots n'en sont que plus précieux pour moi… À ses yeux, je vaux quelque chose.

J'ai la sensation soudaine que le monde est à moi.

— T'es pas la seule à avoir l'impression de voler en éclats quand les choses se gâtent, lui avoué-je d'une voix douce. Mais je vais te dire un truc : à partir de maintenant, je ne te laisserai fuir que si je suis là, à tes côtés, à cavaler avec toi.

Quand elle me demande de lui parler de moi et de ma famille, je suis pris de panique. Comment lui expliquer mon histoire ? Il était une fois de la merde, et encore de la merde… Non, j'en serais incapable.

— On ferait mieux de filer, ordonné-je, abrupt, en constatant qu'elle tremble.

Elle a froid sous la bise du soir. Elle se raidit, rebelle.

— Je ne veux pas partir. Pas encore… Je veux que tu me parles de toi.

Sauf que je ne veux pas qu'elle sache. Je ne veux pas que tout mon merdier l'affecte et ternisse son éclat… Molly est le seul élément de ma vie, avec le foot, sur lequel mes parents n'ont pas la moindre emprise, et je préfère crever plutôt que de laisser leur poison l'infecter.

Assez parlé de mon passé et de mes parents, donc : je la force à se relever, esquive ses questions et la guide en silence jusqu'au pick-up. Durant notre trajet retour, mon esprit s'active et s'emballe : j'essaie de comprendre ce qui peut pousser Molly à vouloir être avec moi, hanté par les mots de mes parents qui, depuis ma naissance, n'ont cessé de me répéter que personne ne pourrait jamais aimer un gosse comme moi. Molly n'en a rien à foutre de mon blé, du foot… D'ailleurs, même lorsqu'elle m'a vu jouer, l'hystérie autour de mes performances n'a pas eu l'air de l'affecter plus que ça. Elle ne se soucie pas non plus du regard des autres. La popularité ? Quelle importance ? Elle s'occupe d'elle et de ses objectifs pour lesquels, d'ailleurs, elle n'a rien à tirer de moi… Tout cela ne mène qu'à une unique conclusion possible, mais je n'arrive pas à m'en convaincre. Ce serait… trop dingue.

— Ça va ? T'as l'air sur une autre planète…, me demande-t-elle en me prenant la main, levant vers moi son visage superbe.

— Oui.

— Tu es sûr ? Ça n'a pas l'air.

Je soutiens son regard préoccupé. J'aimerais pouvoir lui demander pourquoi elle veut de moi, lui dire que je ne suis pas assez bien pour elle, qu'elle ferait mieux de s'éloigner de moi avant qu'il soit trop tard…

— Rome, qu'est-ce qu'il y a ? insiste-t-elle d'un ton plus pressant.

Je m'éclaircis la gorge.

— Avant ce soir, je ne m'étais jamais senti désiré pour ce que j'étais vraiment…, murmuré-je, un peu honteux.

Un voile de tristesse assombrit son visage, mais je ne m'arrête pas là : il y a une question qu'il faut que je lui pose, si je ne veux pas devenir dingue.

— Pourquoi est-ce que je te plais, Jolly ? Je n'arrive pas encore à comprendre…

— Tu me plais, c'est tout. Toi, répond-elle en venant se serrer contre moi, avant de déposer un baiser sur mon épaule nue.

— C'est ce que je pige pas, justement. Pourquoi est-ce que je te plais, moi ? Ce que je suis au fond, ça n'a jamais branché personne : je suis sur les nerfs à longueur de temps, je suis possessif, les sentiments c'est pas mon fort… Je ne comprends pas ce qui te plaît tant chez moi.

— Je suis la première que ça branche, alors, parce que je te veux, toi, et je ne demande rien en échange. Pourquoi est-ce qu'on désire quelqu'un ? Mon corps te reconnaît comme celui qui lui fait du bien, mon esprit comme celui dont il a besoin, et mon âme comme celui qui m'est destiné.

Chacun de ses mots se charge d'une sincérité troublante… Je me détends et essaie de me faire à cette situation perturbante : pour la première fois de ma vie, quelqu'un veut de moi… pour ce que je suis. Savourant la vague de chaleur qui se répand en moi, j'esquisse un sourire timide.

— On est foutus, pas vrai, Shakespeare ? murmuré-je.

— C'est un euphémisme, commente-t-elle, le visage paré de ce sourire dingue dont elle a le secret.

Tandis que je me délecte de la vision de son visage lumineux, je me surprends à ne plus vouloir me ranger pour la baiser des heures sur le bord de la route. Je ne me demande plus quel goût a sa chatte, ne l'imagine plus en train de se tortiller de plaisir au bout de ma langue… Je veux juste qu'elle reste là, près de moi, comme ça, à désirer plus que tout que nous soyons ensemble. Aussi, j'incline la tête vers elle et prends un air autoritaire.

— Viens par là, toi.

Et elle obéit sans poser de question.

Elle me comprend.

Comme jamais personne avant elle.

Après avoir déposé Molly à sa porte, je roule jusqu'à mon foyer. Quand j'entre dans le salon, les gars de l'équipe, dont Austin, Reece et Jimmy-Don, lèvent la tête vers moi. Le fait de ne plus être avec Molly et d'avoir retrouvé les copains me fait déjà bizarre : je ne me sens pas tout à fait à ma place, et c'est comme si mon corps me hurlait d'aller la retrouver.

Comme j'ai besoin de me changer les idées, je file dans la cuisine, ouvre le frigo et attrape une canette de bière. Puis je fais volte-face et découvre Austin accoudé à l'îlot central, les yeux rivés sur moi.

— Huit trois ! l'interpellé-je par son surnom, le numéro de son maillot.

— T'étais où, putain ? T'as fui le cours de muscu, ce soir : c'est Reece qui a dû m'assurer, et ce gosse a des biceps de chiottes…

Manifestement, Austin a les boules.

Je m'accoude à l'îlot avec lui et hausse les épaules.

— Je suis allé faire un tour, c'est tout.

Il fronce les sourcils, suspicieux.

— T'étais avec la *British*, c'est ça ? Molly ? (Je me raidis, ce qui n'échappe pas à Austin qui me sourit avec insolence.) Paraît que t'as foutu le bordel à la cafétéria : j'ai appris que t'avais rembarré Shelly devant tout le monde, avant de te barrer avec l'Anglaise et de l'embarquer dans ton pick-up. Elle t'a retourné la tête, celle-là, pas vrai ?

Je ne lâche pas le moindre mot, feignant d'être absorbé par l'arrachage de l'étiquette de ma bière.

— Rome ! lance Austin, et je lève les yeux vers lui pour le trouver bras écartés, attendant une réponse.

Merde... Molly ne veut pas que je dise qu'on est en couple, et il est hors de question que je trahisse la promesse que je lui ai faite. Aussi, je prends ma canette et quitte la cuisine sans un mot de plus.

Je monte dans ma chambre, verrouille la porte derrière moi et m'assois au bord de mon lit défait. Là, je sirote ma bière en pensant à ma nana. Je chope la gaule en la revoyant chevaucher ma main, la bouche entrouverte. Excité, je glisse une main dans mon jean et commence à me branler lentement, caressant du pouce le bout de ma queue, comme elle tout à l'heure... mais les sensations ne sont pas les mêmes. Du coup, j'y vais plus fort, presque sauvagement, comme j'aime.

Rien. Rien ne peut me procurer le plaisir que m'a offert Molly ce soir, et je crève d'envie d'y goûter encore.

Je retire la main de mon jean et m'allonge sur mon pieu avec un grognement frustré. Les yeux fermés, je me demande ce qu'elle est en train de faire... Est-ce qu'elle aussi, elle pense à moi ? À ce qu'on a fait ce soir ? Est-ce qu'elle aussi, elle est chaude, la main entre les jambes pour tenter de revivre le kif de tout à l'heure ?

À cette seule pensée, je me relève d'un bond : et puis merde ! Je ne vais pas rester là comme un con toute la nuit à fantasmer sur elle alors qu'elle est de l'autre côté de la rue. Tant pis si on me trouve trop enflammé : à partir d'aujourd'hui, je pionce près d'elle tous les soirs.

Je récupère à la hâte mes clés sur ma table, puis descends les marches de l'escalier quatre à quatre, manquant de renverser Austin dans le vestibule.

Il me dévisage, surpris, puis croise les bras.

— Laisse-moi deviner : tu vas… faire un tour ?

J'étouffe un petit rire et lui envoie un coup de poing dans l'épaule.

— T'as pigé.

Il jette la tête en arrière, hilare, puis disparaît à l'étage.

Quelques minutes plus tard, je suis devant le foyer de la sororité de Molly, à jeter une poignée de gravillons contre la porte vitrée de sa terrasse. Quelques secondes plus tard, les portes s'ouvrent d'un coup et je la vois apparaître, puis se pencher à la balustrade le sourire jusqu'aux oreilles. Je ne peux m'empêcher de le lui rendre. J'escalade le treillage et, sitôt que je la vois devant moi sur la terrasse, vêtue seulement d'une courte chemise de nuit violette – dont le tissu diaphane laisse tout voir ou presque de ses seins et de sa culotte –, je sais que j'ai fait le bon choix en venant ici.

Je l'attrape par la taille.

— Dès que je suis arrivé au foyer de la fraternité, je me suis demandé ce que tu faisais. Trois secondes plus tard, j'ai décidé d'arrêter de m'interroger et de venir voir par moi-même.

Elle passe les bras dans mon dos et relève le menton pour m'offrir son visage.

— Tu reviens dormir ici, pas vrai ? me taquine-t-elle. Tu comptes en faire une habitude ?

— Non, tu crois ? En même temps, après ce qui s'est passé aujourd'hui, je pense avoir droit à certains privilèges.

Putain, je suis en plein rêve… En plein putain de rêve.

— Ah oui ? Et lesquels, au juste ? me demande-t-elle en haussant les sourcils.

— Tu le sauras en temps voulu, Shakespeare. Allez : bouge tes jolies petites fesses jusque sous les draps, et cale-toi dans mes bras.

Et elle m'obéit, bordel… Elle s'avance à quatre pattes sur le matelas, me révélant son petit cul bombé à en crever…

— Je n'ai pas souvenir que Roméo se montre si autoritaire avec Juliette !

Ma queue en dit long sur le plaisir que je prends à la voir dans cette position, et je dois me refréner pour ne pas aller la prendre en levrette sans sommation…

— Et regarde comment ils ont fini. Je préfère mon approche : moins de morts, et plus d'orgasmes. (Elle éclate de rire, et je la désigne d'un doigt autoritaire.) Toi. Lit. Maintenant.

Je me désape vite et, une fois en boxer, me glisse à côté d'elle. De ses yeux d'ambre, elle dévore le moindre centimètre carré de ma peau et de mes muscles ciselés.

Sans plus de cérémonie, j'embrasse et lèche la peau de son cou, avant de plonger la main dans sa culotte. Putain, elle est brûlante, humide… prête à m'accueillir…

Elle lâche un gémissement de surprise et de plaisir mêlés, que je prends comme une invitation à glisser deux doigts entre ses lèvres chaudes.

— Bien… Concernant ces fameux privilèges…, murmuré-je.

Molly se cambre, passe une main derrière ma nuque et remue sur ma main.

Jamais plus je ne quitte ce putain de lit…

# Chapitre 16

Le lendemain, j'offre à l'équipe le meilleur entraînement de la saison : je ne rate pas une passe, bats de nouveaux records dans mes exercices de muscu, et toutes les attaques que je mène se soldent par une franche réussite. Quand le coach vient me voir, il sourit jusqu'aux oreilles.

— Je ne sais pas quelle plante miracle en est la cause, Flash, mais arrête pas d'en fumer ! Si tu continues à t'entraîner comme ça, on va décrocher un nouveau titre national, c'est certain !

Je prends une douche rapide, le moral gonflé à bloc, et préviens Austin et Reece que je les retrouverai pour le repas dans quelques heures. Tandis que je passe les portes du gymnase, en chemin pour mon cours de commerce, je remarque Shelly adossée à la barrière qui entoure le stade. Elle m'attend.

Je me fige et lève la tête en grognant. Pourtant décidé à la snober, je me calme en passant devant elle : elle arbore un air totalement défait des plus pathétiques. Je sais que la plupart du temps je l'envoie copieusement chier, mais il est arrivé qu'on soit proches, elle et moi : on a grandi ensemble, on nous a forcés à nous farcir ensemble les bals de promo et autres mondanités à la con, et je l'ai même – un temps seulement – considérée comme une amie. Et puis, la pression de nos parents pour qu'on finisse ensemble est devenue dingue, et on a commencé à moins s'entendre, à s'éloigner… Enfin, c'est surtout moi qui me suis éloigné : elle est plutôt devenue obsédée par le fait de me mettre la bague au doigt. Elle veut de cette vie qui l'attendrait avec moi, celle qu'on lui présente sous le pif comme une carotte sous les naseaux d'un âne.

Je sais bien que me voir enchaîner les conquêtes l'a rendue dingue, toutes ces années… Honnêtement, la seule pensée qu'un autre que moi puisse toucher – ou ait pu toucher – Molly me rend dingue, alors… Bref, pour la première fois depuis une éternité, je suis vraiment ennuyé pour elle : elle manque à ses obligations familiales comme moi aux miennes, et si Martin Blair n'est pas du niveau de mon père, il n'est pas non plus des plus arrangeants.

Je m'approche d'elle à contrecœur, la tête basse et les bras croisés.

— Shel', l'interpellé-je.

Elle lève la tête, et je comprends aussitôt qu'elle vient de pleurer.

— Salut, Rome, lâche-t-elle d'une voix rauque.

— Un souci ?

Elle observe l'horizon d'un regard vide, puis hausse les épaules.

— Je voudrais m'excuser pour hier. La façon dont tu m'as parlé, en tout cas, c'était affreux… Je le méritais sûrement, hein, j'étais mal lunée, mais… mais…

Elle se cache le visage dans les mains et des sanglots soudains agitent ses épaules.

Je serre la mâchoire, m'assure que personne ne nous regarde, et pose une main crispée sur son épaule.

— Hé, tout doux, Shel'…

Elle s'avance, cale son visage contre mon torse… Je me raidis et lui donne quelques tapes mal assurées dans le dos pour la réconforter. Des gars de l'équipe passent, m'adressent quelques gestes suggestifs et autres sourires entendus. La plupart de mes coéquipiers se la taperaient sur-le-champ s'ils en avaient l'occasion, mais le charme de Shelly ne prend pas avec moi… Bordel, ma vie aurait été tellement plus simple si ça avait été le cas !

Elle recule d'un pas et m'adresse un regard gêné.

— Désolée pour… tout ça…

Je secoue la tête pour lui signifier que ce n'est rien.

— Qu'est-ce qui se passe, alors ?

— Mon père et moi, on s'est engueulés… à ton sujet.

Je me passe une main dans les cheveux avec nervosité.

— C'est-à-dire ?

— Mon père prétend que c'est ma faute si tu ne veux pas m'épouser ; que je n'ai pas fait assez d'efforts pour te séduire. Il veut que tu prennes sa place pour que Prince Oil reste une entreprise familiale, mais dit que si tu n'es pas de la partie, il ne va pas pouvoir prendre sa retraite comme il le souhaite… Son cœur est capricieux, alors il a peur de finir à la morgue s'il continue à bosser…

Sans déconner ? Je n'imaginais pas que Mr Blair pouvait se montrer aussi con – il adore sa fille en plus –, mais, après tout, vu mes parents… Les gens sont totalement différents, à l'abri des regards.

— Désolé pour toi, Shel'… Si ça peut t'aider, je vois totalement ce que tu ressens.

Elle renifle et me sourit.

— Je sais oui…

Après quelques secondes d'un silence inconfortable, elle se colle un peu plus à moi, jette les bras autour de mon cou et plaque les lèvres contre les miennes. Une seconde me suffit à réagir : je l'éloigne de moi sans ménagement.

— Qu'est-ce tu fous, Shel', merde ! hurlé-je.

— Je… je… Pourquoi tu ne veux pas de moi ? Tout le monde dans cette foutue université me dirait « oui », mais pas toi ! Pas le grand Roméo Prince !

Je me raidis quand elle prononce le prénom maudit. Seule Molly peut oser ce genre de trucs et espérer s'en sortir.

— Arrête tout de suite tes conneries, Shelly…, dicté-je d'un ton ferme.

Après une respiration profonde, elle semble se ressaisir.

— Je te comprends pas, c'est tout. On t'offre une vie parfaite sur un plateau, une vie de milliardaire, mais tu craches dessus. Et pour quoi ? Pour jouer au foot ! Pour une carrière qui va durer… quoi ? Dix ans ? Quinze, si t'as de la chance ? Si tu ne joues pas le jeu du mariage, tu me prives moi aussi de cette vie de luxe, et c'est mon rêve depuis toujours… Je ne sais plus quoi faire pour te faire changer d'avis.

— Eh bien, désolé, Shel', mais je t'épouserai pas. Point final.

Je croise les bras pour ne pas céder à ma colère, tandis que Shelly prend un air glacial.

— Ce mariage doit se faire, et il se fera, Rome. Fais-toi une raison. Plus vite tu l'accepteras, moins tu souffriras.

— Tout ça, c'était de la comédie, pas vrai ? sifflé-je, les dents serrées. Ton père et toi, vous ne vous êtes pas engueulés, hein ?

— Non, crois-moi, on s'est engueulés, on n'arrête pas de s'engueuler même, et je commence à saturer ! Je me suis juste dit que si tu prenais conscience de ce que ton entêtement me fait endurer, tu changerais d'avis. C'est qu'un foutu papier à signer ! Ce serait même pas un vrai mariage ! S'il te plaît, Rome, je t'en supplie, reviens sur ta décision…

— Impossible, Shel'. La donne a changé pour moi.

Elle grimace.

— C'est à cause d'elle, hein ?

— Qui ça ? m'enquiers-je, feignant de ne pas comprendre.

— Molly ! (Je lis sur son visage combien mon choix la dépasse.) Tu sais quoi, Rome ? Peu importe. Vis ta petite obsession avec ton monstre de foire : plus vite ce sera fini, mieux ce sera. Tout le monde a remarqué la façon dont tu la regardes… Si tu veux mon avis, c'est tordu, ton affaire. Ça jase, ici, et, pour ta gouverne, je compte en parler à tes parents. On sait tous les deux que ça risque de ne pas trop leur plaire.

Bordel ! Je veux faire mon possible pour préserver Molly de mes parents, et Shelly sort la grosse artillerie ! En me menaçant de la sorte, par contre, elle joue un jeu dangereux… Cela dit, un truc me séduit dans cette histoire, et c'est le fait d'apprendre que, visiblement, tout le monde à l'université sait mon intérêt pour Molly. Du coup, plus besoin de nous cacher…

Je me penche vers Shelly, menaçant.

— Je te conseille de garder tes distances à partir de maintenant, compris ? Et tu lâches Molly aussi, ça va de soi…

— Tu ne joues pas la bonne carte, Rome…

— Rien à foutre ! Au moins, je joue celle que j'ai choisie ! Putain, Shel', t'as pas toujours été une chieuse pareille. Il lui est arrivé quoi, à la gamine pleine de vie et de bonne humeur avec qui je jouais quand j'étais gosse ?

Elle réprime un gloussement moqueur.

— La même chose qui est arrivée au gentil petit gars que tu étais, Rome : la vie ! On est des pions, toi et moi. Et un pion, ça fait ce qu'on lui dit.

Ses mots touchent au but, quelque part : c'est clair qu'elle et moi, on vit la même merde… Mais ça ne change rien à rien.

Je me retourne subitement pour partir, craignant que ça dégénère, et entends derrière moi s'éloigner le claquement rageur de ses talons. Plus vite elle verra Molly à mon bras – à sa juste place, en somme –, mieux ce sera. Elle va me détester de rendre notre relation publique, mais à la fin de cette journée de cours, tout le campus saura que c'est ma nana. Terminé, le secret. Fini de cacher qu'elle est mienne et que je suis sien.

À l'instant même où je m'apprête à entrer en cours de commerce, je reçois un SMS. J'inspire un grand coup, m'attendant à trouver sur mon portable un message de mon père à propos de Shelly, de Molly peut-être, mais c'est Ally qui m'écrit :

T'es devenu champion de varappe, cousin ?

Je ferme les yeux et lâche un soupir. Ma cousine est au courant, donc…

Remarque, ça fera une personne de moins à prévenir.

— On va grailler ? Je kifferais grave un petit Mexicain, là ! lance Reece lorsque je les retrouve, Austin et lui, devant le bâtiment de la fac de commerce.

— Nan, on file à la cafét', dis-je en enfilant mes lunettes de soleil, commençant à partir.

— Pourquoi on bouffe toujours là-bas ? gémit-il.

Austin lève les yeux au ciel.

— J'ai un truc à faire là-bas, expliqué-je.

— À la cafétéria ? s'étonne Reece avec une grimace sceptique.

— Ouais ! Ou sur le campus, je ne sais pas encore. Arrête de te plaindre et ramène-toi !

Austin se cale à côté de moi, et Reece nous talonne en ronchonnant comme un gamin capricieux.

— C'est quoi, ton plan, là ? Quand tu fais cette tête, Rome, c'est que t'as quelque chose en tête...

— Y a un truc que j'aurais dû faire depuis un bail déjà... Ça a trop attendu.

Austin me dévisage, mais s'aligne sur mon pas sans faire de commentaire.

Nous traversons le campus grouillant d'étudiants. Il fait une chaleur de dingue aujourd'hui encore, et tout le monde en profite avant que l'hiver vienne tout gâcher.

À mi-chemin, j'aperçois Jimmy-Don, Cass, Ally et Lexi posés sur la pelouse. Cass se redresse, se dégageant de Jimmy-Don de façon impulsive et, au même moment, je découvre Molly assise en face d'eux, visiblement amusée par leur conversation. Elle est superbe, et un éclair de joie me frappe en pleine poitrine à la voir ainsi se détendre avec ses amis.

Je sais bien qu'on nous regarde arriver, tous les trois – les étudiants écarquillent toujours les yeux sur le passage des gars de la Tide –, mais je m'en cogne, trop absorbé que je suis par la contemplation de ma copine.

Sitôt qu'elle détourne les yeux de ses amis, nos regards se croisent et s'ancrent l'un dans l'autre. Mon visage se fend d'un sourire timide. Je sais que ce que je m'apprête à faire va la mettre mal à l'aise et, l'espace d'une seconde, je me demande si c'est bien judicieux, mais je décide de m'en tenir à ce que j'ai prévu. J'ai besoin de régler ça tout de suite.

— Yo, Flash, Austin, Reece ! Qu'est-ce que vous venez foutre ici ? lance Jimmy-Don à notre approche.

Personne ne s'attend à la réponse que je vais dégainer, mais je lis dans le regard de Molly qu'elle comprend peu à peu ce que je m'apprête à faire.

— Je viens prendre des nouvelles de ma copine.

La bouche lui en tombe. Je m'assois à côté d'elle, la prends sur mes genoux et me penche pour l'embrasser. Ce baiser annonce au monde entier qu'elle est à moi, qu'on est ensemble.

Le souffle court, nous nous redressons.

— Comment ça va, aujourd'hui, ma chérie ?

Je pensais la voir agacée, mais non : elle sourit jusqu'aux oreilles…

— Ça va… plutôt très bien, je dois dire.

Voilà qui me confirme aussitôt que j'ai fait le bon choix : elle accepte l'idée que tout le monde soit au courant qu'on est ensemble, et je me sens soudain plus heureux que je l'ai jamais été.

— Bon, eh bien, moi qui voulais savoir si tu lui avais bel et bien tapé dans l'œil, j'ai ma réponse, ironise Cass de sa voix sonore, mais, ma copine lovée dans les bras, je suis trop aux anges pour prendre la mouche.

Lorsque je croise le regard d'Ally, elle m'adresse un petit clin d'œil. Je me doutais qu'elle m'en voudrait de ne rien lui avoir dit à propos de Molly et moi, mais elle a surtout l'air contente de me voir heureux. Elle adore Molly ; elles se sont tout de suite trouvées, toutes les deux, et elles sont inséparables depuis. C'est peut-être la seule fille qu'Ally acceptera de voir à mon bras.

— Hier, à la cafétéria, je me suis dit que quelque chose couvait. Tout le monde sait que Flash ne s'implique pas avec les filles, du coup ça me semblait bizarre, cette soudaine prévenance à ton égard. Et puis, il y a eu les lentilles, et l'absence de Molly... Je comprends, maintenant ! poursuit Cass, plus agitée à chaque syllabe.

Je connais ma réputation : je sais que les amis de Molly doivent s'inquiéter, qu'ils se disent probablement que je vais la blesser. Je dois leur montrer ce qu'elle représente pour moi, combien je tiens à elle.

— C'est très résumé... On est ensemble pour de vrai, Shakespeare et moi. En couple, pas vrai ? dis-je à Molly en couvrant son visage de baisers.

Elle rougit et baisse ses yeux d'ambre parés de longs cils gracieux.

— Oui, on est ensemble, acquiesce-t-elle.

Je dépose un nouveau baiser dans son cou, et elle s'adosse contre mon torse. Autour de nous, les étudiants nous regardent, éberlués, mais je jubile : le fait que tout le monde sache que je me suis vraiment engagé avec une fille me grise comme jamais.

Reece se fige. Statufié, il nous regarde, ma copine et moi, probablement effondré à l'idée de ne plus pouvoir se taper les meufs que je chasse de mon plumard. Près de lui, Austin acquiesce d'un air entendu. Je crois qu'il avait capté, l'autre soir, et il n'a pas l'air de m'en vouloir de lui avoir caché ça. Il a même plutôt l'air heureux pour moi. Lexi, par contre, fusille Molly du regard, manifestement vexée de ne pas avoir été mise au courant plus tôt, mais elle se fait vite une raison et retrouve le sourire béat qui semble plaqué sur son visage blafard à longueur de journée.

Alors que nous papotons tous ensemble, je remarque çà et là les moues renfrognées et les regards moqueurs de plusieurs de mes anciennes conquêtes, et mon sang bout de plus en plus dans mes veines. Et puis, ce trou du cul de Michaels nous voit et se fend d'un sourire cruel… Ce basketteur de merde est probablement le type qui me hait le plus au monde. Putain… Des mois qu'il cherche une occasion de me casser la gueule, et je viens de la lui offrir sur un plateau.

Je me fais la promesse que s'il s'approche à moins de trois mètres, je lui arrache le cœur. De toute façon, c'est écrit : lui et moi, on va finir par se mettre sur la gueule. Ce n'est qu'une question de temps et, vu sa façon de nous mater, moi et ma copine, le moment approche à grands pas…

Je me raidis, et Molly tourne le regard vers moi comme si elle avait perçu ma réaction. J'observe les moindres gestes de Michaels et la colère m'embrase lorsqu'il s'approche résolument de notre groupe. Lorsqu'il arrive près de nous, il étouffe un petit rire, les yeux rivés sur ma Jolly.

— Putain, Flash, j'en crois pas mes yeux ! Tu lâches toutes les chattes du campus pour te taper ça ? Elle suce bien, j'espère !

J'ai… bien entendu ? C'est une putain de blague ? Molly compte plus que tout pour moi, désormais, et il a l'audace de la laminer en public… et devant moi, en plus ? Je m'abandonne à la rage : écartant Molly, je me lève d'un bond, tacle ce connard, le cloue au sol et lui envoie mon poing en pleine gueule. Une vague de satisfaction me réchauffe la poitrine à la vue du sang qui gicle de son nez, mais, de toute évidence, il en veut encore…

— L'heure de la vengeance a sonné, Flash : je vais baiser ta meuf, pour que tu voies l'effet que ça fait.

Je me penche sur lui, l'avant-bras en guillotine contre son cou.

— Dans tes rêves, sifflé-je. Les trous de balle dans ton genre, elle les calcule même pas.

Il me sourit, la bouche pleine de sang.

— Faut jamais dire « jamais »…, murmure-t-il. Tu vas finir par tout faire foirer, comme d'hab', et ce jour-là, je la ramonerai tellement qu'elle en oubliera jusqu'à ton putain de prénom…

Je vois rouge, martèle son visage de mes poings et roue ses côtes de coups de genoux.

— Tu parles encore comme ça de Jolly et je te démonte, trou du cul, t'as saisi ?

L'enfoiré se contente de sourire…

— Elle ressemble à rien, ta binoclarde, mais elle doit baiser comme une reine pour t'avoir mis en laisse comme ça. C'est ça le délire ? Elle baise comme une pute de luxe ?

Je lève le bras, bien décidé à le foutre dans le coma, quand on m'attrape le poignet. Lorsque je tourne la tête, c'est pour découvrir Molly, le regard apeuré.

Mon cœur se serre.

— Roméo, arrête, je t'en prie, me supplie-t-elle.

La bataille fait rage en mon esprit : Michaels doit payer pour l'avoir rabaissée comme ça, en public, mais la peur que je lis dans le regard de Molly me fait douter.

Michaels rit ; c'était l'argument qu'il me fallait pour prendre ma décision.

— Dégage, Jolly, bordel ! lui ordonné-je en la repoussant.

Elle lâche mon poignet, et je baisse les yeux vers le visage tuméfié du basketteur.

Je relève le poing, mais Molly se met à hurler.

— Roméo, arrête ! Tout de suite. Tu vaux mieux que ça !

Ses mots me troublent, et je retiens encore mon coup. Michaels en profite pour sourire, amusé.

— Ouais, écoute ta meuf, Roméo : arrête tes conneries…

Après un dernier regard au visage dévasté de Molly, je dépose les armes. Qu'est-ce que je suis en train de foutre, bordel ? J'essaie de tout faire pour être digne d'elle, un gars à la hauteur de ce qu'elle mérite, alors je dois l'écouter et laisser tomber ce connard.

Mais c'est vraiment pour elle que je me retiens.

— T'as de la veine que ma meuf soit là et que j'aie pas envie qu'elle voie ton putain de crâne en sang, connard…, craché-je en baissant les yeux vers Michaels.

Je me relève subitement et attire Molly contre mon torse. Je m'enivre de son parfum de vanille pour tenter d'étouffer ma rage.

Quand je relève les yeux, je vois les coéquipiers de Michaels le traîner loin de nous : tourné vers Molly, l'enfoiré porte deux doigts écartés à sa bouche et fait danser sa langue entre eux. Je dois invoquer toute ma détermination pour ne pas aller lui pourrir la gueule. Vicelard de merde…

— Dégage ton cul de là avant que je change d'avis et que je te démonte, Michaels !

Je reste rivé à Molly qui me caresse le dos pour m'apaiser.

— J'aurais dû le foutre dans le coma après ce qu'il a dit, murmuré-je, après quelques minutes de silence.

Je garde pour moi le détail de la dernière provocation de Michaels. Je ne suis même pas sûr de tenir le coup, si je l'articule. Molly se redresse et lève les yeux vers moi.

— Non, c'est très bien comme ça. Ça aurait servi à quoi ? On se doutait bien que ça ferait jaser, le fait que tu t'engages sérieusement avec une fille.

— OK, mais ce connard me cherche depuis des plombes, ma puce. Il mérite de se manger une raclée.

Je vois dans ses yeux que son esprit turbine. Ses rouages internes qui fument en permanence, c'est dingue…

— Pourquoi il t'a cherché comme ça ? me demande-t-elle en me regardant droit dans les yeux.

Merde. Moi qui voulais éviter que mon passé l'affecte ! Et puis, j'ai honte de la façon dont j'ai mené ma vie avant de la rencontrer…

— Qu'y a-t-il ? reprend-elle.

Elle déglutit, manifestement préoccupée par mon silence.

— J… j'ai…

Rah, je peux pas lui raconter ça ! Elle va devenir dingue, me détester, merde ! Un voile d'inquiétude assombrit son regard d'ambre.

— Tu as quoi ?

Je me mets à paniquer. Je flippe de gâcher le lien si fusionnel qu'on a réussi à tisser. Je veux qu'elle continue à vouloir de moi autant que ce matin, autant qu'hier soir…

— Crache le morceau, Rome…, insiste-t-elle d'un ton plus ferme.

Je baisse les yeux, honteux.

— J'ai baisé sa copine, il y a quelques mois, lui confessé-je.

Lorsque je relève les yeux, c'est pour découvrir dans son regard toute sa déception… Elle recule d'un pas, les mains levées. Elle me repousse.

*Enfoiré de Michaels !*

— Voilà, maintenant, t'es en colère contre moi ! Bordel, je vais le tuer, ce connard !

Je ne supporte pas son regard réprobateur. Furieux, je m'apprête à partir, quand je sens sa main délicate se poser sur la mienne.

— Laisse-le tranquille, me murmure-t-elle.

— T'es en colère, pas vrai ?

— Tu t'attendais à ce que je saute de joie dans tout le campus en apprenant que tu avais baisé sa copine ?

Sa voix trahit sa souffrance, mais, ajoutée à tout ce qui s'est passé aujourd'hui, cette façon qu'elle a de me prendre de haut me fait péter un plomb.

— Je laisse couler. T'as l'air vraiment énervée, et t'as probablement raison de l'être, me résigné-je, l'air renfrogné.

Et là, elle me sort une de ses réactions improbables en m'adressant un petit sourire amusé… Ça la fait rire, maintenant ? Putain, mais je suis censé comprendre quoi, là ? Il y a deux secondes, elle était furieuse, et là, elle se marre ? Elle me retourne le cerveau, merde…

— T'as entendu ce qu'il a dit sur toi ? insisté-je.

Elle hausse les épaules.

— Oui, mais je m'en fous. J'ai pris l'habitude de ne pas prêter attention à ce que les autres pensent de moi.

Elle est sincère. Son visage impassible en témoigne.

— Viens, me dit-elle. Reste assis avec moi encore un peu.

Elle me tend la main, mais je n'arrive pas à me calmer : c'est trop pour moi. Ce genre de merdes va se reproduire, c'est certain. J'ai fait une chiée de conneries ces dernières années, des trucs que j'aimerais effacer à tout jamais, mais c'est comme ça. Il faut que je sois clair avec elle.

— Laisse-moi régler son compte à ce fils de pute une bonne fois pour toutes, Jolly. Ça passera l'envie à tout le monde de nous faire chier. J'ai foutu les boules à un paquet de connards par le passé, et ils ne vont pas se priver de faire les langues de putes…

Elle ne se démonte pas et me tend de nouveau la main, m'invitant d'un signe de tête à la prendre. Son insistance a quelque chose de craquant… Bordel, ce que je la kiffe…

— Merde, Jolly… Merde. Je crois que je vais vite changer de réputation avec toi : Rome Prince, président du club des tafioles…

On s'assoit au pied d'un arbre, et je la serre fort contre moi. Elle joue avec mes doigts, dépose un baiser sur chacun d'eux, et j'aperçois nos amis qui nous regardent, l'air aussi heureux qu'incrédules.

Être avec Molly, ça fait de moi un type meilleur. Elle rend… ma vie meilleure, tout simplement.

— C'est quoi, ces conneries ?

Je ferme les yeux, exaspéré, en reconnaissant cette voix…

— Raah, dégage, Shel'. J'ai assez vu de trous du cul pour la journée.

Je la fusille du regard et lis dans ses yeux qu'elle a compris que je faisais autant référence à Michaels qu'à mon altercation avec elle à la sortie du gymnase.

— Tu déconnes ? T'es pas vraiment avec elle ?

Son air médusé est presque comique : elle se doutait que Molly me plaisait, peut-être même que je la baiserais si j'en avais l'occasion, mais de toute évidence elle ne s'était pas attendue à quoi que ce soit de sérieux. Elle ne s'imaginait pas qu'on puisse finir… en couple.

Je la regarde, abasourdie, lui souris, puis me penche et prends d'assaut les lèvres de Molly – sauvage, possessif, avide – pour bien faire comprendre à Shelly et à tous les étudiants qui nous épient plus ou moins discrètement que Shakespeare m'appartient.

— Non, je ne déconne pas, annoncé-je en me redressant. Je suis vraiment avec elle.

— Tu sais qu'il va te lâcher, chérie ? lance Shel' à Molly.

— Ah ? Et pourquoi donc ?

— Parce que papa et maman ne laisseront jamais une traînée grippe-sou les priver de leur fils, et qu'ils peuvent se montrer foutrement persuasifs, quand ils veulent. C'est moi qu'ils veulent comme belle-fille, et c'est moi qu'ils auront : c'est une promesse, pigé ?

La mention de mes parents me gifle en plein visage : c'est la seule zone de flou que j'entretiens encore dans ma relation avec Molly. La seule part de moi que je n'arrive pas encore à partager avec elle.

— Une traînée grippe-sou, tu dis ? C'est marrant, c'est exactement comme ça que Rome te décrit.

— T'es rien, OK ? T'existes pas, sale p...

J'étais à deux doigts du fou rire après la réplique de Molly, mais la réaction furieuse de Shelly m'oblige à intervenir.

— Ta gueule, Shelly, et barre-toi avant que je fasse quelque chose que je risque de regretter.

Bien avisée, Shel' s'éloigne de Molly, puis se tourne vers moi. Je suis à cran.

— On en reparle dans un mois, OK ? On verra où vous en êtes ! Tu me reviendras en moins de temps qu'il ne faut pour le dire, Rome. En attendant, je me régalerai de la réaction de ta mère !

Je comprends aussitôt qu'on a une putain d'épée de Damoclès au-dessus de la tête : Shelly va balancer ma relation avec Molly à mes parents et, pour être honnête, je n'ai pas la moindre idée de ce qu'ils vont faire… Shelly a l'air sûre d'elle, en tout cas, et l'étincelle d'insolence dans ses yeux m'est insupportable.

— Tu serais la dernière femme sur terre, que je ne te toucherais pas, Shelly : t'es qu'une traînée frustrée et aigrie. Quant à mes parents, j'apprends jour après jour à me foutre royalement de ce qu'ils pensent de mes choix. Ce que je veux, moi, c'est Jolly, et c'est réciproque : point final. Toi et mes parents pourrez remuer la merde tant que vous voudrez, vous n'y changerez rien. Maintenant, lâche-nous. (Comme je perçois les commérages alentour, je me mets à hurler.) Et ça vaut pour tout le monde : foutez-nous la paix ou vous aurez affaire à moi ! Le prochain qui nous fait chier, ou que j'entends soupirer en nous voyant passer, je me le paie, et il aura moins de chance que cet enfoiré de Michaels !

Shelly se débine aussitôt, les curieux détournent le regard, et Molly… Molly reste muette, et ne sait plus où se mettre.

— L'écoute pas, OK ? Prends ses mensonges pour ce qu'ils sont.

Elle ne me répond pas, se lève et va s'isoler de l'autre côté de l'arbre : elle vient de passer en quelques minutes de l'anonymat à la cible de toutes les rumeurs universitaires de Tuscaloosa et, de toute évidence, elle a du mal à encaisser. Elle vient de se prendre en pleine gueule la réalité de ce que c'était que d'être ma nana.

Je la laisse souffler dans la limite que m'autorise ma patience, puis viens m'accroupir devant elle.

— Tu ne me dis plus rien, Shakespeare. Ça m'inquiète…

— Ça va aller, ne t'en fais pas.

Elle essaie de me rassurer, mais je ne me laisse pas berner et décide de m'en tenir à mon plan : je vais continuer à montrer à un max de monde qu'on est ensemble, et peut-être que tout se calmera bientôt. C'est juste un mauvais moment à passer, comme la douleur fugace d'un pansement qu'on arrache…

Lorsqu'on s'accorde sur une sortie entre amis après le match de ce week-end, Molly se détend un peu. Je lui prends alors la main et l'accompagne en cours, priant pour qu'à partir de maintenant, le destin nous épargne enfin…

# Chapitre 17

— Molly… Ma chérie… Shakespeare…

Je sors lentement du lit tout en déposant des baisers délicats sur son cou, ses clavicules, avant de reprendre d'assaut ses lèvres boudeuses.

Elle grogne, lève une main et me repousse en tirant la couverture sur elle : se lever tôt, c'est pas son truc. Elle entrouvre un œil, me regarde toujours penché au-dessus d'elle, puis fourre son visage dans l'oreiller.

J'éclate de rire malgré moi et vire la couverture.

— Je file, ma chérie. J'ai entraînement jusqu'en fin d'aprèm.

Elle tourne la tête à contrecœur et laisse échapper un soupir défait.

— Tu vas pas être là de la journée ? me demande-t-elle en se frottant les yeux.

— Ouais. Je t'appelle tout à l'heure, OK ?

Elle sourit, m'attrape par la nuque et attire ma bouche contre la sienne. Elle baisse une main jusqu'à ma ceinture et passe les jambes autour de ma taille. Calé sur les coudes, je dévore ses lèvres avant de rire tout contre elle.

— J'ai envie de toi…, murmure-t-elle, agrippée à moi comme un singe à une branche.

— Faut que j'y aille, Jolly, j'ai entraînement.

— Non, faut que tu restes avec moi. (Je lève une main et libère ma nuque de son emprise : la moue boudeuse, elle ouvre l'autre œil.) S'il te plaît, mon chéri…, insiste-t-elle, avec son accent *british* à se damner.

Je lui plaque les bras au-dessus de la tête, me penche et mordille sa lèvre inférieure.

— Si tu continues à me supplier comme ça, je vais vraiment finir par te baiser, Jolly, tu sais ? Je vais t'attacher à ce putain de lit et te prendre… Fort. J'essaie d'être doux avec toi, de te ménager jusqu'à ce que tu sois prête, mais tu ne me facilites pas la tâche…

Elle hoquette, se cambre pour embrasser le creux de mon cou… Je lâche un grognement frustré.

— Plutôt tentant, de mon point de vue, Rome… Je commence vraiment à me demander ce qu'on attend, en fait… Je suis prête.

Je me fige… mais je comprends au sourire qu'elle m'adresse ensuite qu'elle me taquine. Je me redresse et m'éloigne du lit.

— Faites attention à vous, mademoiselle…

Elle se niche de nouveau sous la couverture et referme les yeux.

— Amuse-toi bien à l'entraînement… Moi, je vais me rendormir et rêver qu'on fait des trucs bien *hot*, toi et moi… Je vais imaginer ce qui se passerait si tu restais là au lieu d'aller pousser des grognements avec d'autres hommes en sueur…

Et le pire, c'est qu'elle le fait : quelques secondes plus tard, la petite tentatrice s'est rendormie, m'abandonnant à une gaule de tous les diables…

Aux alentours de midi, je suis rincé. Le coach nous a fait suer jusqu'au malaise en vue du match de ce week-end. De retour à mon casier, je récupère mon portable et mon casque – j'ai besoin de musique pour la séance de muscu qui m'attend –, quand un appel illumine l'écran de mon smartphone : Maman. Qu'est-ce qu'elle me veut, bordel ? Elle ne me parle jamais : il se passe parfois plusieurs mois sans qu'on échange plus de deux mots.

Je ne réponds pas, mais elle insiste. Je grogne et décroche finalement.

— Maman ?

— Rome, rends-moi service.

Pas de louvoiements. Au moins, il n'y a jamais de faux-semblants entre elle et moi. Elle n'a pas le moindre scrupule à me traiter comme elle le fait, et ne s'encombre jamais à cacher le mépris qu'elle ressent pour son fils.

— C'est-à-dire ?

— J'organise un déjeuner caritatif demain : j'ai besoin d'un maillot dédicacé. C'est dans tes cordes, ça.

— Ouais, je peux faire ça. Il te le faut pour quand ?

Silence.

— Je serai en déjeuner cet après-midi. Peux-tu boucler ça sous deux heures et me le déposer ?

— C'est muscu pour moi, là, donc ça devrait être gérable. Tu seras où ?

— Chez *Lorenzo*, dans le centre. À 13 h 30 ?

— OK.

Là-dessus, elle raccroche. Pas d'au revoir. Pas de merci.

Je vais évacuer la tension en m'investissant à fond dans ma séance. Les discussions avec ma mère se ressemblent toutes, au point que je me demande si je ne donne pas dans ce putain de syndrome de Stockholm… Je consens toujours à faire ce qu'elle me demande sans poser de question, comme si je désespérais qu'elle me complimente. Je n'ai pas le moindre souvenir d'elle se montrant prévenante et aimante ; pas le moindre souvenir qu'elle se soit un jour montrée fière de moi. Je n'ai en mémoire que de la souffrance… Pas de la souffrance physique – les poings, c'est la spécialité de mon père –, mais une hostilité permanente, un mépris absolu du fils indigne que je suis à ses yeux. Tandis que je me dirige vers des poids dispo pour mes séries de squats, je repense à toutes ces fois où j'ai tenté en vain d'obtenir sa reconnaissance. Mon plus vieux souvenir, c'est celui d'une fête des mères : j'avais six ans à l'époque, notre instit' nous avait aidés à fabriquer des cartes à offrir à nos mamans après l'école.

Je suis rentré, tout excité, confiant que ce que j'avais fait pour elle la rendrait heureuse : je l'ai cherchée dans toute la maison, et l'ai finalement trouvée, un verre à la main. Une fois de plus. À l'époque, je n'avais pas encore remarqué que ma mère était alcoolique.

J'ai couru vers elle en brandissant fièrement ma carte rouge frappée d'un joli cœur et dans laquelle était écrit : « Maman, je t'aime tellement ! ».

Elle a levé les yeux au ciel en me voyant entrer. « Qu'est-ce que tu veux ? Je suis occupée. », m'a-t-elle lancé. Souriant jusqu'aux oreilles, je me suis approché d'elle, convaincu qu'enfin, elle allait me dire « Je t'aime ». Je lui ai tendu la carte. Je voulais qu'elle sache que moi aussi, je l'aimais.

Elle a posé son whisky sur la table, a pris la carte et lu le message en silence. J'ai retenu mon souffle, la poitrine martelée par l'angoisse, et… elle a levé les yeux vers moi et s'est mise à rire, à rire si fort… J'ai fondu en larmes lorsque, devant moi, elle a déchiré la carte en deux avant de la jeter à mes pieds. Mes larmes ne la faisaient que rire davantage.

Elle a repris son verre, s'est retournée vers la fenêtre sans me concéder le moindre regard. « Ne m'apporte plus jamais ce genre de déchet. C'est insultant. »

Et, c'est ce que j'ai fait.

Depuis ce jour, aussi, je n'ai jamais plus pleuré devant elle.

J'avais six ans… Six ans, bordel…

Je vois le coach apparaître devant moi, et il retire mon casque de mes oreilles.

— Stop, Rome, tu pousses trop. J'ai pas envie que tu te blesses…

Je lâche sans ménagement la barre lourdement lestée, récupère ma serviette et file sous la douche. Les potes signent le maillot que la Tide porte à domicile, et je me barre pour le centre-ville.

J'en crois pas mes yeux, merde… Tandis que j'approche de *Chez Lorenzo*, bien décidé à en finir au plus vite, j'aperçois ma mère attablée sur la terrasse… mais elle n'est pas seule : Mrs Blair est assise à côté d'elle et, en face, cette garce de Shelly. Elles se marrent, tout sourires, présentant un tableau parfaitement cliché de leur rang…

Je comprends vite qu'elles m'ont pris au piège, mais, alors que je me retourne discrètement pour faire demi-tour, ma mère m'interpelle…

— Rome ! Où vas-tu comme ça ? On est ici !

Je prends une grande inspiration et leur fais face : ma mère s'est levée et, près d'elle, Mrs Blair et Shelly me sourient à pleines dents.

*Souffle un coup, joue-la cool et finis-en vite…*, me répété-je en prenant une deuxième inspiration pour me calmer. Je veux éviter le clash, histoire de ne pas mettre la puce à l'oreille de ma mère.

Je leur adresse un signe de la main, entre dans le restaurant et me fige lorsque ma mère me baise la joue pour l'assistance, imitée aussitôt par Shelly et Mrs Blair. Ma mère maîtrise à merveille sa double identité : mondaine modèle en surface, impératrice du mal sous le masque.

— Tiens, le maillot que tu m'as demandé, annoncé-je en le lui donnant.

— Parfait ! Assieds-toi donc, m'ordonne-t-elle en désignant d'une main la chaise à côté de celle de Shelly.

Je serre les dents et m'assois à contrecœur. J'entre dans son jeu.

— Je pensais pas voir toute la troupe. Je m'attendais à déposer le maillot en vitesse, dis-je d'un ton monotone, soucieux de ne rien montrer de ma colère.

Ma mère se penche vers moi, le regard sévère.

— Disons que Shelly nous a passé un coup de téléphone des plus intéressants, hier. Elle nous a parlé d'une annonce publique tonitruante à propos d'une étudiante anglaise dont tu te serais quelque peu… enamouré…

Je perçois sans mal la colère et la menace dans sa voix, alors qu'elle me fusille de son regard azur et inflexible. Mon cœur se met à tambouriner dans ma poitrine : elle est au courant pour Molly et moi. Par contre, si elle croit que je vais lui concéder le moindre signe d'agacement, elle peut aller se faire foutre : je me dois de protéger Molly. Je vais tenter de brouiller les pistes…

— Alors ? insiste Mrs Blair, tandis que Shelly se penche sur la table pour mieux entendre ce que j'ai à répondre.

Je hausse les épaules.

— Oui, j'ai vu cette fille deux, trois fois, dis-je d'un air détaché. Rien de sérieux. Vous me connaissez : la monogamie, c'est pas vraiment mon truc. Je me suis bien amusé avec elle, mais c'est terminé.

Immédiatement, Shelly pose une main sur ma cuisse, euphorique.

— Tu veux dire que tout ce temps, tu t'es foutu de sa gueule ? Tu as vu comme elle te regarde ? Elle est folle amoureuse, ça crève les yeux ! Elle va se pendre, quand tu vas la jeter…

Shelly ne peut réprimer un rire enthousiaste, et je dois me maîtriser pour ne pas envoyer valser sa chaise d'un coup de pied. Ses mots n'en tournent pas moins en boucle dans ma tête : « Tu as vu comme elle te regarde ? Elle est folle amoureuse, ça crève les yeux ! ». Elle est sérieuse ? Molly éprouverait vraiment des sentiments pour moi ?

— J'espère pour toi, Rome. D'ailleurs, cette surconsommation de filles, c'est terminé. Shelly doit être et rester la seule à avoir ton attention. Tu as assez batifolé : il est temps que tu grandisses un peu, que tu agisses en adulte responsable.

Je ne réponds pas. Hors de question que je parle de ce putain de mariage à la con avec ces trois harpies : ma mère doit connaître ma position sur le sujet, mon père lui en a forcément parlé, et il est hors de question que je remue la merde en public sur cette terrasse.

Shelly se rapproche de moi, et à l'air qu'elle arbore, je sais qu'elle a gobé ce que je viens de leur servir. C'est bien la première fois que je me félicite d'avoir baisé comme un lapin pendant des années : jeter Molly est un comportement des plus crédibles pour l'illustre Flash Prince…

Elle passe une main à ma taille, et j'ai la sensation soudaine d'étouffer. Pour autant, et quand bien même je rêve d'envoyer voler la table, je prends sur moi et me force à rester impassible…

Mrs Blair commence à me parler foot, et je lui ponds des réponses bateau à propos de nos récentes victoires, de l'entraînement, du championnat… Shelly glousse – je ne sais même pas pourquoi –, puis me pose une main sur le torse et plante ses putains de lèvres sur ma joue. Ma mâchoire se crispe, et je serre les poings : lorsque je lève les yeux, c'est pour découvrir que ma mère me scrute d'un regard de rapace, les sourcils froncés. Elle m'a en ligne de mire. Difficile de lire quoi que ce soit sur son visage, mais on pourrait presque voir les engrenages tourner sous son crâne.

— Hé, tout le monde ! Quel hasard, dites donc ! Qu'est-ce que vous faites ici ?

Je me retourne subitement vers la rue : Ally se tient sur le trottoir de l'autre côté de la barrière blanche, les bras croisés et un regard noir rivé sur Shelly qui se frotte contre ma cuisse comme un bonobo en rut.

— Aliyana, quel plaisir de te voir ici…, l'accueille ma mère, glaciale.

— Plaisir partagé, tante Kathryn…, rétorque-t-elle avec autant de dédain.

— Qu'est-ce que tu fais là, Al' ? lancé-je, espérant qu'elle comprenne qu'en fait, je lui demande de tailler la route et de ne pas rajouter sa pierre à cet édifice de merde.

— Oh, je faisais juste un peu de shopping avec des amies, annonce-t-elle, l'air réprobateur, en insistant sur ce dernier mot. Eh ouais, Rome : elles sont toutes, et je dis bien toutes, de l'autre côté de la rue.

Elle se tourne, désigne du doigt des boutiques en enfilade, et j'aperçois Cass et Lexi… debout devant Molly. Il ne fait aucun doute qu'elles tentent de lui cacher la vue. Molly me dévisage, son regard tourmenté comme jamais rivé sur la main que Shelly a posée sur mon torse. Lentement, elle lève les yeux vers moi… Jamais je ne l'ai vue aussi dévastée.

*Bordel de merde…*

Je m'arrache avec brusquerie des serres de Shelly et me relève d'un bond.

— Elle m'en veut ? aboyé-je à l'intention d'Ally.

— À ton avis, crétin ! Tu viens de ruiner sa journée bien comme il faut !

— Merde ! Elle t'a dit quoi ? Elle veut me quitter ? (Comme elle ne répond pas tout de suite, je la relance.) Al' ! Elle veut me quitter ? Elle t'a dit quoi, merde ?

— Ben, je suppose… Je sais pas ! Elle veut se casser, là, elle est sous le choc. J'ai essayé de la raisonner, de lui dire que les apparences étaient trompeuses, mais bon… (Elle désigne Shelly du doigt.) De là où se tient Molly, le spectacle n'est pas des plus rassurants…

Je sens mon cœur partir en cendres et, hurlant de rage, je me prends la tête à deux mains.

— Rome ? Tu viens de nous dire que tu n'en avais rien à faire de cette fille ! s'étonne Shelly à côté de moi, tandis qu'Ally la fusille d'un regard meurtrier.

— Ta gueule, Shel', putain ! grogné-je.

Mrs Blair hoquette, le souffle court, et ma mère se lève d'un bond, furieuse.

Je me retourne vers Molly, prends peur devant son visage dévasté par la peine et, lorsqu'elle se met à courir, j'abandonne le peu qu'il me reste de raison. Cavalant le long de la rue, elle hèle un taxi.

Je bouscule Shelly pour me lancer à sa poursuite.

— Molly ! hurlé-je à pleins poumons.

Elle s'arrête, se fige, et j'expire, un brin rassuré… mais ses épaules s'affaissent soudain tandis qu'elle se retourne lentement : nos regards se croisent, et je tente de lui transmettre en silence combien je suis désolé. Au même instant, je sens le parfum intense de ma mère derrière moi. Lorsqu'elle lâche un rire moqueur à mon oreille, je me fige.

— Je vais la briser, Roméo. Détruire sa vie. À toi de décider si tu veux être responsable de son enfer. Je suis sérieuse, sale gosse : si c'est elle que tu choisis, je vous détruirai tous les deux.

Une tornade d'indécision m'emporte : ma mère ne lance jamais de menaces en l'air. Elle n'arrête le combat que lorsqu'elle a obtenu ce qu'elle veut, j'en ai déjà été témoin. Pour présider je ne sais plus quel comité à la con, elle n'a pas hésité à traîner ses adversaires dans la fange jusqu'à accéder au triomphe. Pour que mes notes de collège atteignent le niveau d'excellence qu'elle exigeait, elle a fait chanter mon prof jusqu'à ce que ma moyenne augmente, comme par miracle. Si son désir est de faire disparaître Molly de l'équation, je sais – et je le sens jusque dans mes tripes – qu'elle trouvera un moyen d'y parvenir.

Hors de question que je fasse subir cet enfer à Molly… Après toutes les merdes qu'elle a endurées – la perte de son père et de sa grand-mère, déjà et pour n'en citer que deux –, c'est impensable. Et en même temps, je ne peux pas me résoudre à la perdre…

— L'écoute pas, Rome ! Faut que tu arrêtes de la laisser te contrôler. C'est ta vie, bon sang !

Incapable de parler, je dévisage Ally, figé, si bien qu'elle lève les bras au ciel avec un grognement exaspéré.

Le sentiment de triomphe de ma mère est presque palpable. Un sourire suffisant déforme son visage saturé de Botox. Mais voilà, sitôt que je vois Molly héler un taxi, mon instinct prend le dessus et balance une mandale à ma raison. Je me retourne vers ma mère sans plus réfléchir.

— C'est terminé. Si tu t'approches de moi ou de Molly, tu le regretteras. Cette fois, c'est à toi de me prendre au sérieux…

C'est la première fois de ma vie que je lui tiens tête, et la première fois que je la vois désarçonnée, médusée à en rester muette.

Sans un mot de plus, je bondis par-dessus la petite barrière blanche et me lance à travers la rue, esquivant les voitures en faisant fi des hurlements hystériques de ma mère.

— Rome, tu es prévenu !

Molly saute à l'intérieur du taxi, et je me rue dans sa direction, incapable de me faire à l'idée que je puisse la perdre. Le véhicule redémarre et je force sur mes cuisses comme jamais. Je me mets à cavaler à côté en tirant sur la poignée de la portière tout en suppliant Molly d'arrêter le taxi, d'écouter ce que j'ai à lui dire. Brisée, elle me paraît minuscule, ainsi prostrée sur la banquette arrière. Elle se détourne de moi, et mon cœur saigne… Les pneus du taxi crissent. Je me retrouve bientôt planté comme un con au milieu de la rue… Seul.

Je me retranche sur le trottoir, puis file au pas de course en direction de mon pick-up sans me soucier des regards éberlués des flâneurs en plein shopping. Quelques mètres devant moi sur le trottoir se tiennent Ally, Cass et Lexi : lorsque Cass me voit arriver, elle me bloque le passage.

— Bouge, Cass ! ordonné-je, menaçant, mais elle ne bronche pas.

Non, au lieu de ça, cette timbrée me balance son poing en plein bide !

— Comment t'oses traiter Molly comme ça, putain de tête de gland !

— C'est pas ce que vous croyez, OK ? dis-je, le souffle coupé, légèrement penché en avant. J'essayais de la protéger ! Jamais de ma vie je ne tromperais Molly. Je tiens à elle comme à personne d'autre, putain !

— Oui, ça s'est vu ! Comme tu sembles tenir à cette allumette à nibards ! rugit Cass, rouge de colère, en soufflant comme un bœuf.

— Cass, laisse-le, chérie, intervient Lexi en tirant sur le bras de son amie, avant de se tourner vers moi, le regard prudent. Molly va avoir du mal à encaisser, Rome. Elle n'accorde pas sa confiance facilement, et quand elle t'a vu avec Shelly, ça lui a vraiment brisé le cœur…

— Je sais bien, Lexi, mais qu'on soit bien clairs : Molly est à moi, et je la protégerai toujours. Coûte que coûte. C'est une promesse.

Lexi semble avoir perçu la sincérité de ma déclaration. Elle me sourit et me serre le bras dans un geste compatissant.

Ally m'attire contre elle, me serre brièvement dans ses bras, et se penche à mon oreille.

— Allez, file la rejoindre, ta Molly.

C'est bien ce que j'ai l'intention de faire…

Je gare mon pick-up, cours jusque dans le jardin à l'arrière du foyer de la sororité et escalade le treillage, mais, une fois sur la terrasse, me retrouve devant sa porte-fenêtre close.

Merde ! Elle ne ferme jamais la porte de sa terrasse ! Le message est clair…

En panique, je me mets à brutaliser la poignée.

— Jolly, ouvre-moi, bordel ! Je sais que t'es là ! crié-je en martyrisant la porte-fenêtre.

Je suis à deux doigts de la dégonder, mais elle résiste. Prostrée sur le lit à l'intérieur, je devine la silhouette de Molly. J'ai besoin qu'elle entende ce que j'ai à lui dire, mais, de toute évidence, elle n'est pas disposée à m'ouvrir, et encore moins à m'écouter.

Je redescends le long du treillage, contourne le foyer au pas de course et déboule par la porte d'entrée. Une nana charpentée cavale jusque dans le vestibule et tente de me faire sortir par la force alors que je cherche à me lancer à l'assaut de l'escalier.

— Qu'est-ce que tu fous ? Hé, tu peux pas entrer comme ça ! Arrête, merde ! hurle-t-elle en me barrant la route.

— Dégage ! grogné-je.

Comme elle ne bouge pas, je l'attrape par la taille, la déblaie du passage, puis me remets à courir, la brunette costaude sur les talons. Sitôt que j'aperçois la porte de Molly, j'accélère le pas et la meuf derrière moi se met à hurler.

— Molly ! Molly, attention !

J'ouvre la porte d'un violent coup d'épaule, et Molly se redresse subitement : assise sur son lit, elle me dévisage, bouche bée, les yeux rougis par les larmes.

— J'ai essayé de l'arrêter, mais il a rien voulu entendre ! Tu veux que j'appelle la sécurité ?

Je lis dans les yeux de Molly qu'elle y réfléchit, mais aucun trou du cul ne pourra me forcer à bouger d'ici : elle va entendre ce que j'ai à lui dire, que ça lui plaise ou non.

— N'y pense… même pas, grogné-je.

Molly lâche un soupir défait, puis fait « non » de la tête.

— Tu es sûre ? lance la meuf.

La vache, je vais la défenestrer, celle-là…

— Oui. Merci, Cait…, lui répond Molly, un sourire aussi reconnaissant que fragile sur le visage.

— Appelle au besoin, OK ? gronde la fameuse Cait en me dévisageant avec dégoût.

Après son départ, un silence insoutenable envahit la chambre.

— Va-t'en, Roméo. Je n'ai rien à te dire, lance Molly d'une voix sans âme.

Elle a l'air si petite, si fragile au milieu de son lit.

Une chose est sûre : elle a tiré un trait sur moi. Le désespoir et l'angoisse m'enfièvrent, et j'enrage, les mains tremblantes. Je m'approche de son lit.

— Ah ouais ? hurlé-je. Eh bien moi, j'ai quelque chose à te dire !

Elle se renfrogne.

— Quoi ? Que tu me mens ? Que tu me trompes ? Que quand tu me dis que tu dois filer à la muscu, je dois comprendre que tu vas manger avec Maman l'Impératrice et l'autre pétasse ?

— Rien à voir, merde ! T'as rien pigé !

Je tente de me lancer dans une explication, mais elle me fait taire d'une main levée.

— Cause toujours, je m'en fous, siffle-t-elle, les dents serrées. Casse-toi.

Impossible : je ne la laisserai pas me virer avant d'avoir pu m'expliquer. Je l'attrape par les bras et l'immobilise devant moi, l'obligeant à m'écouter.

— Ma mère m'a filé rendez-vous aujourd'hui parce qu'une association caritative au conseil de laquelle elle siège a besoin d'un maillot dédicacé de la Tide pour une vente aux enchères. Je voulais en finir au plus vite, mais quand je suis arrivé, Shelly et Mrs Blair attendaient au resto avec elle.

À l'instant où je vois ses lèvres se crisper – cette mimique qu'elle a lorsqu'elle étudie –, je sais que j'ai capté son attention. Je la repose sur le lit.

— Elles m'ont démoli, expliqué-je. Shelly leur a parlé de toi, et elles m'ont laminé en beuglant combien j'étais irresponsable et tout le bordel… Ma mère m'a menacé, m'a dit que si je ne rompais pas avec toi, elle s'assurerait que ce soit toi qui partes. Je peux pas la laisser te faire du mal…

Comment peut-elle pleinement comprendre ce que je lui raconte ? Je ne lui ai jamais dit que mes parents étaient des salauds de première. Elle a vu mon père me frapper, et ma mère vient de me manipuler, mais ce n'est qu'un avant-goût de tout ce qu'ils sont capables de faire. Comment lui avouer qu'ils sont purement et simplement cruels ?

Pourtant, et comme je lis dans le regard de Molly qu'elle cherche à me comprendre, je me confesse.

— Mes parents… Jolly, écoute, ils… ils m'en font baver. Je vais pas rentrer dans les détails, mais ils me tuent, merde ! Je suis leur fils, bordel, pourquoi ? Je voulais pas que ma mère te pourrisse la vie comme elle pourrit la mienne, alors je lui ai fait croire qu'avec toi, ce n'était qu'une passade, du divertissement entre amis… Shelly est tellement conne qu'elle n'a même pas compris que je mentais. Je suis resté déjeuner avec elles pour apaiser ma mère. Hors de question qu'il t'arrive quoi que ce soit. S'ils veulent te faire chier, ils devront me passer sur le corps.

Elle incline légèrement la tête.

— Pourquoi est-ce que tu m'as dit que tu avais une séance de muscu si c'était faux ? Pourquoi tu ne m'as pas dit la vérité ?

— C'était la vérité, je te le jure. Elle m'a appelé sur la fin de la séance, et je suis parti pour en finir au plus vite : déposer le maillot et filer.

— Mais, Shelly n'arrêtait pas de te… toucher, dit-elle avec dégoût. Elle t'a embrassé, et tu l'as laissée faire ! Comment as-tu pu me faire ça ?

Par quel moyen dois-je le lui faire comprendre, bordel ?

— Parce que je ne veux pas que mes parents s'en prennent à toi ! Fallait que je joue le jeu… Pour te protéger. Tu n'as pas idée de ce qu'ils sont capables de faire ! Ils tiennent la région entière dans leur main… La région entière, Jolly. (Je me penche et prends entre mes paumes son visage rougi par l'émotion.) Jamais je ne prendrais le risque de te perdre. Tu dois me croire quand je te dis que c'est pour te protéger que j'ai supporté leurs conneries, le cul sur cette putain de chaise de resto. Que Shelly aille se faire foutre, merde : je la supporte pas, cette pétasse !

C'est vrai. Le peu de respect que j'avais encore pour cette conne s'est volatilisé ces derniers jours. Je me passe une main sur le visage.

— Cela dit, c'est réglé, tout ça…

— Comment ça ?

Je n'ai même pas eu le temps de prendre pleinement conscience de ce que j'ai fait aujourd'hui et, quand je m'en rends compte, je ne peux réprimer un rire nerveux.

— Avant de me mettre à cavaler derrière toi, j'ai dit à ma mère qu'elle pouvait oublier son projet de mariage Blair/Prince…

— Vraiment ? me demande-t-elle.

Je comprends que ce que je viens de dire l'a touchée, et sens mes muscles crispés commencer à se détendre, pour la première fois depuis qu'elle s'est jetée dans le taxi.

Molly me regarde tandis que je m'approche du lit, grimpe dessus, avant de l'allonger sur le dos et de plaquer mon torse contre elle.

— Yep… Je lui ai dit que j'épouserai jamais Shelly, parce que je suis avec toi ; que j'en ai fini avec ces conneries, parce que maintenant on est ensemble, toi et moi. Et pour que ça lui rentre bien dans le crâne, j'ai couru derrière toi en hurlant et en tabassant le toit de ton taxi… Si là, elle a pas compris…

Ses pupilles se dilatent. Elle agrippe mes cheveux et m'attire contre ses lèvres.

— Si tu as des soucis avec tes parents, tu dois m'en parler. Tu dois m'en parler, pour que je ne doute plus jamais de toi : c'est compliqué pour moi de faire confiance, et c'est avec toi que j'apprends à le faire. Laisse-moi devenir ta confidente… S'il te plaît.

J'aimerais… mais je ne suis pas prêt. Je n'ai jamais dit la vérité à personne à propos de mes parents et des années de maltraitance qu'ils m'ont fait subir… Le pire, c'est que je ne me suis rendu compte de l'ampleur de la chose que depuis ma rencontre avec Molly : quand elle est entrée dans ma vie, j'ai compris que les choses pouvaient être différentes, que je n'étais pas forcé de subir les choix d'autres que moi.

— Bébé… Tu n'as pas à te méfier de moi, et je comptais tout te dire en rentrant, de toute façon. Je pensais pas que tu assisterais à tout ça. Putain, quand j'ai lu ta réaction sur ton visage, de l'autre côté de la rue, j'étais dévasté… Et puis, tu es partie… alors que tu m'avais promis de ne jamais me fuir.

Elle s'anime sous moi, et ce simple mouvement suffit à éveiller ma queue… Lentement, je plaque mon érection entre ses cuisses.

— Je te fais confiance, tu sais…, murmure-t-elle, après une expiration saccadée. C'est juste qu… que ça avait l'air si vrai, si… affreux. Elle t'embrassait, c'était… intenable. Il fallait que je parte.

— Jamais je ne te tromperai, Shakespeare, lui assuré-je en me frottant contre elle avec plus d'insistance. Tu comptes trop pour moi… Je t'ai promis que je n'irai jamais voir ailleurs, et je n'aime pas qu'on mette ma parole en doute.

— OK…, laisse-t-elle échapper, la respiration irrégulière.

Je ne compte pas la baiser sans préambule comme la première étudiante délurée venue : si elle veut que j'assouvisse ses besoins, ici et maintenant, alors autant faire ça bien. Des mains, j'écarte ses cuisses et les maintiens ainsi en position : je me penche et passe la langue du bas de ses lèvres jusqu'à son clitoris. Elle décolle les hanches du matelas en gémissant, tirant de ses poings serrés sur mes longues mèches de cheveux.

Elle essaie de bouger les jambes, mais je la maintiens fermement, tandis que je la lèche sans retenue, glissant ma langue en elle, avant de téter son clitoris. Elle gémit de plus en plus fort, et son sexe se réchauffe peu à peu sous mes lèvres… Elle va bientôt jouir. Ma queue me lance : si elle ne vient pas vite, je vais saloper mon boxer comme un ado…

Dans un dernier gémissement voilé, Molly cède à l'orgasme : ses cuisses se crispent et elle me tire les cheveux.

Elle est magnifique…

Je retourne m'installer près d'elle, sur l'oreiller, et la serre contre moi. Je m'accroche à elle, craintif qu'à tout moment elle puisse changer d'avis, estimer dans un moment de lucidité qu'elle fait erreur, et me virer de sa chambre et de sa vie d'un grand coup de pied au cul. J'ai déjà été à deux doigts de la perdre, aujourd'hui.

Nous restons ainsi de longues minutes, immobiles, puis Molly tourne la tête vers moi, un sourire confus sur le visage.

— Tu me troubles, Rome… Avec toi, je ne sais jamais où j'en suis…

Je ne peux pas m'empêcher de jouer le malin.

— Toujours au bord de l'orgasme, j'espère.

Elle glousse et m'envoie un petit coup de coude joueur dans les côtes. Malgré la légèreté du geste, ce qui s'est passé aujourd'hui commence à me peser et, poussé par son air quelque peu inquiet, je prends la décision de me confesser…

— Je ne sais pas si tu prends la mesure de ce que j'ai fait aujourd'hui en te poursuivant contre l'avis de ma mère.

Hier encore, je n'aurais voulu lui parler de tout ça pour rien au monde, mais la seule idée de ce que ma mère pourrait entreprendre me glace le sang. Le regard rivé dans les yeux d'ambre de Molly, je prends pleinement conscience que si je devais la perdre, je n'y survivrais pas.

— Ne me quitte pas… Jamais…, murmuré-je, ma supplique sincère profitant d'un moment de faiblesse pour échapper à mes lèvres.

— Hé, qu'est-ce qui ne va pas ? me demande-t-elle d'une voix prévenante, couvrant mon front de doux baisers.

— Je n'arrive pas à croire que je t'ai trouvée. La vie a tellement plus de saveur avec toi… Je ne veux jamais te perdre.

— Je ne te quitterai jamais.

— Tu as failli, aujourd'hui. Tu m'as dit de me casser…

C'est peut-être culpabilisant, mais ses mots m'ont brisé le cœur. Savoir qu'elle ne m'accorde pas entièrement sa confiance me fait l'effet d'un coup de poignard en pleine poitrine.

— C'était un malentendu, me rassure-t-elle avec fermeté.

Mais, l'oreille calée contre sa poitrine, j'entends son pouls s'accélérer légèrement. Je relève la tête vers elle, préoccupé. Elle déglutit.

— Sans rire, Rome : à quel point tes parents vont-ils nous faire obstacle ?

La vérité, c'est que je n'en sais rien. J'aurais préféré… Ce n'est pas exclu qu'ils lâchent l'affaire et coupent les ponts avec moi une bonne fois pour toutes, mais les connaissant, je redoute plutôt l'extrême inverse : il est possible qu'ils mettent tout en œuvre pour nous faire souffrir.

Si tel est le cas, je protégerai ma Molly quitte à y laisser la peau…

# Chapitre 18

*D'un baiser, la petite amie du quarterback vedette sauve la saison de la Tide!*

Reece est en train de lire les gros titres de la section sport, et j'ai un petit sourire en coin en repensant à Molly: elle aurait voulu disparaître sous terre, tout à l'heure, quand le public lui scandait de venir m'embrasser sur le terrain. Elle portait le maillot de la Tide – le mien, bien sûr, avec mon numéro – que j'avais laissé ce matin sur son oreiller. J'avais aussi laissé un petit mot mièvre au possible.

Mon *maillot: à porter par* ma *nana durant* mon *match.*
*Assieds-toi à côté d'Ally, et attends que je vienne réclamer un bisou à ma bonne fée.*
*Ton Roméo*

OK, OK, je suis complètement envoûté, mais, honnêtement, j'en ai triplement rien à foutre: la vérité, c'est que j'aime être dans cet état.

Ses jambes tremblaient à chacun de ses pas en direction du terrain. Moi, en revanche, quand j'ai pu montrer aux cent mille fans réunis dans le stade – et à des millions de téléspectateurs dans le monde – que Molly Shakespeare était ma nana, je n'ai rien ressenti d'autre qu'une vague de fierté brûlante me réchauffer la poitrine.

Quand elle s'est retrouvée devant moi, près de la barrière qui borde le terrain, elle a baissé les yeux : ses lèvres s'agitaient tandis qu'elle marmonnait je ne sais trop quoi pour se rassurer. Elle a dû se demander comment d'un mot laissé à la bibliothèque il y a quelques semaines la suppliant de venir assister à mon match a pu la mener à embrasser son quarterback de petit copain sous les projos pour un public superstitieux.

J'ai placé une paume sur sa nuque et me suis imposé à elle en plaquant le front contre le sien, pour qu'elle ne voie plus que moi.

— Hé, Jolly, lui ai-je dit.

Ça l'a un peu apaisée, et ses jolies lèvres roses se sont courbées en un sourire timide.

— Hé, toi…

— Alors, ce baiser, ma bonne fée ?

— Si c'est ce que tu veux…

À un point qu'elle n'imaginait pas.

— Plus que tout…

Sur ce, je me suis penché et l'ai embrassée, ai traqué sa langue pour l'envelopper, possessif, puis me suis redressé avant d'afficher une gaule suspecte devant cent mille personnes venues au match en famille…

La Tide a gagné.

Molly a été portée aux nues grâce à ce baiser et, après la rencontre, mon enflure de cousine m'a chassé loin d'elle et m'a ordonné de me pointer chez elles le soir même à 21 heures. Elle avait à faire avec elle, et j'ai eu beau me torturer l'esprit, je n'ai toujours pas la moindre idée de ce qu'elle avait en tête.

Vingt heures quarante-cinq. Comme je n'en peux plus d'attendre, les gars et moi filons pour le foyer de la sororité où crèchent les filles. Dès qu'on est séparés, je ressens comme des effets de manque… Je me doute que ce n'est pas très rassurant pour ma santé mentale, mais sincèrement, ça non plus, je n'en ai pas grand-chose à battre.

Reece, Austin, Jimmy-Don et moi toquons à la porte du foyer et sommes bientôt accueillis par la costaude de l'autre soir : Cait, ou un truc de ce genre. Super. Ça s'est tellement bien passé entre nous, la dernière fois…

Elle lève les yeux au ciel, me lâche un grognement de déception au visage, puis disparaît dans l'escalier en laissant la porte ouverte.

— Restez là, ordonne-t-elle, hargneuse, par-dessus son épaule. Montez pas, je préviens les filles que vous êtes ici.

Jimmy-Don se tourne vers moi et retire son Stetson en secouant la tête.

— Cait Turner, étoile du foot universitaire. L'autre foot, avec le ballon rond. Paraît qu'elle a démonté Cody Brown après qu'il lui a peloté le cul, il y a quelques semaines. (Il hausse un sourcil.) Qu'est-ce que t'as fait pour la foutre en rogne ?

Je hausse les épaules.

— Quand j'ai déboulé dans l'escalier pour aller retrouver Molly, l'autre jour, elle a essayé de m'arrêter et je l'ai légèrement dégagée de mon chemin…

Austin secoue la tête en riant.

— Sans déconner, Rome, tu sais vraiment y faire avec les femmes : quand elles ne veulent pas de ton petit cul entre leurs cuisses, elles rêvent de te le démonter !

— Va te faire mettre, Carillo.

Pendant que nous attendons les filles, Jimmy-Don commence à parler de l'un de ses frangins de retour au Texas qui donne dans les courses de *monster trucks*[1]. Il est en train de faire le récit enthousiaste d'un salto arrière, quand Reece me tapote le bras. Je vire sa main d'un coup d'épaule et reste concentré sur Jimmy-Don, me demandant comment le bougre a pu passer des *trucks* au rodéo quand il était au lycée. Reece s'obstine, si bien qu'au bout de quelques secondes, prêt à lui en coller une, je me retourne.

— Lâche-moi, putain ! C'est quoi ton problème ?

Impassible, il se contente de désigner du doigt le haut des marches, bouche bée. Je lève aussitôt les yeux, me demandant ce qui vient de capter son attention, ainsi qu'à Austin et Jimmy-Don.

Molly.

Ma Jolly est en train de descendre l'escalier, et un mannequin professionnel n'aurait su mieux hypnotiser l'assistance.

Je me redresse et, d'un coup d'épaule, dégage Reece – et sa langue pendante – médusé par le spectacle de ma nana, superbe à se damner.

Lorsque Ally passe près de moi, elle m'adresse un clin d'œil, mais je n'ai d'yeux que pour Shakespeare : sa robe noire moulante rehausse à la perfection ses courbes hallucinantes, ses longs cheveux bruns tombent en vaguelettes légères sur ses épaules, et son superbe visage rougi par l'appréhension m'envoûte au point que je manque de tomber à genoux devant elle.

Je passe mes bras à sa taille, embrasse ses lèvres pulpeuses et me penche à son oreille.

1. Pick-up aux roues surdimensionnées.

— Bordel, Jolly, t'essaies de savoir à quel point je peux me contrôler ? murmuré-je. Tu es belle, c'est dingue… Comment tu veux que je tienne toute la nuit, bordel ? Je vais devoir batailler pour repousser les connards qui te materont… Celui qui osera poser les yeux sur toi aura des ennuis, en tout cas.

Je ne plaisante pas. Jusqu'ici, je n'ai pas vraiment eu à m'inquiéter des mateurs : Molly passe plutôt inaperçue, d'ordinaire. Mais là, elle fait péter tous les scores. Elle a toujours été hors compétition à mes yeux, mais maintenant, le monde entier va partager mon engouement… Je ne suis pas sûr de bien vivre que d'autres gars la matent en se fantasmant entre ses jambes. Elle pourra me répéter à l'envi qu'elle est à moi et rien qu'à moi, je sens que ça va me rendre dingue.

Cette soirée va être une véritable épreuve pour moi.

C'est peu de le dire…

Nous nous installons dans l'un des box privés du *Club Flux* où nous passons notre commande à une serveuse blonde qui me rappelle vaguement quelqu'un. J'avais raison de penser que cette soirée serait une mise à l'épreuve : à peine arrivé, je me suis attiré les foudres de Molly en manquant de peu d'envoyer mon poing dans la gueule d'un fan éméché de la Tide, qui l'a attrapée pour la féliciter d'avoir remis l'équipe dans le droit chemin d'un seul baiser. Elle m'a pardonné, mais qui sait ce qui se passera si je me remets à déconner ?

Quand la blonde revient avec nos boissons, elle m'adresse un sourire suggestif et, soudain, la mémoire me revient… C'était la saison dernière, je crois, après l'*Iron Bowl* contre Auburn. Quand elle m'a chauffé, j'étais fait comme un rat : elle est montée sur mes genoux, alors que j'étais à deux doigts de tomber en coma éthylique sur ma chaise, puis elle m'a entraîné à l'arrière du club. Je l'ai prise par-derrière, son visage contre le mur pour éviter de savoir qui j'étais en train de m'envoyer. J'en ai jamais rien eu à foutre d'elle, au final… Avec Molly, par contre, ce sera les yeux dans les yeux, et je m'en délecterai jusqu'à la dernière seconde…

Je balaie ce souvenir de mon esprit et étudie la serveuse du regard : OK, vu la tête qu'elle tire, on est bon pour un putain de sketch…

Molly s'est raidie dans mes bras, et je fais de mon mieux pour snober la blonde qui, si elle poussait un brin plus, se désaperait ni plus ni moins devant moi… Au bout de longues secondes, lassée de s'échiner pour rien, elle m'interpelle directement :

— Hé, Flash, ça roule ?

Sans déconner ? On papote ? Putain, mais je la connais même pas, cette meuf…

— On n'a rien à se dire, grommelé-je.

Un air de défi habille soudain le visage de la serveuse, et je sens Molly s'agiter dans mes bras. Ally me donne un coup de pied discret sous la table, et Austin se frotte les yeux, dépité, sentant venir la catastrophe… Leur réaction ne fait que me tendre davantage : je n'ai pas besoin d'eux pour me rendre compte de la tempête qui menace à l'horizon.

— Tu m'as jamais rappelée après notre nuit ensemble, me reproche la blonde.

C'est bon : je suis en plein dedans. C'est la première soirée de Molly en boîte, et un coup d'un soir essaie de marquer son territoire… Si j'avais été à la place de Molly, j'aurais déjà égorgé cette fouine. Cela étant, je ne sais pas vraiment à quel point Molly donne dans la jalousie et, au final, je me demande comment elle prend ce merdier.

— C'était pas au programme. Je me répète, mais : on n'a rien à se dire. Je reformule avec des mots plus simples, si tu veux : dégage, grogné-je.

Elle grimace.

— La rumeur disait vrai, alors, crache-t-elle, l'air mauvais. Une chatte t'a mis le grappin dessus et tu te fais bien mater. Encore une belle queue de gâchée… (Elle toise Molly du regard, jauge ses courbes parfaites et son visage magnifique, puis retrousse les lèvres.) Et pour ça en plus. J'espère qu'elle baise mieux qu'elle sait porter une robe.

Je perçois contre mon torse le hoquet discret de Molly. Je sais qu'elle se dévalue face à ce genre de meufs, et le commentaire l'a manifestement blessée. Elle se relève soudain et m'interdit de parler d'un geste de la main : ça, c'est une première… Sa réaction me fait péter un plomb, mais avant que j'aie eu le temps de la retenir, elle détale en direction des toilettes… Merde. Elle vient de fuir, ni plus ni moins.

— Rome, merde ! T'as intérêt à arranger ça ! m'engueule Ally en me fusillant du regard depuis l'autre côté de la table.

— T'as baisé cette serveuse ? Chaud… Tu peux me rencarder ?

J'atomise Reece du regard et réprime l'envie de l'éjecter à l'autre bout de la salle. Le tact, tu connais, merdeux ? Putain, le gars est incapable de savoir quand l'ouvrir et quand la boucler…

— Va régler ça avant que je t'en colle une autre, Flash ! menace Cass en me poussant le bras sans ménagement.

Je me relève d'un bond, manquant de peu d'envoyer valser ma chaise, puis fends la foule de danseurs pour tenter de rattraper Molly. Derrière le comptoir, la blonde me regarde courir, un sourire vicelard sur le visage : cette salope a fait ça à dessein, et ça a marché…

Arrivé au niveau de Molly, je l'attrape par la main, mais elle la retire vivement, blessée, son regard d'ambre brûlant de colère. C'est la première fois qu'elle me punit de ce genre de regard, et je me mets à paniquer : elle a l'air… résolu. Comme si elle venait de prendre une décision.

*Non…*

Elle ne va pas…

Paumé, incapable de me contrôler, je l'attrape par le bras, la tire derrière moi comme un putain d'homme des cavernes et nous enferme dans une remise poussiéreuse. Pantelante, Molly serre les poings, rageuse. Comme j'ai l'impression que rien ne pourra l'apaiser, j'opte pour une approche plus brutale.

— Je l'ai baisée une fois. L'année passée. Un coup d'un soir, alors pas la peine de te mettre dans tous tes états, et encore moins de me fuir, merde !

À son air de dégoût, nez retroussé et posture raidie, je comprends que j'ai merdé. Une fois de plus…

— Excuse-moi de ne pas trouver exaltant que tes conquêtes viennent me fourrer leurs nibards sous le nez.

Je suis à deux doigts de péter un câble : pourquoi je devrais me sentir coupable, merde ? J'ai essayé de la virer, elle l'a bien vu, non ? J'y peux quoi, moi, si cette meuf a joué la sangsue en dépit de ce que j'ai dit ?

Je me rapproche et elle se raidit, méfiante.

— Tu veux tout savoir de ma vie sexuelle passée ? OK ! hurlé-je. J'ai baisé une chiée de nanas, dans toutes les positions possibles et à peu près partout : elles se sont jetées sur ma queue, je leur ai donné ce qu'elles voulaient et elles ont adoré ça, toutes.

Je sais que c'est une réplique de trou de balle, mais j'ai les veines saturées d'adrénaline : faut que ça sorte. Malgré tout, quand Molly, les yeux brûlant de colère, m'en retourne une en plein visage, l'intensité de sa réaction me surprend.

Elle m'a frappé ! Molly, ma petite Molly, si timide, m'a giflé. Je viens de découvrir ses limites…

— C'est bon, ça t'a fait du bien ? T'as évacué ? craché-je froidement.

Elle fond aussitôt en larmes et se couvre la bouche de ses mains tremblantes, les joues humides. Elle culpabilise, se trouve navrante… Je le lis dans ses yeux. La voir si triste me brise, et je m'adosse contre le mur en face d'elle.

— C'est Flash que ces filles veulent baiser, jamais moi… Toujours ce putain de Flash !

Elle sanglote, renifle, s'essuie les yeux sans arrêter de pleurer.

— Bravo, Rome… Félicitations… C'est ça que tu m'offres, alors ? Roméo le magnanime m'offre la possibilité de baiser avec le grand Flash Prince, de grimper au septième ciel, puis de faire mes bagages ?

Mais, merde ! Faut que je fasse quoi pour la convaincre qu'elle est différente de toutes les autres à mes yeux ? On s'est éclatés au pieu, mais je ne l'ai jamais poussée à aller jusqu'au bout : je l'ai traitée avec respect, j'ai tout fait pour lui prouver qu'elle n'était pas un énième coup d'un soir. Mais je vois bien à son visage troublé qu'elle ne sait plus quoi penser, alors je prends les choses en main.

— T'as rien pigé, Shakespeare. Je vais te dire ce qui va se passer, moi : je vais te baiser, oui, mais je vais te faire l'amour, aussi. Je vais prendre ton esprit, ton âme, ton corps entier, et jamais je te laisserai filer. Tu vas crier mon nom sans t'arrêter, jusqu'à ce qu'il soit incrusté sur tes putains de cordes vocales. Avec toi, Jolly, ce ne sera pas de la baise pour la forme, mais de la baise pour le putain de salut de mon âme!

Elle l'a déjà sauvée, mon âme: jour après jour, elle illumine un peu plus ma vie. Comment fait-elle pour ne pas s'en rendre compte?

Elle semble incapable de croiser mon regard, et la façon dont elle se replie sur elle-même me fait paniquer au possible.

— Et toi aussi, tu vas me faire l'amour, susurré-je presque, tandis qu'elle ferme les yeux, pétrie d'angoisse. Mais à moi, Roméo, pas à un putain d'alter ego vedette de foot. Tu vas m'avoir dans tout ce que j'ai de plus vrai, de plus authentique, de notre premier jour jusqu'au dernier. Est-ce que j'ai été clair?

Elle reste silencieuse, et un mauvais pressentiment me noue la gorge. Je plaque le front contre le sien et tente de me contenir et de ne pas hausser le ton.

— Merde, Jolly, c'est la première fois que je m'implique comme ça! Si j'avais su que tu existais et que tu étais là, quelque part, à m'attendre, jamais je n'aurais baisé toutes ces filles, mais je peux pas effacer le passé...

Elle s'adosse aux étagères métalliques derrière elle et relève les yeux vers moi, l'air dévasté, avant de passer un doigt sur ma joue.

— C'est trop, tout ça, tu ne crois pas? Ta famille me déteste, Shelly ne te lâchera pas, tu veux castagner tous les types qui posent les yeux sur moi, et les... filles avec qui tu as eu des aventures t'ont encore dans la peau. J'ai mes soucis, Rome, et ajoutés aux tiens… c'est trop à supporter. Comment tu veux que notre relation survive à tout ce stress ?

*Non, non, non…*

— Non ! Je t'interdis de me faire un coup pareil ! la suppliée-je d'une voix paniquée.

— Quel coup ? dit-elle d'une voix désincarnée, absente presque, les yeux rivés au sol.

Abattue, elle n'arrive même plus à me regarder dans les yeux.

— Tirer un trait sur nous ! Fuir quand ça devient compliqué ! (J'ai besoin qu'elle me regarde, merde, alors je lève d'un doigt son menton.) Toi, tu triomphes de ton passé, moi, j'apprends à contrôler mes accès de colère, et nous, ensemble, on tient tête à ma famille et on envoie tous les autres se faire foutre. Ensemble, on va surmonter tout ça. Je t'interdis de me laisser tomber maintenant, bordel ! Jamais de la vie, putain !

— Rome…, murmure-t-elle, l'air totalement dévasté.

Pour la première fois depuis des années, j'ai l'impression que je pourrais craquer. J'ai besoin de Molly à mes côtés, et l'intensité de ce sentiment me terrifie à m'en surprendre moi-même.

— Non ! Je te laisserai pas me quitter. Je sais que je suis un vrai lot d'emmerdements pour toi, mais tu me changes ! J'ai déjà changé grâce à toi, tu ne le remarques pas ? Tu vas lutter avec moi. Dis-le ! Je t'en supplie, dis-moi que tu vas lutter à mes côtés…

Elle ne fuira pas : je ne la laisserai pas faire. Elle m'a promis qu'elle ne se débinerait pas. Le regard rivé dans le sien, je me fais plus pressant.

— Tu vas le faire, Jolly, pas vrai ?

— Rome, je…

Elle s'interrompt dans un sanglot étouffé.

Son rejet me déroute totalement : je sais que je l'attire, qu'elle a peut-être même des sentiments pour moi, mais elle refuse de se battre pour nous, et ça me donne envie de tout casser. Rageur, je martèle du poing l'étagère métallique qui se met à tanguer derrière elle.

— Je ne te laisserai pas fuir, c'est compris ? hurlé-je. C'est compris, merde ?

— Oui, oui ! C'est compris ! crie-t-elle à son tour, plaquant les paumes contre mon torse, avant d'agripper ma chemise à carreaux et de m'attirer contre elle.

Nos respirations enflammées s'unissent, résonnent comme la foudre à mes oreilles, et je place une main sur sa nuque.

— Toujours partante pour l'aventure ? murmuré-je d'une voix mal assurée.

Ses pupilles d'encre gagnent sur l'ambre de ses iris et, lorsque je passe l'une de ses jambes à ma taille, elle commence à se frotter contre ma queue.

— Toujours partante.

Sitôt que je perçois la chaleur qui irradie entre ses cuisses, un désir de luxure m'envahit et étouffe ma colère.

— Bordel, Jolly, j'ai envie de toi à en crever, croassé-je. Ça me fout la gaule à m'en faire mal que tu fasses tout ce que je te dis… (Je glisse une main sous sa robe, écarte sa culotte et caresse son sexe chaud.) Putain, Jolly… Tu vas me tuer…

Elle est brûlante, prête pour moi.

Elle mordille et lèche la peau de mon cou, mon oreille, ma mâchoire…

— J'aime que tu diriges, que tu me montres qui commande… Ça m'excite.

Elle va vraiment finir par me tuer : si je ne la prends pas au plus vite, je vais jouir tout seul comme un con…

— Je vois ça, bordel… Et moi, j'aime que tu sois soumise. Ça… Ça me calme. J'ai besoin de toi. T'es parfaite pour moi, merde… Et t'es magnifique, t'es putain de sexy, Jolly, avec un corps à en faire chialer les peintres…

Je glisse deux doigts en elle, et elle jette la tête en arrière.

— Il n'y aura jamais personne d'autre que toi… C'est terminé. Pour la première fois de ma vie, quelqu'un m'offre ce dont j'ai vraiment envie, ce dont j'ai besoin… Toi, Jolly : tu m'offres le contrôle absolu… et ça me rend dingue. Toi aussi, ça te plaît, n'est-ce pas ? Dis-le que tu aimes ça…

Son sexe enserre mes doigts à un rythme de plus en plus emporté, et son souffle chaud bat la mesure contre mon cou.

Elle rive de nouveau son regard dans le mien, baisse les mains… et commence à ouvrir ma fermeture Éclair. Pas ça, merde : je ne veux me concentrer que sur son visage quand elle va jouir. Si elle me touche, je vais partir dans la seconde…

— Enlève ta main ! Tout de suite ! Je n'existe pas pour l'instant : tu me toucheras quand je te le dirai, pas avant !

Je joue des doigts en elle jusqu'à ce qu'elle se raidisse et rive son sexe brûlant contre ma paume en hurlant de plaisir. Je la soutiens, tandis qu'agitée de spasmes de plus en plus espacés, elle reprend une respiration plus régulière. Je lui demande alors si tout est oublié, lui confesse combien j'ai envie d'elle… Combien j'ai besoin d'elle.

— Je te veux toujours près de moi, Roméo. Tu m'as offert quelque chose dont je ne soupçonnais même pas l'existence.

Je suis aux anges : je viens de récupérer ma Molly.

Après quelques secondes de silence, elle se mordille la lèvre et me demande si on n'est pas un peu tordus, elle et moi… Je sais bien que mon besoin de contrôle au pieu peut faire peur, impressionner peut-être, mais c'est plus fort que moi et, putain, ma nana vient de m'avouer qu'elle adorait ça… Je peine à croire qu'une fille aussi parfaite et droite ait pu m'être destinée, que nous ayons pu nous trouver l'un l'autre de façon si singulière. Elle est en tout point mon égale.

Molly rajuste sa robe, puis me tend la main : elle veut aller danser. Personnellement, ce que je veux, c'est rentrer dans sa piaule et la baiser à la clouer au pieu, mais il faut qu'on reste : ma Jolly doit profiter de sa première nuit en boîte.

Je m'apprête à la suivre, quand elle se retourne vers moi.

— On est venus ici pour danser, alors on va danser. J'en ai très envie. Et puis, il est temps de montrer à toutes tes anciennes conquêtes que tu m'appartiens, et qu'elles feraient mieux de se tenir éloignées de mon mec.

Ces simples mots me font perdre le peu de contrôle que je peinais à conserver… Je la serre contre moi, empoigne ses fesses, passe ses jambes autour de ma taille et lui demande de répéter ce qu'elle vient de dire.

— Tu es à moi, maintenant, répète-t-elle, la surprise laissant la place sur son visage à un sourire aimant. Toi, Roméo, sans condition aucune.

Je la plaque aussitôt contre le mur : finie, la patience. Je porte la main à mon jean, sors ma queue et commence à la caler entre ses jambes : quelques centimètres, encore, et Molly sera totalement mienne. Enfin. Mais…

C'est ce moment que choisit un putain de petit manager de merde pour tambouriner à la porte, nous intimant l'ordre de sortir de la réserve. Je suis tellement excité à l'idée de pouvoir enfin prendre Molly que je ne vois plus qu'elle et peine à me reconnecter au réel. Malgré tout, je lâche un grognement frustré et laisse retomber le front sur son épaule. Comme chaque fois, son parfum de vanille m'apaise.

Molly émet un petit rire discret, range d'une main ma queue dans mon jean – non sans me provoquer d'une caresse –, puis se penche à mon oreille.

— On a rencard, ce soir, toi et moi, non ? Allons-y.

Puisant au fond de mon âme une force dont j'ignorais l'existence, je parviens à me contrôler et me redresse.

— Une fois dehors, t'as intérêt à faire comprendre à tout le monde qu'on est ensemble. Tu tiens notre relation par les couilles : c'est l'heure de te montrer sauvage, ma chérie. Sors la grosse artillerie…

Et c'est exactement ce qu'elle fait : sans jamais me lâcher la main, elle remballe la blondasse de tout à l'heure et me traîne jusque sur la piste de danse, affichant toute sa fierté d'être mienne.

Jamais je n'ai été aussi heureux qu'à cet instant, à la regarder se détendre et se lâcher…

Quelques heures plus tard, Molly arrête brusquement de danser et me caresse le torse, le visage paré d'un air étrange…

— Ça va ? lui demandé-je en prenant son visage à deux mains.

Comme elle fait « non » de la tête, une nouvelle vague de panique m'envahit.

— Pourquoi ? Qu'y a-t-il ?

— J'aimerais rentrer à la maison…

— Tu ne te sens pas bien ? Quelque chose ne va pas ?

Je lui trouve les yeux brillants, et sa peau est brûlante. Qui plus est, son comportement étrange me fait craindre un accès de fièvre.

— Quoi donc ? Dis-moi, ma chérie…, insisté-je, de moins en moins patient.

Elle exhale un soupir tressaillant.

— Je veux que tu me ramènes… J'aimerais me mettre au lit…

— OK. Tu es fatiguée ? Il est encore tôt.

Un mince sourire habille soudain ses lèvres… Elle commence à se frotter contre mon entrejambe et se penche à mon oreille.

— J'aimerais me mettre au lit… Que tu te glisses derrière moi… et que tu me fasses l'amour…

Je m'empare d'elle aussitôt et la plaque contre le mur.

— Tu es sérieuse ?

— À en crever, me répond-elle, son regard d'ambre brûlant de détermination.

Elle est complètement ivre ou quoi ? Elle a descendu une chiée de tequilas… Dans un éclair de lucidité, je la mets en garde.

— Je refuse que tu t'obliges à quoi que ce soit si tu n'en as pas envie. Tu as bu : je ne veux pas que tu aies des regrets demain matin.

— J'ai bu, oui, mais pas assez pour ne plus savoir ce dont j'ai vraiment envie… Et ce dont j'ai vraiment envie, c'est toi, Roméo. Je sais déjà que je ne le regretterai pas.

Mille… putains… de mercis…

— Supplie-moi, alors…, lui ordonné-je, lesté de toute inhibition.

Elle me connaît, maintenant : elle sait que c'est mon mode de fonctionnement. Je n'ai plus à avoir peur d'être moi-même avec elle. D'ailleurs, je vois bien que j'ai fait mouche avec mon injonction…

— Je t'ai dit que je ne te baiserai que quand tu me supplieras de le faire. Quand tu auras envie de moi comme de personne d'autre. Si tu me veux à ce point, Jolly, tu vas devoir me le prouver. Et pour ça, je veux que tu me supplies.

Une lubricité nouvelle dilate ses pupilles… Voilà qui définit parfaitement notre relation : moi qui ordonne, elle qui obéit.

— Roméo Prince, je veux que tu m'allonges dans mon lit, que tu me déshabilles lentement, et que tu fasses de moi ce que tu veux. Fais-moi l'amour ce soir, Roméo… Je t'en supplie.

Très exactement quinze minutes plus tard, Molly se tient devant moi dans sa chambre, pantelante d'impatience, et je sais aussitôt qu'après cette soirée, après que nous aurons franchi cette dernière étape, rien ne sera plus jamais pareil entre nous.

# Chapitre 19

— Vers le lit. Enlève tes bottes. (Molly se retourne et obéit, m'offrant une vue unique sur son petit cul parfaitement moulé par sa robe ajustée.) Retourne-toi. Face à moi.

Elle rive dans le mien son regard dévoré par l'envie, un fin sourire aux lèvres… Putain, ce qu'elle est belle.

— Retire ta robe. Lentement.

Centimètre après centimètre, la robe noire sans bretelles révèle la peau mate et délicate de Molly. Lorsque je pose les yeux sur ses sous-vêtements de dentelle noire, je frôle l'infarctus. Bientôt, une fine inscription noire attire mon attention tout en haut de sa hanche gauche… Un tatouage ?

Je ressens soudain un fourmillement au bout des doigts, comme un besoin physique de la toucher, de caresser une fois de plus sa peau soyeuse. Je m'approche d'elle et attends jusqu'à ce qu'elle lève vers moi des yeux timides aux cils noirs graciles, ses longs cheveux châtains tombant jusque sur sa poitrine. Jamais – jamais ! –, je n'ai vu de femme aussi bandante…

Je tombe à genoux et caresse l'inscription.

— Un tatouage, Shakespeare ? Je ne m'attendais pas à ça. Tu ne me l'avais jamais montré…

Elle déglutit et, avivée par l'anxiété, sa respiration s'accélère. Je prends sa main dans la mienne pour l'apaiser…

— « Ainsi, vous êtes pour ma pensée ce qu'est la nourriture pour la vie, ou la pluie bien distribuée pour la terre », lis-je, avant de déposer un baiser sur sa peau délicate. C'est quoi, son histoire, ma chérie ? Pourquoi ces mots peuvent-ils s'enorgueillir de figurer sur ce corps magnifique ? plaisanté-je.

Les larmes aux yeux, elle glisse les doigts dans mes longs cheveux.

— C'est tiré du sonnet 75 de William Shakespeare…

Elle ne m'en dira pas plus, qu'importe combien j'insisterai, mais je sais que le message cache un sens plus profond.

Lorsque j'ai achevé de la déshabiller, Molly n'ose pas ouvrir les yeux, et j'ignore si c'est par gêne ou par peur de la suite. Mais elle n'a pas à être embarrassée et, d'ailleurs, je ne la laisserai pas l'être. Hors de question. Elle est parfaite à mes yeux, et la perfection n'a pas à s'encombrer de manque d'assurance.

J'empoigne ses cheveux.

— Ouvre les yeux, lui ordonné-je.

J'ai besoin de me noyer dans ses immenses yeux d'ambre. Mais… elle n'y arrive pas. Je tire un peu plus sur sa longue chevelure et me fais plus pressant.

— Ouvre les yeux. Je ne le répéterai pas.

Elle s'exécute, et je ne lis dans son regard qu'un désir torride et impatient. Je prends ses lèvres d'assaut, kidnappe d'une paume avide l'un de ses seins dont je pince le téton durci. Ses gémissements manquent de m'envoyer directement au septième ciel… Incapable d'attendre plus longtemps, je me laisse guider par mes pulsions : je la soulève, la jette sur le lit et, sauvage, arrache presque mes vêtements pour me retrouver en boxer.

Je m'étends sur elle, peau contre peau, plaque mon sexe contre son ventre, savourant chaque seconde de notre étreinte. Ce que je ressens est si différent de toutes mes expériences passées… C'est comme si ma vie se jouait ici. Mes mains avides éprouvent ses seins, mes lèvres ses tétons, et j'explore des doigts son sexe chaud jusqu'à ce qu'elle décolle les fesses du lit en hurlant.

Je ne tiens plus : il faut que je la prenne. Jamais je n'ai eu plus envie de quelque chose que de voir ma queue disparaître entièrement entre ses lèvres brûlantes. Dans un moment d'aliénation pure, d'amour fiévreux, je plaque mon front contre le sien.

— Je vais te prendre, maintenant… Je vais te montrer à quel point tu comptes à mes yeux, à quel point j'ai envie de toi… et à quel point tu m'appartiens. Compris, ma chérie ?

— Compris, Roméo…, me répond-elle avec ce putain de sourire timide qu'elle ne réserve qu'à moi.

Ce sourire, c'est ma raison de vivre… Non, c'est ma putain de vie.

Je me lève, retire mon boxer et observe Molly tandis qu'elle dévore ma queue des yeux en se caressant les seins, les cuisses crispées par le désir. Je me penche de nouveau sur elle, enserre sa nuque d'une main et l'embrasse lentement, ma queue plaquée contre ses lèvres chaudes. Je me redresse et tends la main vers mon jean pour récupérer une capote, quand elle pose sa main fragile sur mon bras.

— Roméo ? Qu'est-ce qu'il y a ?

— Capote…, dis-je en désignant du doigt mon jean abandonné sur le sol.

— Je prends la pilule.

Bordel… Elle ne veut que moi, peau contre peau, sans le moindre obstacle… Elle veut que je jouisse en elle, que je lui appose ma marque ultime.

— Ma chérie…

À deux doigts de perdre la raison, je peine à articuler le moindre mot : je veux l'entendre gémir sous moi, sentir ses ongles m'écorcher le dos tandis qu'elle jouit à s'en évanouir. C'est la première fois que je baise sans protection, et le fait que ce soit avec la femme de ma vie me rend totalement dingue d'excitation.

— Je t'en supplie…, me prie-t-elle d'une voix enrouée par le désir, les yeux dans les yeux. Je te veux toi, rien que toi… sans obstacle…

Finie l'attente.

La seconde suivante, je plaque le torse contre le corps de Molly, le bout de ma queue fouillant ses lèvres. Le corps entier agité par le désir, je me penche, dépose un baiser sur lèvres, puis, profitant de la diversion, enfonce ma queue en elle jusqu'à la base et jette la tête en arrière, la nuque prête à se briser tant le plaisir est fort de me retrouver enfin entre ses lèvres étroites.

Molly lâche un long gémissement, puis passe les jambes à ma taille, rajustant sa position tandis que je la baise sauvagement. Elle mord, griffe…

— Roméo…, siffle-t-elle entre les dents. Bordel… C'est trop… Je ne vais pas tenir…

— Non, ce n'est pas trop, ma chérie : c'est exactement ce qu'il nous faut, et ça va te plaire comme jamais rien avant moi. C'est notre vie, désormais : maintenant et pour toujours.

Elle écarquille les yeux, je change l'angle de mes assauts et trouve celui qui lui arrache le plus de gémissements.

Elle pose les mains sur mon cul, l'agrippe, le laboure de ses ongles…

Je ne veux pas qu'elle jouisse maintenant : je n'en ai pas fini avec elle.

Je redouble d'efforts pour me maîtriser et me retire, savourant avec un sourire son air surpris et désespéré.

— Et maintenant, tu vas hurler mon nom.

Je la pénètre soudain aussi fort que je le peux : la sensation nous arrache à tous les deux un hurlement de plaisir.

— Putain, ce que j'aime ta chatte…, murmuré-je, les yeux clos.

Le souffle court, j'attrape d'une main la tête de lit.

— Prends mes bras, grogné-je contre son cou.

Molly obéit, et je me redresse, usant de ma prise sur la tête de lit pour la baiser aussi fort que je le peux, ses cris de plaisir et sa respiration hachée m'invitant à ne faire preuve d'aucune retenue.

— Ça te plaît, ma chérie ? T'aimes que je te prenne fort comme ça ?

— Oui… Oui ! crie-t-elle, tandis que j'incline les hanches pour que mon corps caresse son clitoris pendant que je la pénètre.

Ses yeux d'ambre se révulsent, et son sexe enserre puissamment ma queue fort, comme si elle voulait l'arracher.

Je vais bientôt jouir, mais je refuse que ce soit avant elle : j'accentue le rythme, toujours plus sauvage, et elle écarquille les yeux, les joues rouges. Elle va céder.

— Vas-y, Jolly, maintenant ! Lâche-toi ! lui ordonné-je, les dents serrées, tandis que le bois fragile de la tête de lit menace de se briser entre mes poings serrés.

Dans un dernier mouvement de hanches, elle jette la tête en arrière et hurle, emportée par un orgasme long et puissant. Incapable de contenir mes propres cris, j'accélère encore et sens le plaisir me saisir à mon tour : je ferme les yeux et, dans un grognement caverneux, chavire à la sensation brûlante de mon sperme chaud se répandant en elle. Mes bras tremblent sous l'effort, et je lâche la tête de lit pour prendre Molly dans mes bras. Le visage perdu dans ses cheveux, je tangue lentement en elle, plaqué contre sa poitrine.

Exténué, je baisse les yeux vers elle.

— Hé, Jolly…, murmuré-je.

Son sourire lumineux m'aveugle presque.

— Hé, toi…

Soudain, j'identifie un peu mieux la nature de mes sentiments pour elle…

— Tu es tout ce à quoi je pensais ne jamais avoir droit… Te faire l'amour, c'était… Au-delà de…

Je n'arrive même pas à la regarder dans les yeux, et niche lâchement mon visage au creux de son cou. Être possessif à en devenir con, je maîtrise, mais partager mes sentiments… Pour autant, je veux que Molly comprenne, qu'elle sache combien je la… chéris.

Elle dépose un baiser sur le haut de mon crâne, me caresse les cheveux.

— Roméo, c'était magnifique…, lâche-t-elle dans un soupir.

Nous restons ainsi un moment, avant qu'il me devienne physiquement nécessaire de bouger. Lorsque je me retire, elle grimace légèrement.

— Je ne t'ai pas fait mal ? lui demandé-je.

— Un peu, mais rien d'insurmontable…

Je suis si fier de ce que nous venons de ressentir ensemble que je ne peux m'empêcher de le lui dire.

— Si monsieur est content de lui, c'est le principal ! plaisante-t-elle.

Après une toilette rapide, je reviens m'allonger près d'elle. Elle m'attendait, le sourire aux lèvres. Je me glisse derrière elle et l'attire contre mon torse, peignant ses cheveux de mes doigts, mes caresses lui arrachant quelques gémissements de plaisir. C'est la première fois de ma vie que je me sens aussi… bien, heureux, après avoir fait l'amour. Jusqu'à présent, j'avais toujours fait ça vite, brutalement, avant de retomber sur le pieu et de m'endormir sans la moindre considération pour la fille que je venais de baiser – quand je ne la renvoyais pas direct chez elle. Mais là, cette sensation de bien-être, avec ma Jolly allongée contre moi… Merde, c'est dingue… Incroyable.

— Raconte-moi un truc que t'as jamais dit à personne, proposé-je soudain, accro à notre intimité nouvelle et impatient de l'explorer plus avant.

Je perçois aussitôt la vague de panique qui l'envahit et prends sa main pour l'apaiser… Ça marche, je crois.

— Quel genre de truc ? me demande-t-elle, nerveuse.

— N'importe quoi, tant que tu ne l'as jamais dit à qui que ce soit. Un secret intime, une peur profonde…

Elle relève la tête et me regarde droit dans les yeux… Les siens sont brillants de larmes. Je serre plus fort sa main pour mieux la soutenir.

— Parfois, je me sens si seule que j'ai la sensation… que je pourrais en mourir… En mourir vraiment, murmure-t-elle.

Je pourrais jurer que mon cœur vient de s'arrêter. Mes merdes, je peux les gérer, mais la voir aussi dévastée, entendre sa voix se briser comme ça, ça me flingue…

Elle esquisse un sourire fébrile, sans jamais fuir mon regard : aussitôt, je ne peux m'empêcher de la serrer dans mes bras et de couvrir de baisers chaque centimètre carré de sa peau. Elle se sent si seule… Cette mise en retrait permanente, cet investissement aveugle dans les études, ce n'est qu'un moyen de se protéger. Comme moi avec le foot.

— Jolly, ma chérie, ça me brise le cœur de l'entendre…, dis-je, la gorge serrée, me demandant comment un bloc de glace comme moi pourrait bien la délivrer d'une telle souffrance.

— Et c'est vrai… Je ne l'avais jamais dit à personne… Tu es le premier à qui j'en parle. C'est probablement le plus difficile pour moi, au quotidien. C'est dingue ce que le silence peut te hurler chaque seconde combien tu es seule, te rappeler qu'en ce monde, au fond, tu suis ta route sans personne pour t'accompagner…

— Je peux te dire un truc ? dis-je d'une voix presque inaudible.

C'est comme si ma bouche s'était ouverte malgré moi et qu'un fragment de mon âme tentait de s'échapper…

Je la sens se raidir et retenir son souffle. Elle ne sait pas à quoi s'attendre…

— Je me sens seul à en crever, moi aussi…

Son visage montre tout son soulagement… Nous nous comprenons. Aussitôt, elle s'effondre dans mes bras et des larmes retenues durant des années et des années de souffrance se mettent à couler, sans que je puisse rien faire ou presque pour la consoler. J'ignore si ce sont ses sanglots ou son visage brisé, mais je me retrouve soudain face à mes propres démons, et ne peux m'empêcher de pleurer moi aussi, pour la première fois depuis des années.

Je serre Molly fort dans mes bras.

— On ne doit plus rien à la solitude, ma chérie… On est là l'un pour l'autre, maintenant.

Elle se retourne et essuie ses larmes en riant.

— C'est fou, Roméo… On se connaît depuis quelques semaines à peine, et j'ai l'impression de t'avoir eu toute ma vie à mes côtés.

Ce n'est peut-être pas le meilleur moment pour plaisanter, mais je ne peux pas m'en empêcher…

— C'est le destin qui nous a réunis, Shakespeare… Les amants maudits… Et on a toute la vie pour se découvrir, contrairement au pauvre couple à qui on doit nos prénoms. Tu peux être sûre que je ferai tout pour qu'on vive heureux jusqu'à la fin des temps.

Elle se love contre mon torse, et sa respiration s'apaise.

— La citation sur ta hanche, j'aimerais que tu m'en parles, lui demandé-je. (Ma question éveille en elle une douleur palpable, et je serre sa main une fois de plus.) Je suis là, ma chérie.

Elle prend une profonde respiration.

— Mon père a cité cette phrase dans la lettre qu'il m'a laissée avant de se suicider. Il me la récitait chaque soir en m'endormant, et j'avais besoin de trouver un moyen de me souvenir de lui, pour ne jamais l'oublier.

L'intensité de la souffrance dans sa voix, putain… Ce trouble vertigineux. Elle ne s'en est pas remise. Pas même un peu…

— Tu l'as citée de tête au tatoueur ?

Alors, elle me dit qu'elle connaît par cœur la lettre de son père, et qu'elle l'a conservée. Je suis à des putains d'années-lumière de tout ça… Je ne suis qu'un couillon incapable de gérer sa colère, moi. Qu'est-ce que je sais de la manière dont on se remet du suicide d'un proche ?

— Tu veux la lire ? me propose-t-elle, pleine d'espoir.

— Pourquoi je la lirais ? réagis-je, raidi par la surprise et l'appréhension.

— Parce que personne d'autre que ma grand-mère et moi n'a jamais lu cette lettre. J'aimerais partager ça avec toi. Je veux que tu fasses partie de ma vie chaque jour un peu plus, que tu en saches chaque jour davantage sur moi… Ça t'aidera peut-être… à me comprendre mieux.

J'accepte, bien qu'à contrecœur. Mais si cela peut me permettre d'en apprendre davantage sur ma Jolly, je serais idiot de refuser. Elle se lève, totalement nue, et je mate ses fesses tandis qu'elle se déhanche jusqu'au placard d'où elle tire un carton. Je ne peux réprimer un grognement d'envie.

Bordel, ce qu'elle est bandante…

Elle me lance un regard par-dessus son épaule en riant.

— T'es irrécupérable, mon pauvre.

C'est vrai. Et j'ai hâte de glisser de nouveau ma queue en elle…

— Pour info, je vais te baiser encore, ce soir. Je suis camé, Shakespeare. T'es ma putain de drogue.

Les pommettes rosies, elle revient vers le lit, se penche et me dépose un baiser appuyé sur les lèvres, avant de me présenter une vieille lettre rangée dans une chemise de plastique. Alors je lis le mot d'adieu d'un père à sa fille.

*Ma Molly-Jolie, ma poupée,*

*Jamais je n'aurais pensé t'écrire un jour une lettre si douloureuse.*

*Avant toute chose, sache que je t'ai aimée comme aucun papa n'a aimé sa petite fille depuis la nuit des temps.*

*Tu es la prunelle de mes yeux, et le plus merveilleux de mes accomplissements sur cette terre.*

*Je sais que tout cela est encore bien trop difficile à comprendre pour une si jeune fille, mais un jour, tout deviendra plus clair, tu verras. J'aimerais, cependant, t'expliquer ce pour quoi je te laisse aujourd'hui, et te promettre que toi, Molly-Jolie, tu n'y es strictement pour rien.*

*J'ai aimé bien des gens dans ma vie, mais l'amour que j'éprouvais pour ta mère allait au-delà de l'indicible. Le jour de ta naissance a été à la fois le plus triste et le plus heureux de ma vie. Le plus heureux, car je t'ai eue, et le plus triste, car j'ai perdu l'autre moitié de mon âme.*

*Cela m'a brisé, Molly, et Dieu seul pourra me reconstruire.*

*Un jour, mon bel ange, un jeune homme viendra et t'offrira en découverte l'amour véritable. Tu te sentiras voler à ses côtés, et il te montrera le bien que l'on ressent à confier son cœur à un autre, à lui offrir notre âme, à se faire entièrement sien. Assure-toi que ce garçon sera digne du trésor qu'est ton cœur, et fais ton possible pour toujours protéger ce lien précieux qui vous unira.*

*Quand tu seras plus grande, plus savante des choses de la vie, et que tu repenseras à mon départ, tu verras peut-être naître en ton esprit des questions, des craintes, et de la rancœur à mon égard de t'avoir laissée si jeune.*

*Je crains, malheureusement, de ne pouvoir trouver ici les mots qui sauront t'apporter du réconfort. D'aucuns te diront sûrement que j'ai été égoïste de t'avoir abandonnée, mais j'aurais trouvé plus égoïste encore de te laisser vivre avec un père qui n'était plus que l'ombre de lui-même.*

*Depuis la mort de ta maman, j'ai vécu une existence baignée de tristesse et de solitude avec, comme seuls phares dans cette nuit éternelle, ta grand-mère et toi. Sache que, maintenant, je vis en paix en un lieu angélique, blotti dans les bras de ta maman pour l'éternité.*

*Vis ta vie pleinement, ma fille, mon trésor, et un jour, lorsque Dieu en décidera, je t'attendrai aux portes du paradis où, une fois de plus, tu sauteras dans mes bras : je te ferai tournoyer, comme avant, te dirai combien je te trouve jolie et te présenterai à ta mère… Tu verras comme elle te ressemble.*

*« Ainsi, vous êtes pour ma pensée ce qu'est la nourriture pour la vie, ou la pluie bien distribuée pour la terre. »*

*Je t'aime,*
*Papa*

Je reste immobile pendant des siècles sans doute, à lire et relire ces mots d'amour et de peine, jusqu'à ce que je me rende compte que Molly n'est plus à mes côtés. Alors, je pose la lettre sur la table de chevet et lève les yeux vers la terrasse : vêtue de sa robe noire, elle observe les étoiles.

Elle est tellement forte… Sous ses airs de *nerd* timide, elle a connu l'enfer et elle en est revenue. Si quelqu'un mérite une putain de médaille, c'est bien elle… Elle est incroyable.

Il n'y a pas de mots pour dire combien je l'aime.

Bordel de merde ! Je l'aime… Oui… Je suis fou amoureux de Molly !

Je la rejoins sur la terrasse, caresse ses longs cheveux et les dépose avec délicatesse sur son épaule, puis l'embrasse sur la nuque. Je passe les bras autour de sa taille et la retourne vers moi. Elle lève aussitôt les yeux, tente de lire dans les miens ma réaction à la lettre de son père – craintive, méfiante –, mais ne doit rien y voir d'autre que mon envie de l'embrasser, de lui faire l'amour, de la faire mienne et de ne jamais plus m'éloigner d'elle. Je veux être unique à ses yeux, différent de tous ceux, tous les autres, qu'elle a croisés dans sa vie.

Comme si elle ne pesait pas plus qu'une plume, je la soulève et vais la déposer sur la table de la terrasse. Elle déglutit avec nervosité tandis que je commence à retirer sa robe. Je suis déjà entièrement nu, n'ayant pas pris la peine de me rhabiller depuis nos ébats. Je laisse courir une main le long de sa cuisse délicate, remonte jusqu'à son sexe et, maintenant sa jambe contre mes hanches, la pénètre sans prononcer le moindre mot.

Je me penche sur elle sans jamais quitter son regard et me lance dans de lents va-et-vient. Je couvre de baisers son visage et son cou, dégage les mèches de cheveux mouillés qui lui voilent les yeux, ses larmes aussi, légères, qu'elle verse à mesure que nous approchons de l'orgasme. Soudain, elle écarquille les yeux et, la sentant sur le fil, je plaque le front contre le sien : après un dernier assaut, elle jouit, les mains sur mes joues, m'embarquant avec elle.

J'éjacule en elle en l'embrassant lentement, le souffle court, puis, perdant mon regard dans le sien, laisse courir un doigt le long de sa joue.

— Merci de m'avoir laissé lire ta lettre, ma chérie. Merci de me faire confiance au point de partager ton passé avec moi.

Elle lâche un soupir si profond qu'elle semble l'avoir retenu des heures, puis me sourit, apaisée.

— Mets-moi au lit, Roméo…

Je m'exécute, et elle s'endort aussitôt. De mon côté, je revis le déroulé de notre soirée, incrédule, avant de sombrer moi aussi dans le sommeil.

# Chapitre 20

Je frappe à la porte du bureau de mon père, tendu, me préparant à une nouvelle confrontation musclée. Ces dernières semaines, je n'ai pas répondu au moindre de ses SMS, e-mails et messages vocaux. Je n'ai pas osé, de peur que Molly ait des emmerdes…

Comme je m'y attendais, ma mère ne m'a pas recontacté depuis notre repas écourté chez *Lorenzo*. La seule putain de raison pour laquelle je suis dans cette saloperie de maison hantée, c'est parce que mon père m'a pratiquement supplié de venir… Bon, je ne cache pas qu'une certaine curiosité morbide m'a peut-être poussé à découvrir ce qu'il pouvait me vouloir : jamais il ne s'était adressé à moi de cette façon – sincère, douce – et je brûle de savoir ce qui a motivé ce changement de comportement. Je prie secrètement pour qu'il ait enfin entendu raison concernant ce mariage à la con… J'aurais tout donné pour pouvoir enterrer cette merde.

— Entre ! lance Joseph Prince depuis sa salle du trône.

Je prends une inspiration profonde et ouvre la porte pour découvrir mon père assis à son immense bureau en acajou. Sa tentative de sourire lui donne un air… étrange. Je scrute la pièce autour de lui pour voir si le rictus n'est pas adressé à quelqu'un d'autre, mais ne vois personne : c'est moi, le destinataire de ce sourire qui semble lui déchirer la gueule…

— Rome, assieds-toi, je t'en prie, m'accueille-t-il en désignant d'un geste la chaise devant son bureau.

L'espace de quelques secondes – qui me semblent interminables –, je le dévisage, incapable de comprendre ce qu'il me veut. Il a l'air calme, posé : c'est le visage qu'il offre d'ordinaire au monde, loin de celui du patriarche tyrannique et violent que j'ai toujours connu.

— Installe-toi, Rome. Il faut qu'on discute, toi et moi.

J'avance à pas méfiants jusqu'à la chaise. Nerveux, je fouille la pièce du regard à la recherche de quelque indice qui me permettrait de justifier ma présence ici. Mon père se contente de croiser les bras en me toisant en silence.

Je me frotte la tête, perplexe.

— Pourquoi je suis ici, papa ? lui demandé-je calmement.

— Je… Je…, retente-t-il avant de soupirer et de plaquer ses mains sur le bureau. Ta mère m'a expliqué ce qui s'est passé il y a quelques semaines, et ça m'a fait réfléchir…

Mon cœur s'affole entre mes côtes. Le ton de sa voix, son attitude, tout cela est trop étrange et me met mal à l'aise.

— Je prends de l'âge, et ton refus de communiquer avec moi m'a poussé à repenser ma manière de voir les choses. J'ai réfléchi à la façon dont je t'ai traité, à la légitimité pour toi d'avoir ressenti que je t'imposais de reprendre l'affaire familiale.

J'agrippe les accoudoirs, une vague de colère brûlante irradiant dans mon corps entier.

— C'est une blague, pas vrai ? Un nouveau faux plan pour me pousser à faire ce que tu veux ?

Mon père se rassoit, l'air vexé, sans que j'arrive à évaluer la sincérité de sa réaction.

— Non, Rome. J'aimerais enterrer la hache de guerre.

Et fumer le putain de calumet de la paix, aussi ? Je suis à deux doigts d'envoyer voler son bureau de merde et de lui hurler : « *La hache de guerre ? Tu m'as rabaissé et battu toute ma vie ! Maman a toujours fait comme si je n'existais pas sans jamais avoir ne serait-ce qu'essayé de m'accepter comme son enfant ! Pourquoi changer d'attitude maintenant, alors que vous me harcelez depuis des mois pour que j'épouse Shelly ?* »

Mais je n'en fais rien. Je me contente de le dévisager, sous le choc, incapable de faire le moindre geste… jusqu'à ce qu'il aborde le sujet tabou.

— Ta mère m'a parlé de ta petite amie, l'Anglaise que tu fréquentes.

Le besoin viscéral de protéger Molly me submerge, et mon corps se rappelle soudain comment fonctionner. Je me penche brutalement en avant.

— Je t'interdis de l'impliquer dans nos histoires ! le menacé-je. Elle n'a pas besoin de tout ce merdier !

Il hausse ses sourcils châtains grisonnants et lève les mains en signe d'apaisement.

— Tout doux, Rome, tu te fourvoies…

— Alors, explique-toi, merde ! craché-je, les mâchoires serrées, de plus en plus suspicieux.

— Ta mère et moi, nous avons beaucoup discuté, et nous aimerions la rencontrer, histoire de comprendre la raison pour laquelle tu es dans tous tes états. Nous aimerions nous montrer plus… accommodants avec toi, désormais.

J'ai l'impression d'avoir été propulsé dans un putain d'épisode de *X-Files* ! Mes parents voudraient rencontrer Molly… pour me faire plaisir ?

— Mon cul, oui ! dégainé-je, persuadé qu'il s'agit là d'un nouveau coup fourré.

— Nous ne voulons pas te…

— Pourquoi maman voudrait la rencontrer ? l'interromps-je. Elle m'a menacé de nous détruire, Molly et moi ! Pourquoi s'intéresser soudain à elle ?

Mon père s'éclaircit la gorge et acquiesce.

— Je te l'accorde, j'ai dû me montrer persuasif pour que ta mère accepte. Moi, en revanche, j'aimerais vraiment la rencontrer. Venez donc dîner à la maison demain soir.

Une détermination sans faille m'envahit tout entier.

— Jamais de la vie.

Des spasmes nerveux agitent le visage de mon père, et je sais qu'il n'est pas loin de s'emporter. Je reste assis, patient, mais la tempête annoncée ne vient pas : l'enfoiré est en train de m'embrouiller l'esprit comme jamais.

— Écoute, Rome, je comprends pourquoi tu ne veux pas dîner avec nous. Je commence à me rendre compte que nous avons mal agi avec toi, et je vois bien ce qui peut te troubler dans le fait de nous présenter ta petite amie, mais j'insiste… Tu es mon seul fils. Mon seul enfant.

— J… je…, bredouillé-je, incapable de trouver mes mots.

Percevant mon trouble, il poursuit.

— J'ai toujours été vampirisé par mon travail : trop occupé à faire de Prince Oil une entreprise de premier rang, je t'ai négligé. Je n'ai jamais pris le temps d'apprendre à te connaître, à te comprendre. J'aimerais que cela change et, pour cela, je souhaiterais commencer par rencontrer ta petite amie. C'est la première fois que tu t'engages vraiment avec une fille, si je ne me trompe ?

Comme il attend ma réponse, je hoche à peine la tête.

Une sensation inédite me réchauffe la poitrine, et je ne sais pas comment réagir. Des émotions contraires luttent en moi. J'ai prié si longtemps que mon père veuille de moi… Il vient de dire que j'étais son fils, une sincère affection dans la voix. Une partie de moi veut se laisser séduire par le sentiment envoûtant que cela fait naître en moi, mais l'autre me hurle de ne pas le croire. Certes, c'est la première fois qu'il adopte cette stratégie – la posture… papa normal –, mais ce ne serait pas la première fois que je me brûle les ailes et tombe tête la première dans la fournaise, séduit par leurs fausses promesses.

Mon père lâche un profond soupir.

— Rentre chez toi, informe ta petite amie de notre invitation et préviens-moi dès que possible. Ne me fais pas attendre trop longtemps, je te prie. Si tu veux que nous nous rapprochions, tu dois accepter de faire ce premier pas. Je te tends la main, et si tu ne me tends pas la tienne, je n'attendrai pas éternellement.

— Maman va la malmener. C'est hors de question…, rétorqué-je, la voix un brin plus calme, maintenant que je m'étonne à peser le pour et le contre de sa proposition.

— Je lui ferai promettre de ne rien dire. Tu as ma parole, m'assure-t-il.

Je reste silencieux, regardant sans même les voir mes mains sur mes genoux.

— Rome, je sais que toi et ta mère n'êtes pas proches : elle n'a jamais réussi à passer outre ce que je lui ai fait. Mais tu es mon fils, la chair de ma chair, et j'ai beaucoup à me faire pardonner ; je t'ai trop fait souffrir. (Il se cale dans son fauteuil.) Je suis un homme intolérant et impulsif, et toutes ces discussions à propos du mariage commencent à me peser : faisons table rase du passé. Enfin, si tu souhaites encore faire partie de notre vie, bien entendu.

Je me relève soudain. Comment est-ce que je vais pouvoir gérer toute cette merde sans péter un plomb ?

— Je vois ça avec Molly et je te tiens au courant. (Je me retourne, me dirige vers la porte sans attendre sa réaction et, à mi-chemin de la sortie, lance un regard par-dessus mon épaule.) Et Shel' et Mr Blair ? Tu comptes leur dire quoi ?

Son visage se pare d'un sourire que je peine à interpréter, et le doute envahit une fois de plus mon esprit.

— Je m'occupe d'eux, ne t'inquiète pas, répond-il comme si cela n'était qu'une broutille. Et j'insiste : ne me fais pas trop attendre.

Sans un mot de plus, je me dirige vers l'entrée de la maison quand j'aperçois ma mère dans le petit salon, un verre à la main – sans grande surprise –, bien qu'il soit à peine 14 heures. Elle scrute par la fenêtre, le regard absent. Je ne prends même pas la peine de lui dire bonjour : mon père a peut-être essayé de sauver le peu de fragments qui ont survécu au naufrage familial, mais ma mère n'est qu'une boule de haine dont je n'ai plus rien à attendre.

Filant à toute allure sur la route en sens inverse, je ne peux m'empêcher de douter : est-ce que c'est un piège ? Je refuse d'embarquer Molly dans le conflit sans fin qui m'oppose à mes parents, mais… et si mon père était sincère ? J'ai toujours rêvé que mes parents veuillent de moi… Si c'est ma seule chance que cela se réalise, est-ce que je dois la saisir ? Mais ça doit être une putain d'embrouille, forcément… Non ? Convaincant – et troublant –, mais forcément une filouterie pour obtenir je ne sais quoi de moi… Bordel. J'en sais rien, merde ! Je dois prendre le risque ou pas ?

Mon père joue avec mes émotions : il sait que j'ai toujours cherché son approbation… Veut-il vraiment repartir de zéro, ou est-il crapuleux au point d'utiliser cette fragilité contre moi ? J'ai l'esprit en vrac, et je ne connais qu'une personne capable de m'apaiser et de me permettre de reprendre le contrôle. J'ai besoin de voir Molly.

# Chapitre 21

Je jette un dernier regard dans le miroir : pantalon noir, chemise blanche. J'ai l'air d'un pur trou du cul. Je récupère mes clés et sors de ma piaule.

— Tu t'arraches ? m'interpelle Austin quand je traverse le salon.

Je m'arrête dans l'encadrement de la porte, les mains crispées sur le chambranle de bois.

— Ouais…, soupiré-je, avant de me retourner vers mon meilleur pote. Putain, mec… Tu penses que je fais une connerie ?

Carillo se redresse et hausse les épaules.

— Comme je t'ai dit hier soir : mes tripes te conseillent de pas y aller. Après, ça arrive que les darons changent, Rome… Dur de savoir quoi te conseiller. Ton père a peut-être eu une putain de révélation divine, genre… il a vu la lumière, tu vois ?

Il éclate de rire, et je ne peux m'empêcher de sourire à sa connerie, malgré ma nervosité dévorante.

— Ce qui est sûr, c'est que tu vas vite être fixé, mec…, ajoute-t-il, l'air soudain solennel.

— Je me casse.

— Bonne chance.

Je monte dans mon pick-up et fais mon possible pour rester calme. J'ai beau ressentir jusque dans ma chair que c'est un guet-apens, Molly a insisté pour qu'on y aille. Je sais qu'elle veut que je résolve mes galères avec mes parents : elle n'a pas de famille, et elle aimerait que je ne vive pas le même genre de solitude. Cela étant, je ne lui en ai pas dit beaucoup sur mon passé ni sur les rapports que j'entretiens avec eux. Elle sait qu'il leur est arrivé de me frapper – même si c'est bien plus rare, désormais –, qu'ils me rabaissent et me forcent à faire passer le devoir familial avant mes rêves, mais elle ignore tout de leur maltraitance, et de la raison pour laquelle ils ont agi avec moi de façon si cruelle. Je ne peux pas me résoudre à le lui dire. Je n'en ai jamais parlé à personne… La vérité, c'est que j'en ai honte.

Je me gare devant le foyer de la sororité, à deux doigts de tout annuler. Ce n'est pas la première fois. Le truc, c'est que ce que m'a dit Molly hier continue de me hanter…

* * *

*La veille…*

Dès que j'ai quitté la baraque de mes parents, je fonce au foyer de Molly et grimpe sur sa terrasse, où je la trouve coincée entre son ordi portable et ses bouquins.

— Tu te tues encore à la tâche, à ce que je vois, lui dis-je, après l'avoir saluée d'un long baiser.

— Oui. Mrs Ross a appris ce matin quand nous devions présenter l'article à Oxford. On part dans quelques mois. Ça va être une course contre la montre pour Ross, mais pour moi, le boulot est terminé.

Elle sourit jusqu'aux oreilles. Moi, je me renfrogne.

— Tu pars en Angleterre dans quelques mois ? Depuis quand ?

— Depuis toujours…

Elle m'explique qu'elle doit être présente lors de l'intervention à Oxford si elle veut s'assurer une bonne place en doctorat. Honnêtement, je n'ai aucune envie qu'elle se casse, quelle qu'en soit la raison. Mais elle me promet de revenir pour les matchs de championnat… En résumé, je vais devoir serrer les dents pendant ses absences, point barre. Voilà qui s'ajoute au tas de merdes de cette journée.

Comme elle sent que quelque chose ne tourne pas rond, Molly vient s'asseoir sur mes genoux.

— Un problème ?

— Devine ? dis-je avec un soupir.

— Tes parents ?

— Bingo…

— Qu'est-ce qu'ils ont encore fait ?

Je perçois toute l'inquiétude dans sa voix.

— Ils veulent te rencontrer. Ils nous invitent à dîner demain soir… Leur stratégie est lancée.

Elle se redresse, sous le choc de la révélation.

— C'est une plaisanterie ? Je n'aurais jamais pensé qu'ils voudraient… me rencontrer un jour.

— Moi non plus. (Ma remarque semble la vexer, alors je l'attire tout contre moi.) Hé, ne le prends pas mal, c'est juste qu'on ne peut pas vraiment dire qu'ils soient heureux de nous savoir en couple, Jolly. Je pense qu'ils nous l'ont bien fait comprendre…

Elle se love de nouveau contre son torse.

— Je sais… Quelle merde…

— Je vais refuser, statué-je, soudain décidé.

Molly est trop importante à mes yeux pour que je risque de la perdre. Toutefois elle se redresse, l'air déterminé.

— Non… Qu'ils aillent se faire voir : on y va. On va leur montrer comme on est bien ensemble. Nous voir, ça les aidera peut-être à comprendre.

— Premièrement, non, ils ne comprendront pas, et deuxièmement, je ne les laisserai pas s'en prendre à toi. Ça fait des années que je supporte leurs conneries : hors de question que tu subisses le même traitement. Tu as vu ce dont mon père est capable. Il ne supporte pas qu'on lui désobéisse. Quant à ma mère, elle est aussi revancharde que cruelle. Pourquoi est-ce que tu voudrais rencontrer des monstres pareils ?

Sa force intérieure se lit dans le sourire radieux qu'elle m'adresse.

— Je veux franchir le pas. Pour toi.

* * *

Après un long argumentaire de sa part et plusieurs heures enfoui en elle, nous avons décidé d'accepter l'invitation, mais, maintenant que j'attends dans mon pick-up, j'ai l'impression d'avoir copieusement chié dans la colle. Je ne sais pas depuis combien de temps j'attends Molly, le regard perdu dans le vide, quand elle sort du foyer de la sororité… Elle est d'une beauté à couper le souffle.

J'ouvre la portière, la rejoins et l'attire contre moi.

— Ma chérie…, croassé-je, la voix chargée d'angoisse.

Elle passe les bras autour de ma taille et me serre fort.

— Hé, Rome… Ça ne va pas ?

Je me redresse, l'embrasse, puis acquiesce.

— Si… Non. Enfin, je ne sais pas. Peut-être…

Elle esquisse une grimace amusée, puis incline légèrement la tête.

— Hmm ? T'as pas l'air spécialement dans ton assiette. Et puis, pour le coup, je ne t'avais jamais vu porter autre chose qu'un jean, un tee-shirt et ces foutues santiags que tu ne quittes que pour enfiler tes crampons. C'est de t'être mis sur ton trente et un qui te rend fou au point de m'attendre des heures devant le foyer comme un sociopathe ?

Je ris malgré moi, passe un bras autour de ses épaules, puis la guide jusqu'au pick-up.

— Allez, monte, miss sexy, avant que je trouve un moyen tout personnel de te bâillonner…

Je l'aide à grimper, incapable de résister à l'envie de laisser courir une main le long de sa cuisse nue, puis sur le tissu chaud de sa culotte. Elle lâche un hoquet surpris et me foudroie d'un regard faussement offusqué en attachant sa ceinture.

Ce que j'aime cette fille, merde… Tandis que je la dévore des yeux, je sens m'envahir l'angoisse qui me harcèle depuis que j'ai accepté cette putain d'invitation : je ne supporterai pas de perdre Molly. C'est non négociable, et qu'importe ce que mes parents ont derrière la tête, ils vont devoir le comprendre.

Je grimpe d'un bond derrière le volant et prends la route, tandis que Molly se met à hocher la tête sur un titre de Blake Shelton qui, plein de tact, invite les pays du monde à lécher le cul du sien : elle chante chaque phrase, par cœur, son accent *british* tranchant radicalement avec l'intonation sudiste du chanteur. Je renâcle et secoue la tête, m'attirant un regard réprobateur de la part de ma future Dolly Parton à moi.

— Quoi ? me demande-t-elle avec une grimace.

— Rien. C'est juste que tu es particulièrement en beauté, ce soir, au point que j'en ai du mal à me concentrer sur la route.

C'est la vérité. Ce n'est peut-être pas ce à quoi je pensais à l'instant, mais je doute qu'elle tolère une vanne sur sa performance vocale. Elle s'arrête de chanter, lisse sa robe et se mordille la lèvre.

— C'est tellement pas moi, cette tenue… Ally m'a changée en Barbie avec toutes ses sapes de stylistes pour que je fasse bien chicos devant tes parents : c'est un peu trop pour moi… (Elle soupire et secoue la tête.) Non, je crois que j'ai juste peur qu'ils me détestent, admet-elle, avant de tourner vers moi un regard nerveux. Enfin, qu'ils me détestent encore plus…

Ses mots me fendent le cœur : de toute évidence, elle n'a aucune envie d'aller là-bas, et chaque seconde il m'apparaît un peu plus clair qu'elle ne le fait que pour moi. Au détriment d'elle-même.

Je crois que je ne me suis jamais senti aussi égoïste de ma vie. Quel connard…

Pendant près de quinze minutes, nous ne prononçons pas le moindre mot.

Personnellement, j'en suis simplement incapable.

Lorsqu'elle remarque mon changement d'attitude, Molly se rapproche, se colle contre moi et passe une jambe sur les miennes. Je me sens le besoin soudain de la protéger et me tourne vers elle.

— Écoute-moi bien, tu veux ? déclaré-je, solennel.

Il faut qu'on prévoie un plan de fuite au cas où cette proposition d'enterrer la hache de guerre ne soit qu'une putain de mascarade. Molly se redresse et, plus attentive que jamais, rive sur moi son regard d'ambre.

— Ils profiteront sûrement de la moindre occasion pour te blesser, ce soir. Pour te faire autant de mal que possible. Quoi qu'ils disent, ne laisse pas leur venin t'atteindre. Je leur ferai obstacle, de mon côté. Si tu ressens le besoin de partir, n'importe quand et quelle qu'en soit la raison, on s'arrache sans se retourner. N'hésite pas une seconde. Promets-moi juste que tu ne les laisseras pas te faire de mal.

Elle avale sa salive.

— C'est promis, murmure-t-elle.

Je pose une main sur sa cuisse : sentir sa peau nue contre la mienne reste la meilleure technique que je connaisse pour trouver du courage.

— Dans ce cas, pourquoi est-ce que j'ai l'impression que je vais te perdre ?

Sans me quitter du regard, elle me demande de me ranger, et sitôt que je me suis garé sur le bas-côté recouvert de gravier, elle grimpe sur mes genoux.

— Tu ne me perdras jamais, dit-elle, péremptoire.

J'ai tellement envie de la croire… Mais, la vérité, c'est que si nous nous jetons dans la gueule du loup, si mes parents arrivent d'une façon ou d'une autre à la blesser, elle s'arrachera loin de moi à la première occasion. Pourquoi rester avec moi ? Cette seule pensée fait naître en moi une nouvelle attaque de panique.

Je la regarde dans les yeux. J'aimerais lui dire combien je l'aime, mais l'angoisse me fait perdre mes moyens.

— Je le supporterais pas, Jolly. T'imagines pas ce que tu représentes pour moi… T'imagines pas ce que je ressens pour toi, combien j'ai besoin de toi… C'est le cas, Jolly, je te jure. Je parle pas beaucoup de ce que je ressens, c'est vrai, mais je… Je… Jolly, je t…

*Je t'aime. Je t'aime, bordel… Je t'aime.*

Mais les mots ne viennent pas, prisonniers de ma poitrine, contraints par la peur.

— Chut… Pas besoin d'aller jusque-là. Roméo, tu m'as donné une raison d'être heureuse. Je ne m'étais pas sentie aussi bien depuis une éternité. Tu m'as ressuscitée. Tu le sais, ça ?

Sa déclaration m'apaise. Un peu, du moins.

— Ce sont des gens cruels, ma chérie, confessé-je. Je sais que tu en doutes, mais la seule et unique raison pour laquelle ils nous ont invités ce soir, c'est pour asseoir leur domination sur moi : c'est leur seul et unique but, toujours. (Je pose le front au bas de son cou.) Ils ne me lâcheront jamais… Jamais ils ne permettront que je vive heureux avec toi. Ils préparent un sale coup : ils font toujours tout pour me pourrir la vie.

Rien de plus vrai. Si je regarde en arrière, mes expériences passées m'ont appris qu'ils n'ont jamais – et je dis bien jamais – rien fait d'autre que faire de ma vie un enfer. L'invitation de ce soir, c'est forcément un piège. Qu'est-ce qui compte le plus pour moi, au final ? Réparer le lien merdique et malsain que j'entretiens avec mes parents, ou être un homme qui cherche avant tout à protéger celle qu'il aime ?

Je n'hésite pas longtemps.

— On rentre ! tonné-je en tentant de faire descendre Molly de mes genoux. Hors de question qu'on aille à ce dîner de merde !

— Si, on y va, insiste-t-elle, son corps entier rayonnant de détermination.

Je comprends que ma Jolly a pris sa décision, et qu'il n'y a rien que je puisse faire pour l'en dissuader…

Bordel de merde.

On va à ce putain de dîner.

# Chapitre 22

*Deux heures plus tard…*

Mon sang bout dans mes veines. La rage m'imprègne tout entier et m'anime : pas l'oxygène, pas le sang, juste une furie ardente et destructrice. Pied au plancher, je trace sur la route comme un putain de pilote de rallye en direction de mon refuge dans la plantation. Je ne tiendrai pas jusqu'à la maison.

Je me concentre sur la route, faisant mon possible pour ne pas écouter les gémissements de Molly à côté de moi : je suis sur le point de craquer. Pour la première fois de ma vie, rien ne pourrait m'arrêter si je faisais demi-tour maintenant. Je les tuerais. Je les tuerais tous les deux, purement et simplement, pour leur faire payer ce qu'ils viennent de faire. Nous avons tous un point de rupture… Je viens de trouver le mien.

Le gravier éclate sous le poids de mon pick-up dont les roues cahotent de droite à gauche, tandis que je lutte avec le volant pour que le véhicule ne succombe pas aux nids-de-poule du vieux sentier.

— Roméo…, me murmure Molly depuis le siège passager.

Je ne peux même pas la regarder. Je serais incapable de supporter son visage… Sa seule voix, brisée par la souffrance, me fend le cœur.

— Pas maintenant ! craché-je. Merde ! Pas… pas maintenant…

Le visage déformé par la crainte de ce qu'elle doit penser de moi, j'entends ses pleurs déchirants, et elle se recroqueville loin de moi. La barrette cristalline qui maintenait ses cheveux tombe sous le siège.

J'avais raison de me méfier de cette invitation, de douter des intentions de mes parents lorsqu'ils ont manifesté l'envie de rencontrer ma petite amie. Ces enfoirés de vautours nous ont attirés, acculés, puis ont lancé l'assaut, un assaut sanglant et cruel qui nous a laissés éventrés, dépouillés de toute dignité, en plus de piétiner le cœur déjà brisé de celle que j'aime.

Lorsque j'aperçois la cabane, je n'attends même pas que le pick-up soit à l'arrêt pour bondir hors de la cabine : l'air ici me paraît saturé, je manque de place sur ces sièges trop petits, au point que j'en deviens claustro. J'étouffe.

Je me rue à l'intérieur de ma retraite depuis que je suis gosse, et me mets à lancer partout coups de pied et de poing, dévastant tout ce sur quoi se pose mon regard, hanté par les souvenirs de la soirée…

*— Mère, c'est toujours un plaisir, l'ai-je interpellée lorsqu'elle a ouvert la porte et s'est empressée de nous faire remarquer que nous étions en retard.*

*— Dommage que la réciproque ne soit pas vraie, a-t-elle rétorqué.*

J'attrape une vieille lampe, la soulève et la projette contre le mur, tirant autant de satisfaction que possible du bruit qu'elle fait en volant en éclats.

*—Nous t'invitons à dîner, et tu nous fais attendre. C'est inacceptable, a grondé mon père dès qu'il a posé les yeux sur nous.*

*Et dire que j'ai failli y croire. C'était le même type qui m'avait dit vouloir renouer avec moi ? Il était où, le putain de calumet de la paix ? Le sourire pédant qu'il a eu en captant ma surprise en disait long sur ce qui s'était passé : il avait mis tout ça en scène pour me faire passer pour un con. Il m'avait menti, la veille, dans son bureau. Ils comptaient réduire Molly en pièces sous mes yeux… Ils voulaient la faire fuir… La pousser à me quitter.*

La table d'appoint est ma cible suivante : je la saisis par un pied, la soulève et la fracasse avec violence sur le sol.

*—Molly, donc… Je suppose que vous êtes au courant de ce que fera Rome après l'université ? a demandé ma mère, après que nous nous sommes assis sur le canapé.*

*Mon père, le regard rivé dans le mien, m'a adressé un sourire triomphant.*

*—Niveau football ? a demandé Molly, me poussant à focaliser mon attention sur ma mère.*

*Le rire de mes parents a résonné dans la pièce entière.*

*— Certainement pas ! Nous parlons du devoir qu'il a de reprendre les affaires familiales, a rétorqué mon père, abandonnant la cheminée pour s'avancer vers nous.*

*—Papa…, l'ai-je menacé d'une voix grave.*

*Molly nous a regardés tour à tour, les yeux noyés de crainte, serrant ma main si fort que je ne sentais presque plus mes doigts.*

*— Il faut bien qu'elle en soit informée, Rome, a poursuivi mon père. Il faut bien qu'elle sache que bientôt, tu devras abandonner ton mode de vie d'adolescent en crampons.*

*Molly s'est raidie.*

*— Arrête tout de suite ! ai-je hurlé. Pas de ça ce soir !*

Debout dans le repaire silencieux, j'essaie de me mettre à la place de mes parents : les ai-je déçus, toutes ces années, au point de mériter autant de cruauté de leur part ? Et Molly, alors ? Son seul crime est d'être avec moi… C'est la première personne que j'accepte près de moi, à qui je me confie, et ils essaient de m'en priver… Putain, si ça se trouve, à l'heure qu'il est, elle a déjà pris la décision de me quitter ! Elle ne m'a même pas suivi à l'intérieur… Cela dit, j'ai dû lui faire peur en pétant un plomb comme ça… Je dois avoir l'air d'un putain d'allumé.

Je pousse un hurlement sauvage et trop longtemps contenu, puis me mets à rouer le mur de coups de poing, encore et encore, en repensant à la suite de la soirée…

*Soudain, Shelly a fait son entrée en scène, se pavanant en maîtresse des lieux, baisant les joues de ma mère, accueillie par mes parents comme la fille – l'enfant, même – qu'ils n'ont jamais eue…*

*Ils ont enfin tombé le masque : tout ce qu'ils voulaient, c'était faire comprendre à Molly que celle qu'ils souhaitaient voir à mon bras, c'était Shelly. Et qu'ils obtiennent toujours ce qu'ils veulent.*

*Je me suis rué vers mes parents, furieux.*

*— Comment osez-vous nous faire ça !*

*— Vous faire quoi ? Shelly fait partie de la famille, et il fallait bien que nous expliquions à Molly deux ou trois choses qui risquent d'affecter votre petite… aventure, m'a rétorqué mon père avec sa condescendance habituelle.*

*— Recommence pas avec tes conneries ! Et, tant que tu y es, montre un peu de respect à Molly, merde !*

*Le connard s'est alors fendu d'une courbette moqueuse pour la ridiculiser.*

*— La réception est-elle à votre goût, Votre Majesté ?*

*J'étais si furieux que mes mains se sont mises à trembler. Près de moi, Molly en est restée muette, apeurée, ses grands yeux d'ambre écarquillés.*

*— Vous nous avez invités ici à dîner pour qu'on retrouve Shelly ? Pourquoi ? C'étaient des conneries depuis le début, cette invitation ? C'était quoi votre idée ? Démolir Molly dès qu'elle aurait franchi le pas de votre putain de porte ?*

*Mon père a dévisagé Molly comme une merde de chien coincée sous sa semelle.*

*— Pour quoi d'autre voudrais-tu qu'on veuille rencontrer une traînée qui n'en a qu'après notre argent ? Et il faudrait qu'on lui offre un repas, en plus ? Elle est tellement miséreuse qu'elle ne doit même pas savoir tenir une fourchette, cette pouilleuse ! Shelly nous a beaucoup parlé de ta… petite copine. (Et puis, le coup de grâce…) Ce soir, l'idée était de vous envoyer un message : il fallait bien que nous parvenions à te convaincre de nous présenter ta petite friandise, et une invitation à dîner nous a semblé le plus efficace. Grâce à cela, vous êtes ici et allez pouvoir ouvrir grand vos oreilles : vous allez mettre fin à cette petite comédie, c'est un ordre. Et tout de suite. Répudie ta traînée d'Anglaise sur-le-champ. Si possible, jette-la dans la première cale de navire qui repart pour l'Europe.*

*Je peinais à croire l'intensité de la cruauté dont il faisait preuve. Il a toujours été le dernier des enfoirés, mais la façon dont il a traité la femme que j'aime était d'une férocité inédite.*

*— Vous nous avez invités ici pour nous pousser à rompre ? Bordel, même venant de vous, c'est un peu extrême, non ? lui ai-je balancé en me massant le front, commençant à sentir la colère m'envahir et me dominer au point que je risque de perdre bientôt tout contrôle.*

J'arrache d'une main rageuse les vieux rideaux pourris qui pendent à la fenêtre, les déchire, puis abandonne les lambeaux de tissu rouge sur le sol.

« Répudie ta traînée d'Anglaise ». Bordel, je le hais ! Ce type est le putain de diable incarné ! Toujours trop énervé pour me calmer, j'arrache la tringle à rideaux, la brise en deux et en balance les morceaux à travers la pièce.

*Mon ivrogne de mère s'est approchée d'un pas titubant, avant de braquer l'index sur le visage de Molly.*

*— Ta Molly doit comprendre que sa stratégie mesquine ne prendra pas, a-t-elle bredouillé avant de reprendre une longue gorgée d'alcool. Fous-lui la paix. Tu n'as pas la moindre idée d'à qui tu t'en prends, n'est-ce pas ? Shelly et Rome sont fiancés, et je ne permettrai pas qu'une putain de bidonville vienne s'interposer entre eux. Et j'obtiens toujours ce que je veux, chérie, ne l'oublie jamais.*

*Là, j'ai perdu le contrôle, et fait mienne la rage bouillonnante qui me cramait les veines. Furieux, j'ai rivé un regard haineux dans celui de Shelly, mal à l'aise.*

*— Je ne suis pas et ne serai jamais fiancé à cette conne ! Votre fortune, vous pouvez vous la foutre au cul : j'en ai rien à battre !*

Je lève la tête et observe le mur décomposé désormais criblé d'impacts, et mes phalanges couvertes d'échardes et d'éclats de plâtre. L'endroit est dévasté, jonché de bouts de meubles brisés… Je recule d'un pas. La douleur dans ma poitrine affecte ma respiration. Comme je ne sais plus quoi faire pour me calmer, je m'approche de nouveau du mur et y plaque le front.

*J'ai agrippé la main de Molly et ai commencé à la traîner vers la porte, quand ma mère m'a rattrapé pour me balancer une gifle en pleine gueule. Elle puait tellement l'alcool que je me suis demandé comment elle tenait encore debout.*

*— Petit insolent ! Tu oses nous parler sur ce ton, après tout ce qu'on a fait pour toi ? Tu es la pire chose que cette famille ait jamais eu à endurer, espèce d'ordure ! Ingrat ! Tu es incapable de faire quoi que ce soit correctement, hein ? Il faut toujours que tu gâches tout, et en invitant cette pute dans notre maison, tu bats tous les records ! a-t-elle hurlé, l'index menaçant.*

*— Retire ça tout de suite…, l'ai-je aussitôt menacée.*

*Mon esprit s'est affolé : jamais elle n'avait montré une telle haine envers moi en public. Avait-elle perdu tout contrôle ? Était-elle blindée au point de laisser échapper la vérité ?*

*— Assez ! a crié mon père qui, manifestement, partageait mon inquiétude. Tu reparles à ta mère sur ce ton, et c'en est fini de toi, c'est compris ? Ce débat est clos : tu arrêtes de baiser ta pouffiasse et tu t'en tiens au plan. Ta seule raison d'être, c'est d'obéir et d'honorer tes obligations vis-à-vis des Prince ! Obéis, et arrête de jouer le petit trou du cul insolent !*

*J'ai lâché un rire sans humour, avant d'attraper Molly par la main.*

*— J'en ai fini avec vous : mon choix, c'est Molly. Mon choix, c'est d'arrêter de vivre avec des monstres ! Bordel de merde, mais vous comptez me faire subir quoi encore ? Vous êtes les personnes les plus infectes que j'aie jamais rencontrées ! Je suis votre seul enfant et vous me détestez. (J'avais une dernière question à leur poser, et j'avoue avoir attendu leur réponse, presque avec… espoir.) Est-ce que vous m'avez seulement aimé un jour ? Est-ce qu'une fois, juste une putain de fois, vous avez ressenti le moindre sentiment positif à mon égard ?*

*Mon père a aussitôt affiché une grimace de dégoût.*

*— Comment est-il seulement possible d'aimer quelqu'un comme toi ? Comment peut-on aimer avoir un caillou dans la godasse ? Tu n'es qu'une colossale déception… Mais, cela ne t'empêchera pas d'honorer ton devoir envers ta famille. On trouvera un moyen de te faire entendre raison, crois-moi sur parole.*

*Toujours la même réponse. Comment j'ai pu être assez con pour espérer qu'elle change ? Jamais ils ne me considéreront comme leur fils…*

Je peine à respirer. Le seul fait de revivre en esprit cette soirée infernale me fait l'effet de mille coups de poignard en pleine poitrine.

Je me sens au fond du gouffre, peut-être plus paumé que jamais… quand la porte de la cabane s'ouvre. Je sais, à cet instant précis, que celle que j'aime vient me donner le coup de grâce : m'annoncer qu'elle me quitte.

# Chapitre 23

Dès que j'entends la porte se refermer, convaincu que la meilleure défense reste l'attaque, je fais volte-face et accueille Molly sans ménagement.

— T'aurais jamais dû nous pousser à aller là-bas, merde ! hurlé-je. (Elle écarquille ses yeux rougis d'avoir trop pleuré, stupéfaite de voir ma raison succomber à ce point à ma rage.) Je t'avais prévenue ! Je t'avais dit que ça les foutait en rogne qu'on soit ensemble, mais t'as rien voulu écouter ! Tu m'as dit que ça arrangerait les choses qu'ils nous voient, qu'ils se rendraient compte de ce qu'on représente l'un pour l'autre : mon cul ! Ce que tu as fait, au final, ce n'est rien de plus que signer ton putain d'arrêt de mort ! Bordel, Jolly, comme ils t'ont traitée… menacée…

J'attends un signe, le moindre indice chez elle me permettant de savoir ce qu'elle pense, mais elle ne laisse rien transparaître. Rien. Elle se tient là, hébétée, immobile… et je sens mon cœur se briser dans ma poitrine.

— Rome…, parvient-elle enfin à articuler.

Mais la façon qu'elle a de prononcer mon nom sonne faux… Je sens dans sa voix qu'elle veut me quitter, et je ne veux pas l'entendre. Ce serait le coup de poignard de trop.

Je me mets à arpenter la pièce de long en large, incapable de me calmer.

— J'aurais pu empêcher ça ! vociféré-je. Non… J'aurais dû empêcher ça ! Je savais ce dont ils étaient capables, mais je t'ai laissée me convaincre que tu saurais gérer l'affaire… J'ai vu ton visage, là-bas, Jolly… Tu m'avais juré que tu ne les laisserais pas te faire de mal, merde !

Mais elle les a laissés faire. Ils l'ont attaquée, et elle s'est enfuie.

Je vois ses joues s'empourprer et, les yeux flamboyants, elle s'approche et me défie du regard.

— Je me moque de ce qu'ils m'ont dit : la seule chose qui m'a blessée, c'est la façon dont ils te traitent. Pourquoi est-ce qu'ils te détestent à ce point, Roméo ? Je n'avais jamais assisté à une telle violence par le passé… Comment des parents peuvent-ils haïr leur enfant sans la moindre raison ? (Elle se met à pleurer à chaudes larmes, et sa voix se fait rauque.) La gifle de ta mère… Comment peut-elle traiter son fils comme ça ?

Je vois bien qu'elle lutte pour ne pas s'effondrer.

Pourquoi m'a-t-elle frappé ? Pourquoi me hait-elle ? Il y a une raison à tout ça, bordel, et je garde ce secret depuis si longtemps qu'il pèse sur moi, m'étouffe et menace de m'emprisonner six pieds sous terre !

Je rive le regard dans celui de Molly, m'arrache presque les cheveux, puis, comme je n'arrive pas à trouver les mots justes, je décide de vider mon sac comme ça vient, histoire d'en finir au plus vite. J'ai perdu ma Jolly, de toute façon, alors autant lui dire pourquoi ma vie est aussi merdique…

Je suis si tendu que mes oreilles bourdonnent : je pose les mains sur ses épaules et me mets à hurler.

— Parce que je ne suis pas son fils !

Ma propre révélation me surprend. Je peine à croire que je viens enfin de l'avouer à quelqu'un. Pour la première fois en vingt et un ans, j'ai révélé ce que mes parents ont tout fait pour garder secret. Je sens mes mains se mettre à trembler : ce que je viens de faire est impensable... Cataclysmique.

— Qu... qu'est-ce que tu dis ? murmure Molly, les yeux ronds, me ramenant à la réalité.

Je laisse courir un doigt le long de sa joue. J'ai besoin de la toucher pour ne pas sombrer.

— Parce que... je... ne... suis pas... son fils ! Tu voulais savoir pourquoi ils me détestaient, eh bien tu le sais maintenant !

— Roméo, non...

Je lis dans ses yeux tout son trouble. Personne ne l'a jamais su. Personne. J'étais censé emporter ce secret avec moi dans la tombe.

Elle scrute la pièce du regard, place ses mains sur sa bouche, les joues mouillées de larmes. Une vague de colère m'envahit tandis que je repense à mes parents, mais je dois me concentrer sur Molly : il faut qu'elle comprenne comment on en est arrivés là.

D'un pas en arrière, je me détache d'elle.

— Ma mère était stérile : cette putain de garce était stérile ! La seule chose qu'on lui demandait en parfaite épouse, c'était de faire des gosses, et elle n'en était pas capable ! Impossible pour elle de donner un héritier au grand prince du pétrole d'Alabama.

Molly secoue la tête, dépassée par ce qu'elle entend, mais je suis lancé : maintenant que j'ai brisé les chaînes du secret, j'irai au bout de mon histoire.

— Ils ne pouvaient pas adopter : ça aurait été bien trop embarrassant, n'est-ce pas ? Ils ne pouvaient pas non plus avoir recours à une mère porteuse, sinon, tout Tuscaloosa risquait de savoir que Madame ne pouvait pas avoir d'enfants. Et puis, *bam*! le destin a décidé de s'en mêler, juste au bon moment!

Je lâche un rire dépourvu de tout amusement: il n'y a rien de divertissant dans cette histoire sordide.

— L'une des nombreuses putes de luxe que se payait mon père s'est pointée enceinte à leur porte: l'enfant qu'elle portait, elle n'en avait franchement pas grand-chose à foutre, mais la somme qu'elle pouvait soutirer à son père biologique, ça, c'était alléchant…

Eh oui, Jolly, c'était moi, le gamin. Mon père a passé un test de paternité anonyme, et j'étais bien de lui: voilà, il l'avait, l'héritier de sa fortune. La putain avait une exigence, par contre: il fallait que je garde le nom qu'elle m'avait donné. Elle voulait leur montrer qu'elle tenait les rênes de l'affaire, et mettre à ses pieds son plus fidèle client, probablement vexée de jamais avoir été plus qu'une tapineuse à ses yeux. Mon prénom, c'était une façon de s'assurer qu'ils n'oublieraient jamais d'où je venais. Ma mère le déteste, elle ne peut pas l'entendre, comme elle ne peut pas me voir.

— Roméo…, murmure-t-elle, un air de commisération affligée sur le visage.

— Roméo, acquiescé-je.

Je hais ce prénom. Il sonne extraterrestre en Alabama.

Je sens mes jambes faiblir, comme si après des années et des années de lutte, je flanchais enfin. Je ne supporterai plus que mes parents contrôlent ma vie ainsi, et Molly pas plus que moi. Qui pourrait endurer un tel enfer plus longtemps?

Je baisse la tête, totalement défait.

— Voilà, tu sais tout, maintenant… Je suis le fils illégitime de mon père et d'une pute qu'il se tapait dans le dos de ma mère, mais mes parents n'ont pas eu d'autre choix que me garder. Il fallait bien, non ? Comment mon père aurait-il pu conserver sa fortune dans la famille, sinon ? On attend de lui qu'il ait un gosse, un héritier… Avec mon arrivée, le trésor familial était sauf ! Ils ont payé la pute pour qu'elle accouche en secret, puis ont disparu un an pour une prétendue croisière de luxe de mes deux : à leur retour, ils avaient un joli petit poupon et, bien entendu, tout le monde a cru au mensonge des bons et vertueux milliardaires.

Je me dirige vers le canapé, et m'en sers de soutien pour ne pas tomber. Durant mon aveu, je n'ai pas osé regarder Molly dans les yeux, trop effrayé à l'idée d'y voir notre futur tomber en cendres.

— Ma mère me hait, littéralement : je suis un rappel vivant et permanent que mon père l'a trompée. Mais ce n'est pas la seule raison pour laquelle ils se comportent comme ça avec moi : ils s'attendaient à avoir un gosse docile, obéissant ; un gamin qui, quand on lui ordonnerait de sauter, n'aurait rien d'autre à dire que : « à quelle hauteur ? » En résumé, pas la déception ultime que je suis. Il s'est trouvé qu'en plus de mes capacités sportives hors normes, j'agissais à ma guise et avais mes propres aspirations : inacceptable pour un Prince !

Plus je me livre, plus la douleur se ravive.

— Comment osais-je vouloir vivre ma vie comme je l'entendais, après la magnanimité – tout à fait désintéressée, bien sûr – dont ils avaient fait preuve en m'adoptant ? En m'adoptant, et en me rappelant chaque jour de ma vie, bien sûr, que j'étais sorti du ventre d'une traînée ? Ils me battaient jusqu'à ce que je ne puisse plus porter de ballon de foot, encore moins en lancer un : les joueurs blessés n'entrent pas sur le terrain ! Pas con ! Du coup, mon père s'est assuré que les blessures soient régulières : une petite tradition père-fils hebdomadaire…

— Personne ne t'a aidé ? Ou même, vu ce qu'il se passait, au moins ? bredouille-t-elle.

Je ris jaune.

— Qui va remettre en doute la parole d'un milliardaire ou lui demander, l'air suspicieux, la raison pour laquelle son fils sursaute dès qu'on le touche ? Et puis, pour enfoncer le clou, leur échec de fils est si bon au foot que les pros attendent impatiemment de pouvoir le recruter lors de la draft annuelle ; deux fois, même, ils m'ont attendu ! Mais le pauvre petit n'a d'autre choix que de refuser, de sacrifier ses rêves au cas où, un jour peut-être, on découvre qu'il n'est pas véritablement le fils modèle et petit rayon de soleil quotidien de Kathryn Prince. Il faut des putains de gros verrous pour garder les gros secrets, non ?

J'ai la voix rauque, brisée par mes hurlements et l'émotion mêlés. Lorsque je relève enfin la tête, Molly n'a pas bougé d'un pouce : je m'avance vers elle en écartant les bras, démuni. Je n'ai rien d'autre à lui offrir…

— Tu sais tout, Jolly : voilà pourquoi mes parents me détestent, et pourquoi notre relation ajoute à la montagne de merde dont leur putain de fils adoré a salopé leur vie !

Je dois redoubler d'efforts pour ne pas pleurer. Je ne veux pas exposer ma fragilité. Pourtant, lorsqu'elle s'approche de moi, rajuste le col de ma chemise sans rien cacher de sa tristesse et se plaque contre mon torse, je manque de peu de me mettre à chialer. Mais son pouvoir fait effet rapidement : déjà je me sens un peu mieux à son contact.

— C'est pour ça que tout le monde t'appelle Rome et pas Roméo… Pour ça que tu détestes autant ton prénom.

Ça te rappelle ton passé…, constate-t-elle en remettant de l'ordre dans mes cheveux en bazar.

— Ouais…, croassé-je. Ma mère biologique leur a dit que s'ils ne m'appelaient pas Roméo, elle irait voir les médias et révélerait toute l'histoire. Ils ne pouvaient pas se le permettre, alors ils ont accepté, à contrecœur. Ils lui ont fait signer un contrat pour qu'elle la boucle. (Je soupire, savourant la sensation de son souffle chaud sur ma peau.) Roméo ? Le fils adoré de la plus riche famille d'Alabama ? La blague ! Mes parents m'appellent toujours Rome en public, mais en privé, c'est Roméo : ils se servent de ce prénom pour me provoquer, entretenir la malédiction… Roméo, le fils d'une putain. Roméo, le cadeau empoisonné dont ils ne pourront jamais se débarrasser… Chaque jour, ils me le font payer.

— Et ta mère biologique ? Où est-elle maintenant ?

Je suis pris d'un haut-le-cœur en repensant à cette femme qui m'a revendu comme un vulgaire morceau de viande. Avant, il m'arrivait de me demander si ma vie aurait été meilleure si elle m'avait gardé… Mon cul, oui : c'était une pute, rien de plus. Une traînée uniquement intéressée par l'argent de mon père… Amusant, d'ailleurs, si l'on regarde ce que je suis devenu : un type qui enchaîne les femmes et les traite comme des merdes.

Molly me regarde, impatiente ; elle attend ma réponse.

— Elle a dû retourner dans son trou à rats, je suppose…, lâché-je en secouant la tête. Où que ça puisse être.

Elle pousse un profond soupir et baisse les yeux.

— Roméo, je…

Je sais aussitôt que mon heure est arrivée : elle va me jeter. Elle va faire ça avec tact, mais qu'importe : je ne m'en remettrai pas. Terrifié, je perds le contrôle et la dégage de mes bras.

— Tu vas me quitter, pas vrai ? Je savais que je finirais par te perdre. Je le savais ! Qui va se lever contre mes salauds de parents, hein ? Je ne vaux pas la merde qu'ils te feront subir si on reste ensemble... Hein ?

Mon esprit est soudain assailli par des flash-back de ma vie ces derniers mois. Jamais je n'ai connu un tel bonheur, et bien que j'aie survécu à une cruauté sans nom depuis que je suis gosse, je sais que je n'y parviendrai plus, sans Molly à mes côtés. Quand quelqu'un est fait pour vous, vous le sentez jusque dans vos tripes... C'est ce que je ressens avec Molly. Elle me comprend... Et elle m'a sauvé la vie.

La respiration erratique et un vide douloureux dans la poitrine, je m'effondre sur le canapé. Cette fois-ci, je ne parviens pas à retenir mes larmes : me dire qu'elle va me quitter me réduit à une putain de loque en larmes...

Sentant ses bras autour de moi, je tente de me défaire de son emprise. Elle me fait taire d'un geste apaisé et rassurant, et m'invite à poser la tête sur ses genoux. Là, elle me caresse lentement les cheveux.

J'ignore si c'est grâce au réconfort que fait naître en moi le contact de sa peau ou à l'intensité de ce qui s'est déroulé ce soir, mais une vague de souvenirs me submerge : coups de poing, de pied, injures dévastatrices, châtiments corporels... Tout me revient en mémoire.

Au-dessus de moi, Molly pleure. Je crois que jamais je ne l'ai aimée autant qu'en cet instant : elle partage ma peine. Bientôt, elle m'invite d'une main à relever les yeux vers elle.

— Roméo...

Le regard rivé dans ses yeux d'ambre, je prie pour qu'elle m'accorde une dernière chance de la rendre heureuse. Et, pour la première fois de ma vie, je prononce ce que jamais je ne pensais dire un jour.

— Je t'aime… Je t'aime…

— P… Pardon ?

Soudain vidé de toute énergie, je m'affale contre le dossier du canapé et attire Molly sur mes genoux.

— Je t'aime. Je t'aime comme je n'avais jamais pensé pouvoir aimer quelqu'un un jour.

Un éventail d'émotions danse sur son visage, jusqu'à ce qu'y trône un sentiment de soulagement.

— Moi aussi, je t'aime… Je t'aime tellement… Tellement…, murmure-t-elle.

C'est la première fois de ma vie que l'on m'adresse ces mots. « Je t'aime ». Ces mots que, jusqu'à ma rencontre avec Molly, je pensais réservés aux films à l'eau de rose et aux rêveurs naïfs. Merde… Les entendre de la bouche de Molly me ressuscite, et j'avoue douter qu'elle les pense vraiment : sa vie est devenue un océan d'emmerdements à cause de moi.

Je passe les mains sur ses joues, incrédule.

— Vraiment ? Même après…

Elle me fait taire d'un doigt sur les lèvres.

— Je reste avec toi : c'est pour ça que je suis venue te débusquer dans cette cabane. J'étais dans le pick-up à t'entendre souffrir, et j'ai compris, j'ai su, que je ne pouvais me trouver ailleurs qu'à tes côtés, quoi qu'il arrive ; que je devais te dire que jamais, jamais je ne te quitterais…

— Mais, mes parents…

— Ont été odieux, ce soir, oui, mais c'est une autre histoire. Jamais ils ne me chasseront loin de toi ; jamais ils ne m'empêcheront de t'aimer. C'est le destin qui nous a réunis, Roméo. Les amants maudits, tu te rappelles ? Les parents récalcitrants, ça fait partie du package, non ?

Sa détermination inébranlable, une fois de plus, parvient à me tirer des ténèbres, et je ne peux réprimer un sourire. Bien sûr, elle est toujours en quête du conte de fées qui s'achèvera par un lâcher de colombes, mais malgré tout, elle est encore à mes côtés… et elle m'aime, bordel. Elle m'aime !

— J'ai l'impression d'avoir les tripes à l'air, je te jure… Comme si on m'avait ouvert la poitrine et que tu pouvais voir mon cœur déchiqueté et le tissu cicatriciel qui le maintient tant bien que mal en un seul morceau…, murmuré-je, et ses yeux se remettent à scintiller.

Elle laisse courir les doigts le long de mon torse, se met à déboutonner ma chemise et couvre de baisers l'emplacement de mon cœur.

Je suis au paradis.

Lentement, elle s'aventure plus bas.

— Jamais personne n'a rien su du comportement de mes parents à l'abri des regards. Je n'en ai jamais parlé à personne. Ce soir, tu as jeté une brique dans leur forteresse de verre. J'ai lu la panique dans les yeux de mon père : tu es en mesure de détruire tout ce qu'ils se sont donné tant de mal à construire.

Elle marque une pause.

— Qu'importe l'enfer qu'a été cette soirée, je suis heureuse d'avoir été là, et de savoir désormais qui sont les artisans de ton malheur. Toi et moi, on ne peut pas effacer les sombres secrets et souvenirs de nos passés, mais ensemble, nous pouvons écrire les prochains chapitres de notre vie.

Elle ne va pas me quitter.

— Jolly…, croassé-je, incapable de terminer ma phrase.

— Chuuut…

Un sourire espiègle sur le visage, elle me débarrasse de ma chemise et descend encore un peu plus. Je grogne de plaisir au contact de ses mains, et lève les hanches malgré moi sitôt qu'elle se met à défaire la ceinture de mon pantalon.

Je connais ce regard…

Elle baisse d'un coup mon pantalon et mon boxer, se penche au-dessus de ma queue dure comme une barre d'acier et la lèche des couilles au bout du gland, me tirant un long grognement. C'est exactement ce dont j'ai besoin. J'ai besoin comme jamais de ce qu'elle a à m'offrir.

Molly avale ma queue tout entière, et les souvenirs de cette soirée cessent enfin de me hanter, dissous comme le reste de nos problèmes. Pour l'heure, il n'existe plus que moi et la femme que j'aime.

J'attrape Molly par la nuque, multiplie les allers et retours dans sa bouche et, chaque fois, elle me prend sans résistance, m'offrant ce dont j'ai le plus besoin : son consentement.

Lorsque, soudain, je sens ses dents caresser ma queue jusqu'à la base, je lâche un grognement de pure envie : empoignant ses cheveux châtains, je l'arrache à son occupation.

— Debout.

Le regard affamé, elle se mordille la lèvre et obéit. En une poignée de secondes, je la déshabille, et elle se retrouve bientôt nue devant moi, les joues rouges… prête. Je la jette sur le canapé et, en la voyant écarter les cuisses, sens ma queue durcir encore. Je m'agenouille entre ses jambes : il faut que je la goûte.

— Je ne t'ai pas demandé de me sucer, Shakespeare. Tu sais que tu dois me demander la permission avant de te faire plaisir.

Elle entrouvre les lèvres et se cambre devant moi, impatiente. Je me penche, cale l'une de ses jambes sur mon épaule et son sexe chaud s'offre à moi, ses cuisses écartées au maximum.

— Et maintenant, c'est mon tour… (Sur ces mots, je fonds entre ses jambes. Le long gémissement de Molly m'embrase.) Prends mes cheveux, lui ordonné-je en relevant la tête un bref instant.

Elle laisse glisser ses doigts dans mes cheveux, mais j'ai besoin de plus de brutalité, d'une séance de baise sauvage, bestiale.

— Tire-les ! lui imposé-je d'une voix sèche et autoritaire. Allez ! Montre-moi que tu en as envie !

Alors elle décolle les hanches du canapé avec un grognement et m'obéit, tire fort sur mes cheveux, et je plonge la langue en elle. Elle halète, sa respiration hachée, et ma langue cède bientôt la place à mes doigts : je lèche son clitoris, le tète jusqu'à ce qu'elle jouisse dans ma bouche, brûlante, délicieuse. Je ne lui laisse aucun répit et retourne son corps défait pour plaquer son ventre contre le dossier du canapé. Je l'embrasse, écarte ses cuisses… et m'invite sans ménagement entre ses lèvres brûlantes.

— Dis-moi que tu m'aimes ! la commandé-je, la bouche perdue dans ses longs cheveux châtains et le nez calé au creux de son cou.

— Je t'aime ! gémit-elle dans un murmure. Si tu savais comme je t'aime !

Ces mots, bordel… Ces mots !

— Dis-moi que tu ne me quitteras jamais !

Cette fois, elle reste silencieuse.

Son sexe m'emprisonne, et elle tente de remuer contre moi, mais j'enfonce ma queue tout entière en elle, l'immobilisant sur-le-champ. J'agrippe ses cuisses et me penche à son oreille.

— Obéis ou je ne te donne pas ce que tu veux. Et je sais exactement ce dont tu as envie.

— Roméo, arrête ! Vas-y ! crie-t-elle, la voix brisée par le désir.

— Obéis. Compris ? grondé-je en empoignant sa longue chevelure, l'embrassant furtivement.

— Oui, c'est compris, bordel ! hurle-t-elle, avant de me regarder droit dans les yeux. Prends-moi !

Je reprends aussitôt mes assauts… Putain, ce que je me sens bien en elle !

— Oui, tu me comprends… Tu es la seule à m'avoir jamais compris. La seule qui sache tout de moi… Dis-moi que tu ne me quitteras jamais.

J'ai besoin de l'entendre une fois de plus. J'ai besoin qu'elle me rassure.

— Je ne te quitterai jamais ! réplique-t-elle.

Je la dévore de mes mains : son cul, ses seins, son clitoris…

— Tu ne fuiras plus, aboyé-je.

— Je ne fuirai plus !

— Promets-le-moi.

— Je te le promets ! Roméo, j… Je… Ah !

Elle se raidit soudain et l'orgasme la dévaste : son sexe pompe le mien à m'en faire mal, et je jouis avec elle.

Après avoir apposé un suçon sur son épaule moite, je nous fais lentement basculer à genoux sur le canapé. Cette marque, elle ne me la reprochera pas : je sais qu'elle a aimé ça autant que moi.

Je plante baiser après baiser sur la peau de son dos.

— Je t'aime, ma chérie…

Quand bien même cette journée n'a été qu'une succession d'emmerdes, je ne peux m'empêcher de remercier le destin… Les événements nous ont poussés à nous ouvrir l'un à l'autre.

J'allume un feu, puis vais retrouver Molly sur le canapé et m'allonge tout contre elle.

— Ça va ? me demande-t-elle.

— Ça va aller… Tu es là, murmuré-je.

C'est la stricte vérité. Avec Molly à mes côtés, je peux survivre à n'importe quoi : des parents sociopathes, des ex hystériques… N'importe quoi.

Elle esquisse un sourire timide et me regarde droit dans les yeux.

— Tu m'as choisie. Tu m'as préférée à ta famille.

Elle en avait douté ?

— Et je le referai chaque jour sans hésiter, lui assuré-je en caressant sa joue.

— Tes parents ont déjà fait quoi que ce soit de gentil pour toi ? me demande-t-elle en traçant d'un doigt lent des cercles sur mon torse.

Je repense à mes jeunes années, puis secoue la tête, dépité. Pathétique.

— Tu t'es déjà senti heureux par le passé ?

— Non, murmure-t-il.

— Et aujourd'hui ?

OK : question facile.

— Je ne pourrais l'être davantage. Je sais enfin ce que c'est que d'aimer quelqu'un et d'être aimé en retour…

Je suis juste… terrifié à l'idée que ça puisse se terminer. Mes parents n'abandonneront pas si facilement.

— Je resterai avec toi quoi qu'ils fassent, m'annonce Molly, péremptoire, avec la détermination hargneuse – et touchante – d'un petit pit-bull.

— Tu me le promets ?

— Je te le promets. Je t'aime. Je suis toute à toi. (Ces mots et sa volonté inflexible me clouent littéralement le bec, alors je dépose des baisers sur chacun de ses doigts, sur ses paumes, partout où je le peux…) Et alors, pour la suite ? C'est quoi le programme ? Le foot US ? La gloire ? La conquête du monde ?

— Je suppose, oui.

— Qu'est-ce que tu veux, au fond, Roméo ? Qu'est-ce qui te fait le plus vibrer dans la vie ? insiste-t-elle dans un hochement de tête encourageant.

Il n'y a qu'une chose qui m'empêche de ne pas sombrer, alors je n'ai besoin que d'une fraction seconde pour lui répondre.

— Toi.

Elle fronce les sourcils et fait « non » de la tête.

— Allez, je ne plaisante pas : qu'est-ce que tu voudrais faire de ta vie ? Tu peux tout avoir, si tu t'en donnes la peine.

Je soupire, indifférent à son argument.

— Je ne veux que toi, ma chérie. Je ne me sens bien qu'à tes côtés. C'est le seul endroit où je me sens à ma juste place.

Elle se hisse de nouveau sur mes hanches et prend un air décidé.

— Moi, tu m'as, tout entière, et jusqu'au dernier jour de notre vie.

— Vraiment ? Jusqu'à la fin des temps ? J'espère, en tout cas, parce que je viens de tirer un trait sur le peu de famille que j'avais.

— Roméo, je suis ta famille et tu es la mienne, maintenant. Toi et mes allumées d'amies, vous êtes ma seule raison d'être. Comment est-ce que tu peux encore douter que tu es tout pour moi ?

Je lâche un soupir fébrile.

— Parce que je n'arrive pas à croire que je puisse avoir autant de chance.

— Pourtant, tout ça, c'est bien réel, Roméo : toi et moi… pour la vie.

Le plus incroyable, c'est qu'elle a raison… Peut-être que certaines personnes estiment que notre relation a quelque chose de malsain, mais ce qu'ils ignorent, c'est que c'est grâce à Molly que je commence à réussir à contenir ma colère, à ne plus faire de conneries. C'est comme si elle… dissolvait ma rage et m'aidait à me focaliser sur ce qu'il y a de précieux en ce monde. Elle, en l'occurrence. D'ailleurs, je ne dois d'explications à personne…

Une fois que nous avons fini de discuter, Molly se penche pour m'embrasser, et son baiser innocent se change bientôt en invitation nettement moins prude… Je plaque ma queue éveillée contre son sexe : j'ai de nouveau envie d'elle.

— Roméo…, gémit-elle aussitôt.

C'est ainsi que nous passons le reste de la soirée, à nous offrir ce dont nous avons le plus besoin, avant de nous endormir, enlacés. Tout du moins, Molly s'endort : moi, accroché à elle comme si elle risquait de m'échapper, je passe la nuit à m'inquiéter de ce que nous réserve l'avenir.

Pourtant, les mois qui suivent cette nuit-là comptent parmi les plus beaux de ma vie… Aucune nouvelle de mes parents, Shelly qui se tient à distance de Molly et moi, et la Tide qui vogue en tête de la saison de foot, invaincue.

Malgré tout, plus ma Jolly et moi nous rapprochons, plus je m'inquiète de ce qui nous attend : elle veut devenir enseignante, et elle devra peut-être partir loin de moi pour terminer son doctorat. Moi-même, en me présentant à la draft NFL, je prends le risque d'être envoyé n'importe où aux États-Unis. Je n'arrête pas d'y penser… Pourtant, Molly me répète de me détendre, de prendre du bon temps, que tout finira par s'arranger, alors, pour la première fois de ma vie, j'accepte de me laisser aller.

Mais la vie nous a appris, à Molly et moi mieux qu'à personne, que le bonheur, toujours, ne dure qu'un temps.

# Chapitre 24

*Trois mois plus tard…*

— Ouais, bébé ! Tu la sens venir, la Tide ? La marée monte !

Quand je débarque dans les vestiaires, une vision de cauchemar s'impose à moi : en slip blanc – et rien d'autre –, son Stetson vissé sur la tête, Jimmy-Don, debout sur une table, fait mine de sauter une serviette qu'il fait glisser entre ses jambes.

— Vous la sentez venir, la coupe nationale ? Y a plus que nous en piste ! Ça vient ! Ça vient !

Et il continue comme ça des plombes, à forniquer avec sa serviette en hurlant, si bien qu'Austin, affligé, vient bientôt me retrouver.

— Et le pire, c'est que ce malade arrive à tirer son coup… Ça me dépasse.

J'éclate de rire en savourant le spectacle de Jimmy-Don qui enflamme l'équipe entière, emportée par son enthousiasme. J'ai assuré comme un dingue sur le terrain ces trois derniers mois – nous tous, à la vérité –, et ma Molly a assisté à tous nos matchs, parfois même à l'extérieur : chaque fois, avant le coup d'envoi, elle m'a embrassé en public, poussée par les fans intransigeants qui n'auraient jamais accepté qu'elle s'y soustraie. De toute évidence, ils commencent à l'aimer autant que moi.

Le coach entre bientôt dans le vestiaire, redoublant d'efforts pour ne pas céder lui-même au rire devant notre bloqueur offensif en pleine simulation de coït.

— Jimmy-Don Smith, descends de cette table, bordel !

Jimmy-Don grimace et obéit en s'excusant, et un coéquipier le pousse jusque sous la douche.

Tâchant de dissimuler au mieux son envie de rire, le coach balaie le vestiaire du regard, m'aperçoit au fond de la salle, puis me fait signe d'un hochement de tête de le rejoindre dans son bureau. Quelques secondes plus tard, je suis assis devant lui.

— Coach ?

— J'ai reçu un coup de fil des plus intéressants, hier. Je voulais t'en parler.

Je me renfrogne, ne sachant pas trop à quoi m'attendre.

— OK…

— C'était l'entraîneur des Seattle Seahawks.

Mon cœur s'affole, gonflé par l'euphorie. J'adresse un sourire au coach, et il me le rend aussitôt.

— Ils ont une saison vraiment difficile, cette année. S'ils continuent à sombrer au classement et que nous gérons l'affaire intelligemment, ils te choisiront sûrement au premier tour. Il y a de fortes chances pour que tu t'envoles vers le nord, cap sur Seattle, fiston. Tu vas pouvoir laisser tes soucis derrière toi en partant loin de l'Alabama. (Je comprends ce qu'il me dit en filigrane : je vais pouvoir partir loin de mes parents.) Je n'ai pas manqué de dire aux Hawks ce que je pensais de toi.

Je me renfrogne. Qu'est-ce qu'il sous-entend, là ?

Mais il sourit.

— Hé, pas de stress, fiston : je leur ai dit que tu étais le meilleur quarterback que j'aie jamais formé, que ton amour du travail frôlait l'obsession – ce qui est un bel argument en ta faveur – et que tu étais l'un des gosses les plus déterminés que je connaisse, en particulier sous la pression… Je leur ai dit qu'avec toi, ils tiraient le gros lot de la draft, mon garçon.

Le coach, cet homme toujours laconique, percevant mon trouble, me donne une tape sur l'épaule et me laisse seul dans son bureau pour que je digère la nouvelle.

Seattle.

Je m'en retourne à mon casier, hébété. Mon esprit carbure : si je suis enthousiaste à l'idée de ce que le coach vient de me dire – le fait de pouvoir fuir à Seattle –, je redoute le moment où je vais devoir le dire à Molly. Pour l'instant, les Hawks ne sont qu'une possibilité, alors je ne voudrais pas qu'elle organise son avenir sur cette base incertaine. Qui plus est, nous ne nous sommes jamais vraiment mis d'accord sur le fait qu'elle me suivrait, si je partais… C'est une conversation fondamentale, mais nous ne l'avons pas encore eue.

Je récupère mes affaires et vérifie mon portable : un message.

« Ally : Rome, dès que tu as ce message, rejoins-nous dans la chambre de Molly. On est toutes là : on reste avec elle jusqu'à ce que tu arrives. Bisous. Al'. »

Je grimace, inquiet, puis me tourne vers Austin.

— Faut que je m'arrache. Un souci avec Molly. Je te rejoins plus tard.

— Pas de problème. J'espère que ça va.

Je lui donne une tape dans le dos, quitte le stade et fonce jusqu'au foyer de la sororité.

Dès mon arrivée sous son balcon, j'entends des pleurs venus de sa chambre.

*Molly.*

Mû par un accès de panique, je grimpe au treillage plus vite que jamais, et lorsque j'arrive sur la terrasse, c'est pour apercevoir Molly effondrée sur le sol, entourée de ses amies. Elles sont toutes en larmes.

— Jolly ? lancé-je.

J'ai beau l'interpeller, elle continue de pleurer. Ally lève la tête vers moi et blêmit sitôt qu'elle me voit là, à quelques mètres, figé par la stupeur. Son visage ne fait qu'ajouter à mes craintes.

— Jolly ! Qu'est-ce qu'elle a, merde ! craché-je, plus sauvage, en faisant irruption dans la chambre.

Molly continue de pleurer, tandis que Lexi et Cass la dissimulent à ma vue.

Ally se lève et s'approche de moi en se rongeant les ongles. Je connais assez ma cousine pour savoir qu'elle est nerveuse.

— Rome, calme-toi, tu veux ?

— Non ! Qu'est-ce qu'elle a ?

Je regarde par-dessus l'épaule d'Ally, mais Molly reste immobile. Est-ce qu'elle souffre ? Elle a besoin d'aller à l'hôpital, peut-être ? Merde, non… Il faut qu'elle quitte l'Alabama ? Des scénarios plus affreux les uns que les autres tourbillonnent dans mon esprit.

— Jolly ? tenté-je une fois de plus. (Comme elle ne me répond pas, je perds patience et me tourne vers Ally.) Elle est malade ? Pourquoi est-ce qu'elle me répond pas ? Je viens d'avoir ton message, je suis venu tout de suite.

— Non, elle est… disons…

Même Ally n'arrive pas à lâcher le morceau ? Mon estomac se serre…

— C'est Shelly, c'est ça ? Qu'est-ce qu'elle lui a fait, cette pute ?

— Non, Shelly n'a rien à voir là-dedans, intervient Ally.

— Qu'est-ce qu'il y a, alors ? Al', merde, laisse-moi passer !

Sans réfléchir, je soulève ma cousine, l'écarte de mon chemin et me rue sur Molly : ses amies se poussent, et je peux bientôt la récupérer et la prendre dans mes bras. Elle est livide, en sueur, et sa poitrine s'agite d'avoir trop pleuré.

Je l'installe sur son lit défait, m'allonge près d'elle sans prêter attention aux filles, et dépose un baiser sur chacune de ses joues. Ses yeux écarquillés et tremblants me foutent la trouille.

— Qu'est-ce qui ne va pas, ma chérie ? tenté-je de lui demander de la façon la plus prévenante possible.

En vain : ma patience a atteint ses limites.

Elle ferme les yeux et secoue la tête, encore trop affectée pour parler.

Je dévisage nos amies qui trépignent de nervosité au pied du lit.

— Quelqu'un va me dire ce qui se passe, bordel de merde ! aboyé-je soudain.

Elles échangent des regards interrogatifs, jusqu'à ce que Cass pousse Ally devant elle.

— Rome, je pense que c'est à Molly de t'en parler. On va vous laisser, OK ? Vous serez plus tranquilles…

Ça ne m'inquiète que davantage. Qu'est-ce qui a pu se passer de si terrible pour que ma Jolly soit à ce point dévastée et que ma cousine ose à peine me regarder dans les yeux ?

Quelques secondes plus tard, les filles ont quitté la pièce, me laissant seul avec Molly. Mon cœur bat la chamade tant je crains ce qu'elle a à me dire. Je l'attrape par la taille, et l'assois sur mes cuisses. Surprise, elle rougit.

— Je t'aime, Roméo, murmure-t-elle.

Si c'est censé me rassurer, c'est un putain d'échec.

— Moi aussi, je t'aime, lui dis-je néanmoins.

Je suis devenu accro à ces déclarations… Silencieux, j'attends qu'elle reprenne la parole, mais elle ne dit rien de plus. Frustré, je lâche un grognement sonore.

— Jolly…

— Depuis quelques jours, je ne me sentais pas au top…, m'interrompt-elle.

Je sens aussitôt mon cœur trembler entre mes côtes.

Elle est malade ? Bordel, c'est grave ? Du genre… vraiment grave ? Je me sens nauséeux tout à coup.

— Pourquoi tu m'en as pas parlé, merde ? lui reproché-je d'un ton sec, totalement terrifié et furieux qu'elle ait pu me cacher quelque chose d'aussi important que son état de santé.

— Parce que je n'ai compris pourquoi qu'aujourd'hui, me répond-elle d'une voix quasi imperceptible.

— Et alors ? Qu'est-ce qui ne va pas ?

— Je suis… Je…

Putain, je vais devenir dingue ! J'enserre sa taille plus fort.

— T'es quoi, bordel, Jolly ! hurlé-je.

— Je suis enceinte, lance-t-elle soudain.

Elle baisse ses yeux d'ambre, et mon cœur se met à jouer au marteau-piqueur entre mes côtes. Enceinte ? Merde… Un bébé ? Je… vais être père ?

— Tu es enceinte ?

Je la dévisage, incrédule. C'est comme si jusqu'à la dernière goutte d'énergie avait quitté mon corps. Molly, elle, ne lâche pas un putain de mot, alors j'intervertis nos positions de façon à me retrouver sur elle.

— Tu es enceinte ? répété-je, et les yeux de Molly se chargent de larmes.

— Oui, Roméo : je suis enceinte. Enceinte de toi.

Chacun de ses mots me fait l'effet d'un uppercut… Je me redresse, m'assois sur le matelas et rive le regard quelques secondes sur le mur blanc avant de fermer les yeux, perdu dans mes pensées. Comment va-t-on gérer ça ? Est-ce que Molly va pouvoir finir son master ? Va-t-elle devoir dire adieu à l'enseignement ? Où est-ce qu'on va habiter ?

Je vais être papa.

Je prends peu à peu conscience que plutôt que de me faire fuir, comme je l'avais toujours craint, l'idée de devenir père m'emplit d'une euphorie telle que je peine à respirer : je vais avoir un enfant avec la femme de ma vie !

Des centaines de questions fusent dans mon esprit, trop pour que je suive le rythme. C'est alors que Molly parvient à me glacer les sangs en une seule poignée de mots…

— Je vais prendre rendez-vous chez le médecin… pour en finir au plus vite.

Je la fusille aussitôt d'un regard noir.

— Tu veux te débarrasser de notre enfant ? aboyé-je.

Elle tente soudain de se redresser d'une ruade.

— Hé, ne prends pas cet air supérieur et tout-puissant, d'un coup, OK ? Je n'ai pas besoin qu'on me fasse la morale, merde ! J'essaie juste de faire ce qui sera le mieux pour nous, et pour ça, je suis prête à affronter ce qui m'attend, quoi que ça puisse être. Si c'est un avortement, alors je le ferai, mais ça ne veut pas dire que c'est ce que je veux !

— Alors, ne le fais pas, ma chérie… Je t'en supplie… Ce n'est pas ce que tu veux… Ça ne peut pas être ce que tu veux…

Je ne veux pas qu'elle se débarrasse de notre enfant… C'est le nôtre, à tous les deux, bordel !

— J'en sais rien de ce que je veux, merde ! s'écrie-t-elle, les larmes aux yeux.

Putain, elle est terrifiée, et je me comporte comme un salaud.

Je me penche et passe les mains dans ses cheveux.

— Eh bien moi, si.

Elle pose les mains sur mes poignets et fouille mon regard.

— Mais… Tu…

— Hé, je me suis pris la nouvelle en pleine tronche, c'est tout ! l'interromps-je en secouant la tête, avant de poser une main sur son ventre. Je suis toujours sous le choc, mais c'est de notre bébé dont on parle… Le nôtre… On l'a fait, toi et moi. (Je dois être sûr qu'elle m'a bien compris, alors je lève son tee-shirt et couvre son ventre de baisers.) Et il va rester là, OK ? Promets-le-moi. Je suis convaincu que tout ira bien, Jolly… C'est un vrai cadeau du Ciel. Ne détruis pas notre petit ange…

Elle ne dit rien. Je dois lui faire comprendre combien c'est important pour moi.

— J'ai mon mot à dire dans tout ça, n'est-ce pas ? Tu veux bien ? N'avorte pas, je t'en prie…

Pitié, non… Je ne supporterais pas de la voir confrontée à une horreur pareille. J'attends, osant à peine respirer, puis plaque le front contre son ventre nu jusqu'à ce qu'elle trouve la force de réagir.

— C'est promis…

Une vague de soulagement intense déferle aussitôt en moi, et je me redresse pour embrasser Molly, ma Molly… la mère de mon enfant.

Sitôt que nos lèvres se touchent, le désir qu'elle allume toujours en moi déferle dans mes veines comme une drogue : je retire son jean, sors ma queue d'un geste habile et m'immisce aussitôt entre ses lèvres brûlantes. Molly passe ses jambes autour de ma taille et gémit à mon oreille, fichant ses ongles dans mon dos en murmurant mon nom.

— Je t'aime, Jolly.

Quelques larmes roulent sur ses joues tandis que je lui fais l'amour doucement. Et elle ne cesse de me regarder et d'étudier mon visage.

Nous jouissons ensemble, les mains liées, et je me rends soudain compte qu'avec Molly, je n'étais pas assujetti à ce besoin de contrôle permanent. Je peux parfois faire… autrement. J'ai assez confiance en elle pour laisser de côté, de temps en temps, ce désir de domination.

— Tu ne m'as jamais fait l'amour de façon aussi tendre… C'était… si différent des autres fois…, murmure Molly, les lèvres perdues dans les mèches de mes cheveux tombées sur son visage. (Je me retire, nous joignons nos fronts l'un à l'autre, et elle me sourit.) J'ai adoré…

— Hé, tu transportes une marchandise précieuse, maintenant… Ma marchandise, ma chérie. Il faut que je me montre un peu plus précautionneux… Avec vous deux.

C'est comme si une vague de bien-être venait de nous emporter. Je roule sur le côté, tourne Molly vers moi pour qu'elle me regarde, et remarque ses yeux plus grands que d'habitude derrière ses épaisses montures brunes. J'étais si inquiet, tout à l'heure, que je n'avais même pas remarqué qu'elle avait retiré ses lentilles.

— T'es en mode old-Jolly avec ces lunettes et ton chignon. La fille que j'ai remarquée il y a quelques mois dans le bâtiment de la fac de sciences humaines, à quatre pattes par terre en train de jurer avec un accent à me foutre la gaule malgré ses chaussures orange fluo. J'ai su tout de suite qu'un jour, cette fille serait mienne.

— Un jour peut-être, on verra bien…, me taquine-t-elle en caressant mon tatouage.

Je déglutis et m'ouvre à elle, une fois encore.

— Je me suis toujours demandé si un jour, j'aurais une famille à moi… Si je me sentirais assez heureux avec quelqu'un – et avec moi-même – pour avoir un enfant.

C'est la vérité, mais aujourd'hui que Molly est à mes côtés, cette pensée ne m'effraie plus tant que ça…

Soudain, un éclair de panique zèbre son regard, et elle me prend la main.

— Roméo, j'ai peur de ne pas être une bonne mère : ni toi ni moi n'avons eu de famille… normale. On n'a pas la moindre idée de ce que c'est que de vivre au sein d'une famille heureuse ! Comment on va faire pour élever un enfant dans de bonnes conditions ? Et on est bien trop jeunes… Qu'est-ce qu'on a à offrir à un bébé ?

— Ce dont on a été privés tous les deux. (Ses yeux sont comme deux putains de soucoupes…) Écoute-moi bien : ensemble, on y arrivera. Quand on est ensemble, rien ne peut nous résister. On peut devenir de bons parents.

— Et le foot, Roméo…

— Eh ben quoi ? Je serai drafté en avril, et toi et notre bébé, vous viendrez avec moi. Tu pourras poursuivre ton doctorat et tes rêves. On gagnera sur toute la ligne. Je t'en supplie… pitié, Jolly… ne détruis pas notre enfant… Nôtre premier enfant.

Si elle m'accorde une chance, je sais qu'on y arrivera.

— Rome…, soupire-t-elle, défaite.

Je secoue la tête et pose un doigt sur ses lèvres pour la faire taire.

— J'aurais pu ne jamais naître, moi aussi, mais ma mère biologique m'a laissé vivre. Elle a accouché. (Je lui prends la main et la pose sur mon torse, au niveau de mon cœur enthousiaste.) Si j'existe, c'est parce qu'elle a fait le choix de m'avoir, même si elle ne voulait pas de moi. OK, ma famille m'en a fait baver, mais je m'en suis sorti, et j'ai fini par te rencontrer, ma petite chercheuse *british*… Ma sauveuse. La fille qui m'a appris à aimer…

Son visage s'adoucit…

— Tes parents vont croire que j'ai fait ça pour te piéger…, me fait-elle remarquer, le regard triste.

Mes parents. Bordel de merde… La simple mention de ces hyènes ravive mes instincts protecteurs, et je m'emporte.

— J'en ai rien à foutre de ce qu'ils pensent. D'ailleurs, je n'ai pas la moindre intention de le leur dire. Je n'ai pas menti, l'autre soir, en leur disant que j'en avais fini avec leurs conneries. Ma vie, c'est vous, désormais : toi, et notre bébé. Vous êtes tout pour moi.

Elle acquiesce, mais même moi je n'arrive pas à occulter la menace que représentent mes parents. Je n'ai pas eu de nouvelles d'eux depuis des mois. On a coupé les ponts, mais s'ils apprennent que Molly est enceinte, j'ignore ce qu'ils sont capables de faire… Ou peut-être n'interviendront-ils pas… Peut-être ont-ils définitivement tiré un trait sur moi, après tout…

Une chose est sûre : nous ne pouvons pas le cacher. Shelly vit dans le même bâtiment, merde ! Elles ne se croisent presque jamais, mais quand Molly sera enceinte jusqu'aux yeux, à moins que Shelly soit devenue aveugle, elle le remarquera… et filera le dire à mes parents sur-le-champ. Pas de doute là-dessus.

Quoi qu'il en soit, ce qui est sûr c'est que ces sadiques ne s'approcheront pas de mon gosse à moins de cent bornes. Jamais je ne les laisserai lui mettre le grappin dessus.

Une pensée soudaine me paralyse, et Molly lève vers moi un regard inquiet.

— Qu'y a-t-il ? Rome ?

Je pousse un soupir profond.

— Et si je deviens comme mes parents ? Je suis peut-être voué à devenir un père ignoble, si c'est… héréditaire ? C'est peut-être dans mes gènes, Molly… Si je finis comme mon père, hein ? Si notre enfant… si je ne suis pas là pour lui ?

Elle dépose un baiser sur mes lèvres.

— Tu seras parfait, me rassure-t-elle.

— Qu'est-ce que tu en sais ? rétorqué-je, le bide rongé par une angoisse grandissante.

Elle prend ma main et la pose à plat sur son ventre.

— « J'ai aussi vu des enfants avec succès surmonter les effets d'un mauvais héritage. Cela est dû à la pureté, étant un attribut inhérent à l'âme. »

— C'est de qui ? demandé-je, touché comme jamais par ses mots.

Elle a une foi pure et entière en moi et en chacun de mes actes.

— Gandhi, m'apprend-elle, avant d'esquisser un sourire et de me frapper l'épaule d'un petit coup de poing joueur. Et ça se prétend philosophe !

— Hé, désolé, miss « Ça-se-la-pète », mais la philo, c'est ma mineure. J'étudie le commerce, je te rappelle. Et je suis une bête dans ma branche.

— Une bête, peut-être, mais dans ma branche à moi, personne ne peut rivaliser ! plaisante-t-elle avant de se mettre à glousser, soudain plus légère.

— C'est possible, et ce qui est certain, c'est que tu feras une mère incroyable.

— Vraiment ? Tu le penses ? me demande-t-elle, hésitante.

— De tout mon cœur.

# Chapitre 25

— C'est terminé ? demandé-je en entrant à Diana, la gérante de la boutique de la Tide.

Son visage s'illumine, et elle sourit jusqu'aux oreilles.

— Ça, pour être prêt ! Et c'est tellement trognon que j'ai failli faire une attaque !

Je m'accoude au comptoir et attends, tandis qu'elle disparaît dans l'arrière-boutique et revient quelques secondes plus tard, brandissant, ravie, l'objet de toutes mes attentes.

— Bordel…, murmuré-je, et mon cœur se gonfle de fierté.

— Hé, surveille ton langage ! plaisante Diana. Mais oui, je comprends ta réaction. Adorable, hein ?

— Parfait, je dirais…, rectifié-je, saisi par l'émotion.

Diana emballe la merveille dans du papier de soie, la range dans une boîte cadeau blanche, puis lève les yeux vers moi.

— Alors, pour qui est-ce, mon chou ?

— Quelqu'un qui m'est cher, dis-je, évasif.

Personne ne doit savoir. Pas encore.

Elle sourit à pleines dents et lâche un petit rire.

— Eh bien, tu vas devenir son chouchou absolu, avec un cadeau si fantastique !

— J'espère bien…

Je prends la boîte, la cache à l'arrière de mon pick-up, démarre et pars récupérer ma puce. Il m'a fallu quelques semaines pour l'obtenir, mais j'ai décroché un rendez-vous avec le meilleur gynéco-obstétricien de Tuscaloosa. Aujourd'hui, c'est notre première visite.

Vu les antécédents médicaux de la mère de Molly, on nous a conseillé de venir tôt. Honnêtement, j'ai failli faire une syncope en apprenant, lors de notre premier rendez-vous avec le généraliste, que sa maman avait souffert d'une éclampsie. Comme si le fait de cacher la grossesse à mes parents ne suffisait pas à me rendre dingue. Bref: on nous a conseillé de trouver un obstétricien au plus vite, et le docteur Adams nous a demandé de le rencontrer en urgence.

Putain d'éclampsie… Encore une brique à poser sur l'édifice vertigineux de nos emmerdes.

Je toque à la porte de Molly, et elle m'ouvre, un sourire nerveux sur le visage, avant de me prendre dans les bras.

— Ça va, ma chérie ? lui demandé-je en lui caressant le dos.

Elle lève les yeux vers moi.

— Juste un peu nerveuse…

Je désigne mon pick-up du doigt.

— Allez, c'est parti…

* * *

— Vous devez être Molly ? Je suis le docteur Adams, se présente l'obstétricien qui s'est levé pour nous accueillir.

— Enchantée, docteur Adams, le salue Molly en lui serrant la main, avant de poser une paume sur mon bras. Voici mon petit ami, Roméo.

Le docteur m'adresse un sourire radieux et me serre la main.

— Ravi de faire votre connaissance, Flash. Je suis un grand fan : j'ai un abonnement au stade à l'année. Et je vous reconnais, mademoiselle Shakespeare : la bonne étoile qui va permettre à Flash de nous envoyer en finale, cette année encore !

Molly rougit : elle a encore du mal à supporter sa nouvelle notoriété. Je l'attire contre moi pour la rassurer.

— Ma bonne étoile, oui. Merci bien, docteur.

Et là, il me pose la question que je désirais éviter plus que tout…

— Des nouvelles de la draft ? Les Seahawks de Seattle sont à l'agonie cette année : leur quarterback a dû déclarer forfait très tôt pour cause de blessure, et je ne doute pas que vous serez le premier joueur choisi pendant le recrutement annuel.

Je jette un bref regard paniqué à Molly : le jour où j'ai su que je m'envolerais peut-être vers Seattle, chez les Seahawks, elle m'a appris que nous étions enceintes. Je n'ai pas osé lui en parler depuis. Je ne sais pas vraiment ce que nous réserve l'avenir, à vrai dire… Nous n'avons pas encore discuté de ce que nous allions faire, trop préoccupés par la bonne santé de Molly et de notre bébé.

Je trépigne, nerveux.

— Je n'en sais pas plus que vous, monsieur, mais, si j'en crois ce qu'en disent mes coachs, il est fort probable que je finisse à Seattle, oui.

Nous nous asseyons, et Molly sert ma main. Je comprends la signification de son geste : on parlera de Seattle plus tard.

Super…

— Très bien, tous les deux : faisons la connaissance de votre bébé, propose le docteur Adams avec enthousiasme.

Je crois sincèrement que je n'ai jamais été aussi stressé qu'au moment de l'échographie. Le doc' place en elle une sorte de caméra oblongue, et Molly presse fort ma main tandis que j'embrasse ses phalanges sans pouvoir m'arrêter.

Bientôt, une petite image apparaît sur le moniteur placé près de la tête de Molly, et c'est comme si mes poumons se vidaient d'un seul coup : je sens Molly se figer et supplicier de nouveau ma main, mais je suis incapable de prononcer le moindre mot. J'ignore ce qui se passe en moi à ce moment-là, mais l'instant où je prends conscience que nous sommes en train de regarder le bébé qu'elle et moi avons conçu change radicalement ma vie.

J'aime Molly plus que tout en ce monde, et me suis souvent demandé si je pourrais un jour éprouver un sentiment aussi intense pour quelqu'un d'autre : en voyant notre bébé, en entendant son petit cœur, je comprends que oui, je le pourrai. Celui qui pensait ne jamais pouvoir aimer personne, qui se croyait même incapable d'un tel sentiment, se retrouve dans cette salle d'auscultation à tenir la main de la femme qui, en plus de lui avoir appris à aimer et à regarder le monde avec plus d'optimisme, lui offre le plus beau cadeau au monde : un enfant.

Mes lèvres sont humides… Je pleure et, pour la première fois de ma vie, ce sont des larmes de joie.

— Tout m'a l'air de se dérouler parfaitement… Si j'en crois mes mesures, vous en êtes à… Eh bien… huit semaines de grossesse, à peu près, annonce le docteur Adams, m'arrachant à ma contemplation de l'écran.

Sept mois. Dans sept mois, nous aurons notre petit ange à nous.

Le docteur Adams donne à Molly un tirage de l'échographie. Je me lève et l'embrasse sur le front tandis qu'elle rive un regard incrédule sur le cliché de notre enfant. Elle se tourne vers moi, me sourit et pose le cliché près d'elle, sur la table d'auscultation : elle sait que tout ce qui se passe en ce moment me submerge et, comme toujours, elle fait de moi sa priorité absolue. Elle sait que j'ai besoin de voir cette photo : ce sera l'assurance pour moi que notre vie est désormais placée sous le signe du bonheur.

— Vous pouvez vous rhabiller, Molly. On se revoit dans deux mois, à moins que vous ayez quelque inquiétude et que vous vouliez en discuter plus tôt. En cas de souci, venez me voir immédiatement.

Hypertension, vertiges, bouffées de chaleur, fortes migraines, douleurs abdominales, troubles visuels... La liste n'en finit plus, merde. Je sais que je vais devenir un enfer à la surprotéger à la moindre alerte, mais bordel : jamais je ne me risquerai à perdre les deux personnes les plus chères à mon cœur. Je ne me le pardonnerais jamais.

— La prochaine fois, on pourra connaître le sexe du bébé ? demande timidement Molly.

— Avec un peu de chance. (Le docteur Adams se lève et me donne une tape amicale dans le dos, m'obligeant une fois de plus à quitter des yeux le cliché de notre enfant.) Félicitations, mon garçon. Rendez-vous pour la finale de la SEC en Géorgie et « Allez la Tide » !

— Allez la Tide ! dis-je en réponse, la voix éraillée.

Le docteur Adams quitte la pièce, et Molly place le cliché entre mes mains avant de se mettre à descendre de la table d'auscultation. Je la regarde, contemple son visage satisfait et son sourire comblé, et suis pris de la soudaine envie de la prendre dans mes bras : je la plaque contre mon torse et m'enivre de sa douce odeur de vanille.

— Roméo, qu'est-ce qu…

— Merci, Jolly… Merci… C'est tout…, dis-je.

— Merci à toi…, murmure-t-elle en écho, plaçant les mains derrière ma nuque.

Une heure plus tard, nous sommes de retour dans la chambre de Molly, et je lui fais couler un bain. Je profite ensuite de ce que je suis seul pour aller récupérer dans mon pick-up le présent de tout à l'heure, la boîte blanche, que je place sur le lit.

Quand Molly sort de la salle de bains, elle est vêtue de la chemise de nuit violette que je préfère. Elle est magnifique… Ses longs cheveux mouillés tombent sur les épaisses montures calées sur son nez. Lorsqu'elle voit la boîte, elle fronce les sourcils.

— Qu'est-ce que c'est ?

— Un cadeau, dis-je fièrement.

Elle me regarde, sceptique, contourne le lit et vient s'asseoir à côté de moi sur le matelas.

— Qu'est-ce que c'est ? me demande-t-elle en caressant le couvercle d'un doigt.

— Ouvre-le.

Elle secoue la tête avec un petit rire, puis soulève lentement le couvercle, si lentement même que j'ai envie de déchiqueter la boîte pour qu'elle découvre sur-le-champ ce qu'il y a à l'intérieur. Mon cœur se serre quand je prends conscience qu'elle n'a pas dû recevoir beaucoup de cadeaux dans sa vie, et je me promets de changer ça au plus vite.

D'une main, elle soulève le papier de soie… et porte une main à sa bouche.

— Rome…

— Qu'est-ce que tu en penses ? lui demandé-je en scrutant ses yeux humides.

Elle est sous le charme.

Elle prend dans la boîte le minuscule maillot de la Tide, en observe quelques secondes l'avant, puis le retourne.

— « PRINCE, 7 ».

— Je sais, on dit que ça porte malheur d'offrir des cadeaux avant la fin du premier trimestre, parce que tout est encore fragile, mais je me suis dit qu'un petit truc, c'était pas non plus la mort…

Elle porte le petit maillot carmin à son cœur avant de m'embrasser. Elle observe de nouveau le maillot, puis me regarde droit dans les yeux.

— On va être parents, Rome…

Je souris, l'allonge doucement sur le lit et lui tapote le nez du bout du doigt.

— Pas juste parents : de super parents… et je n'en peux déjà plus d'attendre.

Elle perd aussitôt son sourire et baisse les yeux.

— Seattle ?

Mon cœur tressaille.

— Peut-être, commenté-je, avant de poser un doigt sous son menton. Hé, regarde-moi… (Elle s'exécute.) La pluie, ça te connaît, non ? T'es anglaise ou pas ?

Elle esquisse un sourire, et ses pommettes rosissent.

— Roméo Prince, me demanderiez-vous de venir à Seattle avec vous ?

— Non : je te demande de venir avec moi où que j'atterrisse après la draft. Toi et moi, c'est pour la vie, ma chérie.

Elle incline légèrement la tête.

— Toi, moi et notre petit ange, tu veux dire, corrige-t-elle.

Je hausse un sourcil joueur.

— Le trio Shakespeare-Prince ?

— Le trio Shakespeare-Prince.

Je baisse ma tête à hauteur du ventre de Molly.

— Tu entends ça, petit ange ? Tu fais officiellement partie du gang le plus cool de tout l'Alabama !

Molly rit de bon cœur, et je vais la rejoindre sur l'oreiller. Elle ferme les yeux quelques secondes et laisse courir le bout de ses doigts le long de mon biceps.

— Tu penses à quoi, ma chérie ?

Elle rouvre les yeux, tourne la tête vers moi et lâche un soupir bienheureux.

— J'ai hâte de voir notre petit bout de chou dans tes bras…

J'ai l'impression que mon cœur va bondir hors de ma poitrine tant je suis impatient de vivre ce moment. J'attire Molly contre moi sans crier gare.

Je suis tout aussi impatient d'autre chose, tout à coup…

# Chapitre 26

— Un dernier, Rome ! Un dernier !

Mes bras tremblent sous l'effort : cent quarante kilos de fonte en développé couché… La sueur me pique les yeux et, dans un ultime grognement, je parviens à bloquer les coudes : Austin récupère aussitôt la barre d'haltères et la replace sur le support.

— Rome ! hurle-t-il en me secouant, fier que je vienne de battre mon record perso.

Je me lève, et Austin me jette ma serviette au visage.

— T'es gonflé à bloc, mec ! J'ai cru que t'allais me faire un A.V.C. sur le dernier, putain !

Je tends une main vers ma bouteille de flotte et jette un regard à Chris Porter qui m'a maté toute ma série, un sourire de fils de pute barrant sa gueule de con.

Jimmy-Don quitte le petit groupe massé autour de Porter en secouant la tête.

— C'est quoi son délire ? lui demandé-je.

— Il se tape Shelly Blair. Il nous casse les couilles à plus parler que de ça.

Je me fige.

— Lui ? Avec Shelly ?

— Apparemment, répond Jimmy-Don, perplexe.

— Pourquoi il me lâche pas des yeux, alors ? On dirait que c'est moi qu'il aimerait se taper.

— Lâche l'affaire, Rome, me lance Austin en me donnant une tape dans le dos. C'est un trou de balle : sujet clos.

— Quelle affaire ? demandé-je, soudain suspicieux.

Austin jette un regard en coin à Jimmy-Don et secoue la tête… OK, ils me cachent un truc. Je me tourne vers eux, en pétard.

— Crachez le morceau ou je vais lui demander moi-même.

Jimmy-Don s'apprête à répondre quand le coach débarque dans la salle.

— Prince, dans mon bureau ! Tout de suite ! hurle-t-il.

Je grimace, me retourne et le vois disparaître dans le couloir.

— Qu'est-ce que t'as encore foutu, toi ? me demande Austin, préoccupé.

— Pas la queue d'une idée, grommelé-je en m'éloignant, non sans remarquer une fois de plus Porter mort de rire avec ses potes. Dès que je reviens, vous crachez le morceau.

Une fois devant le bureau du coach, j'ai un mauvais pressentiment : je n'ai pas la moindre idée de la raison pour laquelle il veut me voir en urgence, mais, quelle que soit la nature de la convocation, ça ne sent pas bon.

— Entre, Rome ! crie-t-il, après que j'ai toqué à la porte.

Je m'exécute, et il me fait signe de m'asseoir.

Il a l'air stressé et de mauvais poil. Je ne le sens pas.

— Un problème ?

Il se masse le front, mal à l'aise.

— On a reçu les détails du dîner de gala pour la finale de la SEC.

— OK…

En quoi est-ce que je pourrais avoir quoi que ce soit à voir là-dedans ?

— Rome… Ce sont tes parents qui vont accueillir l'événement. Prince Oil va financer la soirée, et le dîner aura lieu là-bas… à la plantation Prince.

Je le dévisage, médusé. J'ignore combien de temps je reste figé devant lui, mais mon mutisme l'inquiète suffisamment pour qu'il reprenne la parole.

— Ça va, fiston ?

— Elle est enceinte, murmuré-je.

Le coach se penche en avant.

— Pardon ?

— Molly, ma copine… Elle est enceinte.

Je le regarde droit dans les yeux, et il se réinstalle dans son siège où il lâche un long soupir.

— Bordel, gamin ! Si c'est simple, ça te convient pas, hein ? T'es pas un peu jeune pour être père de famille ?

— C'était pas prévu. (Je me passe une main dans les cheveux.) Mais on le garde. C'est notre enfant, et on va tout faire pour que ça fonctionne.

Ça semble lui convenir.

— Et tes parents ? Je suppose qu'ils ne sont pas au courant ?

— Ça fait des mois qu'on ne s'est pas parlé. La dernière fois que je les ai vus, ils s'en sont pris à Molly et moi. C'était un putain de cauchemar.

Je sens une attaque de panique me tordre l'estomac et suis pris de nausée. Mes mains commencent à trembler.

— Faut qu'on change ça, coach, balbutié-je. Le lieu du dîner, faut le changer. Faut faire ça à un endroit qui échappe à leur contrôle.

— J'ai essayé, Rome, je t'assure, mais le responsable des sports a déjà approuvé le projet. Même le gouverneur sera là, bordel ! Apparemment, ton père et ta mère se sont montrés particulièrement insistants, et tu sais mieux que moi que personne ne leur tient tête, par ici…

Trop nerveux pour rester assis, je me lève d'un bond et commence à faire les cent pas devant le bureau du coach.

— C'est un putain de coup monté ! Vous savez aussi bien que moi que le foot, ils n'en ont jamais rien eu à foutre ! Ils ne sont jamais venus me voir jouer une seule fois, et il y a quatre ans, ils ont essayé de vous graisser la patte pour que vous me supprimiez ma bourse d'études !

— Je sais, Rome. C'est juste que je ne sais pas quoi faire…

— Très bien, rétorqué-je devant son visage préoccupé. Dans ce cas, je n'irai pas.

— Rome ! lance le coach, dépité, avant de se lever pour me rejoindre. On aura besoin de toi, là-bas : les sponsors seront là, les chaînes de télé, les journaleux… Ils voudront tous que tu sois là. Et moi… moi aussi, je veux que tu y sois : tu es le quarterback de la Tide, Rome ! Tu es la putain d'incarnation du foot en Alabama, mon garçon !

— Je ne prendrai pas le risque de les voir faire du mal à la femme de ma vie !

— Qu'elle reste chez vous, alors, fiston. C'est le plan B : tu te pointes, sourire aux lèvres, tu fais ton devoir de star et tu t'arraches.

« Fais ton devoir »… Voilà qui fait écho à des trucs pas très chouettes…

— Faites modifier le lieu du repas, répété-je, les dents serrées. Trouvez un moyen, par pitié…

Le coach place une main sur mon épaule, mais son geste me fait sursauter : dépité, il lève les mains en signe d'apaisement.

— Je suis désolé, Rome. Je ne sais pas exactement ce qui se passe entre tes parents et toi, mais j'ai le sentiment que ça n'a rien de bien joli. Cela dit, je ne peux en aucun cas changer le lieu du dîner… Je suis confus d'avoir à te le demander, mais il faut que tu viennes. (Le coach regarde sa montre et peste.) Réunion entre les entraîneurs et le responsable des sports concernant le voyage en Géorgie. Pas moyen d'y échapper, faut que je file. Boucle ta muscu, va balancer le cuir, évacue… Quand tu seras plus calme, rentre chez toi et essaie de souffler un peu. Tu parles à Miss Shakespeare et, au besoin, on trouvera un moyen d'assurer vos arrières à tous les deux. (Il pose de nouveau une main sur mon épaule.) On fera de toi notre priorité, fiston. On est une équipe : on veille les uns sur les autres.

Il me laisse seul dans le bureau, figé sur place et incapable de rétorquer quoi que ce soit. J'essaie de rester calme, mais je suis hors de moi.

Lorsque j'entre de nouveau dans la salle de muscu, Austin et Jimmy-Don me font signe de les rejoindre, mais je reste cloué sur place, paumé. Je ne sais pas quoi faire. Je ne peux pas laisser mes parents s'en prendre à moi de cette façon et, en même temps, j'ai besoin du foot si je veux espérer un jour me soustraire à leur influence. C'est le serpent qui se mord la putain de queue… Il faut que je trouve une solution, mais j'ai l'esprit plombé par la nouvelle.

— Rome ! m'interpelle Austin et, grimaçant à mon air largué, il me fait signe d'approcher.

J'exhale un profond soupir et me dirige vers lui, quand j'entends la voix de Porter.

— Ouais, apparemment, c'est une vraie salope : Shelly m'a dit qu'elle le laisse lui faire tout ce qu'il veut, mais genre tout, quoi. Moi aussi, si elle me laissait la sodo un bon coup, j'oublierais qu'elle est laide.

Je sens le sang me monter au visage et serre tant les mâchoires que je jurerais les avoir entendues craquer. Austin fusille Porter d'un regard écœuré, et je redouble d'efforts pour garder mon calme. Mais évidemment, il faut que ce connard en rajoute une couche…

— Sans déconner, je pourrais juter rien qu'à l'entendre crier mon nom avec son putain d'accent *british*. En plus, paraît qu'elle avale, la petite chienne.

Je vois rouge.

Invoquant toute la maîtrise acquise après des années et des années d'entraînement au sprint, je fonds sur Porter, le plaque au sol et me mets à le ruer de coups : il a à peine le temps de réagir – me balançant quelques directs faiblards – qu'un crochet du droit le laisse inconscient. Il s'affale sur le sol, inerte, mais je ne peux plus m'arrêter : j'ai besoin d'évacuer la rage qui me consume. Et puis, ce fils de pute doit payer les saloperies qu'il vient de vomir à propos de Molly.

Je ne sais pas trop qui m'arrache à Porter mais, une fois debout, je me retrouve nez à nez avec Austin et Jimmy-Don. Je balance à l'instinct mon poing dans leur direction, mais Austin esquive, preuve que lui aussi est rompu à la violence.

— Dégagez ce con d'ici et allez le faire soigner, merde ! Allez, bougez, putain ! hurle Jimmy-Don par-dessus mon épaule.

Je me retourne et vois le peu de gars encore présents traîner Porter hors de la salle. Il a vaguement repris connaissance.

— C'est quoi ton problème, bordel ? grogne Austin qui, de toute évidence, se fait violence pour contenir sa propre colère.

— Dégagez, tous ! J'ai besoin d'être seul ! rétorqué-je, hargneux.

— Rome, mon pote…

— Foutez le camp, merde ! craché-je à Jimmy-Don qui, déçu, tire Austin par la chemise pour l'inviter à quitter la salle.

Bientôt, je me retrouve seul, abandonné à mes emmerdes : j'ai vingt et un ans, merde, j'en ai ras le cul de toute cette pression ! Ras le cul de devoir jouer des poings tous les jours pour avoir le droit à une vie normale ! Tout ce que je veux, c'est que ma Jolly et moi, on puisse profiter peinards l'un de l'autre, loin de tous ces trous du cul. Qu'on puisse avoir notre petit ange en… putain… de… paix !

L'esprit au supplice tandis que j'essaie d'envisager les différentes stratégies dont pourraient user mes parents pour nous détruire, je pète de nouveau un plomb et me mets à dévaster la salle entière. Je fais voler les tapis, retourne les machines… Pantelant, je ne m'arrête que lorsque je peine à respirer. Ma chemise est ruinée de sueur et de sang mêlés, alors je l'arrache, la balance à l'autre bout de la salle et me laisse tomber sur le banc de muscu en luttant pour ne pas chialer.

Je n'ai pas souvenir de m'être déjà senti à ce point acculé…

Cela fait de longues minutes que je rive un regard vide au plafond, quand j'entends grincer la porte de la salle. Je me raidis : Molly entre, éberluée en découvrant les lieux ravagés. Lorsqu'elle pose les yeux sur moi, elle blêmit.

— Devine qui va organiser le dîner de célébration de la finale de la SEC deux jours après notre retour de Géorgie…, grogné-je, les dents serrées, tandis qu'elle s'approche de moi.

— Oh, mon chéri, non…, murmure-t-elle, plaçant instinctivement les mains sur son ventre pour protéger notre enfant.

Je pense qu'elle ne s'en rend pas compte, mais ce simple geste me crève le cœur : elle a peur que mes parents fassent souffrir notre petit ange.

— C'est qu'une putain de blague, merde ! Ils n'en ont jamais rien eu à foutre du foot, et voilà qu'ils se proposent d'organiser le plus grand repas de l'année ! Et à la plantation, en plus. C'est un putain de piège pour nous attirer là-bas, Jolly !

Elle tente de me réconforter, de s'approcher davantage, mais je préfère qu'elle garde ses distances. Je suis furieux, trop. Rien n'y fera.

— Roméo, il faut que tu te calmes : la moitié de la fac est dehors, et tu viens de mettre un coéquipier dans un lit d'hôpit…

À la simple mention de ce fils de pute, mes poils se hérissent.

— Il l'a mérité, cet enculé ! Il a commencé à dire de la merde sur toi… Et à moi, en plus ! Il a signé son putain d'arrêt de mort dès qu'il a ouvert sa bouche de pute.

— Mais, je m'en moque de ce qu'il a dit sur moi : regarde dans quel état tu es ! Ça va trop loin !

Elle déconne ? Elle se rend pas compte de la merde dans laquelle on est ou quoi ? Je déraille d'être aussi vénère, vraiment ?

— Mes parents ont tout prévu, ces salauds… Tu te souviens de la dernière fois ? Tu te rappelles comme ils s'en sont pris à nous ? Ce plan-ci est juste un peu mieux ficelé ! Ils savaient que je ne retournerai jamais chez eux de mon plein gré… Le coach est de mon côté, mais ils ont déjà invité le gouverneur, le maire et un million d'autres pontes qui se sont empressés d'accepter avec joie. Ils ont tout fait pour que l'Université ne puisse plus refuser. Putain !

Molly s'installe sur le banc, à bonne distance de mes gestes colériques, et je me retourne vers elle.

— On n'y va pas. Hors de question que tu ailles là-bas vu la situation.

Je la regarde tandis qu'elle se passe une main sur le visage. Elle insiste, essaie de me convaincre d'y aller, me propose même de me laisser m'y rendre seul et de rester à la maison… Pas question. Elle n'a pas encore compris combien j'ai besoin d'elle à mes côtés ?

Je m'approche d'elle un peu plus.

— Non ! Non, merde ! Pourquoi est-ce que tu ne fêterais pas tout ça avec moi ? C'est à l'Université de changer le lieu du dîner ! Que mes parents aillent se faire foutre, bordel ! Je les connais, Jolly : ils préparent un sale coup, obligé. Je les laisserai pas détruire ma famille ! J'en ai fini de leurs magouilles à la con.

Je soupire longuement, essayant de profiter de sa présence rassurante pour me calmer. Elle a ce pouvoir sur moi… Je vois bien que cela l'ennuie que je me montre si impulsif. Je la rejoins à pas lents, m'agenouille devant elle, pose la tête sur ses genoux et embrasse son ventre.

— S'ils découvrent que tu couves notre petit ange, Dieu seul sait ce qu'ils sont capables de faire… Je refuse de vous perdre, tous les deux.

De ses mains délicates, elle caresse mes cheveux, et je les laisse dissoudre ce qu'il reste de ma colère…

— Je comprends ta réaction, Roméo, mais, tu imagines? Il y aura des centaines de personnes à cette fête : que veux-tu qu'ils fassent devant tant de monde ? Causer un scandale en public, ce ne serait pas dans leur intérêt… Je resterai avec toi toute la soirée, si tu veux. Ils ne me feront pas de mal, parce que tu seras là pour me protéger. Je te fais confiance.

Je serai là, oui. Je la protégerai au péril de ma vie.

Molly se met à nettoyer mes plaies. Elle s'occupe de moi, comme toujours.

— S'ils vous font du mal, à toi ou à notre petit ange, je ne me le pardonnerai jamais, ma chérie…

Elle pose les mains sur mes joues.

— Ils ne nous feront rien du tout, insiste-t-elle.

J'ai l'impression d'avoir de nouveau six ans, aliéné par l'emprise parentale. Ces derniers mois, j'étais enfin heureux et, d'un seul coup, ils ont refait de moi le gosse maltraité qu'ils ont torturé pendant des années.

Je sens les larmes qui mouillent mon regard, mais ne peux les réprimer.

— Pourquoi faut-il toujours qu'ils me gâchent la vie ? Tout se passe si bien sans eux : tu es en bonne santé, notre bébé est en pleine forme, et la Tide, après avoir dominé la division SEC a son ticket pour la finale nationale. Et il faut qu'ils se pointent avec leurs manigances et leurs complots pour foutre encore une fois ma vie en l'air… Je te le dis, ma chérie : c'est un piège. Ils préparent un sale coup. Un grand coup.

Je le sais. Je le sens jusque dans mes tripes.

— Ce sont des gens puissants, Roméo : l'Université ne pourra pas faire modifier le lieu des festivités. Il faut qu'on y aille et qu'on leur montre qu'on est soudés. Et toi, tu dois t'y rendre en capitaine de la Tide. (Je la serre fort contre moi.) Tu as vraiment pété un plomb, là…, dit-elle d'une voix douce en se redressant.

Je sais bien que je suis parti en couille… encore une fois. Je lui parle de ma conversation avec le coach, de ce qu'il a essayé de faire pour m'aider.

— Je n'aime pas quand tu t'emportes…, commente-t-elle soudain d'un ton sans réplique. Tu vas devoir faire des efforts à ce niveau, Roméo : je ne veux plus avoir à m'inquiéter de ce genre d'incidents… D'autant moins maintenant que le petit ange arrive.

Ce que je l'aime, putain… On est là, dans une salle de muscu dévastée, j'ai le corps en sang, et elle persiste à tenter de faire de moi un type meilleur, un type bien, en me sermonnant sur mon manque de retenue. Je ne peux réprimer un sourire insolent.

— Quoi donc ? me demande-t-elle, un rictus d'incrédulité troublant son visage magnifique.

— Je t'aime.

Je dépose un baiser dans son cou, et vois naître dans son regard une étincelle de désir : la grossesse la rend un peu nympho, et ce n'est pas moi qui vais m'en plaindre…

Néanmoins, elle me repousse.

— Hé, crois pas t'en tirer par une pirouette ! Regarde dans quel état tu as mis cette salle !

Mais elle hausse les sourcils et laisse un doigt glisser le long de mes abdos, me faisant comprendre qu'elle est à deux doigts de me laisser la prendre sur-le-champ. La queue au taquet, je me cale entre ses jambes…

— J'ai envie de te baiser comme jamais, là…

— Pas ici, et pas avant que tu m'aies promis de ne plus jamais te comporter ainsi.

Elle se fout de moi, là ? Elle aussi en crève d'envie et la porte est fermée : on est peinards.

— Je suis à cran… J'ai besoin de lâcher la pression… Y a que toi qui peux me débarrasser de toute cette tension…

Elle me repousse une fois de plus et, inflexible, refuse de déposer les armes.

— Je ne plaisante pas, ne fais pas la sourde oreille : je ne veux pas que notre enfant ait un père incapable de garder le contrôle à la moindre contrariété.

Sa remarque me fait l'effet d'un coup de poignard en pleine poitrine… Jamais je ne ferai de mal à notre petit ange !

— Tu comprends ce que j'essaie de te dire ? me demande-t-elle, usant de l'une de mes répliques fétiches.

— Je comprends. Ça ne se reproduira plus. Je n'agirai jamais avec notre petit ange comme mon père avec moi. Je te le promets.

OK, je ne supporte plus de rester dans cette salle, et il faut vraiment, vraiment que je la baise…

— On file dans les vestiaires. Je vais te désaper, et tu vas faire tout ce que je t'ordonne, jusqu'à ce qu'on ne tienne plus debout. C'est compris ?

— OK, OK ! C'est compris…

J'incline légèrement la tête.

— Il ne t'arrivera rien pendant le dîner, ma chérie, lui assuré-je.

— Je sais que tu nous protégeras.

Je m'assois à côté d'elle sur le banc, puis la prends sur mes genoux. Aussitôt, je me sens un million de fois plus apaisé.

— Ce n'est pas la première fois, pas vrai, que je m'occupe de tes plaies comme ça… Faisons en sorte que ça ne devienne pas une habitude, OK ?

— C'était la dernière fois, c'est promis : je vais changer. T'auras plus à panser mes bobos… Parole de scout, promets-je en levant la main, les doigts levés comme attendu.

— T'as jamais été chez les scouts, Roméo…, glousse Molly.

— Oh si…

Elle me regarde, éberluée.

— C'est vrai ?

— Ouaip… Mais, ils m'ont viré parce que je me suis battu.

C'est pathétique, mais c'est vrai… Cela dit, il avait dû le mériter, le connard que j'ai mis à terre, c'est certain…

— Pourquoi est-ce que je ne suis pas surprise ? dit-elle en se lovant contre moi, son souffle chaud caressant ma peau nue.

Nos amis débarquent quelques instants plus tard. Je leur révèle tout du projet de mes parents d'organiser le dîner, puis parle du bébé à Austin et Jimmy-Don. Sans surprise, ils sont sur le cul, mais au premier regard, je sais qu'Austin fera tout pour protéger Molly et notre petit ange.

# Chapitre 27

*Plantation Prince*
*Dîner de gala du SEC*

— Mon mari et moi ne pourrions être plus fiers de notre fils, Rome. Il a toujours eu un tel talent… L'amour et le respect que vous lui portez ne font que renforcer notre admiration pour lui.

Une douce odeur de vanille m'apaise, portée par la brise, tandis que Molly me caresse le bras, avant d'éloigner de la table mon poing serré pour placer ma main, paume ouverte, sur son ventre bombé. Je m'apaise quelque peu, mais ne peux m'empêcher de me raidir de nouveau, alors que ma mère poursuit le discours qu'elle offre à la foule nombreuse depuis le pupitre.

— Mon mari et moi n'avons malheureusement pas pu assister à la finale du SEC en Géorgie, pris par quelque engagement professionnel, ici en Alabama, mais nous avons suivi la rencontre à la télévision et vous avons vus remporter la victoire sur les Gators et brandir la coupe pour les malchanceux qui n'avaient pu être présents.

Acclamations et autres cris s'élèvent partout de la foule… Seule notre tablée reste silencieuse. Le coach m'adresse un regard depuis sa table, secouant la tête avec dégoût devant l'attitude hypocrite de ma mère.

— Nous ne pourrions être plus fiers de notre fils, qui a joué en vrai professionnel tout au long des quatre quart-temps. Je pourrais d'ailleurs faire le même compliment à tous les joueurs de la Tide : l'État entier et votre université vous aiment et vous acclament !

Ses mensonges me donnent envie de vomir. De vomir, vraiment. Ils sont… fiers de moi ? Me trouvent talentueux ? Non, jamais ils n'ont été fiers de moi. Ça ne les empêche pas de faire le show devant le gratin de Tuscaloosa, et les huiles de l'État de me sourire et me dire combien j'ai de la chance d'avoir des parents aussi dévoués et aimants.

S'ils savaient, tous…

— Je t'aime, mon chéri, murmure Molly à mon oreille.

Je me tourne vers elle, relâche mes mâchoires crispées et dépose un baiser sur ses lèvres.

— Moi aussi, je t'aime.

Mes parents me snobent totalement ou presque après leur beau discours, trop occupés à parader et à développer leur réseau.

Bientôt vient la partie plus festive de la soirée, et je m'apaise sitôt que Molly cède à mes demandes insistantes de venir danser avec moi. Ainsi, elle restera près de moi. Elle sera en sécurité.

L'orchestre vient de terminer son interprétation de *Sweet Home Alabama* sous les applaudissements tonitruants de la foule d'invités et de joueurs, quand j'entends qu'on m'interpelle.

— Rome ?

Je me retourne : le coach.

— Mademoiselle Shakespeare, puis-je vous emprunter Rome quelques instants ? lui demande-t-il en se tournant vers elle.

Je me raidis : je n'ai aucune envie de quitter Molly d'une semelle. Pourtant, elle lui offre un large sourire et acquiesce.

— Bien sûr. Mes pieds sont au supplice, de toute façon : j'aurais bien besoin de m'asseoir un peu. Je crois que mes chevilles ont doublé de volume…

Je raccompagne Molly à notre table et l'installe près de ses amis.

— Je reviens le plus vite possible, OK ? Tu ne restes jamais seule en attendant. C'est compris ?

— Je te le promets, répond-elle en me déposant un baiser sur la joue.

Avant d'aller rejoindre le coach, je me tourne vers Austin et Jimmy-Don et leur fais signe de veiller sur Molly, récoltant aussitôt deux pouces levés.

Une heure plus tard, je parle encore tactiques de jeu en vue du BCS contre Notre Dame, stratégies et points faibles de la défense de nos futurs adversaires… Je sens – presque physiquement – que mon regard doit trahir mon ennui, quand mon père vient rejoindre la foule d'hommes d'affaires et de fans et y va de son avis prétendument éclairé. Il faut que je me retienne pour ne pas lui bondir dessus et l'étrangler, d'autant plus lorsqu'il m'adresse son sourire moqueur. Une vague de stress m'envahit soudain… J'ai un mauvais pressentiment : il se trame quelque chose.

Inquiété par l'air insolent de mon père, je quitte le groupe sous le regard renfrogné du coach, et contourne la maison au pas de course, cherchant partout Molly, affolé, sitôt que j'arrive dans le jardin. Je m'approche de la table où nous étions assis et y jette un rapide coup d'œil : Cass, Austin, Lexi, Ally et Jimmy-Don.

Molly n'est pas là.

Jimmy-Don se lève et jette un regard par-dessus mon épaule, tout sourires.

— Où elle est, mec ? Tu l'as fait chavirer avec ton mot d'amour, Don Juan !

Mes mains tremblent. Je suffoque.

— Où est Molly ? De quoi tu parles ? paniqué-je en agrippant ses bras, mon geste plongeant la tablée dans un silence tendu. (Jimmy-Don agite les lèvres, mais il reste muet.) Où est-ce qu'elle est ?

Ma poigne se fait plus pressante, mais Ally me bouscule pour libérer Jimmy-Don qui, livide, vacille jusque dans les bras de Cass.

Je baisse les yeux vers ma cousine.

— Où est Molly ?

C'est à cet instant précis que je l'entends…

— Rome ! Rome !

Je tourne la tête vers l'entrée de la maison et vois Shelly descendre les marches du perron en cavalant dans ma direction. Elle approche, paniquée, le visage couvert de larmes, et mon sang se fige dans mes veines.

Je cours vers elle et l'attrape par les bras.

— Où est Molly ? crié-je.

— Elle est… On ne savait pas, elle… Dans la bibliothèque… Oh, Rome…

C'est tout ce qu'elle parvient à articuler…

Je l'écarte sans ménagement, me rue dans l'entrée et me retrouve bientôt nez à nez avec dix de mes coéquipiers qui me dévisagent, le regard mêlé de tristesse et d'effroi. Je n'y comprends rien, mais je ne pourrais être plus terrifié.

Je devine mes amis sur mes talons quand je m'élance vers l'attroupement devant la porte de la bibliothèque.

— Barrez-vous ! Dégagez, putain de merde ! Allez ! tonné-je.

La foule se disperse et j'entre dans la bibliothèque… Terrassé par ce que je découvre, je manque de m'écrouler : Molly gît là, sur le sol, couverte de sang. Elle hurle et se tord de douleur.

*Non…*

La seconde suivante, je suis près d'elle.

— Bordel, Jolly ! Ma chérie ! Merde, merde ! Je suis là, je suis là…

Je ne sais même pas où poser mes mains, comment la tenir ou apaiser sa douleur. Elle tourne vers moi ses yeux d'ambre voilés par la souffrance et une tristesse infinie.

— Roméo, notre petit ange… Notre petit ange… Je crois… Je crois que je le perds… Aide-moi… par pitié…, murmure-t-elle dans un sanglot, les cuisses scellées, pleurant si fort sur le tapis qu'elle peine à respirer.

Je lève la tête et découvre nos amis horrifiés.

— Appelez les urgences ! Elle perd notre bébé !

Merde, merde, notre bébé ! Pourquoi c'est arrivé ? Comment ? Des dizaines de questions surgissent dans mon esprit, mais je ne peux me concentrer sur rien d'autre que Molly : j'ai l'impression qu'elle est en train de crever sous mes yeux… Putain, est-ce qu'elle est en train de mourir ?

Je sursaute quand on me touche l'épaule : c'est Jimmy-Don qui m'annonce que l'ambulance est en chemin.

Il faut que je la prenne dans les bras, je ne tiens plus : je la soulève sans même me demander si c'est une connerie ou pas. Je la prends sur mes genoux et la berce, tentant de l'apaiser… Ses convulsions atroces me déchirent le cœur.

— Chuuut, ma chérie… Je suis désolé… C'est ma faute… Tout ça, c'est ma faute…, sangloté-je.

Son teint devient livide, cadavérique presque, et quand elle touche ma joue, c'est comme si sa main ne pesait plus rien.

— Je crois que notre bébé est mort… Je l'ai perdu… Ça fait trop mal… Il est mort…

Elle veut dire autre chose, mais écarquille soudain les yeux : son corps se raidit et elle pousse un hurlement glaçant tout droit sorti d'un cauchemar. Sentant ma jambe humide, je baisse les yeux et découvre le sang qui, échappé d'entre ses cuisses, macule nos corps réunis.

Qu'est-ce que je suis censé faire, bordel de merde ? Qu'est-ce que je suis censé faire !

Ses paupières papillonnent jusqu'à ce que ses yeux se ferment, et quand je sens ses doigts abandonner ma chemise, la panique m'envahit. J'ai la sensation qu'un millier de pointes acérées me perforent la poitrine.

— L'ambulance fout quoi, merde ! Elle est enceinte ! Enceinte… Notre petit ange…

Je ne sais plus quoi dire, quoi faire… Je suis abattu.

Je tâte partout la robe écarlate de Molly, cherche, fouille : il faut que je trouve comment l'aider ! Qu'est-ce que je peux faire, bordel ? Mais la réponse est simple : rien. Je ne suis pas médecin. Je ne peux rien faire… Je n'ai jamais appris à gérer ce genre de trucs.

Sa respiration se fait de plus en plus faible et, rivant de nouveau le regard sur son visage, j'aperçois une entaille sur sa lèvre. Je m'aide d'un pouce pour mieux observer sa bouche, puis grimace.

— Ma chérie ? Pourquoi est-ce que ta lèvre saigne ? Qu'est-ce qui t'est arrivé, putain ?

Je suis en train de la perdre : elle a les yeux vitreux, et son corps ne réagit même plus à la douleur. Je prie le Ciel, encore et encore, de sauver celle que j'aime. Je ne supporterai pas de la perdre. Elle est ma vie, mon tout.

— Jolly ? l'appelé-je, mais ses yeux se ferment. (Je me fige, terrifié.) Jolly ! Reste avec moi, Jolly ! hurlé-je en la serrant dans mes bras.

— Ta… Ta mère l'a frappée et elle a percuté la table. On… Je savais pas qu'elle était enceinte… On voulait juste l… lui faire peur. Ç… ça a dégénéré…

C'est Shelly qui a parlé. Elle est là, près de moi. Elle tremble de tout son corps.

En entendant sa confession, une rage bouillonnante se répand dans mes veines, déferlante de lave en fusion. Elle poursuit en m'expliquant que ma mère s'est enfuie. Je veux le lui faire payer. En finir avec cette merde, une fois pour toutes… Je m'apprête à me lancer à sa poursuite, mais Molly pose une main tremblante sur la mienne et me supplie de rester près d'elle. Je ne peux rien faire d'autre que de me laisser aller au chagrin et fonds en larmes.

— Oh, Jolly, je suis désolé…, murmuré-je.

Mais, c'est trop tard : elle n'est plus avec moi. Elle s'est raidie entre mes bras, et je perçois à peine sa respiration, tandis qu'elle continue de se vider de son sang.

— Rome…, m'interpelle Ally, la voix brisée. Les secours sont arrivés : il faut qu'ils emmènent Molly à l'hôpital. Laissons-les faire leur travail…

Je lève les yeux pour voir deux types débarquer en trombe dans la pièce et m'arracher aussitôt Molly des bras. Je me lève, totalement hébété, et prends alors seulement conscience du nombre de témoins présents. Je saisis la main immobile de Molly et suis la civière sans prêter attention aux flashs des appareils photo et aux regards horrifiés des invités.

Les secours font entrer Molly dans l'ambulance et commencent à me canarder de questions.

— Elle en est à combien de mois ?

— Bientôt trois.

— Qu'est-ce qui s'est passé ?

— Apparemment, quelqu'un l'a frappée et elle est tombée contre le bord d'une table… Je n'étais pas là… Je n'ai rien pu faire…

Les secours s'occupent frénétiquement de ma Molly, l'équipant d'intraveineuses et d'autres instruments inconnus… L'ambulance fuse à travers la ville, mais je ne lâche jamais la main de mon amour. Elle m'a demandé de ne pas la quitter, et jamais je ne briserai ma promesse…

* * *

— Votre petite amie a reçu un violent coup au niveau du ventre qui a causé des dégâts irréparables au placenta. Je suis navré de vous l'annoncer, mais le bébé n'y a pas survécu… Nous avons également repéré des signes d'hémorragie interne, aussi nous préparons la salle d'opération pour une intervention en urgence.

Je ne comprends plus rien à ce qu'il se passe. Je ne ressens plus rien.

— Elle va mourir ? demandé-je, la voix brisée d'avoir trop pleuré.

— On va faire notre possible, jeune homme : une personne de l'équipe vous informera régulièrement de son état de santé.

Sur ces mots, le chirurgien me laisse seul au milieu de la chambre privative, et fonce en salle d'opération pour tenter de sauver l'amour de ma vie. Peut-être parviendra-t-il à réparer son corps, mais dans quel état sera son esprit quand elle se réveillera ?

On toque doucement à la porte, mais je ne parviens même pas à lever les yeux, perdu dans la contemplation absente du lino au motif moucheté.

— Rome ! m'interpelle une voix de femme en sanglots.

Ally me saute au cou et pleure sans pouvoir se calmer. Nous restons comme ça un instant, bientôt rejoints par nos amis en larmes. Tous m'offrent leurs bras aimants. Même Austin, le type le plus solide que je connaisse, craque, avant de prendre Lexi dans ses bras. Lorsque nous n'avons plus de larmes à verser, nous nous asseyons tous et patientons en silence.

— Flash… Je suis tellement désolé, mec. Quand j'ai accompagné Molly aux chiottes, on lui a fait passer un mot, et on pensait qu'il venait de toi. Je culpabilise à mort, mec…

En larmes, Cass caresse le dos de Jimmy-Don pour le réconforter.

— C'était marqué quoi ? demandé-je d'une voix lasse.

Ally se penche et rive les yeux au sol, mal à l'aise.

— Avant qu'on parte, j'ai pu parler un peu à Shelly : c'était un coup monté de ta mère, Rome. Apparemment, elle voulait faire peur à Molly une bonne fois pour toutes, histoire qu'elle te quitte. Shelly m'a dit qu'elle avait parlé à ta mère des mots que tu laissais à Molly avant les matchs, et pendant que ton père lui faisait gagner du temps en te parlant foot, elle s'est servie de ça pour l'isoler.

Du coin de l'œil, je vois Jimmy-Don se prendre la tête à deux mains.

— Le mot demandait à Molly de te rejoindre dans la bibliothèque, que la soirée te gonflait et que tu avais besoin d'un break, dit-il d'une voix étranglée. Pas une seconde je n'ai pensé que ça pouvait venir de quelqu'un d'autre. Pas une…

Ally adresse un regard compatissant à Jimmy-Don qui vient de fondre en larmes, puis elle trouve la force de reprendre.

— Apparemment, ta mère a engagé un détective pour déterrer des trucs assez glauques sur Molly ; des trucs dont elle voulait se servir pour la faire souffrir et la pousser à te quitter. Ça n'a pas vraiment pris, Molly a tenu le coup. Mais ensuite, tante Kathryn a commencé à baver sur toi, et là, Molly a pris ta défense. C'est là que ta mère l'a frappée. Elle était complètement bourrée, comme toujours… Molly est tombée contre la table… On connaît la suite. Après ça, impossible de trouver tes parents : la police a voulu parler à ta mère, mais elle avait disparu.

Si je n'avais pas été aussi hébété, j'aurais ravagé cette pièce… Mais ma rage, pourtant extrême, ne suffit pas à m'animer cette fois. Ma mère a employé les services d'un détective pour déterrer les sales moments de la vie de Molly ? Elle a dû lui parler de la mort de son père et de sa grand-mère. J'y crois pas… Si je remets la main sur elle, je lui ferai payer pour ça, je m'en fais la promesse… Dire que tout ça est arrivé parce que mon amour a pris ma défense… Et comme si ma culpabilité n'était pas déjà assez grande, il a fallu que notre petit ange n'y survive pas… Tout ça, c'est ma faute.

— Je les hais. Je les hais tellement…, murmuré-je, brisant presque la chaise en plastique de mes poings serrés. Ils n'existent plus à mes yeux… Ils sont morts et enterrés.

À leur silence, je comprends que mes amis approuvent jusqu'au dernier de mes mots.

# Chapitre 28

Après plusieurs heures et des quantités absurdes de café, une infirmière en blouse rose entre enfin dans la pièce : je me fige aussitôt et retiens mon souffle. Entre mes côtes, mon cœur s'affole, saisi par l'angoisse.

— Roméo Prince ? m'interpelle-t-elle en balayant la pièce du regard. (Je me lève et elle s'approche.) Miss Shakespeare est sortie de la salle d'opération : son état est stable, nous l'avons transférée en unité de soins intensifs. Nous avons pu réparer les dégâts subis au niveau du ventre et l'avons perfusée pour remplacer le sang perdu lors de la fausse couche.

— Je peux la voir ? demandé-je, désespéré.

Je veux être là à son réveil.

— Bientôt. J'enverrai quelqu'un vous chercher.

Sitôt l'infirmière repartie, je m'affale dans mon siège, percevant les soupirs de soulagement de nos amis.

— Elle va s'en tirer, Rome, avance Ally avec enthousiasme, redoublant d'efforts pour se montrer le plus optimiste possible.

J'acquiesce lentement.

— Son corps va guérir, c'est sûr…, dis-je. Mais ça n'enlève pas que je vais devoir lui apprendre que notre bébé n'a pas survécu : là, Ally, je doute qu'elle s'en remettra…

Un silence de mort noie de nouveau la pièce.

Lorsque j'entre dans la petite chambre d'hôpital individuelle, je dois m'accrocher à l'encadrement de la porte pour ne pas tomber à genoux : des perfusions et des fils s'échappent partout de sa peau livide, ses yeux sont cernés d'arcs profonds et noirs, et elle semble minuscule et brisée, enfouie sous de trop nombreux nuages de coton blanc…

Je me concentre sur le signal sonore régulier du moniteur cardiaque et tente de réguler ma respiration avant de m'approcher lentement du lit : là, je dépose un baiser sur la joue froide de Molly, m'installe sur une chaise à côté d'elle et prends sa main. Ensuite, l'attente commence…

Je me suis assoupi. C'est une main délicate dans mes cheveux qui me réveille. J'étais tellement convaincu d'être en plein rêve que je sursaute… Molly rive dans le mien son regard d'ambre perdu, puis porte doucement la main à son ventre.

— Roméo ? Est-ce que… Est-ce…

Je sais ce qu'elle me demande, mais le deuil me bâillonne, alors je me contente d'acquiescer et d'assister à la métamorphose de son visage superbe rongé par le chagrin. Elle pleure sans pouvoir se contrôler.

Ça fait des jours qu'elle me manque, que je désespère de partager ma peine avec elle… Je me penche, prends dans les bras son corps endeuillé et me penche à son oreille.

— Je suis tellement désolé… Tout est ma faute…

Fidèle à elle-même, Molly refuse de l'entendre et, lorsque je me reproche de lui avoir fait défaut, elle m'attire à côté d'elle sur le lit en me répétant que je n'aurais rien pu faire. Je lui explique ce qui s'est passé : le mot, Shelly, ma mère, tout… À chaque nouvelle phrase, je la sens dériver un peu plus loin de moi.

Les jours suivants, Molly se renferme un peu plus : elle ne mange plus, parle à peine et, lorsqu'elle ne dort pas, son regard se perd au plafond. Je deviens invisible. Nos amis non plus ne semblent plus exister pour elle. Ils viennent la voir, font de leur mieux pour tenter de lui remonter le moral, mais leurs regards défaits à mon adresse trahissent leur pensée : Molly est au fond du gouffre, dépressive à en crever… et je n'ai pas la moindre idée de comment la sortir de l'abîme.

Je n'en peux plus d'être dans ce putain d'hosto… Ça me hante jour et nuit de voir Molly dépérir, de voir les heures se changer en jours sans que rien ne change et, sans rien pouvoir y faire. Le deuil est en train de la détruire sous mes yeux. Aussi, quand le médecin arrive et nous annonce que Molly peut sortir, j'exulte : je suis convaincu qu'une fois loin de cette prison, son esprit pourra envisager guérir à son tour, et qu'elle m'aidera, moi aussi, dans ma convalescence.

Je suis affairé à préparer son sac lorsque je reçois un texto.

**Coach :** Rome. Navré de devoir te le demander dans de telles circonstances, mon garçon, mais j'ai besoin que tu viennes à l'action de charité de ce soir. Tu n'auras pas à rester longtemps, une apparition suffira : pour l'équipe et pour la presse.

Je soupire, me pince l'arête du nez et jure en silence. Le coach a été irréprochable avec moi, ces derniers temps, en lâchant pas mal de lest, mais la grande roue du foot, elle, ne s'arrête jamais : même la perte d'un enfant ne pourra faire oublier que la finale du championnat est pour bientôt…

— Qu'y a-t-il ? me demande Molly depuis le lit.

Je me retourne et croise son regard toujours indifférent.

— C'est le coach. Il veut que je participe à une action de charité au stade, ce soir. J'ai manqué beaucoup d'entraînements : il aimerait que son quarterback soit là, pour que tout le monde sache que je ne lâcherai pas l'équipe avant la finale.

— Vas-y.

Je me fige et laisse tomber le sac sur le sol.

— Je ne peux pas te laisser. Tu as vu l'état dans lequel tu es ?

— Bien sûr que si. Je suis fatiguée de toute façon. J'ai besoin de me reposer.

Je sens une vague de colère se répandre en moi : j'en ai ras le cul de cette personne alitée qui tente de se faire passer pour Molly. Je reconnais à peine la fille que j'aime, celle qui rit à mes côtés, qui peut rendre chaque jour plus beau que le précédent… Qui m'aime. Je lutte seul depuis quelques jours, étouffant mon chagrin pour l'aider à surmonter le sien, mais là, j'atteins mes limites : me laissant aller à la colère, je plante un poing droit dans le mur de la chambre.

— Bordel, Jolly ! Comment ça se fait que tu sois encore fatiguée ? Ça fait des jours que tu pieutes ! Tu fous rien, merde ! Je sais bien que tu t'es fait opérer, mais les médecins disent que tu devrais aller mieux, déjà… Tu te planques, Shakespeare : faut que tu te bouges ! J'ai essayé de… Non, j'ai été patient, mais ça suffit. Ça va trop loin ! T'es pas la seule à avoir perdu un bébé : moi aussi ! Moi aussi, et tu me traites comme un étranger ! Tu ne me lâches plus le moindre mot. J'étais le père de cet enfant, merde ! Je peux pas mener ce combat tout seul, Jolly… C'est trop, tout ce qui se passe : m'occuper de toi, mener l'équipe vers le titre avec la pression de tout un État sur les épaules… J'ai besoin de toi, Jolly, de ton énergie. Pas que tu m'entraînes avec toi au fond du gouffre ! Qui est-ce qui me soutient, moi, hein ? Moi aussi, je vis un deuil !

Elle me dévisage de son regard vide et, désespéré d'être si impuissant, je m'approche et plaque mes lèvres contre les siennes, agressif, brutal, comme nous l'aimons tous deux. Mais ses lèvres restent mortes… J'ai l'impression d'embrasser un putain de cadavre…

Elle me terrifie.

Quand je l'ai vue chez mes parents, gisante ensanglantée sur le sol, j'ai eu peur. Quand j'ai su que j'allais devoir lui annoncer la mort de notre bébé, j'ai eu peur. Mais me dire que je risque de perdre une fois pour toutes la femme que j'aime, celle qui m'a sauvé de l'enfer, me remplit d'un effroi indescriptible.

— Bordel de merde ! Pitié, Jolly, tu me fous les jetons, OK ? Je t'en prie, il faut que tu luttes ! On ne changera pas le passé : on n'a pas d'autre choix que lutter, merde ! la raisonné-je d'un ton suppliant.

Mais elle détourne le regard. Elle ne veut pas m'écouter… J'ai l'impression d'être à l'agonie.

— Tu ne supportes même plus de me regarder, c'est ça ?

Elle se raidit et se tourne subitement vers moi, les traits du visage distordus par la rage.

— Voilà, je te regarde ! hurle-t-elle. Alors, dis-moi, maintenant, ce contre quoi je suis censée lutter, OK ? Ce dont je dois me remettre ? Du fait que ta putain de mère a tué mon bébé, c'est ça ?

Le coup de poignard… Son bébé ? Elle a tiré un trait sur nous… Pour elle, nous n'affrontons pas tout cela ensemble.

— Notre bébé, ne l'oublie jamais… J'ai été avec toi du début à la fin. Et je suis encore là, d'ailleurs ! Juste là, putain, à essayer de te sortir de cet enfer !

Mais je ne lis pas la moindre putain d'étincelle de compréhension dans son regard. Rien. Elle nous a lâchés et, j'avoue qu'à cet instant précis, je n'en ai plus rien à foutre moi non plus : j'en ai ras le cul de cette année de merde…

— Tu sais quoi, Jolly ? Je me casse d'ici. Que le monde entier aille se faire foutre !

Je quitte la chambre furieux et, comme le coach me l'a demandé, vais assister au gala de charité. Quelques heures plus tard, je reviens à l'hôpital que je fouille de fond en comble à la recherche de ma Molly : je ne la trouve nulle part. Alors que je suis assis seul dans sa chambre d'hosto, la réalité me gifle en plein visage : elle a déposé les armes.

Elle m'a quitté.

Elle a fui.

# Chapitre 29

*Aujourd'hui…*

— Rome, bordel…, murmure Ally en s'essuyant les yeux. Je ne m'étais jamais rendu compte de tout ce que vous aviez dû affronter… Combien vous vous aimez, et comment vous vous êtes sauvés l'un l'autre.

— Ouais…, croassé-je. Maintenant, tu le sais… (Je me retourne vers Ally qui, inquiète, balaie la chambre du regard en se mordillant la lèvre.) Faut qu'on la retrouve, Al'… T'imagines, si elle fait une connerie ? Elle a déraillé… Ça fait des jours qu'elle a perdu la raison…

Soudain, Ally me claque le bras de la paume et désigne le mur.

— Rome, regarde la note sur le calendrier de Molly !

— Vol pour Heathrow. Présentation à Oxford…, lis-je à voix haute.

Merde. Elle est repartie en Angleterre pour son intervention à Oxford, celle sur laquelle elle bossait d'arrache-pied. Bien sûr… La personne que j'ai vue filer en voiture près de l'hosto, ça devait être Mrs Ross, notre prof de philo. Mais l'avion a dû décoller depuis des heures. Molly… est loin maintenant.

Je bondis aussitôt hors du lit : je connais ma prochaine destination.

— Où est-ce que tu vas ? me demande Ally, tout affolée.

— Oxford. Il faut que j'aille la retrouver.

Ally m'attrape par le bras.

— Rome, non ! Et la finale du championnat national ? Tu risques ta participation à la draft ! Tu ne peux pas partir maintenant : tu vas foutre en l'air ton avenir !

Je lâche un grognement guttural, balaie d'un bras rageur le contenu des tiroirs de Molly et regarde ses affaires s'échouer sur le sol.

— C'est là que tu te plantes, m'emporté-je en me retournant vers Ally. Molly, c'est toute ma vie ! C'est elle, mon putain d'avenir, et mon avenir est dans un 747 pour Heathrow à l'heure qu'il est, à crever de l'intérieur à cause de moi et de ma sociopathe de mère ! J'en ai rien à carrer de ce putain de championnat !

Je m'aperçois que, pour la première fois de ma vie, j'ai effrayé Ally : je le vois à son visage décomposé et à son teint hâlé qui a pâli soudain.

J'agrippe mes cheveux avec rage et pose le cul sur la table de chevet.

— Merde, Al', je suis désolé… Excuse-moi… Je suis en train de péter un plomb, et j'ai pas la moindre idée de quoi faire…

OK, ça craint : les larmes que je réprimais depuis un bail commencent à couler, mes épaules se mettent à trembler et, vaincu, je prends mon visage à deux mains.

Ally s'approche et me prend dans ses bras tandis que j'évacue…

— Tu sais quoi, Rome ? (Elle attend que je réponde, mais je ne peux pas articuler le moindre mot.) On va sortir d'ici et partir chez mes parents, à Birmingham. De toute façon, on devait y aller pour Noël dans quelques jours ; on part juste un peu en avance. (Je me raidis et m'apprête à protester, mais elle reprend aussitôt.) Laisse un peu de temps à Molly. Elle va revenir, j'en suis certaine. Jamais je n'ai vu un couple comme le vôtre : vous êtes faits l'un pour l'autre. Elle est hypersensible, il lui faut juste du temps pour digérer ce qui s'est passé, pour guérir. Appelle ton coach, dis-lui que tu as besoin de prendre quelques jours pour toi, puis retourne à l'entraînement et décroche-nous un nouveau titre. Si d'ici là, elle n'a pas refait surface, tu pourras passer à l'action. Je suis même prête à partir en Angleterre avec toi, si tu veux !

Je sais qu'elle a raison, mais je sais aussi que passer un jour sans Molly, sans entendre sa voix, va me rendre triste à en crever… Si je n'en crève pas carrément.

Comment ça a pu partir en couille à ce point, putain ?

Je ne peux m'empêcher de penser à mes parents et à ce qu'ils ont fait : toutes ces années de maltraitance me reviennent en mémoire, et je me maudis de ne jamais m'être opposé à eux. Je n'ai qu'une envie, les faire souffrir comme ils m'ont fait souffrir, comme ils ont fait souffrir Molly… Notre enfant, merde ! Une fureur soudaine me brûle les paumes, et je serre les poings à m'en faire mal.

— Rome ? m'interpelle Ally, préoccupée.

— J'peux pas aller là-bas ! crié-je, poussant Ally à reculer d'un pas apeuré. Je dois trouver mes parents : il faut qu'ils paient pour ce qu'ils ont fait !

— Tu sais seulement où ils sont ?

— Non, j'en sais rien, mais je vais chercher, partout s'il le faut ! Je ne peux pas les laisser s'en tirer sans rien faire. Ils m'ont tout pris… Tout !

Ally vient se planter devant moi, le visage déformé par la panique.

— Rome, je comprends ton besoin de justice, je te le jure, mais essaie de rester rationnel : laisse la police faire son travail. Les flics les retrouveront, et ils géreront ça comme il se doit.

— Al'..., murmuré-je, peinant à trouver ma voix.

— Promets-moi que tu ne feras pas de bêtises. Ne les laisse pas te pourrir la vie une fois de plus : si tu t'en prends à eux, tu finiras par avoir des problèmes. Je te connais, Rome, tu vas péter les plombs.

— Merde, Al' ! Merde ! aboyé-je, frustré, avant de laisser retomber les épaules et d'acquiescer, vaincu par son bon sens. OK, on file à Birmingham, mais... tout de suite. Avant que je change d'avis.

Ally pose une main méfiante sur mon épaule.

— On prépare nos affaires et on part dans la foulée, OK ? Je conduis.

Je me relève à contrecœur, gauche, et quitte la chambre de Molly sur les talons d'Ally qui nous guide jusqu'à la sienne. Pendant qu'elle fait ses bagages, comme j'étouffe où que je me pose, je sors sur la terrasse pour réfléchir : mauvaise idée. C'est ici que Molly et moi avons vraiment commencé à tisser notre relation, ici qu'est née notre histoire...

Dix minutes plus tard, on toque frénétiquement à la porte : Lexi et Cass déboulent en panique dans la chambre. Lorsqu'elles me voient dehors, leur visage s'affaisse.

— Hé, Rome... Désolé, on savait pas que tu étais là, me lance Lexi.

Je ne réponds pas, me contentant de leur tourner le dos et de m'en retourner à la contemplation absente des arbres alentour.

— Où est Molly ? murmure Cass, tâchant de passer inaperçue, mais elle est trahie par son accent texan à couper au couteau et sa voix aussi discrète qu'un cor de chasse.

— Elle est partie, répond Ally dans un murmure.

Je me fige.

— Quoi ? Où ça ? demande Cass qui, je le sens, peine elle aussi à réprimer sa colère. Où qu'elle soit, de toute façon, il faut qu'on aille la chercher ! Tout de suite !

— Trop tard, Cass… Apparemment, elle est repartie à Oxford. Elle a pris l'avion un peu plus tôt. C'est le professeur Ross qui l'a emmenée à l'aéroport, lui explique Ally dont la voix trahit pour la première fois ce soir sa propre tristesse.

— Pauvre Molly, elle doit être dévastée…, murmure Lexi, la voix brisée. Si seulement elle était avec nous, entourée de ses amies. Je pourrais la prendre dans les bras, la réconforter et lui dire que tout va s'arranger… Pas étonnant qu'elle soit partie : elle a dû se demander comment elle allait pouvoir gérer un enfer pareil…

— Avec moi ! hurlé-je presque malgré moi en me tournant soudain vers les filles, totalement désarçonnées.

Le visage de Lexi est barbouillé de maquillage noir, sa lèvre inférieure tremble, et elle me dévisage, les yeux ronds.

— Excuse-moi, Rome, je…

— Avec moi ! crié-je de nouveau en m'approchant d'elle d'un pas rageur.

Ally vient s'interposer, tente de m'arrêter en plaquant les mains sur mon torse, mais je l'écarte et hurle de plus belle par-dessus son épaule.

— On devait affronter toute cette merde ensemble ! Je suis fou de rage contre elle ! Vous êtes là à la plaindre en chialant, mais vous aussi, elle vous a laissées tomber ! Elle nous a tous abandonnés. Elle va sur ses vingt et une piges et elle continue de fuir dès que les choses deviennent compliquées. Elle aurait dû rester, merde ! Elle aurait dû rester là, avec moi, pour qu'on surmonte ensemble la mort de notre enfant !

Lexi et Cass demeurent là, pétrifiées, en pleurs. Je me sens un brin coupable de voir Cass réduite à une éponge dégoulinante de larmes, mais mes veines sont saturées de rage. C'est comme si j'étais paumé, aveugle, au cœur de limbes inextricables, les pieds lestés par le poids du deuil.

La porte s'ouvre avec violence, et Jimmy-Don et Austin entrent dans la pièce. Le colosse texan prend Cass dans ses bras tandis qu'Austin, les sourcils froncés, attire Lexi contre lui en me fusillant du regard. Il se retourne ensuite vers moi, les lèvres crispées. Il est vénère contre moi ?

Parfait, putain…

— Rome, calme-toi et arrête de te défouler sur les filles…, me dit-il d'une voix pondérée, qui ne dissimule pourtant rien de la menace sous-jacente.

— Va te faire foutre, Austin : t'as pas la moindre idée de ce que je traverse, répliqué-je, cinglant, en me dirigeant vers la porte.

Ses yeux noirs semblent s'assombrir encore, et il m'attrape par le bras. Je regarde sa main nouée autour de mon biceps et serre les mâchoires.

Austin me dévisage, et se penche légèrement en avant, menaçant.

— T'as raison, j'en sais rien. Aucun de nous ne le sait, mais Lexi n'y est pour rien si Molly t'a quitté, alors la fais pas chier, compris ?

Je me fige, intrigué, tandis que Lexi baisse les yeux, esquivant mon regard. Je ne sais pas ce qui se passe entre ces deux-là, mais, honnêtement, je n'en ai strictement rien à carrer…

Je libère mon bras de l'emprise d'Austin, et me tourne vers Ally.

— Prête ?

Elle acquiesce, lasse, et se tourne vers nos amis.

— On part chez mes parents un peu plus tôt que prévu. Joyeux Noël à vous tous, on se retrouve à notre retour.

Elle les serre fort à tour de rôle tandis que je me contente de fendre le groupe jusqu'à la porte : je ne me sens pas particulièrement envoûté par la magie de Noël.

Une main se pose fermement sur mon épaule.

Austin.

— Hé, ça va, mec ? me demande-t-il, la colère dans sa voix remplacée par une inquiétude sincère.

Quel con je suis… C'est Austin, merde : mon meilleur pote. Je baisse les yeux et fais « non » de la tête.

— Elle va revenir, me rassure-t-il, péremptoire.

Je lève les yeux vers lui, puis adresse un regard gêné à Lexi et Cass.

— Pour tout à l'heure, écoutez, je…

Austin m'interrompt en prenant mon visage à deux mains.

— T'excuse pas, vieux : dégage, va souffler et remets-toi en selle. On a un championnat à gagner et, pour ça, on a besoin de toi au top de ta forme, annonce-t-il, avant de me planter un baiser mafieux sur le front.

Sur ce, je prends congé de nos amis, descends l'escalier sous les regards compatissants des consœurs du foyer de Molly pour affronter dehors la morsure de l'air hivernal, puis me dirige vers la Mustang d'Ally. Nous roulons en silence jusqu'au foyer de ma fraternité où je réunis à mon tour quelques affaires et téléphone à mon coach. Sitôt que j'ai raccroché, nous nous barrons de Tuscaloosa.

Prochaine escale : Birmingham.

# Chapitre 30

— Rome ? On est arrivés, me réveille la voix d'Ally, tandis que le moteur de la Mustang s'endort petit à petit.

Je mets quelques secondes à me reconnecter à la réalité, mais les souvenirs m'assaillent bientôt… tous… et la douleur indicible dont mon sommeil avait eu raison se réveille en même temps que moi.

Je prends une respiration profonde, ouvre la portière passager, puis souris à tante Alita qui, bras ouverts, en larmes, court à notre rencontre depuis son petit cottage.

— *Rome, mi Rome ! Ven aquì, ven aquì !*

Ma petite Espagnole de tante s'écrase contre mon torse, me serre dans ses bras de toutes ses forces et se met à pleurer dans ma chemise. Ma gorge se noue devant cette démonstration intense d'affection… C'est ainsi que devrait être une mère à mes yeux – prévenante, protectrice, aimante –, et sa réaction ne m'en poignarde que davantage en plein cœur : notre enfant n'était même pas né que, déjà, Molly lui avait offert tout cela.

— Ça va, mon chéri ? me demande tante Alita en se détachant de moi. *Ay Dios mio !* Quelle tragédie ! Je prie le Seigneur qu'il fauche tes parents pour leur cruauté !

Mon oncle s'avance sur le perron, un sourire compatissant sur le visage, et je lève les yeux vers lui. Ces traits…

Il me rappelle trop mon père pour que j'en tire le moindre réconfort.

—Mama, laisse-le souffler..., lance Ally en levant les yeux au ciel.

J'expire longuement avant de consentir à m'approcher de mon oncle. Lorsqu'il pose les mains sur mes épaules, je me raidis, et il les retire aussitôt.

—Désolé, mon garçon. J'oubliais comme ton père et moi nous ressemblons...

—Non, non... C'est juste que je n'ai pas tellement l'habitude qu'on... me touche. Mais oui, vous vous ressemblez tellement que c'en est troublant parfois, c'est vrai.

Oncle Gabe m'adresse un sourire ennuyé.

—Seulement physiquement, j'espère ? (Il pose la main sur ma nuque et m'attire contre lui.) Ce type est le diable incarné, Rome. Je savais qu'il avait le sang mauvais... Déjà quand on était gosses, c'était un salaud. Mais ce que ton père et ta mère t'ont fait subir ces derniers temps... Je suis navré, jamais je n'aurais pensé qu'ils étaient capables d'aller aussi loin.

Je laisse échapper un rire désincarné.

—Je crois que la famille de Charles Manson a dit la même chose à l'époque... Certaines personnes naissent foncièrement mauvaises, et rien ni personne ne peut les faire changer.

Les yeux d'oncle Gabe scintillent, et son visage affiche bientôt un air torturé.

—Je n'ai pas fait assez pour t'aider... J'aurais dû t'arracher à tout ça, me battre davantage pour toi. Je t'ai laissé tomber. (Il reste silencieux une seconde.) Si tu savais comme je m'en veux, mon grand...

Je me détache de lui, un peu gêné.

— Non, tu n'as rien à te reprocher… Mes enflures de parents s'en sortent chaque fois. Tout le monde culpabilise, alors qu'ils sont les seuls responsables de ce merdier. Pour des raisons connues d'eux seuls, ils tirent un plaisir sadique à faire souffrir les autres, à détruire ceux qu'ils devraient aimer.

Oncle Gabe baisse les yeux, passe un bras autour de mes épaules, et m'invite à le suivre jusque dans la petite maison.

— Pour le coup, je crois qu'ils vont bientôt devoir payer leur dette au karma… Enfin.

Je m'arrête subitement.

— Comment ça ?

— Les infos ne parlent plus que de ça, c'est dingue.

Le cœur battant, je file dans la pièce où Ally et tante Alita, assises sur le canapé, ont le regard rivé à l'écran.

Ally s'apprête à dire quelque chose, mais quand je tombe à genoux, soufflé par les images, elle se ravise.

Dernière minute : la petite amie du quarterback vedette de la Tide fait une fausse couche, tandis que Prince Oil doit répondre de blanchiment d'argent

Mon esprit épuisé redouble d'efforts pour ne rien rater des images : Molly apparaît sur une civière qu'on pousse jusque dans une ambulance tandis que je lui tiens la main, sa robe et mon costume blanc maculés de sang.

Le journaliste parle en détail de l'accident et de la nouvelle récente de l'agression de Molly par ma mère à l'hôpital, suivie de son arrestation. La une d'un quotidien du lendemain apparaît ensuite avec cette même image, et les présentateurs se remettent à parler de la soirée de gala et de la fausse couche de Molly. Qu'ils ne fassent pas mention de ce qu'elle représente pour moi, du fait qu'elle a changé ma putain de vie, qu'elle allait être la meilleure mère que cette terre ait jamais portée et que personne au monde n'était plus précieux à mes yeux me donne envie de tout casser.

Vient ensuite une image de mon père menotté et embarqué par la police. Les flics le poussent dans leur caisse, mais il arbore toujours ce même sourire pédant et narquois. Nouveau focus sur les présentateurs qui parlent des sommes faramineuses que mon père a blanchies pour dissimuler des investissements *offshore* illégaux : ils annoncent qu'il est soupçonné de devoir un paquet de pognon à des crapules, et qu'il a détourné pour cela le blé de Prince Oil. La seule part de la société dont la probité reste à étudier est celle de Martin Blair, dont on attend la déclaration sous peu.

Et soudain, je comprends. Le mariage. Le mariage arrangé avec Shelly lui aurait permis de taper dans le blé de Martin Blair... Quel putain d'enfoiré ! Sans cette union, les Prince d'Alabama se seraient retrouvés fauchés ! Ruinés !

L'argent... Il faut toujours que tout tourne autour de cette merde !

Je me relève d'un bond et m'apprête à courir vers la porte, mais une main sur mon épaule essaie de me retenir. Je tente de me dégager.

— Hé, Rome, tout doux mon garçon ! me lance oncle Gabe, avant de me lâcher.

Ally et tante Alita me regardent, les yeux ronds et le regard anxieux, tandis que je me décompose. Je m'agrippe les cheveux, furieux, pousse un puissant cri de frustration, puis quitte la pièce en me confondant en excuses.

Je me rue à l'extérieur, affronte la nuit gelée, et assène des coups de pied dans tout ce qui me passe devant les yeux :

le barbecue, des chaises, jusqu'à la dernière putain de jolie petite plante en pot, puis martèle d'un direct du gauche le grand mur qui entoure le jardin, ne tenant pas compte de la douleur qui naît de mes phalanges écorchées.

L'enfer que j'ai vécu cette année, c'était parce que mon connard de père était endetté jusqu'au cou ? J'ai perdu la femme de ma vie et notre enfant à cause de la soif d'argent de mes parents ? C'est trop… Je n'en peux plus. Je ne supporterai plus la moindre souffrance ni la moindre déception… Je perds pied, me noie dans le deuil et le désespoir infini…

Je me laisse tomber dans un transat et tire mon téléphone de ma poche : Molly doit être en plein vol, nous fuyant, moi et la chute de l'empire Prince, mais il faut que je la joigne. J'ai besoin d'entendre sa voix : à défaut du contact de sa peau, c'est la seule chose qui pourra m'apaiser.

Je compose son numéro, et mon cœur tressaille lorsque son message d'accueil résonne avant même la première sonnerie.

*Salut ! Vous êtes bien sur le répondeur de Molly : je ne suis pas disponible pour le moment, mais laissez-moi votre nom et votre numéro et je vous rappellerai dès que possible. Merci !*

Je raccroche et la rappelle… encore… et encore… Je sens mon cœur se briser à chacun de ses « Salut ! » *british*…

Après ma cinquième écoute du message, je trouve enfin le courage de parler.

*Jolly… J'ai vu le reportage… À propos de nous… Du fait qu'on a perdu notre petit ange. Bordel, Jolly, y a même une photo de toi… Je suis effondré et… tu n'es pas là. Ma mère a été arrêtée pour agression, mon père pour blanchiment d'argent… Appelle-moi, je t'en prie. Dis-moi où tu es. Tout part en couille, ici : je deviens dingue sans toi. Je t'aime. Reviens, s'il te plaît.*

Je reste en ligne jusqu'à ce que l'appel coupe de lui-même, puis succombe à la douleur qui me déchire la poitrine… Incapable de les retenir, je fonds en larmes et de violents sanglots agitent mon corps entier. J'étouffe… Je suis en train de crever…

Quelques secondes plus tard, je sens une main dans mon dos : par réflexe, je commence à me relever, mais deux mains puissantes m'imposent de rester assis. Mes cheveux mouillés de larmes voilent le regard incertain que je pose sur mon oncle Gabe : il m'attire contre lui et me caresse la tête d'un geste bienveillant.

— Ça va aller, mon garçon… Laisse-toi aller. Pleure, ne lutte pas…

M'abandonnant à son invitation rassurante, j'agrippe sa chemise et dépose les armes.

— Je n'en peux plus…, confessé-je. Je ne peux pas vivre sans elle… Qu'est-ce que je vais faire ? Et si elle ne revient jamais ?

— Chuuut, mon grand…, m'apaise-t-il d'une voix rauque. Ça va aller. Ce n'est pas ta faute, ce qui s'est passé. Ne te blâme pas pour la mort de votre bébé, tu n'y es strictement pour rien.

Un accès de rage me saisit. Le visage trempé de larmes, je sens mon dernier rempart s'effondrer et me mets à sangloter plus fort encore.

— Si ! rétorqué-je. C'est ma faute ! Tout le monde m'abandonne… Toujours. Personne n'a jamais cru en moi, je déçois tout le monde… Quoi que je fasse, c'est jamais assez. Pourquoi est-ce que tout le monde me fuit ? Pourquoi est-ce que personne ne m'aime assez pour rester coûte que coûte et… me sauver de cet enfer ?

Mon oncle se détache de moi, puis serre mon visage entre ses mains puissantes.

— Tu n'es pas une déception pour tout le monde, c'est faux, et tu n'y es pour rien dans cette histoire. Tu m'as bien compris ?

Je fais « non » de la tête, convaincu du contraire. Je ferme les yeux, mais mes pleurs redoublent…

Je ne sens plus vibrer en moi que colère… et désespoir.

# Chapitre 31

Je me réveille en sursaut et me redresse, couvert de sueur, le souffle court et la queue dure comme du titane. Je tâtonne dans le lit à côté de moi à la recherche de Molly, mais elle n'est pas là. Merde, c'est vrai… Elle est partie, et c'est la troisième nuit que je passe chez mon oncle. Seul.

Je balaie du regard cette chambre étrangère, tombe sur le réveil près du lit : 3 heures du matin. Bordel de merde… Je pense aussitôt à Molly : elle doit être déjà levée, prête pour son intervention à Oxford.

Est-ce que je lui manque ? Est-ce qu'elle aimerait rentrer ?

Je me laisse retomber sur le matelas, grogne et ferme les yeux aussi fort que je le peux sans parvenir pour autant à endiguer le flot d'images arraché à mon rêve : c'est une authentique et lente torture… Je me suis réveillé trop tôt : j'aurais tant aimé que ce songe soit réel. Je faisais l'amour à Molly… Comme j'aimerais de nouveau sentir sa poitrine contre mon torse, mon sexe en elle, nos hanches qui tanguent et nos doigts noués… Je veux me perdre de nouveau en elle… Qu'elle revienne me sauver.

Les souvenirs qui m'assaillent sont aussi destructeurs que des boulets de canon, mais je les accueille sans lutter. Je ne tiens pas à oublier Molly…

*— Qu'est-ce que tu fais, Roméo ? La fête… Tu devrais être avec ton équipe, vous venez de remporter le championnat…*

*Molly halète dans mes cheveux, tandis que je la plaque contre le mur de ma chambre. Sitôt la porte refermée, je commence par retirer sa culotte, puis lève sa jupe et passe ses jambes autour de ma taille.*

*— J'ai passé la journée avec eux à parader comme un con dans toute la ville, et la presse a déjà entendu tout ce que j'avais à dire. Maintenant, tout ce qui compte, c'est toi, moi, et ma queue dans ta petite chatte…, dis-je d'un ton langoureux, en passant un doigt sur son clitoris.*

*— Rome !*

Trop intense, le désir me renvoie à la réalité… Je prends ma queue dans une main et m'active en repensant à nos étreintes : la sensation de nos corps enlacés, son visage caressé par la lune à l'instant même où je glisse ma queue en elle, appuyée contre le mur… Je ne tiens plus et tente désespérément de retrouver la saveur de cette période préservée de la désolation…

*Je sors ma queue de mon jean et la pose contre le sexe chaud de Molly.*

*— Tu es prête, ma chérie ? Tu es prête à la prendre ?*

*— Oui !*

*Je provoque ses lèvres chaudes par des caresses. Elle se presse contre moi, impatiente.*

*— Je vais attendre un peu, que tu en aies vraiment envie…*

*— Rome, non ! S'il te plaît…*

*Elle incline les hanches dans un angle idéal et, le sourire aux lèvres, je la prends d'un assaut vif, enfonçant ma queue en elle jusqu'à la base…*

*Putain, ce que c'est bon !*

*Molly m'agrippe la nuque tandis que je couvre de baisers son cou et les courbes généreuses de ses seins.*

*— Plus fort, Rome… Plus fort…, me supplie-t-elle.*

*J'accède à sa requête et la baise fort contre le mur, son dos battant la cadence contre le Placo qui résonne à chaque assaut.*

*— Rome… Rome… je v… je vais…*

*Elle s'interrompt en hurlant contre mon cou, les spasmes de son sexe étroit m'invitant à l'orgasme.*

*— Jolly… Jolly ! marmonné-je en jouissant en elle, agrippé à ses cuisses et la serrant contre mon torse.*

*Je me retire et Molly me sourit.*

*— Mieux vaudrait qu'on retourne se mêler aux festivités : les gens vont se demander où on est passés.*

*Je lui rends son sourire.*

*— OK, acquiescé-je, avant de me pencher à son oreille. Mais ne remets pas ta culotte : j'ai repéré une chiée d'autres murs que j'aimerais tester…*

Les yeux rivés au plafond, le souffle court et du sperme plein le bide, je sens une putain de larme rouler sur la joue. Jouir comme un con désespéré en plein milieu de la nuit ne m'aidera jamais à retrouver un millième de cette sensation de contentement que j'éprouvais avec elle…

Avec Molly, ça a toujours été plus que des séances de baise, quand bien même passionnées et sincères : chaque fois, c'était une putain d'illumination, une déclaration d'amour à la vie, et l'angoisse m'étreint quand je me dis que je ne connaîtrai peut-être plus jamais cette sensation.

OK, quand on baisait, c'était brutal, intense, mais ça n'enlevait rien à nos sentiments… bien au contraire. Nous n'étions jamais autant nous-mêmes que dans ces moments-là, et jamais nous n'avions honte d'exposer à l'autre notre vraie nature. Nous nous épousions à la perfection, comme deux pièces de puzzle…

Je voulais juste revivre un moment heureux, mais j'ai plutôt la sensation de m'être pris un coup en plein cœur… Je m'assois sur le pieu, pose les pieds par terre et me prends la tête à deux mains : la promesse que j'ai faite à la femme de ma vie me hante.

« On fera en sorte que ça fonctionne quoi qu'il arrive… »

Bien joué, ducon… Je lui ai offert un séjour en enfer, et nous y sommes toujours prisonniers…

Je file dans la salle de bains et laisse l'eau chaude me pleuvoir sur le crâne… Je commence à me savonner, et mon regard s'arrête sur le tatouage à ma hanche : « Un jour ».

Je me rappelle le jour où je l'ai fait faire : c'est celui où j'ai dit à mon père que j'avais obtenu une bourse de foot et que je quittais la maison à la fin de l'année scolaire. J'allais jouer pour la Tide. C'était le plus beau jour de ma vie… jusqu'à ce que je rencontre Jolly, bien sûr. Ce tatouage, c'était le symbole de ma liberté, de ma volonté de laisser les emmerdes derrière moi.

Je coupe l'eau, m'essuie, puis vais m'asseoir sur le lit d'où je jette un regard au réveil : 4 heures. Il s'est seulement passé une heure, merde…

Je récupère mon téléphone et compose le seul numéro qui ait de l'importance à mes yeux.

Je m'allonge et écoute ce message d'accueil qui m'accompagne chaque nuit ou presque.

*Salut, ma chérie, j'ai eu envie d'appeler… Il est 4 heures du mat' ici, et j'arrive pas à dormir… Une fois de plus. J'ai rêvé de toi cette nuit. Tu me manques tellement, putain… Je crève si loin de toi. Reviens, Shakespeare… J'ai besoin de toi. Je vais devenir dingue, je te jure… C'est Noël, demain, merde : tu devrais être là, comme on l'avait prévu. Avec moi, pas seule en Angleterre. Si tu ne veux pas parler, pas de souci, mais fais-moi au moins savoir que tout va bien, par SMS, par mail, peu imp…*

Un long « bip » m'interrompt. Temps écoulé. Je balance mon téléphone par terre, ferme les yeux et ne fais rien pour lutter contre les souvenirs qui, une fois encore, viennent me déchirer le cœur.

# Chapitre 32

J'ai bien fait de rentrer à Tuscaloosa. On est seulement le lendemain de Noël, OK, mais j'ai déjà suffisamment gâché les fêtes de fin d'année de mon oncle, ma tante et Ally. Le jour de Noël, je suis devenu dingue en apprenant que ma mère avait été relâchée sans avoir été poursuivie pour l'agression de Molly à l'hôpital : elle n'a écopé que d'une ordonnance restrictive et d'une cure de désintox imposée. J'étais hors de moi au point de ne plus pouvoir rester assis à table. Les joies de Noël ? Pas possible, avec ma mère qui s'en tire sans avoir à payer pour ses crimes et, pire que tout, ma Jolly qui ne m'a toujours pas donné de nouvelles.

Oncle Gabe a essayé de m'aider : il a demandé à la police la raison pour laquelle elle n'avait pas été condamnée, alors qu'elle était pourtant responsable de la fausse couche de Molly. On lui a répondu que ma mère ne savait pas que Molly était enceinte lorsqu'elles se sont disputées, et que la rupture du placenta n'était pas directement due au coup reçu, mais au choc contre la table… Qui plus est, Molly n'a pas porté plainte, l'esprit trop occupé à se battre pour survivre…

Me voici donc en train de tracer sur l'autoroute qui me ramène à Tuscaloosa, pestant contre l'impunité de ma mère, et craignant l'entraînement pré-finale de la Tide qui m'exposera au regard de mes coéquipiers, le lendemain.

Une heure plus tard, je me gare dans un parking bien spécifique : non loin de là, Luke m'attend derrière la porte de sa boutique. Il est tatoué de la tête aux pieds.

J'entre et il se lève pour me serrer la main.

— Rome, désolé… J'ai vu les infos. Je sais pas quoi te dire, vieux.

J'avale ma salive et lui donne une tape dans le dos.

— Merci, mec. T'inquiète…

Je désigne le repose-bras noir rembourré, prêt à l'emploi.

— On est bon ?

Luke m'invite d'une main à m'installer sur le fauteuil et, de l'autre, le pouce levé, me fait signe qu'on peut y aller. Il s'affaire quelques instants, prépare sa machine et son encre tandis que je retire ma chemise et m'assois, les mâchoires serrées. Il vient ensuite prendre place à côté de moi.

— Alors, on part sur quoi ?

— Des ailes d'ange. Blanches. Assez grandes pour recouvrir mon torse.

Luke marque une pause, puis m'adresse un hochement de tête compréhensif, avant de se mettre au travail : alors qu'il s'apprête à me marquer à vie, je saisis son poignet et le regarde droit dans les yeux.

— Je veux le plus beau tatouage que t'aies jamais dessiné, compris ? Les autres, c'était de la merde à côté. Tous les tatouages que tu réaliseras dans ta vie, ce sera de la merde à côté de celui-ci. Capté ?

— Capté, Rome. Tu as ma parole. Elles vont être parfaites.

Sa sincérité me met en confiance. Une heure plus tard, il a terminé le contour.

— Vas-y, mec, mate.

Je me lève et, debout devant le miroir, je n'en crois pas mes yeux : les ailes sont… parfaites, l'hommage idéal à notre enfant. Immenses, elles commencent haut sur mon torse pour s'achever de chaque côté au bas de mes abdos. J'adresse à Luke un hochement de tête satisfait, puis m'installe de nouveau dans le fauteuil.

Seul le bourdonnement de la machine trouble le silence de la boutique.

— Ça va prendre huit heures en tout. On part sur quatre heures aujourd'hui et quatre demain, si tu te sens, m'annonce Luke, la machine à quelques millimètres de mon ventre.

— Non, dis-je d'un ton sans réplique. On termine aujourd'hui.

Luke grimace.

— C'est trop sportif, mec : ton corps risque de pas tenir le coup. Je vais devoir tatouer des zones hypersensibles.

— Rien à carrer, on termine aujourd'hui, grondé-je, plus hargneux que je l'aurais voulu.

Luke est un pote : il ne mérite pas de subir de mon humeur de merde. Mais j'ai tant besoin de ce tatouage. Au plus vite.

— Flash, mec… Tu vas douiller sév…

— Et c'est ce que je veux, merde ! Tu vas le faire ou je dois trouver quelqu'un d'autre ? Je te paie grassement pour terminer ça le plus vite possible, mais j'ai pas encore allongé la monnaie !

Luke soupire.

— C'est comme tu veux, mec. Mais, tu ne pourras pas dire que je t'ai pas prévenu… En tout cas, préviens-moi si t'as besoin d'une pause.

— J'aurai pas besoin de pause.

Je ferme les yeux dès que la machine entre en contact avec ma peau. La douleur n'a pas d'importance : Molly a subi un enfer de douleur, alors ce n'est que justice. Et notre petit ange... Notre petit ange mérite ce témoignage d'amour. Il mérite qu'on se souvienne de lui.

— Rome ! Hé, mec ! T'as perdu connaissance ou quoi ?

Sa remarque me rappelle à la réalité, et je tressaille en sentant la peau suppliciée de mon torse. Je lève les yeux vers Luke.

— Hmm ?

— C'est fini. Ça va ?

Je me passe une main sur le visage...

— Ouais... Putain, j'ai tourné de l'œil...

— Je te l'avais dit ! Tu veux regarder, avant que je foute le pansement ?

Je prends une respiration profonde, acquiesce et, me relevant lentement, m'approche du miroir en pied. Mes jambes flageolent, affaiblies par ce que mon corps vient d'endurer.

Cette fois, lorsque j'observe mon tatouage, c'est sans hoquet d'émotion ni tristesse : ces ailes qui commémorent notre ange perdu marquent mon torse comme une peau de naissance, stèle attendue à la mémoire de notre enfant. J'ai affronté la douleur. Je commence à assumer la responsabilité de mes échecs en tant que père.

— Elles te plaisent, mec ? me lance Luke, derrière moi.

Je me retourne et lui serre la main.

— Elles sont parfaites, Luke... Au-delà de tout ce que je pouvais imaginer...

* * *

Plus tard ce jour-là, je me retrouve devant l'endroit que j'aurais voulu ne plus jamais revoir de ma vie. Trop de souvenirs – anciens et récents – m'assaillent, lorsque je pousse le battant : la première chose que je remarque, c'est la froideur et l'impersonnalité du lieu, dénudé de ses œuvres d'art et des pièces d'antiquité qu'il affichait auparavant avec orgueil.

Des bruits de pas attirent mon attention. Je me retourne et aperçois l'avocat de mon père à l'entrée du bureau. Il me fait signe d'entrer.

Je m'exécute et découvre mon père assis à sa table de travail. L'allure négligée, il fait plus vieux que son âge. Il lève les yeux vers moi et esquisse un sourire narquois : même au fond du gouffre, cette enflure n'a pas changé...

— Libéré sous caution, donc..., annoncé-je d'une voix traînante en prenant place.

— Caution réglée avec le peu qu'il restait de l'argent de Prince Oil. Mais ne t'inquiète pas, mon garçon : je pointerai en prison bien assez tôt... et tout ça parce que tu n'es qu'un petit con borné incapable de faire ce qu'on lui demande.

— Un putain de mitard gelé, c'est tout ce que tu mérites, sifflé-je. Tu as tué mon bébé, espèce de merde. Tu as déjà de la chance que je ne t'arrache pas le cœur. C'est toi qui as blanchi ce pognon : tout ça, c'est ta faute !

— Roméo, dis donc, ça me réchauffe le cœur, cet élan d'amour filial, répond-il sèchement.

Je dois presque m'asseoir sur mes mains pour ne pas me ruer sur lui et lui démonter la gueule... Mais je ne le frapperai pas : je refuse que quoi que ce soit puisse faire obstacle à sa condamnation.

— Quel avenir pour Prince Oil ? Pour les Blair ?

— Il y aura un conseil d'administration, mais je suppose que les Blair vont déclarer faillite, annonce-t-il, avant de poser sur moi un regard glacial. Tu dois jubiler…

— Et maman ? Où est-elle ? Elle s'affaire à gâcher d'autres vies ? demandé-je sans prêter attention à sa provocation.

Il balaie ma remarque d'un revers de main.

— Elle a quitté la ville. Elle ne reviendra pas.

— Elle aussi devrait pourrir en prison !

L'avocat rentre à ce moment-là, mettant un terme à notre conversation. Il s'assoit devant moi et fait glisser un contrat dans ma direction.

— À compter de ce jour, vous acceptez de rompre tout lien qui vous unit à vos parents. Cela inclut l'héritage financier – ce qu'il en restera après liquidation par l'État, en tout cas –, les propriétés foncières et tout autre élément matériel.

— Parfait, accepté-je aussitôt.

L'avocat austère me dévisage, dubitatif, par-dessus ses lunettes.

— Cela vous convient ?

— Je vais être clair avec vous, lui dis-je avec un sourire. Je les hais. Ils sont ce que l'humanité peut engendrer de pire. J'ai de l'argent, un argent qu'ils n'ont aucun droit de toucher, et je vais être recruté par une équipe de NFL dès l'année prochaine. Leur fric, je ne veux pas en toucher un centime : chacune de leurs putains de pièces est maudite.

— Vous êtes donc prêt à signer ceci ? me redemande l'avocat pour confirmation.

J'acquiesce. Mon père, assis dans son fauteuil, se détourne de moi et son regard se perd par la fenêtre. Ce connard a tout perdu, il est brisé, et je crois que je n'ai jamais rien vu d'aussi jubilatoire.

Je me tourne de nouveau vers l'avocat.

— Avec grand plaisir, déclaré-je.

Il me passe un stylo à mille billets et, trois signatures plus tard, je me retrouve officiellement et légalement… libre.

Je me lève et me tourne vers mon père une dernière fois.

— C'est fini entre nous. Ne m'adresse plus jamais la parole, ne me contacte plus jamais. Tu nous approches, moi, Molly ou l'un de nos amis, je te tue : c'est une putain de promesse. (Je m'incline et cale mon visage juste devant le sien. Comme la rage fait vibrer ses lèvres, je lui souris.) Tu vas croupir dans une cellule jusqu'à la fin de tes jours à servir de pute à ton colocataire : amuse-toi bien, surtout. Je ne doute pas que jusqu'à ta mort, tu penseras à moi chaque putain de seconde, et je t'assure que, de mon côté, je m'appliquerai à ne plus jamais, pas une fois, penser à vos gueules de cons.

Je quitte le bureau et, tandis que je pose un dernier regard sur la vieille maison vide dont mon esprit et mon cœur ont été si longtemps prisonniers, je prends pleinement conscience de cette nouvelle réalité : mes parents n'ont plus, et n'auront plus jamais, la moindre emprise sur moi.

* * *

Retrouver le vestiaire est un enfer.

Le chahut cesse aussitôt que je passe les portes, et je me rends à mon casier sous les regards gênés de mes coéquipiers. Je pose mon sac et ferme les yeux. Soutenir leur attention à tous est une vraie torture.

J'entends ensuite le coach entrer et s'éclaircir la gorge.

— Rome ? lance-t-il. C'est un vrai plaisir de te revoir, mon garçon.

Je me retourne, bien conscient que je suis blanc comme un linge. Il s'approche, me serre la main et m'attire dans ses bras. Les gars prennent ensuite le relais, et mes yeux se chargent d'émotion.

Chris Porter est l'un des derniers à venir me voir et, une fois devant moi, il secoue la tête, navré.

— Flash… Je suis désolé, mec. Excuse-moi.

Comme j'ai du mal à parler, je presse son épaule d'un geste amical : quelles qu'aient été nos embrouilles passées, ça n'a plus d'importance. La vie vient de m'enseigner ce qu'était la perspective…

— J'ai largué Shelly dès que j'ai su… Y a que les merdes pour être impliquées dans des histoires aussi glauques.

— Comment va Molly ? me demande Jacob Thomsson, notre linebacker.

— Elle m'a quitté. Je n'ai aucune nouvelle.

La tension dans le vestiaire se fait plus palpable encore, alors je tourne le dos à l'équipe et enfile mon short d'entraînement, incapable de soutenir la pitié dans tous les regards. Il fallait que je leur dise que Molly ne serait pas là pour me délivrer le baiser auquel nos fans attribuent mes performances quasi parfaites cette saison. Je sais que la plupart des gars de l'équipe vont chier dans leur froc en apprenant la nouvelle : jouer le titre avec un quarterback dévasté par une rupture ne va pas les aider à gagner en assurance.

Un bras tatoué m'enserre le cou. Austin.

— On va te sortir de cette merde, Rome. Je te le promets. *(Ce que j'aimerais y croire, merde…)* Elle va revenir.

Je lui adresse un sourire pessimiste.

— Ally, Jimmy-Don, Lexi et Cass m'ont dit la même chose. Si seulement vous saviez… Si vous aviez vu son visage, le soir où elle est partie. Elle est partie… Elle ne reviendra pas.

— J'en suis pas si sûr, mec… Le truc, c'est que nous, on a vu comment elle te regardait, même dans le deuil. OK, elle vit un enfer et elle est paumée comme jamais, mais elle t'aime, Rome. Elle va revenir.

J'esquisse un sourire, quelque peu réchauffé par la dose infime de bonheur que son assurance instille en moi. J'ai l'impression de ne plus avoir ressenti cette émotion depuis des lustres…

— Tu la joues sentimental, Carillo ? le taquiné-je.

— Bah ! C'est juste que je t'envie, mec : qui ne voudrait pas d'une meuf qui reste avec toi-même quand tu nages dans un océan de merde ? OK, elle est partie, mais elle reviendra, c'est certain.

# Chapitre 33

*Finale du BCS*
*Californie, Pasadena, Rose Bowl Stadium*

Les haut-parleurs du vestiaire crachent Boom de P.O.D. pendant que l'équipe – l'illustre Crimson Tide de l'université d'Alabama – se prépare pour le match le plus important de la saison. Quelques-uns des gars poussent des cris excités, d'autres se concentrent en silence, casque sur les oreilles, d'autres encore posent un renard aux chiottes, mais la plupart attendent patiemment que l'arbitre siffle le début du match.

J'ai filé des billets à Ally et Cass : elles ont pris l'avion jusqu'en Californie, comme des milliers de fans de la Tide, pour assister au combat de titans qui nous opposera aux Fighting Irish de Notre Dame. Comme je suis en dernière année, ce match sera le dernier que je jouerai sous le maillot de la Tide. Putain… Mon ultime match avec ces types, ma famille… Il faut que je gagne ce titre : pour eux, je vais devoir trouver la force de sortir mon meilleur jeu sur le terrain, pour faire de cette finale le meilleur match de ma vie.

Le coach entre dans le vestiaire et le balaie du regard. Nous nous taisons tous.

—Genou à terre. On prie.

Nous obéissons, conscients de la gravité du moment, puis tournons tous le regard vers le coach.

— Debout. Écoutez-moi bien.

Le coach se place au centre de notre cercle.

— Quoi que fassent les Irish, ils auront affaire à nous, déclare-t-il, solennel, en regardant chacun d'entre nous droit dans les yeux.

Le sang me monte à la tête tandis que l'énergie de son incantation se propage dans le vestiaire tout entier.

— Équipe offensive, défensive, spéciale : concentration. Chacun de vous sait ce qu'il a à faire. (Il marque une pause et regarde sa montre.) Dans soixante minutes, tout est terminé : pas plus, pas moins. Ne gagnez pas ce match pour moi : gagnez-le pour vous. Donnez tout ce que vous avez…

L'adrénaline électrise les corps, les gars trépignent, impatients de fouler la pelouse, et le coach passe en mode pom-pom.

— Nous sommes les champions en titre ! Vous voulez rester sur le trône ? Vous le voulez ? hurle-t-il d'une voix de stentor.

— Ouais ! tonne le vestiaire tout entier, l'équipe gonflée à bloc.

Le coach secoue la tête, l'air déçu.

— Pas très convaincant, ça, les gars. Je vous repose la question : vous voulez le garder, votre titre ?

— Ouais ! Ouais ! Ouais ! scande l'équipe.

Un vacarme assourdissant fait trembler le vestiaire tandis que nous donnons du poing contre les murs et les portes, répondant à la clameur rageuse de la foule au-dehors. L'enthousiasme des joueurs est si intense que j'en vacille presque.

— Alors, prenez vos casques, entrez en piste et… allez la Tide !

Tous les gars se dirigent alors vers la porte en scandant à l'unisson :

— Tide ! Tide ! Tide !

En tant que tenants du titre, nous avons le privilège de rentrer les premiers sur le terrain. Je roule des épaules pour m'échauffer, bondis sur place en plaquant les genoux contre mon torse, puis agrippe la garde de mon casque, faisant de mon mieux pour gonfler mon mental.

Je redouble d'efforts pour ne pas penser à Molly : après le message que je lui ai laissé hier, j'avais espoir qu'elle se pointe pour le match. Mais, comme chaque fois, je n'ai eu aucune réponse. Je me suis fait à l'idée qu'elle ne reviendrait pas aux States. Mon plan est simple : je remporte ce putain de titre, puis je m'envole pour Oxford, histoire de régler cette histoire une bonne fois pour toutes.

Le speaker annonce la Tide. Comme l'année dernière, l'équipe déboule sur le terrain dans un chaos de sons et d'images. Austin et Jimmy-Don cavalent devant, excitant la foule de grands gestes de bras.

Je prends une longue inspiration, la tête baissée, puis nous déboulons du tunnel d'accès dans un déluge d'effets pyrotechniques. J'entonne mécaniquement et à pleine voix *The Star Spangled Banner*[1] et, lorsque la dernière phrase achève de se répandre dans le stade, il est temps pour les capitaines des deux équipes de se retrouver pour le lancer de pièce du début de match[2].

---

1. Hymne des États-Unis.

2. L'équipe qui remporte le tirage au sort choisit soit son camp, soit d'être la première équipe à attaquer. On appelle ce second choix le « ballon ».

J'apprécie cet instant de calme avant la tempête.

Le capitaine des Fighting Irish remporte le tirage au sort et choisit le ballon.

La seconde suivante, les fans d'Alabama se lèvent comme un seul homme…

— Le bisou ! Le bisou ! Le bisou ! scandent-ils dans une invocation assourdissante.

De retour sur le côté du terrain, je penche la tête, embarrassé, et ferme les yeux pour mieux surmonter la douleur de l'absence de Molly. Comment peuvent-ils savoir que leur bonne fée se trouve de l'autre côté de l'Atlantique ? J'aurais envie de disparaître sous terre : je sais que je ne peux pas offrir à ces dizaines de milliers de fans ce qu'ils attendent, ce rituel qui, selon eux, a conféré à la Tide son invincibilité cette saison. Malgré tout, je suis soufflé par leur engouement, leurs cris qui s'élèvent *crescendo*, assourdissants, presque au-delà du supportable.

Je revois nos tactiques en esprit pour tenter d'occulter les rugissements tonitruants du stade. Mes coéquipiers s'agitent tout à coup, l'attention attirée par quelque animation dans la foule, mais, fébrile, je reste en retrait… Je suis ailleurs. Je n'attends qu'une chose : que l'arbitre siffle le début de ce putain de match.

Et puis, soudain, un des gars se rue sur moi : Austin.

— Rome, regarde ! me lance-t-il en désignant l'écran géant.

Je lève les yeux… et une supernova m'explose dans la poitrine.

*Molly ?*

Je tourne aussitôt la tête vers les tribunes, scrutant la foule à la recherche de son visage et, soudain… nos regards se croisent et s'emprisonnent.

*Putain…*

Elle est magnifique, à couper le souffle : elle a lâché ses cheveux châtains et porte une robe blanche qui sublime sa beauté.

Les émotions déferlent en moi. Je marche jusqu'à elle d'un pas éthéré, comme hypnotisé. Je ne pense plus qu'à une chose : elle est revenue.

Plus je m'approche, plus ma gorge s'assèche. Je peine à respirer.

L'appréhension écarquille ses yeux d'ambre.

Je lâche mon casque sur le sol. Je n'ai plus besoin de me dissimuler à la vue de qui que ce soit. Une fois devant la femme qui a changé ma vie, je lève les yeux vers elle et la vois prendre une longue inspiration. Autour de nous, le stade entier s'est tu. Ambiance irréelle.

— Hé, Jolly, lâché-je, la voix enrouée par l'émotion.

— Hé, toi…, murmure-t-elle en réponse.

Je ferme les yeux, juste une seconde, pour savourer de nouveau cet accent qui m'a tant manqué.

— Alors, ce baiser, ma bonne fée ?

— Si c'est ce que tu veux…

Le poids qui plombait ma poitrine depuis des semaines me délivre aussitôt.

— Oh, putain, oui… Plus que tout…

Je prends Molly dans mes bras et la soulève par-dessus les panneaux publicitaires, avant de plaquer sauvagement les lèvres contre les siennes, m'enivrant de ce parfum si unique de vanille.

Ma Jolly accueille sans retenue ma passion, sa détresse aussi forte que la mienne, et nous nous abandonnons tous deux au besoin viscéral d'être ensemble.

Lorsque je dois reprendre mon souffle, je me détache et rive le regard dans le sien.

— C'est vraiment toi ? lui demandé-je, incrédule.

Les larmes aux yeux, elle prend mon visage à deux mains.

— Mon chéri... Je suis tellement navrée d'être partie comme ça... C'était trop pour moi, mais... Je t'aime. Je t'aime tant, tu n'imagines pas... Pardonne-moi, je t'en supplie... S'il te plaît ?

Elle m'aime... Elle m'aime ! Le soulagement que font naître en moi ses mots me fait purement et simplement tressaillir, et je tombe à genoux, Molly encore dans les bras. Plus jamais je ne la laisserai m'échapper.

— Tu m'es revenue, alors ? Pour toujours ?

Je sens son souffle chaud dans mon cou.

— Pour la première fois de ma vie, mon chéri, c'est la peur que j'ai fuie... Pour revenir vers toi... Mon Roméo.

Oui, je suis à elle... Elle n'imagine pas à quel point je lui appartiens.

— C'était la dernière fois que tu t'enfuyais. C'est compris ? dis-je d'un ton sans réplique, fouillant son regard à la recherche de la moindre étincelle d'hésitation.

Je n'en trouve aucune.

— Compris.

— Tu m'as laissé seul des semaines sans un mot, sans la moindre explication. Tu sais à quel point je suis en rogne contre toi de m'avoir fait endurer ça ?

— Je sais, oui.

La tristesse et le regret qui lestent sa voix me donnent le vertige, mais, au moins, j'ai ma réponse : elle est revenue, et elle ne repartira plus.

Je plaque le front contre le sien.

— Je vais gagner ce match, et ensuite, je vais te marquer au fer rouge, pour que tu comprennes une bonne fois pour toutes que tu m'appartiens. J'ai été trop indulgent avec toi, Shakespeare, annoncé-je, autoritaire. Tu n'as pas bien compris que tu étais à moi et que, par conséquent, il t'était strictement interdit de partir loin de moi, même le cœur brisé. Parce que, ma chérie, il faut que tu comprennes que lorsque tu souffres, tu peux être sûre que moi aussi, je souffre le martyre…

Mes forces ravivées, je me relève et soulève Molly pour la reposer à sa place dans les tribunes.

— Toi, dans les gradins. Tout de suite. Je remporte ce putain de titre de champion et après, je m'occupe de toi. Honnêtement, je ne suis pas sûr que ce soit le titre que j'ai le plus hâte de prendre.

Elle prend un teint rouge vif et sourit jusqu'aux oreilles.

— Mets-leur la misère, mon chéri, me dit-elle, avant de planter un nouveau baiser porte-bonheur sur mes lèvres, exaltant l'enthousiasme débridé des supporters de la Tide.

Nous jouons à notre meilleur niveau, mais Notre Dame n'est pas en reste, chaque équipe talonnant l'autre à tour de rôle.

Dernière possession du match, quatrième quart-temps, quinze secondes à jouer. Je viens de mener l'équipe à quelques mètres de l'en-but adverse. Un coup de pied ne suffira pas à nous offrir la victoire : il nous faut un touchdown. Notre Dame a assuré tout le match, et il ne me reste qu'une chance de leur arracher le titre…

Regroupement.

— Carmin deux ! Carmin deux !

Nous nous mettons en place, parés à appliquer la tactique annoncée par le coach en personne.

— Prêts, les gars… Allez ! Allez ! crié-je d'une voix autoritaire et posée, avant de recevoir le ballon de notre centre.

Je cherche aussitôt Porter du regard… Merde, il est pris ! Carillo ? Bordel, pris aussi…

Je recule, regarde plus loin, Jimmy-Don m'offrant une poignée de précieuses secondes supplémentaires.

*Maintenant !*

Distinguant une ouverture, je me lance, mon souffle pantelant résonnant dans mon casque, tandis que je fuse vers la zone d'en-but, là, juste devant moi : je m'imagine en train de marquer, invoque la vision d'une victoire pour qu'elle devienne réalité.

Je pousse sur mes cuisses à m'en déchirer les muscles : chaque fibre de mon corps hurle de douleur et… je franchis la ligne – touchdown ! – et plante le ballon sur le sol dans un geste triomphal.

L'ivresse de la victoire me saisit aussitôt, mais je ne la laisse pas me désarçonner : on a réussi ! On a gardé notre putain de titre !

Je lève les yeux au ciel, retire mon maillot, dépose un baiser dans ma paume, puis la place sur mon nouveau tatouage, avant de la lever haut vers le ciel.

— C'est pour toi que j'ai gagné, mon ange… Pour toi…

Tout à coup, l'équipe entière se rue sur moi, et les journalistes, membres du staff de la Tide, ainsi que des milliers de fans envahissent le terrain… *Sweet Home Alabama* explose dans tout le stade, et des centaines de feux d'artifice explosent dans le ciel pour célébrer notre victoire.

Après d'innombrables félicitations et embrassades euphoriques, je lève la tête et aperçois, au-delà de la marée humaine déchaînée, ma Jolly en train de pleurer dans les bras d'Ally. Je lève les yeux vers l'écran géant qui retransmet en boucle mon exploit. Les ailes. Elle a vu les ailes... J'espère de tout mon cœur qu'elle les a aimées comme je les aime.

La Tide est rapidement emportée par les obligations de notre victoire, mais, sitôt achevées la remise du trophée et les interviews pénibles que je dois donner en tant que MVP de la saison, je bondis au bas de l'estrade et cavale jusqu'à ma Jolly, que je soulève de terre.

— On a gagné, ma chérie !

— Je suis si fière de toi..., me complimente-t-elle avec un sourire.

— Maintenant, j'ai besoin d'un peu de temps seul à seul avec toi, lui annoncé-je, une main sous ses fesses de déesse et l'autre caressant son dos nu.

Nous filons en direction du tunnel des joueurs sans prêter attention aux cris des coachs qui me hurlent de revenir. Rien à foutre : la seule chose qui importe à cet instant, c'est de me retrouver seul avec la femme de ma vie.

— Tu ne dois pas rester avec ton équipe ? me demande-t-elle dans un gloussement, le nez perdu dans mon cou.

— Tu veux qu'on s'exhibe devant nos fans ? Parce que là, je n'ai plus qu'une chose en tête : te prendre, et peu importe où on se trouve dans trente minutes, c'est ce qui se passera.

— Dans ce cas, faut qu'on y aille... Tout de suite, acquiesce-t-elle, impatiente, ses yeux d'ambre écarquillés.

Relâchant la pression pour la première fois depuis des semaines, je m'autorise un long soupir de soulagement.

— Content qu'on soit sur la même longueur d'onde, bordel...

# Chapitre 34

*New York, Radio City Music Hall*
*Draft NFL*
*Quatre mois plus tard…*

— Le premier choix de la draft… attribué aux Seahawks de Seattle pour cette prochaine saison de la NFL… est… le quarterback… Roméo Prince de la Crimson Tide d'Alabama !

Une vague de soulagement m'envahit tout entier, et je ferme les yeux.

J'ai réussi… Je suis même le premier choix de la draft, merde ! Le meilleur joueur universitaire du pays ! Je vaux bel et bien quelque chose, au final…

Un hurlement suraigu me transperce les tympans, et Molly m'oblige à me lever. Incapable de résister à l'euphorie générale, je la soulève et l'embrasse longtemps, très longtemps. Quand je me détache enfin, elle me regarde droit dans les yeux.

— Tu l'as fait, mon chéri… Tu as réussi.

Le regard plongé dans le sien, je me remémore ces moments sombres durant lesquels je me suis demandé si elle me reviendrait un jour : et voici qu'aujourd'hui, elle est là, à mes côtés, en ce jour où ma vie bascule, où mon rêve se réalise… La moitié de mon rêve, en tout cas.

Un membre du staff me tape sur l'épaule.

— Monsieur Prince ? Si vous voulez bien me suivre. Vous devez vous rendre sur scène.

J'acquiesce, serre une dernière fois la main de Molly dans la mienne, puis entre dans le couloir. Une putain de caméra suit tous mes faits et gestes. Je prends la casquette des Seahawks qu'on me tend, la place sur ma tête, puis monte sur l'estrade.

Les flashs sont aveuglants, le vacarme assourdissant. Le président de la ligue m'attire près de lui en me serrant la main.

— Bien joué, mon garçon : tu dois jubiler, là, je me trompe ?

Hébété par le trop-plein d'émotions, j'acquiesce de façon presque mécanique, et il me tend le maillot des Seahawks… L'avoir entre les mains, voir « PRINCE, 7 » inscrit en grand à l'arrière, tout ça me donne le tournis.

Je dois donner une chiée d'interviews, répondre cent fois à ceux qui me demandent ce que je ressens à l'idée d'aller vivre à Seattle. Comment est-ce qu'on est censé mettre des mots sur un rêve de gosse qui se réalise ? Je suis euphorique, au-delà de ça même, et je ne manque pas de l'annoncer au bon millier de journalistes présents pour l'événement – c'est comme ça, la NFL ! –, pourtant, je sens comme une retenue en moi, une gêne lancinante, un doute qui ne veut pas me lâcher… Je sais de quoi il s'agit, bien sûr : Molly. Elle n'a pas encore décidé dans quelle fac elle fera son doctorat. Nous avons emménagé ensemble il y a plusieurs mois, dans notre appart à nous… Et tout ce temps, je l'ai vue postuler à différentes universités, mais je n'ai jamais osé lui dire combien j'étais inquiet qu'on puisse être de nouveau séparés. Je suis à une période de ma vie où je sais – je sens – que je serais incapable de vivre sans elle. Je n'arrive même pas à m'endormir si elle n'est pas calée tout contre moi, merde!

Je serre des milliers de mains, hanté par son image, rencontre une dizaine de types du staff des Seahawks et, lorsque je reviens dans les loges, où m'attendent Molly et nos amis, toujours aussi hystériques de joie devant mon triomphe, je suis à deux doigts de m'arracher les cheveux…

Molly se jette dans mes bras, le sourire jusqu'aux oreilles, et couvre mon visage de baisers enthousiastes.

— Je t'aime, je t'aime, je t'aime, pépie-t-elle.

Je l'attire contre moi dans l'espoir de me calmer un peu, mais la serre probablement un peu fort, puisque lorsque je la relâche, elle fronce les sourcils.

— Quoi donc? Qu'est-ce qu'il y a?

Elle lit en moi comme dans un livre ouvert.

Je jette un regard par-dessus son épaule: les autres nous observent en souriant… sauf Ally: elle aussi grimace. Elle a bien vu qu'un truc me chiffonnait.

Je m'excuse d'un geste de main auprès de nos amis et, impatient d'en finir, guide Molly jusque dans un couloir désert. Elle me sourit et tire d'un geste joueur sur ma casquette, mais je vois la tension au coin de ses yeux… Elle sent que je ne suis pas aussi heureux que je le devrais.

Je retire ma casquette.

— Je suis heureux, ma chérie. (Je veux qu'elle le sache, car c'est la vérité.) Mais je n'y arriverai pas sans toi. Seattle… Je pars pour Seattle. Tu as postulé à Harvard, Yale et Stanford, à ma connaissance. Tu ne m'as rien dit pour l'année prochaine, rien de rien, et ça me rend dingue. Si ça se trouve, on va se retrouver chacun sur une côte différente du pays : j'ai besoin de toi. Je ne pense pas que j'y arriverai sans toi…

— Rome…, tente-t-elle de m'interrompre, mais il faut que ça sorte, ou ce truc me bouffera de l'intérieur.

— J'aurais envie de te demander de venir avec moi, parce que je sais que tu lâcherais tout pour le faire, mais le truc, c'est que je veux que toi aussi, tu réalises tes rêves… Je ne sais pas comment faire pour jouir à la fois de toi et du football…

Elle semble ne pas réagir… Son visage est calme, même, et je ne comprends pas pourquoi elle ne panique pas autant que moi devant la réalité de la situation. Est-ce que, quelque part… ça lui convient, que nous soyons séparés ?

Elle me prend la main et embrasse mes doigts un à un.

— Roméo… J'ai fui mes problèmes toute ma vie. Tu es la première personne pour laquelle j'ai accepté de revenir. Tu n'imagines pas ce que ça représente pour moi : tu m'as sauvée des ténèbres.

Je déglutis péniblement lorsqu'elle pose la main qu'elle vient d'embrasser sur son ventre plat : nous avons décidé d'attendre avant d'essayer d'avoir d'autres enfants. Attendre d'être un peu plus âgés, d'avoir une vie plus stable… Cela n'empêche pas mon cœur de saigner chaque fois que je pense au fait qu'à l'heure qu'il est, nous aurions dû être en train de préparer l'arrivée de notre petit ange, si tout s'était passé comme prévu.

— Tu m'as offert… L'espoir. L'espoir qu'un jour, je pourrai être une bonne mère… Le moment venu, bien sûr… Tu es ma famille, Roméo.

J'en reste sans voix et, lorsqu'elle se penche et dépose un baiser sur le tatouage de mon torse, je ferme les yeux. Je prends une profonde inspiration, saisi par l'émotion.

— Une fois… Tu m'as dit qu'un jour, tu quitterais l'Alabama, qu'un jour, tu deviendrais celui que tu veux être, qu'un jour… Tu mènerais ta vie comme tu l'entends.

C'est vrai. C'était il y a plusieurs mois dans sa chambre. Mais aujourd'hui, mon avenir comme mes désirs, tous, sont entre ses mains. Je prends son visage entre mes paumes…

— Et ma vie, je la veux avec toi. Tout ce que je veux, c'est toi. Ce « un jour », il signifiait qu'un jour, tu ferais mon bonheur.

À cet instant, elle tire une enveloppe de sa poche et un sourire espiègle vient illuminer ses traits.

— Eh bien, je crois qu'il est temps… d'honorer ton tatouage…

J'ouvre aussitôt le pli et lis le court paragraphe qui y est inscrit.

*Mademoiselle Shakespeare,*
*L'Université de Washington, Seattle, est heureuse de vous informer que votre demande d'inscription en doctorat de philosophie religieuse a été acceptée. Pour confirmer votre inscription, veuillez nous contacter de l'une des façons suivantes…*

Je sens mes mains trembler et mon cœur battre à tout rompre entre mes côtes. Je lève les yeux vers ma Jolly… Je ne suis pas sûr de comprendre ce qui se passe. Est-ce qu'elle vient avec moi ? Elle a fait… ça pour moi ? Mais… comment ?

Je comprends bien à son regard qu'elle attend une réaction de ma part, mais ce que j'arrive à articuler est à peine cohérent.

— Tu… Est-ce que… Qu'est-ce que…

Elle rigole et reprend la lettre de mes mains pétrifiées.

— J'ai aussi postulé à Seattle. Il y a des mois de ça, quand le docteur Adams a mentionné que tu pourrais bien être recruté là-bas, je me suis renseignée sur le fonctionnement de la draft et ai fait quelques calculs concernant la probabilité que tu finisses dans ce club. Je ne voulais pas t'en parler au cas où ça foire, mais au final, ça a marché… Je viens à Seattle avec toi, mon chéri : tu as devant toi la doctorante la plus récemment inscrite en fac de philo de l'université de Seattle. J'ai envoyé mon e-mail de confirmation il y a vingt-cinq minutes.

J'y crois à peine… Sa tirade terminée, je me rends compte que nous avons réussi : contre toute attente, en dépit de tous les obstacles placés sur notre chemin – le deuil, la douleur… –, nous l'avons fait. Nous avons chacun obtenu ce dont nous rêvions… et nous sommes toujours ensemble.

Incapable de contenir ma joie, je prends sa bouche d'assaut, mon esprit focalisé sur l'étape ultime de notre périple, celle qui manque à notre histoire. Je veux Molly à mes côtés jusqu'à la fin de mes jours, et mon cœur me souffle qu'il n'existe qu'un seul sentier vers l'apothéose…

Je me détache d'elle aussitôt et la regarde droit dans les yeux.

— Épouse-moi.

La bouche lui en tombe…

— Je te demande pardon ? bredouille-t-elle.

— Épouse-moi, répété-je en prenant son visage à deux mains. Épouse-moi demain, ce soir, aussi vite que possible. Simplement… Épouse-moi, Shakespeare, bordel. Rendons officiel… que tu m'appartiens…

— Mais… mais…

Je la bloque contre le mur et insiste.

— Je t'aime. Je t'aime plus que tout. Je ne peux pas vivre sans toi, et je ne vivrai pas sans toi. Je t'offrirai tout ce que je suis capable d'offrir : l'amour… Des enfants, un jour, si tu le souhaites. Veux-tu m'épouser ? Te lier à moi… pour l'éternité.

Pantelante, elle soutient mon regard inflexible… puis la joie inonde son visage.

C'est le plus beau moment de toute ma vie.

— Oui ! s'écrie-t-elle.

— Redis-moi ça ?

J'ai besoin d'entendre ce simple – mais divin – mot de nouveau. Juste pour… confirmation.

— Oui ! Bien sûr que je veux t'épouser !

Elle commence à rire, et je l'embrasse jusqu'à ce qu'elle se mette à glousser contre mes lèvres.

— Qu'est-ce qui te fait rire, merde, Shakespeare ? lancé-je, son bonheur contagieux.

— Que dans notre histoire, contre toute attente, les amants maudits ont réussi à surmonter tous les obstacles pour vivre leur amour. Enfin, ces deux-là vont vivre heureux et avoir beaucoup d'enfants…

*Bordel, pas* Roméo et Juliette…

Oh, et puis merde ! Ma Juliette veut un conte de fées ? Je vais lui en offrir un.

— « Car jamais amour ne triompha mieux de la douleur que celui de Molly Juliette et de son Roméo », murmuré-je en me la serrant tout contre moi.

Nous nous regardons quelques secondes, avant d'éclater de rire.

— Et… je peux savoir où vous avez appris ça, Roméo Prince ?

Je hausse les épaules.

— Sur Google, qu'est-ce que tu crois ?

Molly peine à contenir son fou rire.

Je prends sa main gauche et dépose un baiser sur son annulaire.

— Il te faut une bague, toi…

— T'inquiète, ça peut attendre. Là, tout de suite, je n'ai pas besoin de bague : je me contente pleinement et sans regret de… toi.

— Et mon cul ? réagis-je, un peu trop fort. On s'en occupe tout de suite !

— Mais, mais… la draft…

— Est terminée. On partira pour Seattle. Pas besoin de s'attarder ici. Par contre, toi, il te faut une bague. (Je marque une pause et baisse les yeux vers ma fiancée – ma fiancée… putain, je rêve… – un peu nerveuse, et une question me vient à l'esprit.) Ou alors… on se marie tout de suite ?

Elle déglutit.

— Comment ? Mais… où ça ? murmure-t-elle.

— Las Vegas ? proposé-je en haussant les épaules. On peut y être en quelques heures.

Je suis si heureux que je me demande si mon cœur ne va pas lâcher : il se pourrait bien que dans quelques heures, Molly soit officiellement ma femme.

— Non, dit-elle à voix basse.

— Non ?

Mon enthousiasme s'est éteint aussitôt. Elle me prend la main et la serre fort.

— Je veux t'épouser aussi vite que possible, mais pas dans une chapelle au rabais devant un Elvis obèse !

Je l'attire contre moi et empoigne ses cheveux.

— Où, alors ?

Elle esquisse un sourire teinté de tristesse.

— Mes parents se sont mariés en cachette à Gretna Green…

— C'est où, ça, Gretna Green ?

— En Écosse.

En Écosse ? OK, si elle veut…

— Va pour l'Écosse : on prend le prochain avion.

Elle fait « non » de la tête une fois de plus, mais en riant cette fois.

— Hé, je déconne : oublie l'Écosse ! Ce que je veux, c'est qu'on écrive notre propre histoire, qu'on se crée nos propres souvenirs. Je veux un vrai mariage. Notre mariage.

Je lâche un grognement exaspéré.

— Jolly, merde, je veux juste que tu deviennes mienne ! Moi, je suis tout à toi, du cœur à la queue : deviens ma femme, et vite !

Elle me caresse la joue et dépose un baiser sur mes lèvres.

— OK, mon chéri : ce sera comme tu veux, où tu veux.

— Vendu : on se marie dès notre retour en Alabama. Mais d'abord, il te faut une bague.

Tirant Molly par la main – j'adore le petit couinement d'excitation qu'elle lâche en m'emboîtant le pas –, je nous ramène auprès de nos amis. Ils échangent tous des regards perplexes, puis nous dévisagent.

— On va se marier, annoncé-je, le torse gonflé de fierté. Mais avant, on va acheter une bague de fiançailles pour Molly : ceux qui veulent venir, c'est maintenant.

Ils ouvrent tous des yeux ronds, bouche bée, jusqu'à ce que Cass sourie jusqu'aux oreilles et émette un « Yiiiihaaaaa ! » assourdissant, donnant le signal à nos amis : ils se jettent sur nous pour nous couvrir d'accolades euphoriques.

* * *

— Tu as une idée pour la robe ?

— Hmm… Je…

— Parce que moi, j'ai quelques idées de coupes qui pourraient convenir à merveille à ta silhouette, poursuit Ally.

Je ne peux m'empêcher de rire en voyant ma Jolly assaillie de questions par nos amis. Cela fait à peine trois heures que nous sommes fiancés, et ils ont déjà planifié notre mariage jusqu'aux putains de dragées.

— Moi, je pourrai m'occuper de tes cheveux, donc tu peux rayer ça de la liste… Oh, et je pourrais demander à ma mère de coudre les robes des demoiselles d'honneur ! (Lexi s'interrompt et ouvre des yeux ronds.) Enfin… si on est bien tes demoiselles d'honneur…, termine-t-elle en désignant d'un geste les autres filles présentes dans les loges.

Molly prend la main de Lexi dans la sienne.

— Bien sûr que vous serez mes demoiselles d'honneur : vous êtes mes meilleures amies. (Cass et Lexi sourient jusqu'aux oreilles, ravies, et Molly se tourne vers ma cousine.) Et je me demandais si tu voudrais bien être mon témoin, Ally ?

Les yeux bruns d'Ally se chargent de larmes et elle se jette dans les bras de ma Jolly, surprise par ce soudain élan d'affection.

— Mon Dieu, ma chérie, tu me fais un tel cadeau !

Molly lui donne quelques tapes maladroites dans le dos, le sourire aux lèvres. Quand elle voit que je la regarde, elle lève les yeux au ciel et je ne peux m'empêcher de pouffer.

C'est fou ce qu'elle est craquante.

Après ma relance et leur adhésion collégiale, nous filons tous arpenter les rues de New York à la recherche de la bague de fiançailles de Molly. Ally – qui n'a qu'une seule et unique idée de boutique en tête – nous traîne jusque chez *Tiffany's*.

— Rome est blindé de chez blindé, ce n'est pas comme s'il ne pouvait pas se le permettre ! lance-t-elle, tout excitée.

Quand Molly voit les prix de la plupart des bagues, ses yeux manquent de fuir leurs orbites, et elle serre ma main, anxieuse.

— Rome, je… c'est trop : certaines bagues coûtent le prix d'une voiture. Je ne peux pas…

Je hausse les épaules et l'attire contre moi.

— Tu vaux tout l'or du monde, ma chérie. Prends celle que tu veux, la rassuré-je, même si je vois dans ses yeux toute sa détermination à refuser mon offre.

Malgré l'insistance d'Ally, séduite par un diamant de la taille d'un palais, et ma détermination à lui acheter sans sourciller n'importe quelle bague qui pourrait lui plaire, trente minutes plus tard, nous nous retrouvons dans une petite joaillerie vintage de Little Italy. Ma Jolly jette son dévolu sur une petite bague des années 1930, toute simple, ornée d'un diamant d'un demi-carat : il a suffi au joaillier de lui en raconter l'histoire pour qu'elle en tombe amoureuse.

Apparemment, la bague a appartenu à une femme qui aurait passé sa vie entière avec son mari. Ces deux-là ne se sont jamais séparés, même pas une journée. Après avoir survécu aux persécutions religieuses en Allemagne, ils ont émigré aux États-Unis à la fin de la Seconde Guerre mondiale. Ils ont vécu longtemps et ont eu plein d'enfants, avant de mourir à quelques jours d'intervalle, le dernier ayant été incapable de survivre à la disparition de l'autre. Dans leur testament, ils auraient demandé que la bague soit vendue à une jeune femme méritante et animée par un amour sincère.

Molly a écouté le vieux joaillier les yeux brillants, aussi j'ai tout de suite su qu'elle avait trouvé la bague de ses rêves. C'était son truc, de toujours considérer la signification profonde des choses : pour elle, après tout ce à quoi nous avions survécu, cette bague était parfaite.

Ce qui, à mes yeux, était parfait, c'était de voir cette fine bande d'or parer sa main gracile…

Le cri d'excitation de Jimmy-Don m'arrache à ce souvenir, et je l'observe, sautillant sur place dans le box du bar, les mains jointes posées sur le cœur.

— Rome, s'il te plaît, dis-moi que je suis ton garçon d'honneur ! me supplie-t-il, singeant les filles. Je sais exactement quel costard je vais mettre ! J'ai déjà toute la journée en tête ! Ça va être… juste… magique !

Cass le fusille du regard et lui martèle le bras d'un coup de poing, provoquant les gloussements de joie de Molly.

Je donne une tape amicale dans le dos de Jimmy-Don, puis lui adresse un regard solennel.

— Bien sûr, vieux, qu'est-ce que tu crois ? Reece aussi.

Ils arrêtent aussitôt de déconner, et je les vois tous deux se figer : je viens de leur couper correctement la chique.

— Je vais nous commander du champagne pour fêter ça, lancé-je en me levant, avant de désigner Austin d'un mouvement de tête. Tu viens, Carillo ?

Il acquiesce et m'accompagne au bar.

— Comment tu te sens, vieux ? Tu dois être aux anges, j'imagine.

Je lance un regard par-dessus mon épaule à Molly et nos amis qui se perdent en rires heureux.

— Presque trop : je peine à croire que je vais épouser une fille comme elle. Je suis un putain de veinard… (Je me retourne vers le bar, commande une bouteille de Cristal et fais face à Austin.) Bon, t'es chaud pour être mon témoin, mec ?

Austin déglutit et esquisse un sourire enthousiaste, avant de me taper dans la main.

— Putain, mais grave, vieux !

— Ça me semble logique, non ? J'ai l'impression de te connaître depuis le berceau. T'es comme un frère pour moi, Austin. On a tous les deux vécu l'enfer, et on est encore là pour en parler.

Le pauvre a vécu six mois d'un merdier innommable, mais, Dieu merci, tout roule pour lui maintenant.

— Je suis vraiment touché, Rome. Merci, c'est un putain d'honneur ! (Il lance un regard à Lexi, assise près de Molly, et son visage prend une expression plus douce.) Mais… seulement si tu promets de me rendre la pareille un jour…

— Marché conclu.

Nous passons le reste de la soirée à faire les cons comme jamais, et sincèrement, je crois que je n'ai jamais été aussi heureux de toute ma vie : Molly et moi partons vivre à Seattle, ma petite Shakespeare a accepté de m'épouser et, sitôt que nous serons de retour à Tuscaloosa, nous commencerons à préparer notre mariage…

# Chapitre 35

*Alabama, Birmingham*
*Un mois plus tard…*

— On est bons ?

— On est bons, fiston. Plus qu'à tous enfiler nos costards et à attendre que la future mariée fasse son entrée en scène.

La draft a eu lieu il y a tout juste un mois et, dès notre retour en Alabama, apprenant la nouvelle de nos fiançailles, mon oncle et ma tante nous ont offert d'organiser notre mariage dans leur maison de Birmingham. Nous avons pris la décision d'une cérémonie modeste : pour tout dire, seuls nos amis sont au courant. Nous n'avions aucune envie que cette journée soit gâchée par des fans et journaleux lâchant des « Oooh » et des « Aaaah ! » d'extase, enthousiasmés par le mariage des « Roméo et Juliette d'Alabama », le couple d'amants maudits vendu par la presse ces dernières semaines.

Depuis que la Tide a remporté le championnat, Molly et moi sommes plus populaires que jamais, et la draft n'a fait qu'empirer les choses. On a besoin d'un break, de se soustraire au cirque médiatique que deviendrait à coup sûr la célébration de notre union. Ce mariage, c'est le nôtre, et nous le voulons dans l'intimité, humble et tranquille.

— Comment elle se sent ? demandé-je avec impatience à mon oncle, tandis qu'il apporte les dernières touches aux décorations du jardin.

— Merveilleusement bien. Ally et les filles ont dormi dans sa chambre, hier soir : elles se sont couchées à point d'heure après un marathon de fous rires. Et puis, ta tante Alita est aux anges, à pouponner Molly pour son grand jour. (Il interrompt un instant l'installation de la dernière guirlande électrique sur l'autel en bois blanc et relève les yeux vers moi.) Ta dame est d'une beauté à couper le souffle, mon grand. Félicitations.

Je ne peux m'empêcher de grimacer.

— Un souci ? reprend mon oncle Gabe, dégainant son habituel sourire entendu, tandis qu'Austin, Reece et Jimmy-Don débarquent dans le jardin.

— Ça me rend dingue de ne pas avoir été avec elle, hier soir ! Depuis qu'elle est rentrée d'Oxford, on a passé toutes nos nuits ensemble : j'ai pas fermé l'œil dans cette chambre d'hôtel. Je savais qu'elle était ici, j'arrêtais pas d'y penser… Raah, c'était affreux ! T'as de la chance que je n'aie pas dit « merde » à la tradition pour filer droit dans son pieu…

— Hé ! proteste Jimmy-Don. On a fait le show ! Et puis, quel type sain d'esprit peut préférer Molly à mon corps de nymphe ?

Il se met à se caresser partout en se léchant les lèvres d'un air suggestif.

Je fais mine de n'avoir rien vu…

— Tu sais que ta tante voulait que vous fassiez ça dans les règles. Crois-moi, mon grand, le jeu en vaut la chandelle : l'éloignement renforce l'affection, non ? (Il balaie le jardin d'un geste de la main.) Alors, qu'est-ce que tu en penses ?

L'extérieur s'est purement et simplement métamorphosé : de superbes fleurs aux couleurs chatoyantes et des lampes solaires tracent dans l'herbe une allée menant au grand autel de bois blanc où se tiendra le prêtre. Il y a des guirlandes électriques partout : dans les arbres, qui courent le long des murs de la maison, sur les clôtures et les haies… On ne pourrait imaginer de décor plus romantique… Molly va adorer.

Mon oncle s'est tué à la tâche pour que la maison soit prête à temps : je sais qu'il se sent encore coupable de ce qui s'est passé cette année – les vingt et une dernières années, même, putain ! –, et qu'il cherche à réparer ça, mais vraiment, il ne devrait pas. Maintenant que mon père est en taule et que ma mère est partie vivre avec sa sœur en Louisiane, semble-t-il, c'est de l'histoire ancienne. Ils ne font plus partie de ma vie. C'est terminé.

— C'est super, merci beaucoup, commenté-je, le surprenant en passant un bras autour de ses épaules et en déposant un baiser sur son crâne.

OK, OK, j'avoue : je suis transporté par la beauté de cette journée, moi aussi !

La porte s'ouvre brusquement, et le bruit nous pousse à faire volte-face : tante Alita déboule de la maison, tout agitée.

— Gabe ! Rome ! Le prêtre est arrivé ! (Son affolement augmente quand elle nous découvre en jean et tee-shirt.) *Madre mia* ! Vous n'êtes même pas habillés ! *Vamos* ! Il vous reste trente minutes ! hurle-t-elle en harpie espagnole avant de se ruer à l'intérieur, disparaissant aussi vite qu'elle est arrivée.

Austin, Jimmy-Don et Reece contemplent, bouche bée, le perron désormais vide, tandis que mon oncle pose les mains sur mes épaules, hilare.

— Les joies de la vie maritale ! Je suis sûr que tu as hâte !

Mes potes éclatent de rire à la boutade de mon oncle, mais de mon côté, je ne pense plus qu'à une chose : en finir avec cette demi-heure d'attente interminable.

Me tenir devant l'autel me paraît irréel, d'autant plus que le putain de costard que je porte m'étouffe. Austin, mon témoin, se tient à ma gauche, avec mes garçons d'honneur : Jimmy-Don, Reece et mon oncle Gabe.

La musique s'élève bientôt, un morceau de classique à la noix choisi par ma tante qui me fout aussitôt les nerfs en pelote : ce que je veux, moi, c'est me marier. Je veux épouser Molly à un point tel que je peine à appréhender tout le reste.

La vérité, c'est que je n'arrive pas à croire que tout cela soit vraiment en train de se passer…

Tante Alita sort de la maison la première, et mon oncle pose sur elle un regard d'une fierté poétique : tante Alita est à l'image de ce que sera Ally dans vingt ans, avec ses longs cheveux bruns, ses yeux marron et sa peau hâlée… Elle est d'une immense beauté et, même après toutes ces années de mariage, mon oncle demeure éperdument amoureux d'elle, et ça se voit. En son temps, il a quitté ses parents, toute sa famille même, pour elle, et je vois quelque chose de rassurant dans cette preuve bien réelle que l'amour, le véritable amour, est à l'épreuve du temps.

Cass et Lexi entrent en scène à sa suite, vêtues de robes roses assorties, de petits bouquets de fleurs blanches à la main. Lexi a renoncé à ses excès de maquillage aujourd'hui, et Austin trépigne près de moi, un putain de sourire en travers de la gueule tandis qu'elle se rapproche.

Ally est la dernière demoiselle d'honneur à apparaître, en témoin de Molly, et je sais que dans quelques instants, ce sera au tour de ma chérie de passer la porte. Mon cœur martèle comme jamais…

Tandis qu'Ally vient se placer près de Cass et Lexi de l'autre côté de l'autel, je ferme les yeux et prends une longue inspiration pour me calmer… Lorsque je les rouvre, mes poumons se vident subitement.

Bordel… de… merde…

Molly vient de sortir de la maison, et elle s'avance lentement vers moi… Elle est d'une beauté irréelle… Ses longs cheveux châtains sont maintenus par une rose blanche. Elle porte une robe sans manches au col haut, tout en dentelle blanche, qui magnifie son corps de déesse. Elle tient entre ses mains serrées un bouquet de roses blanches, et semble s'y accrocher comme si sa vie en dépendait.

Je ne peux réprimer un sourire en la voyant baisser résolument la tête : elle ne supporte pas d'être au cœur de toutes les attentions, même lors d'une cérémonie si modeste. Pourtant, lorsqu'elle croise enfin mes yeux, son visage tout à coup s'apaise. Les épaules détendues, elle ne quitte pas une seconde mon regard tandis qu'elle s'approche de moi, jusqu'à pouvoir s'emparer de ma main tendue.

Sitôt que nos doigts se touchent, je me penche vers elle.

— Hé, Jolly…

Elle rougit.

— Hé, toi…

À ces mots, nous éclatons de rire, notre crispation mutuelle se muant en une vague d'excitation et de bonheur purs.

— Tu es magnifique, la complimenté-je à voix basse.

Le prêtre s'éclaircit la gorge en guise de réprimande taquine, le visage amusé. Je lui adresse un froncement de sourcils joueur, puis recule d'un pas et lui fais signe de commencer.

Je ne vais tout de même pas envoyer bouler un religieux, non ?

Après avoir écouté les conseils et prières du prêtre, puis les passages de la Bible lus par oncle Gabe et Ally, le moment est venu de réciter nos vœux. Nous avons décidé de les écrire nous-mêmes. Je prends Molly par les mains et m'éclaircis la gorge.

— Molly… L'année passée, en ne faisant rien de plus qu'être toi-même, tu as ravi mon âme : tu es la personne la plus prévenante et la plus douce que j'aie jamais rencontrée. En plus de faire naître en moi l'amour fou que je te porte, tu es devenue ma plus proche amie et as bu avec moi la coupe de la vie ; des arômes les plus doux au plus amers. C'est grâce à toi que je souris chaque matin au réveil, toi qui, seule, sais me réconforter quand je broie du noir. Lorsque plus personne ne croyait en moi, tu m'as offert ton soutien aimant et inflexible. Tu m'as appris à aimer alors que je pensais en être incapable. Mais, plus que tout, Molly, tu m'as accepté comme je suis, et honoré de ton amour inconditionnel.

D'un doigt, j'essuie une larme sous l'œil de Molly.

— Je doute qu'une vie soit suffisante pour t'offrir autant que ce dont tu m'as gâté, mais je te fais la promesse de dévouer ma vie, et ce jusqu'à mon dernier souffle, à te rendre heureuse. Je rirai et pleurerai avec toi et, où que te portent tes pas, je serai là, à tes côtés, à aller avec toi. Je te promets mon amour éternel, comme je te promets que, le jour venu, je serai le meilleur père dont un enfant puisse rêver.

Des larmes me troublent la vue, mais il faut que je termine…

— S'il est une chose dont la vie m'a convaincu, c'est que nous sommes faits l'un pour l'autre. Nous sommes de bien meilleures personnes ensemble et, qu'importe ce que l'avenir nous réserve, je sais qu'à chaque réveil, jusqu'au dernier, te voir sera le moment le plus éblouissant de ma journée.

— Roméo, c'était… magnifique…, murmure Molly, en pleurs.

Moi-même, je dois lutter pour ne pas céder. Partout autour de nous s'échappent des sanglots émus, mais je n'ai d'yeux que pour ma Jolly.

— Molly, vos vœux, je vous prie, l'invite le prêtre qui, lui aussi, semble pris par l'émotion.

Elle se redresse, solennelle.

— Roméo… Il y a un an, si l'on m'avait dit que je me tiendrais là à épouser mon âme sœur à seulement vingt et un ans, je n'y aurais jamais cru. Si l'on m'avait conté tout ce que nous allions surmonter ensemble, je n'y aurais jamais cru. (Elle secoue la tête, pose une main sur mon torse et rive dans les miens ses yeux d'ambre.) Tu m'as sauvée, Roméo. Tu m'as sauvée d'une vie de solitude. Tu m'as enseigné que la vie était bien plus lumineuse que je le pensais, et tu m'as prouvé que je pouvais compter sur toi et t'ouvrir mon cœur sans la moindre retenue.

» Moi aussi je rirai et pleurerai avec toi, et te promets que plus jamais je ne fuirai loin de toi, que jusqu'au dernier jour je demeurerai à tes côtés. Mon père m'a écrit qu'un jour, un jeune homme viendrait et m'offrirait l'amour véritable, qu'il me montrerait le bien que l'on ressent à confier son cœur à un autre, à lui offrir notre âme, à se faire entièrement sien…

Aujourd'hui, enfin, je comprends ses mots et j'ai fait tiens mon âme et mon cœur dès notre première rencontre. Tu es mon tout, Roméo Prince, et je brûle de passer le reste de ma vie aux côtés de l'homme le plus incroyable que j'aie jamais rencontré.

Elle a à peine le temps de finir sa phrase que je prends ses lèvres d'assaut. Hors de question d'attendre une seconde de plus. Ses vœux m'ont envoûté : jamais je n'aurais cru un jour qu'une telle déclaration puisse m'être adressée.

Lorsque je me redresse enfin, je caresse son visage avec délicatesse.

— Je t'aime, ma chérie… Je t'aime tellement…

— Moi aussi, je t'aime, déclare-t-elle, pleurant des larmes de joie.

Un raclement de gorge attire notre attention : le prêtre nous sourit en brandissant sa Bible ouverte.

— Lorsque nous aurons échangé les alliances, je pourrai vous déclarer mari et femme, et vous pourrez reprendre vos baisers !

Je me tourne vers Molly et nos amis : nous partons tous d'un grand éclat de rire, et Austin me tend l'alliance.

— Je t'aime, Molly. Cette alliance est mon gage que je te choisis toi et toi seule, ma promesse de demeurer à tes côtés, jusqu'à ce que la mort nous sépare.

Passer la bague de platine au doigt de Molly provoque une sensation étrange en moi : c'est comme si, soudain, toutes mes années de maltraitance et de chagrin se trouvaient enfin ensevelies à jamais, et que ne s'offrait à moi qu'un avenir parfait aux côtés de celle que j'aime. C'est comme si, pour la première fois de ma vie, j'aimais sincèrement l'homme que je suis. Et cela, c'est à celle qui se tient devant moi que je le dois, cette femme qui s'est solennellement liée à moi par le mariage et tout le reste.

Molly s'empare de l'alliance que lui tend Ally, puis de ma main gauche.

— Je t'aime, Roméo. Cette alliance est mon gage que je te choisis toi et toi seul, ma promesse de demeurer à tes côtés, jusqu'à ce que la mort nous sépare.

— Par les pouvoirs qui me sont conférés, je vous déclare mari et femme. (Le prêtre m'adresse un sourire amusé.) Roméo, vous pouvez embrasser une seconde fois la mariée.

Je ne me fais pas prier et dérobe aussitôt les lèvres de Molly. Je savoure chaque seconde tandis qu'un bonheur immense me submerge.

Molly est désormais ma femme.

# Chapitre 36

— Prête ? murmuré-je à ma femme en l'attirant dans mes bras.

Elle se mord la lèvre, et ses yeux brillants me crient qu'elle l'est autant que moi. Je me lève de table et me tourne vers nos invités en train de terminer leur dîner.

— On s'éclipse, tout le monde.

Ally se lève d'un bond.

— Non ! proteste-t-elle. Vous n'avez pas ouvert le bal !

Bordel… Je baisse les yeux vers Molly dont les traits reflètent toute la surprise.

— Ouvrir le bal ? Les invités se comptent sur le doigt d'une main, ce n'est peut-être pas la peine, non ?

Je souris de la voir tenter d'y échapper, mais ne lui en tends pas moins une main invitante. Elle soupire, vaincue, prend ma main et je la guide jusqu'au patio ceint d'un millier de lumières blanches. Ally se rue vers la sono, et les premiers accords de notre chanson de mariage s'élèvent bientôt. Molly rive aussitôt dans le mien un regard scintillant d'émotion.

— Roméo… Comment est-ce que…

J'écarte d'un geste une mèche de cheveux tombée sur son visage.

— Tu m'as parlé de ce morceau il y a quelques mois. Je me suis dit que ce serait un bel hommage à tes parents d'en faire notre chanson…

Je me souviens de ce jour comme si c'était hier.

*— Jolly ? Tu es où, ma chérie ?*

*Je la trouve dans la cuisine de notre nouveau chez-nous : elle prépare le petit déjeuner, tandis que de la musique s'échappe des écouteurs de son iPhone. Comme je vois ses épaules trembloter, je panique, me rue près d'elle et passe les bras à sa taille.*

*— Qu'est-ce qu'il y a, ma chérie ?*

*Elle se retourne, se love contre mon torse et, le sourire sanglotant, essuie les larmes sur ses joues.*

*— Rien, rien… C'est idiot. Tout va bien…*

*Je me renfrogne malgré moi. Je ne comprends rien à ce qui se passe…*

*— Jolly, dis-moi ce qui ne va pas. Il y a une mauvaise nouvelle ?*

*Elle rit entre deux sanglots.*

*— Non, je te le promets, Rome. C'est juste…*

*— Quoi donc ?*

*— La chanson.*

*Elle lève les yeux vers moi, et je sens que je n'ai à lui offrir qu'un air totalement paumé.*

*— C'est cette chanson qui te rend triste ?*

*— Je ne suis pas triste, non…*

*Elle prend une grande inspiration, puis je la soulève pour la déposer sur le plan de travail et entoure son visage de mes mains, calé entre ses jambes.*

*— Va falloir que tu m'expliques, ma chérie… Pourquoi est-ce que cette chanson te fait pleurer ?*

*— C'était la préférée de ma mère. Mon père la mettait chaque année pour leur anniversaire de mariage, en hommage je pense. C'est devenu une sorte de tradition… Une belle tradition. Je l'ai toujours adorée : chaque année, j'attendais de l'entendre avec impatience. Je crois qu'il a fait ça pour que je connaisse un peu mieux ma mère, même si ce n'était que de manière infime… Et tu sais quoi ? J'ai vraiment eu l'impression de la découvrir un peu avec cette chanson. Après la mort de mon père, ma grand-mère a continué à la mettre chaque année pour honorer leur mémoire. Et puis, quand ça a été à son tour de partir, eh bien… j'ai continué à le faire, pour moi seule. Dès que j'entends cette chanson, je ne sais pas comment l'expliquer, mais j'ai la sensation qu'ils sont encore avec moi, quelque part…*

*Je m'autorise un soupir et plaque mon front contre le sien. C'est l'anniversaire de mariage de ses parents ? Merde… Je n'ai pas la moindre idée de ce que je suis censé dire…*

*— Je t'aime, ma chérie, murmuré-je simplement.*

*Elle dépose un baiser sur mes lèvres.*

*— Moi aussi, je t'aime.*

Ma femme et moi dansons lentement sur *Fields of Gold* de Sting. Des larmes de joie s'échappent des yeux de Molly. Je sais que j'ai fait le bon choix avec cette chanson : elle est importante pour elle et, dorénavant, elle lui rappellera aussi cet instant. Nous dansons en silence : je n'ai pas besoin de l'articuler pour qu'elle comprenne que j'ai choisi cette chanson de façon à lui faire sentir la présence de ses parents et sa grand-mère à ses côtés.

Notre famille et nos amis se lèvent et nous regardent ouvrir le bal et profiter de notre première danse comme mari et femme, puis nous rejoignent sur la piste.

L'instant est magique. Parfait.

Lorsque les dernières notes de la chanson résonnent, Molly lève les yeux vers moi et pose une main sur ma joue.

— Viens, Rome, murmure-t-elle. J'ai envie de t'avoir tout à moi…

* * *

— Mais y a combien de boutons sur cette putain de robe ! grommelé-je, en luttant pour déshabiller ma femme.

Je suis si impatient que je pourrais d'une seconde à l'autre ravager la longue rangée de minuscules perles qui font office de boutons à l'arrière de la robe.

— Vite ! m'enjoint Molly d'une voix enrouée par le désir.

Nous avons choisi une luxueuse maison en rondins recluse loin des sentiers battus pour notre première nuit de jeunes mariés.

Sitôt que j'ai déboutonné la dernière perle, je laisse la robe glisser sur le sol.

Bordel… de… merde…

— Putain, Jolly, tu vas me tuer…, grogné-je, tandis qu'elle se tient devant moi vêtue d'un corsage en dentelle blanche, d'une petite culotte assortie, de bas blancs et d'une jarretière à se damner.

— Ça te plaît ? me demande-t-elle avec un sourire.

— J'adore, bordel !

Ma queue menace de faire sauter ma fermeture Éclair.

Je retire ma veste et ma chemise puis ouvre mon pantalon pour soulager ma gaule.

Molly se tient debout devant moi, déesse virginale, et mes mains se mettent à trembloter : il faut que je la touche.

— Monte sur le lit, ma chérie, lui ordonné-je, matant son cul de dingue tandis qu'elle grimpe sur le matelas et s'assoit à genoux, attendant la prochaine étape.

— Retire ton corsage.

Le sourire lumineux d'excitation, elle commence à défaire la parure moulante d'un geste lent et provocateur : elle prend son temps, et l'étincelle joueuse dans son regard me prouve qu'elle sait que je suis sur le point de craquer.

— Me cherche pas, Jolly…, la menacé-je. Je me sens pas super patient, là…

Je plonge une main dans mon boxer, sors ma queue et commence à me caresser : elle ouvre de grands yeux et m'observe, puis, après un dernier geste, la pièce de lingerie tombe sur les draps crème, révélant sa poitrine généreuse.

— Touche-les, grondé-je en désignant ses seins.

Je dévore du regard son corps irréel : elle ne porte plus que ses bas, sa jarretière et sa culotte. La culotte est de trop…

L'excitation lui rougit les joues, et elle commence à caresser sa poitrine, se pinçant les tétons, les yeux clos de plaisir.

Je ne tiens plus…

Je marche jusqu'au lit, rampe sur Molly et retire ses mains de sa poitrine.

— Stop : tes seins sont à moi, maintenant.

J'étouffe son hoquet de surprise en capturant ses lèvres : je plonge ma langue dans sa bouche, et elle me répond avec la même intensité sauvage, griffant mon dos de ses ongles manucurés.

J'aventure une main plus bas, caresse sa hanche, puis viens glisser les doigts sous l'élastique de sa culotte.

— Ce truc me gêne…

Je me baisse, jusqu'à ce que mon visage se retrouve au niveau de la fine bande de dentelle blanche.

— Roméo… Vas-y, s'il te plaît…, gémit Molly en passant les doigts dans mes cheveux.

Deux secondes plus tard, je me suis débarrassé de la culotte et m'assois sur le sol, admirant ma femme dans toute sa splendeur.

Ma femme, bordel… Cette seule pensée me grise.

Je ramène mes mains sur ses cuisses, lève son genou droit et le place sur mon épaule, avant de déposer un baiser sur la jarretière bleu et blanc, puis contemple ses yeux mi-clos.

— Ça, par contre, ça reste…, dis-je, avant de glisser un doigt dans l'un des bas blancs. Et ça aussi.

— OK…

Je me cale entre ses jambes et, quand je lèche son sexe d'une traite de bas en haut, elle jette les hanches vers moi, envoûtée.

— Hmm… Tu es délicieuse, ma chérie…

— Roméo, s'il te plaît… J'aimerais… que…, murmure-t-elle en empoignant mes cheveux.

— Dis-le, ma chérie, lui ordonné-je. Je veux te l'entendre dire.

— Lèche-moi… s'il te plaît…, me supplie-t-elle d'une voix rauque, sa respiration saccadée.

Encouragé par sa supplique, je plonge de nouveau entre ses cuisses… Je commence à téter son clitoris, enfonce deux doigts en elle et accélère, sauvage, sentant chaque seconde la rapprocher un peu plus de l'extase, dévoré par ma propre excitation.

— Rome, je… je vais…

Ses jambes se raidissent et, dans un hurlement puissant, elle jouit sans retenue contre ma langue. Je recule, l'observe, tandis qu'elle recouvre son souffle, les yeux clos… et perds tout contrôle : en une poignée de secondes, je retire mon pantalon et mon boxer, attrape une de ses jambes, et fais glisser la jarretière le long de sa cuisse, de son mollet, puis au bout de son pied.

Elle ouvre les yeux.

— Rapproche-toi de la tête de lit, ma chérie. (Elle obéit.) Attrape un des barreaux, on va jouer un peu.

Elle lève les mains, les croise contre l'un des barreaux de métal blanc, et je me sers de la jarretière pour attacher ses poignets de façon qu'elle ne puisse plus bouger. Ses yeux d'ambre excités s'illuminent et, d'un pied, elle caresse ma cuisse, avant de venir provoquer ma queue.

— Vous la voulez, madame Prince ? lui demandé-je, en venant chevaucher sa poitrine.

— Approche…, dit Molly.

Je me penche alors… et elle prend ma queue dans la bouche.

— Putain, ma chérie, c'est trop bon…, lâché-je en jetant la tête en arrière.

Elle gémit, et les vibrations le long de mon sexe me rendent dingue… C'est trop d'excitation : il faut que je la prenne, que j'achève de faire d'elle ma femme.

Je me retire de sa bouche et me glisse entre ses jambes. Molly éprouve la résistance de la jarretière, mais elle tient bon… Le désir enflamme aussitôt ses joues.

— Tu es prête, ma chérie ?

— Putain, oui… Fais-moi l'amour, Rome.

C'est le signal : d'un assaut unique, je la pénètre, ma queue disparaissant en elle jusqu'à la base, et nous gémissons à l'unisson.

Je passe une main dans ses cheveux et la regarde droit dans les yeux tandis que je multiplie les va-et-vient entre ses lèvres chaudes.

— Je t'aime, Jolly… Je t'aime tellement…, déclaré-je en embrassant ses joues et ses lèvres.

— Moi aussi, je t'aime.

Elle joue des hanches contre les miennes et, le regard rivé dans le sien, je ressens le besoin soudain de sentir ses mains sur moi, qu'elle me serre dans ses bras quand je jouirai en elle. Alors je détache la jarretière, et Molly s'agrippe aussitôt à moi, le nez niché au creux de mon cou.

Ses gémissements gagnent en intensité, sa respiration s'accélère au rythme de mes assauts.

— Roméo… Je vais jouir, murmure-t-elle en empoignant mes bras.

Je la prends plus vite et fort encore, l'intensité de mes allées et venues la faisant hurler de plaisir, jusqu'à l'orgasme : son sexe m'enserre, brûlant, et je jouis avec elle…

— Raaaaah ! crié-je en me raidissant, les muscles de mon cou tendus par la violence de mon orgasme.

Molly se détend sous moi. Elle se met à caresser amoureusement mes cheveux. J'admire son sourire satisfait, et elle pose une main sur ma joue, les yeux scintillants.

— Mon mari…, murmure-t-elle.

Je suis aussitôt convaincu que jamais deux personnes n'ont partagé un lien aussi fort et aussi pur que le nôtre. Je plaque mes lèvres contre les siennes, me retire et admire pendant de longues secondes la plus belle fille du monde…

— Ma femme, murmuré-je à mon tour.

# Chapitre 37

*État de Washington, Seattle*
*Vingt ans plus tard…*

— Allô ?

— Rome Prince ! Ça fait un bail, mon garçon !

— Coach ?

Un rire bourru au bout du fil.

— Eh oui, c'est ton vieux coach ! Toujours fidèle au poste ! Vingt-cinquième année à la tête de la Tide.

Je souris en entendant la voix familière de celui qui a tant fait pour moi durant mes années de fac.

— Je sais, oui. Coach le plus titré du championnat national dans l'histoire de la ligue universitaire : pas mal, comme bilan ! Je n'ai manqué aucun de vos matchs, année après année. Vous êtes devenu une vraie légende du foot…

— Et je n'ai rien manqué de ton parcours non plus, fiston. Tu vas finir au Panthéon[1] du foot, c'est écrit. Tu verras dans quelques années…

— Merci, coach. J'en serais comblé… (Je me verse un café et vais m'asseoir à la table de la cuisine.) Alors, que me vaut le plaisir de cet appel ?

1. Liste des meilleurs joueurs de l'histoire d'un sport collectif.

— Je suis à Seattle. Si vous êtes disponibles, toi et ton épouse, j'aurais aimé vous inviter à dîner.

— Avec plaisir ! Donnez-moi le lieu et l'heure, et nous y serons. Je serai très heureux de vous revoir.

— Moi aussi, mon garçon. J'ai un rendez-vous dans cinq minutes, alors je t'enverrai les infos dans la journée.

— On fait comme ça. À ce soir, coach.

— À tout à l'heure, mon grand.

Je raccroche, me cale contre le dossier de ma chaise et prends une grande respiration… Entendre la voix du coach a ravivé tant de souvenirs en moi… Ça fait déjà vingt ans que je jouais pour la Tide ? Vraiment ? Je deviens vieux, merde…

La porte d'entrée claque, et je me tourne vers le couloir. Il n'est que 13 heures : Molly rentre plus tard d'habitude.

— Rome, tu es là ? lance-t-elle.

Je souris au seul son de sa voix.

— Oui, ma chérie. Je suis dans la cuisine.

Quelques secondes plus tard, elle me rejoint, vêtue d'une robe noire ajustée qui lui tombe au genou. Elle porte ses cheveux en un chignon un peu lâche, et les lunettes les plus sexy de la création.

Je me lève, récupère son lourd porte-documents, puis dépose un baiser sur ses lèvres.

— Tu rentres tôt.

— Oui. Ma réunion a été annulée, alors je me suis dit : « Autant rentrer ! » (Molly se penche, passe les bras autour de ma taille et pose la joue contre mon torse.) Hmm… Tu m'as manqué…

— Toi aussi, tu m'as manqué, ma beauté… (Elle me serre en récompense du compliment.) Je viens de recevoir un coup de fil… intéressant.

— Ah oui ?

— Oui, c'était le coach. Ça faisait des années que je n'avais pas eu de nouvelles : il est en ville, et il aimerait qu'on dîne ensemble ce soir.

— Le coach d'Alabama ? me demande-t-elle, le regard surpris.

— Oui, pouffé-je. « Le coach d'Alabama. »

Elle fronce les sourcils.

— Je me demande bien ce qu'il veut…

— Dîner avec nous, répliqué-je, troublé qu'elle semble estimer qu'il peut avoir d'autre intention que celle-là.

Je recule jusqu'au comptoir en marbre. Elle penche la tête et me dévisage.

— Rome, tu prends ta retraite cette saison et, comme par hasard, ton coach de la Tide se trouve à Seattle ?

Hmm, elle a peut-être raison, après tout. D'ailleurs, son sourire insolent me souffle qu'elle en est assez convaincue…

— OK, Shakespeare, vide ton sac. Qu'est-ce qu'il veut, à ton avis ?

Elle vient me rejoindre, laisse glisser les doigts le long de mon torse et m'offre un baiser furtif.

— Toi.

Une vague d'excitation singulière naît soudain en moi. Je n'ai jamais vraiment envisagé de retourner à Tuscaloosa. J'adore cette ville, c'est chez moi, là-bas… Mais même après toutes ces années, les traumatismes restent, et nous nous sommes bâti une chouette vie, ici à Seattle.

Je baisse de nouveau les yeux vers Molly.

— Tu penses vraiment qu'il a besoin de moi ?

— J'en mettrais ma main à couper : il veut que tu coaches l'équipe. Rome, tu es l'un des meilleurs quarterbacks de l'histoire de la NFL, si tu rejoins le staff de la Tide, tu imagines comme tu pourrais améliorer leur niveau de jeu ? Et les nouveaux joueurs qu'ils pourraient attirer ?

— Et toi, tu le sentirais comment, de retourner là-bas ?

Elle baisse les yeux au sol.

— Je… je ne sais pas. J'adore notre vie ici, c'est… chez nous maintenant. Tuscaloosa… Je ne sais pas, on y a laissé pas mal de souvenirs… difficiles, toi et moi.

Je caresse sa joue d'un doigt.

— Dans ce cas, on n'y va pas. Peut-être qu'il n'est pas du tout venu jusqu'ici pour me proposer quelque chose, d'ailleurs. Rien n'est sûr.

— Et toi, alors ? Coacher, ça te plairait ? Tu te vois faire ce boulot jusqu'à la fin de ta vie ?

— Assez, oui. C'est la Tide… Je ne sais pas trop ce qui m'attend après ma retraite, mais la perspective de m'impliquer de nouveau dans le foot en Alabama, je dois dire que ça me brancherait pas mal… J'ai cette équipe dans le sang : je serai de la Tide jusqu'à mon dernier souffle.

Elle hoche lentement la tête, puis lève les yeux vers moi.

— On verra bien ce qu'il te veut. S'il te propose quelque chose, on en reparlera, et on prendra une décision qui nous conviendra à tous.

Elle se mord la lèvre et, d'une main, vient lentement déboutonner mon jean. Ce que j'aime son regard quand elle est excitée, bordel…

— En attendant, reprend-elle, je suis rentrée tôt du travail, on a quelques heures devant nous avant de devoir aller chercher les enfants à l'école, et vous, monsieur Prince, êtes particulièrement excitant… Assez pour m'inspirer un après-midi des plus chauds…

Ma queue durcit sous ses doigts délicats et, sans crier gare, je la soulève de terre et me rue vers la chambre. Elle se met à pouffer par-dessus mon épaule.

— Roméo ! hurle-t-elle.

— Fallait réfléchir avant, Shakespeare ! dis-je en lui donnant une tape franche sur les fesses. Tu as semé le vent, je vais m'assurer que tu récoltes une putain de tempête… Voire deux ou trois !

* * *

*Seattle, CenturyLink Field*
*Quelques mois plus tard…*

— Taylor, Isaac, Archie, Elias ! Du calme, les enfants : on entre sur le terrain dans quelques secondes !

Le rugissement de la foule fait vibrer les gradins, tandis que nous attendons au fond du tunnel des joueurs. Molly s'affaire à courir derrière les enfants pour essayer de les calmer, et je ne peux m'empêcher de sourire en les voyant affublés de leur maillot « PRINCE » des Seahawks. Nageant dans le sien pourtant minuscule, Elias cavale partout entre les jambes de sa mère… Bordel, il vient seulement d'apprendre à marcher et il nous fait déjà suer, celui-là ! Et puis, il y a Molly, ses longs cheveux lâchés, un jean moulant et sa paire de santiags préférée. Elle aussi porte mon maillot. Je la sens nerveuse : ces nombreuses années de présence dans la tribune réservée aux femmes des joueurs ne l'ont pas préparée à la folie d'aujourd'hui.

Je pars à la retraite. Après vingt ans de bons et loyaux services chez les Hawks, je mets un terme à ma carrière, et Seattle accompagne mon départ à sa façon, la seule que connaisse cette ville : dans un déluge de bruit et d'enthousiasme.

Comme je sens qu'on tire sur mon jean, je baisse la tête : le visage d'Archie, mon fils, est troublé par une expression que je peine à lire.

Je m'agenouille pour me mettre à sa hauteur.

— Ça va, mon bonhomme ?

Il désigne la foule hurlante d'un doigt, ses yeux chocolat écarquillés et les joues rouges.

— Papa ? T'es un super-héros ? murmure-t-il.

Je souris.

— Non, fiston. Pourquoi ça ?

Il s'approche et pose sa petite main de gaillard de cinq ans sur mon épaule.

— Parce que tous ces gens, y sont venus pour te voir. Tout le monde dit que t'es le meilleur qu'y zont jamais vu, et les seuls gens qu'ont des fêtes comme ça pour eux, c'est les super-héros.

— Non, je ne suis pas un héros, mon bonhomme. Ils sont simplement là parce que j'ai jeté un ballon de foot à peu près correctement pendant pas mal d'années. Aujourd'hui, on est venus dire au revoir à tous ces supporters avant notre départ pour l'Alabama.

Il hoche la tête pour montrer qu'il a compris, mais fait bientôt une moue comploteuse et se penche vers moi.

— J'ai un secret.

J'ouvre grand la bouche, feignant une surprise démesurée.

— C'est vrai, ça ? (Il acquiesce avec un air de grand sage.) Et, tu accepterais de le partager avec moi ?

Archie se lance dans une phase de réflexion intense, et finit par acquiescer en soupirant, avant d'approcher sa petite bouche de mon oreille.

— Moi, ben, je pense que t'es un super-héros, mais que tu peux pas le dire, parce que les super-héros, y sont secrets, et donc tu peux pas le dire. Superman, ben, par exemple, personne sait qui il est en vrai de vrai…

— Oh… Et mon superpouvoir, alors, qu'est-ce que c'est ? lui demandé-je, jouant le jeu.

— Ben, toi, tu peux jeter un ballon de foot le plus looooiiin au monde et, aussi… (Il me fait signe de me rapprocher encore.) Aussi, t'es le meilleur papounet du monde entier, aussi : les enfants de l'école, y z'arrêtent pas de me dire que j'ai trop de chance, mais tu sais, c'est pas la peine, paceque j'le sais déjà moi.

Je me fige et ferme les yeux. Ses mots me touchent à me serrer la gorge, mais je sens bientôt ses deux petites mains costaudes se poser sur mes joues.

— Tu le dis à personne, hein ? C'est notre secret à nous.

— OK, acquiescé-je, la voix éraillée.

Je le laisse rejoindre ses frères et sa sœur occupés à se faire des passes : ils ont tous le foot dans le sang…

Molly me caresse le dos pour m'apaiser, et me décoche un sourire radieux.

— Ça va, mon chéri ?

Une étincelle de fierté fait briller son regard : de toute évidence, elle a entendu ce que notre fils vient de me dire.

Je me penche et l'embrasse.

— Plus que bien. Bien plus…

— Moi aussi, murmure-t-elle à mon oreille, je pense que tu es le meilleur papounet au monde… Le meilleur mari aussi.

Je l'embrasse de nouveau, plus sauvagement cette fois, et ris à son couinement de surprise.

On s'éclaircit la gorge derrière nous et, en jetant un coup d'œil par-dessus mon épaule, je découvre l'organisateur de l'événement, l'air embarrassé.

— Monsieur Prince ? Nous serons bientôt prêts.

Molly rajuste rapidement sa coiffure et me prend la main pour me donner du courage. Elle a toujours été là pour moi, et aujourd'hui ne fait pas exception à la règle. Elle a assisté à tous les matchs de ma carrière – Super Bowl, rencontres caritatives, absolument tous – tout au long de ces vingt ans, mais, le plus important, elle m'a offert quatre merveilleux enfants. J'aime ma Jolly plus que jamais, et jamais je ne remercierai assez le Ciel de l'avoir placée sur ma route.

— Allez, les enfants, venez par ici ! lance-t-elle. (Ils déboulent tous les quatre, tout sourires et débordant d'excitation, et Molly s'agenouille devant eux.) Bien : maintenant, nous allons tous aller dans le stade. Ça va être extrêmement bruyant, alors préparez-vous, OK ?

Un « Oui, maman ! » collégial retentit, et Molly lutte un moment pour essayer de remettre le casque antibruit d'Elias. Au bout de quelques secondes, elle dépose les armes et le laisse pendre à son cou.

— Alors, les enfants ? Vous n'auriez pas quelque chose à dire à papa ?

Je lance à Molly un regard suspicieux et lui découvre un sourire rayonnant et satisfait.

Taylor, notre fille, notre aînée, notre ado à nous, s'avance, et je me baisse vers elle tandis qu'elle me prend dans ses bras.

— On est tous très fiers de toi, papa, et on voulait que tu saches combien on t'aime.

Elle me tend alors une carte faite main : un dessin de nous dans notre jardin assorti d'une photo de nous six au milieu du terrain, lors du Super Bowl de l'année dernière. Sur le cliché, Molly m'embrasse la joue, pendant que nos quatre enfants nous entourent, rayonnants de bonheur.

— Ce sont les garçons qui ont fait la carte, mais on l'a tous signée. La photo, c'est moi qui l'ai choisie… Enfin, avec maman. C'est notre préférée. (Je regarde le cliché, mon préféré à moi aussi, et Taylor pose une main sur mon épaule.) C'est sincère, papa, je suis vraiment fière de toi.

Je dépose un baiser sur sa joue.

— Merci, ma princesse.

Nos trois garçons rappliquent alors, et lorsque chacun me gratifie d'un câlin doublé d'un « Je t'aime, papa », je manque de m'effondrer en larmes.

J'entends le « clic » de l'appareil de Molly lorsqu'elle immortalise l'instant, et l'écoute pleurer sans honte en contemplant le Polaroid.

Mes enfants ont bien senti mon émotion, je le vois à leurs yeux écarquillés et leur regard satisfait. De mon côté, je dois détourner un moment la tête pour m'en remettre : aucune envie de rentrer sur le terrain les yeux rouges de larmes…

D'ailleurs, un super-héros, ça ne pleure pas, non ?

Sitôt que je pose le regard sur mes quatre superbes enfants, mon torse se gonfle de fierté. Chaque jour, je prends soin de me rappeler la chance que j'ai de vivre une vie si incroyable : après avoir manqué de la perdre de peu, j'ai encore la femme que j'aime à mes côtés, ainsi que les quatre plus merveilleux enfants au monde, moi qui craignais ne jamais en avoir.

— Tout est prêt, monsieur Prince, m'annonce l'organisateur. Si vous voulez bien me suivre.

— OK, les enfants : deux d'entre vous me donnent la main, deux autres prennent la main de papa.

Deux mains se nichent aussitôt dans mes paumes, et je sais déjà qui je vais découvrir en baissant les yeux. Je souris... J'avais vu juste : Taylor, notre fille, et Archie qui est visiblement convaincu que je suis un super-héros.

Je me retourne vers Molly – elle donne la main à Isaac et Elias, qui arbore désormais son casque avec fierté –, prends une grande respiration et articule un « Prête ? » silencieux à son intention.

Elle lève les yeux au ciel et secoue frénétiquement la tête. « Non ! », articule-t-elle à son tour.

La musique s'élève soudain dans le stade, le speaker enflamme la foule, et je ris à la vue du visage inquiet de ma femme. Je la rassure d'un clin d'œil amusé.

— *Seattle ! Accueille sur le terrain, et pour la toute dernière fois ton quarterback, Roméo « Flash » Prince !*

Après une petite pression d'encouragement sur la main de mes enfants, je les guide dans le tunnel. Lorsque nous entrons sur le terrain sous un déluge de feux d'artifice et de hurlements enthousiastes, je m'autorise enfin une expiration soulagée. Ce terrain et ces supporters sont mon second foyer, et ils vont affreusement me manquer.

Après un tour d'honneur durant lequel je remercie le public de grands gestes reconnaissants, on nous invite à rejoindre une estrade sur la ligne centrale. Je m'approche du micro pour m'adresser à la foule, Molly et les enfants à mes côtés.

— Bonsoir, Seattle !

La foule exulte, le vacarme est assourdissant. Jamais je n'oublierai les milliers de flashs et de fans qui, debout, applaudissent à tout rompre. Ils sont tous venus pour moi, ce soir, et l'irréel de l'instant fait trembler mes jambes.

Je fais signe à la foule, et le public se fait peu à peu plus silencieux.

— Quand je suis arrivé ici, il y a vingt ans, je ne savais absolument pas à quoi m'attendre. (Je ris au micro et me tourne vers Molly qui confirme d'un hochement de tête.) Je n'avais jamais quitté l'Alabama plus de quelques jours, je venais d'épouser la femme de ma vie…, poursuis-je en donnant la main à Molly, qui vient se placer près de moi. Et, soudain, nous nous sommes retrouvés projetés dans le monde fou et vertigineux de la NFL… Mais vous avez tous été là pour nous accueillir à bras ouverts.

La foule bat des pieds dans les tribunes et fait hurler ses cornes de brume.

Je me tourne vers mes enfants, les vois abasourdis de découvrir ces milliers de personnes lâcher pour leur père des hurlements assourdissants. J'attends que les fans s'apaisent un peu pour reprendre.

— L'équipe, et je parle ici des joueurs comme des membres du staff, est pour moi une seconde famille, et je dois vous avouer que vous allez tous nous manquer, à un point inimaginable. Je n'avais jamais réfléchi à ce que je ferais après ma carrière de joueur pro, mais on m'a fait une proposition que je n'ai pu qu'accepter… Aujourd'hui, je suis heureux de vous annoncer que je serai, dès la saison prochaine, entraîneur des quarterbacks de la Crimson Tide d'Alabama. Après vingt heureuses et fantastiques années ici, ma famille et moi repartons pour le Sud, chez moi, mais jamais nous n'oublierons Seattle et le bonheur que vous nous avez apporté.

Je serre la main de Molly pour y puiser du courage, puis la porte à ma bouche pour embrasser son alliance. Le soir où nous avons dîné avec le coach de la Tide, il m'a offert un poste d'entraîneur, et elle m'a encouragé à l'accepter. Un peu de changement nous fera du bien à tous.

— Cela fait dix ans que mon épouse est professeure à l'université de Washington, et nos enfants sont tous nés et ont grandi à Seattle, et je ferai en sorte que jamais ils ne l'oublient.

Je balaie du regard une dernière fois l'immense stade bondé, puis baisse les yeux, luttant pour ne pas céder à l'émotion qui me serre la gorge.

— Merci à chacune et chacun d'entre vous de m'avoir offert les vingt plus belles années de ma vie.

La foule rugit une fois de plus et, après un roulement de tambour de l'orchestre, une gigantesque bannière cascade depuis les hauteurs du stade, arborant mon numéro de maillot. Désormais, plus jamais il ne sera attribué à un autre joueur de Seattle. Tandis que je l'observe, un immense sentiment d'accomplissement m'envahit. Vingt ans, j'ai vécu mon rêve en me donnant corps et âme à cette équipe et ses supporters, et j'en ai savouré chaque seconde.

Soudain, mes enfants se ruent sur moi et quatre paires de mains m'enserrent amoureusement la taille. Un bras m'étreint les hanches en un geste familier. Shakespeare.

— Tu as réussi, Rome, murmure-t-elle, le regard mouillé de larmes rivé sur la bannière. Tout, sans exception.

Je prends son visage à deux mains et dépose un baiser sur ses lèvres.

— Prête à retrouver l'Alabama, madame Prince ?

Elle m'embrasse à son tour et part d'un petit rire.

— Allez la Tide ! lance-t-elle, un sourire pétillant dans le regard.

# Épilogue

*Alabama, Tuscaloosa*
*Six mois plus tard…*

Bordel… Le quarterback de la Tide que j'évalue sur les enregistrements que le coach m'a envoyés me laisse sur le cul. Il est vif, balance des passes d'une précision exemplaire et son jeu de course est tout simplement sidérant. La triple menace parfaite : le gamin est doué. Putain de doué.

Quand j'entends des pas cadencés dans l'escalier, j'éteins la télé à la hâte, me débarrasse de la télécommande d'un geste maladroit, puis me lève d'un bond juste au moment où Molly passe la porte. Elle me dévisage, les sourcils froncés.

— Roméo Prince ! Ne me dis pas que tu mates des vidéos de foot au lieu de m'aider à préparer la maison pour les retrouvailles que tu as toi-même eu la bonne idée d'organiser ?

Merde. Grillé…

— Je…

— Je ne veux pas le savoir ! Je me démène dans toute la maison comme une forcenée à préparer la nourriture et les enfants, pendant que tu te planques dans notre chambre ? (Elle s'avance et plante l'index contre mon torse.) Une semaine, Roméo ! On est arrivés il y a une semaine, et toi tu organises une fête ici ! Merci ! On vient à peine de vider les cartons !

Elle se tient devant moi, vexée, dans sa robe d'été lilas… Putain, ce qu'elle est belle.

— Oh, non, non, non…, réagit-elle en me menaçant d'un index tremblant.

D'une main, j'agrippe le tissu de sa robe et l'attire vers moi.

— De quoi ? lui demandé-je, le sourire insolent.

Elle me repousse et fait « non » de la tête.

— N'y pense même pas.

— Mais, ma chérie…

— « Mais, ma chérie » rien du tout. (Elle retire ma main de sa taille et recule.) Et maintenant, tu bouges tes petites miches jusque dans le jardin et tu allumes le barbecue.

— Tu mérites de te faire baiser sévèrement pour cet écart de comportement, Shakespeare. Rendez-vous ce soir pour la correction.

Sur ces mots, je sors de la chambre et descends au rez-de-chaussée, savourant le soupir de frustration de ma femme à l'étage.

Les bruits des enfants qui s'animent dans leur salle de jeu me parviennent jusqu'à l'entrée et, alors que je m'apprête à rejoindre la cuisine, on sonne à la porte. Je jette un coup d'œil à l'horloge sur le mur et lâche un grognement agacé. Nos amis ont une heure d'avance : Molly va me pendre.

J'ouvre d'un coup la porte… et me raidis aussitôt. Un gamin… non, je rectifie : un jeune ado se tient devant moi, grand, charpenté, un sourire arrogant au possible sur le visage.

— Flash Prince ! Je suis votre plus grand fan, mec !

Il s'avance pour un check, mais je ne me fatigue même pas à lever la main.

— T'es qui, toi, bordel ? demandé-je.

Je croise les bras et le gosse commence à pâlir : j'ai beau pointer à la retraite, j'ai de bons restes dans les biceps.

— Je… eh bien, je…

— Asher !

Je tourne la tête pour voir ma fille approcher, souriant à pleines dents au crétin planté sur mon perron.

Bordel… de… merde…

Je me tourne face à Taylor, prenant tout l'encadrement de la porte.

— Qui est-ce et qu'est-ce qu'il fait devant ma porte, exactement ?

Taylor s'arrête net et son visage vire au rouge.

— Papa ! Arrête, c'est embarrassant…

— Qui est-ce ? Dernière fois.

— On a rencard, répond-elle en levant les yeux au ciel.

Je ne doute pas un seul instant que mes oreilles doivent fumer, car je sens mon corps tout entier bouillonner…

— Tu peux me répéter ça ? lancé-je d'un ton sec.

Je préférerais, quand même, juste pour être sûr d'avoir bien compris…

— On… a… rencard, me répète-t-elle en insistant sur chaque mot.

J'y crois pas, merde : déjà qu'elle me ressemble physiquement avec ses cheveux châtain clair et ses yeux chocolat, il faut en plus qu'elle ait l'attitude insolente qui va avec. En résumé : elle ne baisse les yeux devant personne. Je comprends mieux aujourd'hui pourquoi Molly m'a toujours dit que mon côté impulsif était parfois à se tirer une balle…

— Flash, Flash, cool, on va trouver un moy…

Je me retourne aussitôt vers le gosse planté sur le perron et l'interromps en lui claquant avec violence la putain de porte au putain de nez.

— Papa ! s'écrie Taylor. On avait rencard !

— Certainement pas, jeune fille ! Depuis quand tu as des rencards, et sans demander la permission en plus ? Parce que je vais te dire une chose, mademoiselle : ce gamin n'a qu'une seule chose en tête, et il est hors de question qu'il l'obtienne de ma fille de quatorze balais ! Est-ce que c'est clair ?

— Maman !

— Jolly !

Molly déboule de l'escalier, tandis que notre fille et moi nous défions du regard, sa posture inflexible en parfaite imitation de la mienne.

— Que se passe-t-il ? Pourquoi est-ce que vous vous hurlez dessus tous les deux ?

— Tu savais qu'elle avait un rencard aujourd'hui ? demandé-je à Molly en me tournant vers elle.

Molly ouvre des yeux ronds.

— Taylor ? Tu sais que tu n'as pas encore l'âge de fréquenter des garçons.

— Mais, maman ! Je…

Elle cale les mains sur ses hanches, résolument fidèle aux codes comportementaux de l'ado vexé.

— Mais, rien du tout. Tu es privée de sorties pendant une semaine, pour nous avoir caché ça et avoir enfreint les règles de la maison. Maintenant, monte t'occuper de tes frères : nos invités arrivent bientôt, et je n'ai pas le temps de gérer ce genre de choses.

Sur ces mots, Taylor tourne les talons en lâchant un cri de colère, puis se rend à pas rageurs dans la salle de jeu, non sans une dernière invective.

— Fascistes !

Elle claque la porte derrière elle, et j'expire lentement pour me calmer. Molly est toujours dans l'escalier, les paupières papillonnant de surprise.

— Un rencard, Jolly ? Je suis pas prêt pour cette merde.

Molly esquisse un sourire et se met à pouffer.

— C'est une ado, fallait bien que ça arrive un jour ! Faut s'y attendre, quand on a une fille, mon chéri. Des années et des années de rencards nous attendent…

— Ça fait une semaine qu'on est de retour en Alabama, et des enfoirés saturés d'hormones lui collent déjà au train ? (Je m'adosse au mur et me passe une main sur le visage.) J'ai été un de ces enfoirés, Jolly : je sais exactement ce qu'ils veulent. Bordel ! Je vais me les faire, tous ! Je vais virer grisonnant dès demain matin, je sens… Putain !

Molly remue la tête et passe près de moi en riant.

— Hé, du calme : elle sait qu'elle ne peut pas avoir de rencard avant ses seize ans. Tu as deux ans pour te préparer. (Elle file dans la cuisine et me jette un regard par-dessus son épaule.) Et pour te faire une réserve de flacons de colorants capillaires, aussi… Tu sais, pour tes cheveux gris.

Elle m'adresse un sourire provocateur, puis bat en retraite dans le jardin.

*Oh, la maligne… Elle me tient…*

Je me rue après ma femme et la soulève de terre, lui arrachant un petit cri de surprise. Loin des regards, sur un banc isolé, je l'installe sur mes genoux. Je prends d'assaut ses lèvres douces, empoigne ses longs cheveux châtains et récolte mon dû. Comme toujours, elle se soumet à mes exigences.

Nous nous embrassons de longues minutes, haletants, puis Molly commence à tanguer contre la gaule prisonnière de mon jean.

— Jolly…

— Hmm ? fait-elle, l'air innocent, mais une étincelle de pur désir fait flamboyer ses yeux d'ambre.

Je serre les dents, luttant contre mes pulsions.

— Ne joue pas avec le feu, Shakespeare. Pas sûr qu'une jolie petite Anglaise puisse survivre aux feux de l'Alabama…

— Qu'est-ce que j'y peux… J'aime jouer avec le feu, je crois, dit-elle en haussant les épaules, un large sourire aux lèvres.

Ma bouche s'agite d'un tic nerveux dont Molly ne rate rien et, la seconde suivante, nous éclatons de rire.

Lorsque nous avons recouvré un peu de sérieux, je relève les yeux vers elle.

— Je n'arrive pas à croire que je t'ai sorti un truc pareil à l'époque… J'étais d'un prétentieux…

— Tu plaisantes ? Ça m'a tellement excitée que j'ai failli m'embraser sur place… Au sens propre ! Je crois que j'aurais pu rester toute ma vie dans cette crique…

Je me penche à son oreille.

— Si j'ai bonne mémoire, tu t'es bel et bien embrasée…, murmuré-je sur le ton de la provocation. J'ai trois doigts qui s'en souviennent parfaitement.

Elle m'envoie une tape joueuse sur le torse.

— Oui, et l'herbe se souvient très bien de ta contribution à son arrosage !

Je me raidis et pars d'un fou rire irrépressible : parfois, son accent *british* toujours intact donne à ses phrases une touche snob qui ne cessera jamais de me faire marrer.

— Qu'en a pensé la reine ? la taquiné-je.

Elle me tire la langue, et je lui donne une tape sur les fesses.

— Comment tu peux encore avoir un accent pareil après plus de vingt ans passés aux États-Unis ?

— Tu oses me dire ça, alors que ton accent du Sud n'a jamais bougé d'un pouce ?

OK, elle cherche les emmerdes…

Je l'attrape par les cuisses, l'installe tout contre mes hanches, puis prends son visage à deux mains avant de la faire gémir en calant ma queue captive contre son sexe.

— Tu mériterais que je t'emmène dans la vieille cabane en rondins et que je te baise à t'en faire perdre tes lunettes, en souvenir du bon vieux temps. Y a un truc dans l'air de l'Alabama qui me donne envie de te prendre dans tous les sens pour bien marquer mon territoire…

— Je ne suis pas sûre que les nouveaux propriétaires l'entendent de la même oreille, marmonne-t-elle, essayant de contenir ses gémissements de plaisir.

— Qu'est-ce que j'en ai à foutre, des nouveaux propriétaires ? rétorqué-je.

Je ferme les yeux sitôt qu'elle commence à remuer contre ma queue.

— Je vais te prendre ici même, si tu continues, Jolly, tu sais que j'hésiterai pas…, la menacé-je, sérieusement cette fois.

Je me mordille la lèvre, lâche ses joues pour jouer avec ses tétons.

— Ça fait du bien de te faire encore de l'effet après toutes ces années. Quatre enfants, ça laisse des marques peu flatteuses sur le corps d'une femme…

J'aligne des baisers le long de son cou, le lèche, le mordille…

— Tu te fous de moi ? T'es tellement bandante… J'ai envie de toi chaque jour un peu plus, merde…

— Oui, après quatre enfants, je crois que je l'ai bien compris ! T'es insatiable… Tu as toujours été insatiable.

Je fais danser mes sourcils.

— On lance la production du numéro 5 ?

Je suis on ne peut plus sérieux.

— Même pas en rêve !

Je ris, et elle se détend. Je sais qu'elle adore son rôle de mère, qu'avoir des enfants la comble de joie, mais elle n'arrête pas de me dire que trois garçons de moins de sept ans et une ado agitée par les hormones, ça fait déjà pas mal à gérer en parallèle de son boulot de professeure à plein temps.

— Quoi qu'il en soit, sache que si l'envie t'en prend, je suis prêt. Je veux autant d'enfants que nos capacités physiques peuvent nous en offrir…, annoncé-je le plus sérieusement du monde.

J'adore avoir une grande famille. Si ça ne tenait qu'à moi, j'aurais un nouveau gosse tous les ans. Je suis fou de mon rôle de père : c'est la meilleure chose qui pouvait m'arriver.

Un éclair d'amusement zèbre son regard d'ambre.

— Tu cherches à constituer ta propre équipe de foot, c'est ça ?

— Exactement, et ça en fait, des gosses : il nous faudra une équipe d'attaque, de défense… sans oublier l'équipe spéciale, bien sûr…

Molly glousse et me fait taire en plaquant les lèvres contre les miennes.

— Nan mais trop dégueu, quoi ! s'écrie une voix stridente, nous figeant aussitôt.

Nous tournons la tête et découvrons notre fille, l'air choqué et dégoûté de nous trouver dans une position si compromettante. J'espère que monsieur Asher n'est pas dans le coin avec elle, sinon il risque d'y laisser ses couilles…

Molly rajuste aussitôt sa coiffure et s'apprête à se lever, mais je la maintiens par la taille et me penche à son oreille.

— Je te conseille de ne pas bouger, si tu ne veux pas traumatiser à vie notre fille…

La rougeur qui naît sur ses pommettes m'indique qu'elle a compris, et elle reste immobile, tentant au mieux de dissimuler ma… réaction physique inopportune…

— Qu'y a-t-il, ma chérie ? lui demande Molly, feignant la normalité la plus totale.

Taylor secoue la tête, affligée et toujours aussi renfrognée que tout à l'heure.

— Je vous ai appelés cent fois, tous les deux, et vous répondez pas ! Je comprends maintenant !

Molly baisse les yeux vers moi, et nous devons redoubler d'efforts pour ne pas rire de la remontrance de notre fille.

— Bref ! Bon : ça parle que de vous aux infos, ce soir, alors je pensais que vous voudriez le savoir. Ça parle de papa qui devient coach des quarterbacks de la Tide, et de toi, maman, qui vas commencer ton boulot de prof à l'université d'Alabama. Vous finissez dans le même établissement, alors ils sont fous à la télé… Ils vont parler de votre vie, après, je sais pas trop quoi…

Molly me regarde et hausse les sourcils.

— Tu étais au courant ?

Absolument pas. Je secoue la tête, médusé.

— On arrive tout de suite, ma princesse. Retourne à l'intérieur, tu veux ?

Elle se retourne et file dans la maison sans un mot, ni un regard de plus. Molly quitte aussitôt mes genoux et pose une main sur son front, craintive.

— Je me demande ce qu'ils vont raconter…

Même après toutes ces années, elle ne supporte pas d'être au centre de l'attention.

Je me lève, rajuste mon jean et lui tends la main.

— Allons voir.

Nous suivons le petit chemin qui mène à la maison, puis allons directement dans le salon. Nos quatre enfants sont alignés sur le canapé modulable en cuir noir, le regard rivé au poste de télévision, et Molly se fige, un sourire aux lèvres tandis qu'elle les regarde avec amour.

Lorsque je me retourne vers l'écran, c'est pour découvrir un montage photo de Molly et moi sur fond de *Hall of Fame*, le morceau de The Script. Tout y est, en bonne archive de notre vie : les baisers d'avant-match de la Tide, quand nous étions à l'université… Des images de nous déambulant main dans la main dans les allées du campus… Nos baisers avant la finale du SEC… Le retour providentiel de Molly pour la finale nationale… La parade de retour, après notre victoire, durant laquelle j'étais resté greffé à la main de Molly… La draft NFL où j'ai été choisi le premier et où j'ai demandé Molly en mariage… Le jour de remise des diplômes, riant dans les bras l'un de l'autre, vêtus de nos tenues de circonstance… La photo de paparazzi prise à l'aéroport le jour où nous sommes partis pour Seattle, nos amis nous faisant de grands gestes d'adieux en arrière-plan… Mon premier match pour les Seahawks, avec Molly qui m'encourage depuis les tribunes… Des photos de Molly au fil des années, enceinte de chacun de nos quatre enfants… Les nombreux Super Bowl remportés… Et enfin, moi, il y a quelques mois au CenturyLink Stadium, le jour où ils m'ont retiré mon maillot, entouré de ma femme et de nos enfants. Le montage s'achève sur une phrase toute simple…

Bienvenue chez vous, Roméo et Molly Prince… et, pour toujours, allez la Tide !

Les présentateurs discutent ensuite des stratégies de la Tide pour la saison à venir et, lorsque je me retourne vers nos enfants – qui ont levé vers nous leur regard silencieux –, je me rends compte que Molly est en train de pleurer. Je dois admettre que moi-même, j'ai une foutue boule dans la gorge.

— Maman, papa, vous avez l'air tellement jeunes sur ces photos…, commente d'une voix douce Isaac, le plus âgé de nos fils.

Avec ses cheveux châtains bouclés et ses lunettes, il est le seul des quatre à ressembler vraiment à Molly… Avec le Q.I. assorti. Un vrai petit geek pur jus.

— C'est parce qu'on l'était, mon grand, murmuré-je, les yeux toujours rivés sur les présentateurs, quand bien même je n'écoute plus un traître mot de ce qu'ils racontent. (Je serre la main de Molly si fort que je dois lui faire mal…) C'était il y a si longtemps… Pourtant, j'ai l'impression que c'était hier.

— Ils disent que vous étiez les Roméo et Juliette de l'Alabama, murmure Taylor, qui semble avoir tiré un trait sur sa mauvaise humeur. Au début du reportage, ils ont dit que vous étiez célèbres dans tout l'État…

Molly acquiesce avec un petit rire.

— C'est vrai que la presse nous avait baptisés comme ça… C'est parce qu'il nous a été extrêmement difficile de vivre notre relation au début. Particulièrement en public.

— À cause des parents de papa ? nous demande-t-elle d'une voix méfiante.

Sa question me déchire la poitrine…

— Oui, ma chérie, répond Molly en me caressant tendrement le dos pour m'apaiser.

La moindre référence à mes parents et aux années de merde qu'ils nous ont fait endurer me fait toujours souffrir… Le souvenir de la fausse couche plus que tout le reste. Je ne les ai jamais revus depuis ma rencontre avec mon père, dans son bureau. Ils sont morts depuis un bail, maintenant : l'alcool a sonné le glas de ma mère deux ans seulement après son départ d'Alabama, et mon père est mort d'une crise cardiaque en prison il y a dix ans.

Nous avons depuis longtemps décidé de nous montrer toujours honnêtes avec nos enfants ; autant que leur âge respectif le permet, en tout cas. Notre tragédie a été immortalisée par nombre de photos, de vidéos et d'articles, et nous n'avions aucune envie qu'ils l'apprennent de la bouche de quelqu'un d'autre.

— Allez papa ! Allez papa ! se mettent soudain à hurler Eli et Archie en bondissant sur le canapé, survoltés, sans prêter la moindre attention à notre conversation.

Je me tourne vers eux et les vois se ruer près du grand poste de télé, tapant des mains et hurlant de plus belle, tandis que défilent sur l'écran des images de mes matchs de foot où ils me voient sprinter, passer et enchaîner des touchdowns. Nous éclatons de rire lorsque Eli, le plus jeune, se rue sur son frère et le plaque au sol en hurlant : « Boum ! », avant de se tapoter le torse avec un geste en direction du ciel, mon – désormais célèbre – signe de triomphe après un touchdown.

Je lâche alors la main de Molly, me jette sur Eli, joueur, et le soulève haut dans les airs avant de le plaquer au sol : il gigote, rit, couine tandis que je le chatouille, puis Archie me bondit sur le dos et passe ses petits bras autour de mon cou. Je relève les yeux vers les deux autres, encore sur le canapé, et Isaac abandonne son iPad pour venir se jeter sur moi lui aussi. Même Taylor, qui a d'abord levé les yeux au ciel en nous regardant, ne peut résister à l'appel et, avec un cri aigu, vient ajouter sa pierre à l'édifice familial.

— Laissez-moi me relever, bande de petits monstres ! hurlé-je en tentant de me débarrasser d'eux.

— Jamais !

— On t'a taclé, papa !

— On a arrêté Flash !

Nous ne sommes plus qu'un chaos de bras, de jambes, de rires et de cris… Je lève alors les yeux vers Molly qui nous regarde en riant… avant de perdre son sourire quand nos cinq regards se posent sur elle…

Elle recule hâtivement en levant les mains.

— Oh, non, non, non, non, non…, avertit-elle. N'y pensez même pas ! Je n'ai pas le temps de…

— Les enfants ? Je crois que maman file avec le ballon… Défenseurs, vous êtes avec moi ? Un, deux, trois, on y va !

Nos hurlements excités résonnent dans le grand salon tandis que nous nous lançons tous à sa poursuite : Molly hurle, se retourne et file en direction de la cuisine, cherchant à rejoindre le jardin. Elle pose tout juste un pied sur l'herbe que je la saisis et, la protégeant de mon corps pour ne pas la blesser, nous envoie rouler au sol. Une seconde plus tard, nos enfants s'entassent sur nous en hurlant.

— T'abandonnes ? Hurlé-je.

Nous la chatouillons tous sans retenue, et elle se contorsionne sur la pelouse, hilare.

— J'abandonne, j'abandonne ! s'étouffe-t-elle presque dans un fou rire, incapable de résister aux chatouilles sur ses côtes – son point faible.

— Bon, les enfants, allez chercher un ballon : maman et moi, nous devons terminer les préparatifs pour la fête, ordonné-je à notre magnifique progéniture qui, toujours surexcitée, file vers la cabane à jeux.

Avant de disparaître, Taylor se retourne vers moi et m'adresse un sourire discret et désolé : tout est oublié…

Je baisse les yeux vers ma femme aux pommettes chaudes et rouges, plaque ses poignets au-dessus de sa tête et me cale entre ses cuisses.

— Hmm… J'aime beaucoup cette position, tiens…

Molly essaie de me désarçonner, en vain, grimaçant sous l'effort.

Je secoue la tête, l'air sévère.

— Tu veux la jouer sauvage, ma chérie ?

— Roméo ! gronde-t-elle, et je la fais taire en plaquant ma bouche sur la sienne, ma langue filant aussitôt entre ses lèvres chaudes.

Elle gémit malgré elle à mon assaut, admettant son désir, et je me redresse un peu pour venir lécher sa clavicule, provocateur.

— Hé, Jolly…, dis-je dans un sourire.

— Hé, toi…, répond-elle, son cœur battant fort contre mon torse.

— Alors, ce baiser, ma bonne fée ?

Molly ne peut réprimer un petit rire en rejouant notre ancienne rengaine d'avant-match.

— Si c'est ce que tu veux...

Le plus grand sourire dont je suis capable illumine mon visage.

— Oh, plus que tout, bordel ! m'exclamé-je.

Je libère alors ses poignets, prends ses joues dans mes mains et la gâte du plus tendre des baisers.

Mais toutes les bonnes choses ont une fin... Ou devrais-je dire : « Toutes les bonnes choses finissent par être interrompues par un putain d'accent texan à couper au couteau... »

Je soupire contre les lèvres de Molly et me redresse légèrement.

— Je crois que nos amis se sont pointés un peu en avance..., annoncé-je, l'air faussement agacé.

Une paire de santiags se plante à dix centimètres de nos têtes, et Cass baisse les yeux vers nous, l'air sévère et les mains sur les hanches.

— Vous baisez toujours comme des lapins, à ce que je vois ! Oh oui, Rome, vas-y ! Vas-y !

— Salut, Cass, lance Molly en se laissant retomber sur le sol, frustrée, sans prêter plus attention que ça à l'humour toujours aussi douteux de la Texane.

Je me relève en adressant à notre vieille amie un sourire en coin, puis aide ma femme à se remettre sur pied.

— Hé, Molly, tu m'as manqué, ma louloute ! hurle Cass en serrant Molly contre sa poitrine généreuse, l'étouffant presque.

On me donne une tape dans le dos et, lorsque je me retourne, je découvre Jimmy-Don qui m'ouvre les bras.

— Flash ! Viens par là, mon salaud !

J'éclate de rire lorsqu'il me soulève de terre pour une étreinte colossale.

— Tout le monde est là ! m'annonce-t-il après m'avoir libéré. Les adultes se remplissent déjà de bière à l'intérieur.

— Oh, que j'ai hâte qu'on se mette une belle mine ! tonne Cass.

— Où sont les enfants ? demande Molly en désignant d'un geste Lexi, Austin, Ally et son mari déjà à l'intérieur.

Le mari d'Ally… Je crains putain : j'ai encore du mal à le remettre, celui-ci…

— Ils jouent au foot derrière les arbres. Ils s'éclatent, t'inquiète pas ! lance Cass.

Elle adresse un clin d'œil à Molly, lui donne une tape sur les fesses, puis s'empare du bras tendu de Jimmy-Don, avant de partir avec lui vers la maison.

J'avance jusqu'à ma femme, passe un bras à son cou et dépose un baiser sur le haut de sa tête.

— Putain, ce que je t'aime, ma chérie…, murmuré-je. Et on finira ce qu'on a commencé, tout à l'heure, bordel…

— Moi aussi, je t'aime, « bordel », et j'ai « putain » de hâte…, murmure-t-elle à son tour en passant ses deux bras autour de ma taille.

Je ne peux réprimer un rire en entendant son accent incroyable.

Elle est tellement touchante…

Les rires de nos amis s'élèvent dans la maison, la brise estivale porte jusqu'à nous les éclats de joie des enfants, et je serre contre moi la femme la plus incroyable que ce monde ait portée.

C'est ainsi que devrait être la vie, et c'est ainsi que le destin nous l'a offerte : nous sommes heureux, nous avons une famille, nous sommes toujours là l'un pour l'autre, et tandis que je cajole ma femme d'un bras protecteur, je me sais être alors le plus heureux des hommes…

Molly « Juliette » Prince est, et sera toujours, mon unique chez-moi…

# Playlist

Imagine Dragons – *Demons*
Zac Brown Band – *Goodbye In Her Eyes*
POD – *Here Comes the Boom!*
Sting – *Fields of Gold*
Blake Shelton – *Kiss My Country Ass*
Fall Out Boy – *My Songs Know What You Did In The Dark*
The Kooks – *Got No Love*
The Killers – *Romeo & Juliet*
Kings of Leon – *Back Down South*
Biffy Clyro – *Mountains*
The Fears – *Heart of Trouble*
John Mayer – *Heart of Life*
AWOLNATION – *Sail*
Coldplay – *Fix You*
Lynyrd Skynyrd – *Sweet Home Alabama*
Luke Bryan – *Crash My Party*
The Script feat. Will.i.Am – *Hall of Fame*

# Remerciements

Papa, maman, merci pour votre soutien indéfectible. Papa, pour ne jamais cesser de croire en moi et pour ta positivité inaltérable. Maman, merci de lire chacune de mes réécritures… et de rire de mes erreurs !

Stephen, mon mari à moi : malgré l'année la plus éprouvante de ta vie, tu m'as soutenue et encouragée chaque jour dans mon écriture, jusqu'à l'aboutissement de ce projet. Je suis tellement heureuse de t'avoir à mes côtés dans cette nouvelle aventure, et je prie pour que l'avenir te réserve de merveilleuses surprises.

Sam… Que dire ? Merci de m'initier par procuration à la vie de parent ! Toutes ces matinées de brouhaha explosif m'ont permis d'imaginer pour Rome et Molly une famille fabuleuse… aux gamins bien animés !

À ma craquante nièce, Taylor, et mes neveux aussi filous qu'adorables, Isaac, Archie et Elias. Merci d'avoir fait de moi la tante la plus fière et gaga de l'univers, et, bien sûr, de m'avoir autorisée à vous citer ! Vos noms sont désormais inscrits à l'encre dans un livre pour l'éternité !

Merci à Kia, comme toujours, pour ta rigueur : j'aime cette façon que tu as de te montrer intransigeante dans tes remarques, sans jamais rien perdre de ta politesse ! Tu as accompagné chacun de mes romans, et j'ai déjà hâte que nous attaquions le suivant !

Rach, ce n'est pas parce que tu n'as pu participer à ce projet que je ne t'aime pas de tout mon cœur ! Comme pour le reste du gang de Teesside, ton amitié inflexible m'aide chaque fois à modeler avec justesse mes personnages secondaires. Tu m'as enseigné ce qu'était la véritable amitié, et l'océan qui nous sépare ne saura jamais nous éloigner. Je t'aime!

Merci à Cassie, ma fabuleuse correctrice d'Alabama! Merci de m'avoir fait une petite place dans ta vie : comme chaque fois, travailler avec toi a été fabuleux. Sache aussi que, bien que cela me coûte de le dire, je suis heureuse pour toi que l'équipe d'Auburn s'en soit si bien sortie cette année!

Kelly, merci pour la révélation en ligne de la couverture et la tournée des blogs : tu es une blogueuse et une amie exceptionnelle. Tu m'as initiée sans faillir aux arcanes du blog, et je loue tout ce que tu fais pour nous autres, auteurs!

Lysa, ma conceptrice Web favorite, la meilleure d'entre toutes! Tes conseils, cette année, m'ont été précieux à un point inimaginable! Lorsque SWEET HOME est entré dans le top des ventes et que je me suis retrouvée totalement submergée, tu m'as tirée des eaux houleuses et m'as aidée à surmonter la tourmente : Virgile n'a pas mieux aidé Dante! Tu es probablement l'une des personnes les plus drôles sur cette planète, et je suis impatiente de te rencontrer un jour en chair et en os, et d'entendre en direct ton accent de Boston : il est démentiel!

Certaines blogueuses méritent un merci tout particulier : Jenny et Gitte de *TotallyBooked*, le premier blog à avoir donné une chance à mes textes. Je vous en suis éternellement reconnaissante! Tessa, disons-le tout de go : tu es fabuleuse, et je brûle de te retrouver comme bêta-lectrice sur le prochain roman! Ça va botter des culs de biker, ce projet!

*Smiten's book blog*, l'un de mes premiers soutiens en ligne : merci infiniment d'avoir donné à une petite meuf de province une chance de briller dans le grand monde.

Lesley-Lynn, nous ne nous connaissons que depuis peu, mais j'ai été touchée par l'amour fou dont tu as gâté Molly et Rome : tu déchires, et je ne doute pas une seconde que ton blog connaîtra bientôt une notoriété stratosphérique sur la Toile !
Enfin, un merci immense à mes lectrices et lecteurs : jamais je n'oublierai le succès incroyable de SWEET HOME. J'ai écrit ce livre parce que l'histoire de Roméo et Molly m'obsédait au quotidien, mais jamais je n'aurais pensé la voir intégrer les tops d'*USA Today*, *Amazon* et *iBooks*. Tout cela, c'est grâce à vous, et j'espère que vous prendrez tout autant de plaisir à découvrir l'histoire de Rome. Je vous aime toutes et tous !

Achevé d'imprimer en juin 2018
Par CPI France
N° d’impression : 3028522
Dépôt légal : juillet 2018
Imprimé en France
81123326-1